# DuMont's Kriminal-Bibliothek



John Dickson Carr (1906–1977) wurde als Sohn schottischer Eltern in Uniontown, Pennsylvania, geboren. In seinen über 80 Romanen nimmt Carr die Tradition seiner großen Vorbilder Conan Doyle und G. K. Chesterton anspielungsreich auf. Wie in »Der Tod im Hexenwinkel« und »Die schottische Selbstmord-Serie« (DuMont's Kriminal-Bibliothek, Band 1002 und 1018) löst der beleibte und biertrinkende Privatgelehrte Dr. Gideon Fell geistreich und scharfsinnig einen geheimnisvollen Mordfall.

Herausgegeben von Volker Neuhaus

John Dickson Carr

# Der Tote im Tower

DuMont Buchverlag Köln

Umschlagmotiv von Pellegrino Ritter
Aus dem Amerikanischen von Marianne Bechhaus-Gerst und Thomas Gerst


2. Auflage 1989

Die Originalausgabe erschien unter dem Titel »The Mad Hatter Mystery« bei Harper & Row, Inc., New York, N.Y.
Satz: Froitzheim Satzbetriebe, Bonn
Druck: Rasch, Bramsche
Buchbinderische Verarbeitung: Bramscher Buchbinder Betriebe

Printed in Germany ISBN 3-7701-2070-1

# Inhalt

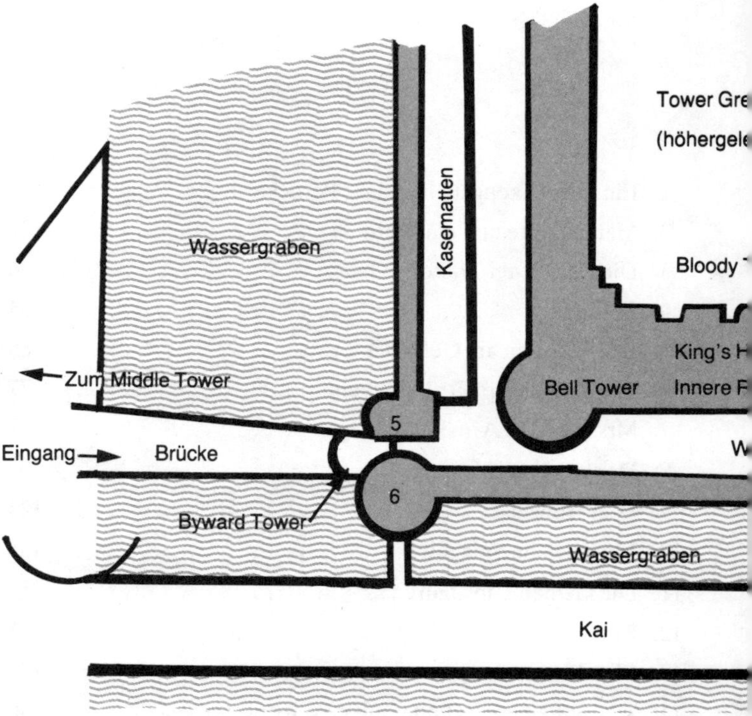


*Plan der Südseite des Londoner Towers; hier, nahe der Themse, spielt diese Geschichte.*

Der Leser wird freundlichst gebeten zu vermerken, daß der Bloody Tower, auf den in dieser Geschichte häufig verwiesen wird, *über* dem Tor errichtet ist, das im Plan mit der Nummer 3 versehen ist; dieses Tor unter dem Bloody Tower führt nicht in den Tower selbst, sondern zu einem Weg, der hinter dem Wakefield Tower entlangführt. Die Eingangstür zum Bloody Tower geht auf die Grünfläche des Towers hinaus und wird über eine Treppe vom eben erwähnten Weg aus erreicht (8).

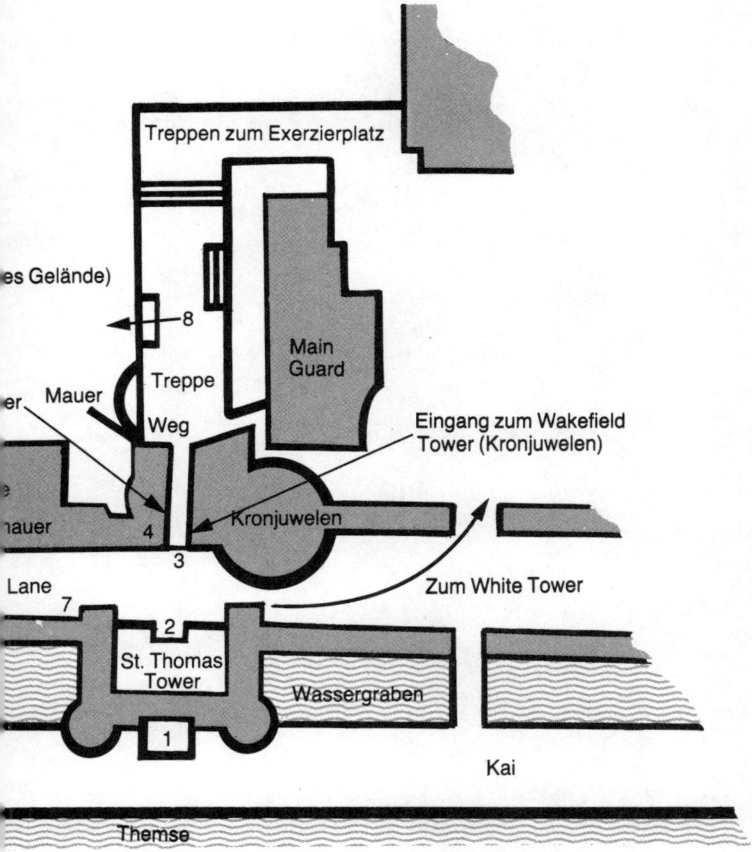


1. Traitors' Gate
2. Die Stufen, auf denen die Leiche gefunden wurde
3. Torweg des Bloody Towers
4. Fenster, von dem aus Parker Driscoll und die unbekannte Person gesehen hat
5. Der kleine Warders' Room an der Nordseite des Byward Towers, in dem die Befragung stattfand
6. Die Warders' Hall an der Südseite des Byward Towers, in der die Besucher festgehalten wurden
7. Stelle, an der Mrs. Larkin stand

# Kapitel 1

# Ein Droschkengaul mit einer Perücke

Wie die meisten Abenteuer von Dr. Fell begann auch dieses in einer Bar. Diesmal ging es um einen Mann, der tot auf den Stufen von Traitors' Gate im Londoner Tower aufgefunden worden war, und um die sonderbare Kopfbedeckung dieses Mannes in Golfkleidung. Das war überhaupt das Schlimmste an der Geschichte. Eine Zeitlang drohte sich die Angelegenheit zu einem Alptraum voller Hüte zu entwickeln.

Nüchtern betrachtet, hat ein Hut eigentlich nichts Furchterregendes an sich. Es ist durchaus möglich, an einem Schaufenster voller Hüte vorbeizugehen, ohne auch nur das geringste Gefühl von Unbehagen zu verspüren. Sogar der Helm eines Polizisten, der die Spitze eines Laternenpfahles schmückt, oder ein silbergrauer Zylinder, der auf dem Kopf eines steinernen Löwen am Trafalgar Square thront, erwecken bei uns lediglich den Eindruck, daß es sich dabei um die albernen Späße eines mehr als kindlichen Gemüts handelt. Als der junge Rampole von diesen Vorfällen in der Zeitung las, war er geneigt, die Angelegenheit lächelnd als einen solchen Spaß abzutun.

Chief Inspector Hadley war sich da nicht so sicher.

Die beiden Männer warteten in Scotts Bar, direkt am Piccadilly Circus, auf Dr. Fell. Von der Great Windmill Street aus gelangte man über eine Treppe hinunter in eine Art Clubraum mit brauner Wandtäfelung und roten Ledersesseln, mit kleinen messingbeschlagenen Fässern hinter der Theke und mit einem Schiffsmodell auf dem steinernen Kaminsims. Rampole saß in einer Nische des Raumes, trank ein Bier und betrachtete den Chief Inspector. Er war neugierig und gespannt. Erst an diesem Morgen war er aus Amerika herübergekommen, und nun schienen sich die Ereignisse zu überstürzen. »Wissen Sie«, sagte er, »ich habe oft über Dr. Fell nachgedacht. Ich meine ... über seine Stellung. Er scheint ja alles mögliche zu sein.«

Sein Gegenüber stimmte ihm lächelnd zu. Rampole fand, daß man gar nicht anders konnte, als den Chief Inspector des C.I.D. zu mögen. Er gehörte zu dem Typ Mann, dessen Statur man als gedrungen beschreiben könnte; er war weder groß noch kräftig, obwohl er diesen Eindruck erweckte; sehr korrekt gekleidet, mit einem militärisch anmutenden Schnurrbart und glattem Haar in einem matten, stahlfarbenen Grauton. Wenn es eine Eigenschaft gab, die dem Betrachter sofort ins Auge fiel, so war es seine Gelassenheit, seine zurückhaltende Wachsamkeit. Seine Bewegungen waren bedächtig. Sogar seine Augen, deren Farbe von Grau ins Schwarz überzugehen schien, strahlten diese Gelassenheit aus, und er erhob nur selten seine Stimme.

»Kennen Sie ihn schon lange?« fragte Hadley und betrachtete dabei sein Glas.

»Eigentlich kenne ich ihn erst seit letztem Juli.« Der Amerikaner war selbst überrascht, als er sich das in Erinnerung rief. »Mein Gott! Es scheint schon Jahre her zu sein. Er . . . nun, man könnte sagen, daß ich durch ihn meine Frau kennengelernt habe.«

Hadley nickte. »Ich weiß. Das war doch der Fall Starberth. Er telegrafierte aus Lincolnshire, und ich schickte ihm die Männer, die er brauchte.«

Vor gut acht Monaten... Rampole dachte an jene furchtbaren Geschehnisse im Hexenwinkel zurück und an das abendliche Dämmerlicht, das über dem Bahnhof lag, als Dr. Fell seine Hand auf die Schulter von Martin Starberths Mörder legte. Jetzt gab es nur noch sein Glück mit Dorothy. Und es gab London, mit seinen kalten, nebeligen Märztagen, das er seit damals zum ersten Mal wieder besuchte.

Wieder lächelte der Chief Inspector. »Und ich nehme an«, fuhr er in seiner besonnenen Art fort, »Sie haben damals das Herz der jungen Dame erobern können. Fell erzählt immer voller Begeisterung von Ihnen... Er hat damals wirklich hervorragende Arbeit geleistet«, fügte Hadley unvermittelt hinzu. »Ich frage mich . . .«

»Ob es ihm noch einmal gelingen wird?«

Hadleys Gesicht nahm einen spöttischen Ausdruck an. »Nicht so voreilig, bitte. Sie scheinen ja schon wieder ein Verbrechen zu wittern.«

»Nun, Sir, er schickte mir eine Nachricht, daß ich Sie hier treffen soll. . .«

»Sie könnten sogar recht behalten«, sagte Hadley. »Ich hab' da so ein Gefühl.« Er berührte eine zusammengefaltete Zeitung in seiner Tasche, zögerte und runzelte die Stirn. »Jedenfalls dachte ich mir, daß ihm diese Angelegenheit wahrscheinlich mehr liegt als mir. Bitton hat sich vertraulich an mich gewandt, als Freund, und es ist wohl kaum ein Fall für Scotland Yard. Ich möchte ihn aber nicht im Stich lassen.«

Rampole fragte sich, ob sein Gegenüber davon ausging, daß er wußte, worum es ging. Der Chief Inspector wirkte einen Moment lang unschlüssig und in Gedanken versunken; immer wieder schien seine Hand nach der Zeitung in seiner Tasche greifen zu wollen. Dann fügte er hinzu:

»Ich nehme an, Sie haben schon von Sir William Bitton gehört?«

»Dem Sammler?«

»Genau! Ich dachte mir, daß Sie ihn kennen«, sagte Hadley. »Fell sagte mir schon, die Sache läge Ihnen auch. Ja, der Büchersammler. Allerdings hatte ich mehr mit ihm zu tun, bevor er sich aus der Politik zurückzog.« Er schaute auf seine Uhr. »Er sollte eigentlich um zwei Uhr hier sein, genau wie Fell. Ein Zug aus Lincoln kommt um halb zwei in King's Cross an. . .«

»Aha!« dröhnte eine Donnerstimme. Sie sahen, wie ihnen jemand vom anderen Ende des Raumes mit einem Spazierstock zuwinkte und wie eine massige Gestalt die Treppe zur Straße ausfüllte. In der Bar war es zuvor sehr ruhig gewesen; dieser Auftritt nun ließ einen Kellner im weißen Jackett vor Schreck auffahren. Die einzigen anderen Gäste waren zwei Geschäftsleute, die sich leise in einer Ecke des Raumes unterhalten hatten; sie fuhren herum und blickten mit großen Augen auf den vor guter Laune förmlich strahlenden Gideon Fell.

Mit ihm kam für Rampole die Erinnerung zurück an jene herrlichen Tage, an das Biertrinken, die Gefühlsausbrüche und jene hitzigen Gespräche, bei denen auch schon mal mit der Faust auf den Tisch geschlagen wurde. Der Amerikaner hatte nicht übel Lust, noch ein Bier zu bestellen und vor lauter Freude ein Lied anzustimmen. Dort stand der Doktor, und er schien noch gewichtiger und korpulenter geworden zu sein. Er keuchte. Sein rötliches Gesicht glänzte, und seine kleinen Augen zwinkerten verschmitzt über einen Kneifer hinweg, der an einem breiten schwarzen Band befestigt war. Er grinste breit unter seinem gewaltigen

Schnurrbart, und die zahlreichen Speckrollen unter seinem Kinn hüpften bei seinem glucksenden Lachen auf und ab. Auf seinem Kopf saß der unvermeidliche Schlapphut; sein dicker Bauch ragte unter einem mächtigen schwarzen Umhang hervor. Seine imponierende Gestalt nahm die volle Breite der Treppe ein, während er sich mit einer Hand auf einen Stock aus Eschenholz stützte und einen weiteren Stock, den er in der anderen Hand hielt, herumschwenkte. Es war, als würde man den Weihnachtsmann oder Old King Cole persönlich treffen. Tatsächlich hatte Dr. Fell schon verschiedentlich bei Sommerfesten Old King Cole dargestellt und diese Rolle enorm genossen.

»Hallo«, sagte er. »Hallo, hallo.« Er wälzte sich zu ihrer Nische und begrüßte Rampole mit einem kräftigen Händedruck. »Ich freue mich, mein Junge. Wirklich. Ich muß sagen, du siehst gut aus. Und wie geht's Dorothy?... Ausgezeichnet, freut mich zu hören. Meine Frau läßt dich auch herzlichst grüßen. Wir nehmen dich mit nach Chatterham, sobald Hadley mir erzählt hat, was er von mir will... Nicht wahr, Hadley? Kommt, laßt uns einen trinken.«

Es gibt Menschen, in deren Gegenwart man sich sofort entspannt. Dr. Fell gehörte zu diesen Menschen. Verkrampfungen hatten in seiner Gegenwart keinen Bestand; er löste sie in Sekundenschnelle auf; wer meinte, sich in irgendeiner Weise verstellen zu müssen, vergaß dies unverzüglich. Hadley blickte nachsichtig drein und winkte einen Kellner heran.

»Das dürfte Sie interessieren«, meinte der Inspector, während er Dr. Fell die Getränkekarte reichte. Sein Gesicht nahm einen unschuldigen Ausdruck an. »Die Cocktails sind zu empfehlen. Da ist einer, der heißt ›Angel's Kiss‹...«

»*Was*?« Dr. Fell schreckte von seinem Sitz auf.

»...oder was ist mit ›Love's Delight‹?«

»Jesses!« sagte Dr. Fell und stierte auf die Karte. »Junger Mann, so etwas servieren Sie?«

»Ja, Sir«, antwortete der Kellner, der unwillkürlich zusammenzuckte.

»Sie servieren hier ›Angel's Kiss‹, ›Love's Delight‹ und – wenn ich recht sehe – ›Happy Virgin‹?...«

»Junger Mann«, fuhr der Doktor mit polternder Stimme fort und putzte seinen Kneifer, »haben Sie jemals darüber nachgedacht, was der amerikanische Einfluß unserem biederen England angetan hat? Wo bleibt Ihr Feingefühl? Das reicht völlig aus, um jeden ehrbaren Zecher das Schaudern zu lehren. Anstatt – wie es sich für einen Gelehrten und Gentleman gehört – zu sagen ›Ein Bitter‹ oder ›Ein Scotch mit Soda, bitte‹, erwartet man heute von uns, daß wir geradezu gurren, um... Bah!« Er brach ab und blickte finster um sich. »Können Sie sich vorstellen, daß Buffalo Bill einen Saloon betritt und nach einem ›Angel's Kiss‹ ruft? Können Sie sich denken, was Tony Weller dazu gesagt hätte, wenn er einen heißen Rumpunsch bestellt und einen ›Love's Delight‹ serviert bekommen hätte?«

»Nein, Sir«, antwortete der Kellner.

»Ich glaube, Sie sollten langsam etwas bestellen«, schlug Hadley vor.

»Ein großes Bier«, sagte der Doktor. »Lager.«

Er schnaubte verächtlich, holte ein Zigarrenetui hervor und bot davon den beiden anderen an, während der Kellner die Gläser abräumte. Doch nach den ersten tiefen Zügen an seiner Zigarre lehnte er sich – milder gestimmt – in seiner Nische zurück.

»Meine Herren, ich hatte eigentlich nicht die Absicht, einen Menschenauflauf zu verursachen«, polterte er und schwenkte die Zigarre mit einer großartigen Geste durch die Luft. Einige Gesichter, die neugierig durch die Türöffnung des benachbarten Restaurants geschaut hatten, zogen sich diskret zurück. Einer der Geschäftsleute, der beinahe den Zahnstocher, mit dem er die Kirsche in seinem Cocktail aufspießen wollte, verschluckt hätte, widmete sich wieder seiner Unterhaltung. »Mein junger Freund hier kann Ihnen erzählen, Hadley, daß ich seit sieben Jahren an dem Material zu meinem Buch *Die Trinksitten in England seit frühester Zeit* arbeite, und es treibt mir die Schamröte ins Gesicht, solche Auswüchse wie diese hier – wenn auch nur im Anhang – mit aufnehmen zu müssen. Mit diesen fürchterlichen Namen könnten sie geradezu alkoholfrei sein...«

Er hielt inne und blinzelte mit seinen kleinen Augen über den Brillenrand. Ein ruhiger, tadellos gekleideter Mann, der wie ein Geschäftsführer wirkte, blieb etwas unschlüssig vor ihrer Nische stehen. Er schien etwas verlegen zu sein und kam sich wohl ein wenig lächerlich vor. Nachdenklich betrachtete er Dr. Fells äußerst malerischen Schlapphut, der über dem Mantel auf einem Stuhl lag. Als der Kellner drei Bier brachte, trat der Mann an ihre Nische.

»Verzeihen Sie bitte, Sir«, sagte er, »aber dürfte ich Ihnen einen Rat geben? An Ihrer Stelle würde ich sehr gut auf diesen Hut achtgeben.«

Das Glas schon fast zum Trinken angesetzt, blickte ihn der Doktor mit erstaunten Augen an. Dann belebte ein strahlender, erfreuter Ausdruck sein rotes Gesicht.

»Erlauben Sie mir, Sir«, bat er ernsthaft, »Ihre Hand schütteln zu dürfen. Ich spüre, daß Sie ein Mann mit Geschmack und Urteilsvermögen sind. Ich wünschte, Sie könnten darüber mal mit meiner Frau sprechen. Ich stimme Ihnen zu, es ist ein wunderschöner Hut. Aber warum sollte ich mit mehr als der üblichen Sorgfalt auf ihn aufpassen?«

Das Gesicht des Mannes lief rot an. »Ich hatte nicht die Absicht, mich aufzudrängen, Sir«, sagte er förmlich. »Ich dachte, Sie wüßten Bescheid ... Also, in der näheren Umgebung gab es schon einige Vergehen dieser Art, und ich wollte nicht, daß unseren Kunden Unannehmlichkeiten bereitet werden. Dieser Hut – ach, zum Teufel!« platzte der Geschäftsführer auf einmal heraus, um gleich darauf in vertraulichem Ton fortzufahren: »Dies Ding da wäre ganz einfach eine zu große Verlockung für ihn. Das könnte er sich nicht entgehen lassen. Der Hutmacher würde es einfach stehlen müssen.«

*»Wer?«*

»Der Hutmacher, Sir. Der Verrückte Hutmacher.«

Um Hadleys Mundwinkel zuckte es; er schien kurz davor, entweder in lautes Lachen auszubrechen oder den Tisch fluchtartig zu verlassen. Dr. Fell ignorierte ihn. Er nahm ein großes Taschentuch heraus und wischte sich damit über die Stirn.

»Werter Herr«, sagte er, »dies ist äußerst erquicklich. Wollen wir einmal sehen, ob ich Ihnen zu folgen vermag. Soll das etwa heißen, daß es hier in der Nähe einen geistesgestörten Hutmacher gibt, der – sollte ich gerade ahnungslos an seinem Geschäft vorbeigehen – aller Wahrscheinlichkeit nach hinaus auf die Straße stürzen und meinen Hut stehlen würde? Das hieße doch, den Sinn für das Schöne etwas zu weit zu treiben. Ich muß mir doch höflich, aber bestimmt verbitten«, fuhr Dr. Fell fort, wobei seine Stimme einen ernsten Klang bekam, »auf meinem Weg durch Piccadilly von leidenschaftlichen Hutmachern verfolgt zu werden. Dazu bin ich zu alt, mein werter Herr, und außerdem zu dick. Und wenn Sie noch einen dritten Grund hören wollen: Ich bin davon überzeugt, daß Sie von Ihren Freunden bereits mit dem Spitznamen ›Der Märzhase‹ bedacht worden sind.«

Im Gegensatz zu dem leisen, nervösen Tonfall des Geschäftsführers hatte er quer durch den ganzen Raum gebrüllt. Der Geschäftsmann mit dem Cocktail gab ein leichtes Stöhnen von sich, zog seinen Mantel an und bewegte sich hastig in Richtung Ausgang. Der andere Geschäftsmann blieb mit finsterer Miene an seinem Tisch sitzen.

Sogar der Chief Inspector konnte trotz der ihm eigenen ruhigen Art eine gewisse Nervosität nicht verbergen. Brüsk sagte er: »Haben Sie vielen Dank. Dieser Herr ist gerade erst in London eingetroffen; er weiß von dieser Sache noch nichts. Ich werde es ihm erklären.«

Dr. Fell seufzte, während der Geschäftsführer mit hochrotem Kopf in Richtung Restaurant davoneilte.

»Nun haben Sie ihn vertrieben«, protestierte er verdrossen. »Und gerade fing ich an, Spaß daran zu bekommen. Ich stelle fest, daß die Londoner Hutmacher übereifrig sind und eine überaus moderne, raffgierige Einstellung haben. Noch hege ich die Hoffnung, daß es hier keine verrückten Schneider gibt, die aus ihren Läden herausstürzen und Leuten, die zufällig vorbeikommen, die Hosen ausziehen. Das wäre dann doch ein wenig beunruhigend.« Er trank einen großen Schluck Bier und schüttelte seine Haarpracht. Dann strahlte er seine Begleiter an.

»Hol Sie der Teufel...«, sagte der Chief Inspector. Er versuchte, Haltung zu bewahren, aber schaffte es nicht. »Was soll's! Verdammt, ich hasse solche Szenen, und Sie scheinen sich daran noch zu ergötzen. Gleichwohl hat er die Wahrheit gesagt.«

»Was?«

»Er hat die Wahrheit gesagt«, wiederholte Hadley ein wenig irritiert. Er befingerte seinen dichten grauen Schnurrbart. »Es ist natürlich ein Dummejungenstreich. Aber es hört einfach nicht auf. Wenn er sich damit begnügt hätte, ein oder zwei Hüte zu stehlen, und wenn diese verfluchten Zeitungen nicht damit angefangen hätten, sich über uns lustig zu machen, wäre es ja nicht weiter schlimm gewesen. Aber so läßt es uns wie Idioten aussehen, und es muß jetzt einfach aufhören.«

Der Doktor rückte seinen Kneifer zurecht.

»Wollen Sie etwa damit sagen«, fragte er, »daß ein richtiger Hutmacher in London herumzieht und Hüte ...«

»›Verrückter Hutmacher‹ ist der Name, den die Zeitungen ihm gegeben haben, nach der Figur in ›Alice im Wunderland‹. In Gang gesetzt wurde das alles von diesem jungen Zeitungsfrischling Driscoll, der als freier Journalist arbeitet. Er ist der Neffe von Bitton; es wäre schwierig, ihn mundtot zu machen, und bei dem Versuch, ihm das Maul zu stopfen, könnten wir ziemlich dumm aussehen. *Er* ist es, der den Schaden anrichtet... Nun lachen Sie schon!« forderte Hadley ihn kühl auf.

Dr. Fell senkte seine Kinnspeckrollen auf seinen Kragen. Das Funkeln in seinen Augen hatte sich noch verstärkt.

»Und Scotland Yard«, fragte er in verdächtig höflichem Ton, »sieht sich außerstande, diesen Schurken zu fassen?«

Nur mit Mühe gelang es Hadley, gelassen zu bleiben. Mit ruhiger Stimme sagte er: »Mich persönlich würde es einen Dreck kümmern, selbst wenn er die Mitra des Erzbischofs von Canterbury stehlen würde. Aber es hört auf, komisch zu sein, wenn es dazu führt, daß man sich über die Polizeikräfte lustig macht. Und außerdem, angenommen, wir schnappen den Burschen? Für die Presse wäre der Prozeß noch ulkiger als die Straftat selbst. Können Sie sich vorstellen, wie sich zwei Anwälte mit Amtsperücke vor Gericht eine Schlacht darüber liefern, ob der Angeklagte am Abend des 5. März 1932 in der Euston Street den Helm des Polizeibeamten Thomas Sparkle vom Kopf des genannten Polizeibeamten entwendet und genannten Helm dann auf die Spitze eines Laternenpfahls vor dem Gebäude von New Scotland Yard, S.W., befördert hat – oder wie auch immer sie sich ausdrücken mögen?«

»Hat er das tatsächlich getan?« fragte Dr. Fell voller Interesse.

»Lesen Sie das«, sagte Hadley und zog die Zeitung aus seiner Tasche. »Das ist die Kolumne des jungen Driscoll. Sie ist die schlimmste, aber die anderen sind fast genauso spaßig aufgemacht.«

Dr. Fell brummte vor sich hin. »Ich nehme doch an, Hadley, daß dies nicht der Fall ist, über den Sie *mit mir* reden wollten. Denn sollte er es doch sein, so würde ich Ihnen zum Verrecken nicht helfen. Das ist ja großartig! Das ist wie Robin Hood...«

Hadley konnte diese Komik offensichtlich nicht nachempfinden. »Es ist nicht der Fall«, antwortete er gelassen. »Aber mit dem, was ich in der Hand habe, hoffe ich Driscoll Einhalt gebieten zu können. Außer...« Er zögerte, wobei ihm etwas durch den Kopf zu gehen schien. »Lesen Sie das. Es wird Sie vermutlich entzücken.«

Über die Schulter des Doktors hinweg las Rampole den folgenden Text mit:

DER HUT-UNHOLD SCHLÄGT WIEDER ZU!
GIBT ES POLITISCHE BEWEGGRÜNDE FÜR DAS UNHEIMLICHE SUPERHIRN?

Von PHILIP C. DRISCOLL, unserem für die neuesten Untaten des Verrückten Hutmachers zuständigen Sonderkorrespondenten.

London, 12. März. Seit den Tagen Jack the Rippers wurde diese Stadt nicht mehr von einem so geheimnisvollen Unhold, der zuschlägt und – ohne eine Spur zu hinterlassen – wieder entkommt, derart in Angst und Schrecken versetzt wie durch die Taten des verbrecherischen Genies, auch bekannt unter dem Namen ›Verrückter Hutmacher‹. Am Sonntag morgen nun stellten neue Schurkenstücke des Verrückten Hutmachers die besten Köpfe von Scotland Yard auf die Probe.

Als der Polizeibeamte James McGuire etwa gegen 5 Uhr morgens den Droschkenstand an der Ostseite des Leicester Square passierte, wurde er dort mit einem recht ungewöhnlichen Sachverhalt konfrontiert. Eine zweirädrige Droschke war neben dem Bordstein stehengeblieben; gewisse, nicht gerade melodische Geräusche aus dem Wageninnern ließen darauf schließen, daß der Fahrer dort schlief. Das Pferd (das, wie die folgenden Ermittlungen ergaben, auf den Namen Jennifer hört) kaute auf einer großen Stange Pfefferminz und betrachtete wohlwollend den Polizeibeamten McGuire. Was dem scharfsinnigen Polizisten jedoch besonders ins Auge fiel, war die Tatsache, daß Jennifer auf dem Kopf eine große, weiße Perücke trug, die auf beiden Seiten wallend herunterhing: In der Tat war es die Perücke eines Anwalts.

Obwohl man bei der Polizeidienststelle in der Vine Street zunächst etwas zurückhaltend auf den Bericht von Mr. McGuire über das Vorhandensein eines Pfefferminz kauenden Pferdes mit einer Anwaltsperücke am Leicester Square reagierte, erwies er sich schließlich doch als wahr. Es lag nahe, daß der Hut-Unhold wieder sein Unwesen trieb.

Die Leser des *Daily Herold* werden sich wohl schon daran erinnert haben, wie am vorangegangenen Tag ein wunderschöner silbergrauer Zylinder auf einem der Löwenköpfe des Nelson-Denkmals auf dem Trafalgar Square, die in Richtung Whitehall schauen, entdeckt wurde. Aufgrund eines Namensschildchens konnte er als das Eigentum von Sir Isaac Simonides Levy, dem allseits bekannten Mitglied der Londoner Börse, wohnhaft in der Curzon Street, identifiziert werden. Im Schutze eines leichten Nebels, des Deckmantels aller Übeltäter, war der Zylinder Sir Isaac vom Kopf gerissen worden, als dieser am Abend seine Wohnung verließ, um eine Ansprache bei einer Versammlung der ›Helfer der Waisen‹ zu halten. Es scheint offensichtlich, daß Sir Isaac mit seinem silbergrauen Zylinder auffällig gewirkt haben muß.

Von daher war den zuständigen Stellen die Urheberschaft für die Perücke auf Jennifers Kopf klar. Bislang konnte ihr Besitzer noch nicht ermittelt werden; er hat sich auch noch nicht gemeldet. Diese Zurückhaltung hat schon zu allerlei Spekulationen geführt, aber es gibt nur wenige Anhaltspunkte. Mr. Aylmer Valence, der Fahrer der Pferdedroschke, konnte nicht zur Lösung der Angelegenheit beitragen. Die Kriminalpolizei nimmt an, daß der Verrückte Hutmacher noch kurz vor der Ankunft des Polizeibeamten McGuire am Droschkenstand gewesen sein muß, da erst kaum ein Drittel der Pfefferminzstange vernichtet war, als der Polizist sie das erste Mal sah. Des weiteren folgert man, daß der Verbrecher ebenso gut mit dem Leicester Square vertraut war wie wohl auch mit dem Pferd, da er Jennifers Schwäche für Pfefferminz ausnutzte, um ihr die Perücke auf den Kopf zu setzen. Darüber hinaus hat die Polizei wohl keine Spuren, die sie verfolgen kann.

Dies ist nun das siebte Verbrechen dieser Art, das im Verlauf der letzten Woche gemeldet wurde. Die Frage, ob irgendwelche finsteren politischen Machenschaften dahinterstecken, wäre wohl nicht zu weit hergeholt …

»Davon kommt noch mehr«, sagte Hadley, als er Dr. Fell an dieser Stelle die Zeitung zusammenfalten sah, »aber es ist nicht von Belang. Was ich hasse, ist halt diese verdammte Ironie.«

»Ganz ohne Zweifel«, sagte Dr. Fell bekümmert, »ihr Polizisten seid schon ein armer drangsalierter Haufen. Keine Anhaltspunkte, nehme ich an. Es tut mir leid, ich kann den Fall nicht übernehmen. Wenn Sie allerdings Ihre besten Leute zu allen Süßwarengeschäften in der Nähe des Leicester Square schicken würden, um nach dem Käufer der besagten Pfefferminzstange zu fragen ...«

»Ich hab' Sie nicht extra von Chatterham herkommen lassen«, erwiderte Hadley schroff, »um mit Ihnen über einen Lausbubenstreich zu reden. Aber vielleicht kann ich dieses Bürschlein Driscoll davon abhalten, weiterhin solchen Quatsch zu schreiben; das würde die anderen dann auch zum Schweigen bringen. Ich hab' Ihnen ja telegrafiert, daß es etwas mit Bitton zu tun habe; Bitton ist der Onkel dieses Jungen, und er hat die Hand auf dem Geldbeutel... Eines der wertvollsten Manuskripte aus der Bitton-Sammlung, so teilte er mir mit, ist gestohlen worden.«

»Ah«, sagte Dr. Fell. Er legte die Zeitung beiseite und lehnte sich mit verschränkten Armen zurück.

»Das Schlimme an diesen Diebstählen von Handschriften oder seltenen Büchern ist«, fuhr Hadley fort, »daß man nicht wie bei einem gewöhnlichen Diebstahl recherchieren kann. Bei Edelsteinen, Silber – ja sogar bei Gemälden – ist das ziemlich einfach. Dazu kennen wir die einschlägigen Pfandhäuser und Hehler einfach zu gut. Aber das funktioniert nicht bei Büchern und Handschriften. Wenn ein Dieb so etwas mitgehen läßt, dann hat er eine bestimmte Person im Auge, bei der er die Sachen loszuwerden beabsichtigt; oder aber er handelt von vorneherein im Auftrag des Käufers. In jedem Fall kann man sicher sein, daß der Käufer nichts verraten wird.«

Der Chief Inspector machte eine kurze Pause.

»Das Eingreifen Scotland Yards in dieser Angelegenheit wird zudem noch dadurch erschwert, daß es sich bei der gestohlenen Handschrift um ein Exemplar handelte, auf das Bitton selbst ein – nun – recht zweifelhaftes Anrecht hatte.«

»Ich verstehe«, murmelte der Doktor. »Und worum handelt es sich?«

Hadley hob langsam sein Glas hoch, stellte es dann aber hastig wieder hin. Niemand in der Bar, am allerwenigsten der mit seinem Cocktail in einer Ecke des Raumes zurückgebliebene Geschäftsmann, war auf einen weiteren stürmischen Auftritt vorbereitet. Von der Treppe her hörte man das Klappern von Schritten auf den Läuferstangen aus Messing. Ein großer Mann betrat mit offenem Mantel den Raum; schicksalsergeben atmete der Barkeeper tief durch und versuchte den wilden Ausdruck in den Augen des Fremden nicht zur Kenntnis zu nehmen. Der Barkeeper murmelte ein »Guten Tag, Sir William« und machte sich wieder daran, Gläser abzutrocknen.

»Es ist kein guter Tag«, verkündete Sir William Bitton heftig. Mit dem Ende seines weißen Schals, der feucht von dem dichter werdenden Nebel draußen war, fuhr er sich durchs Gesicht und stierte vor sich hin. Seine sonst streng nach hinten gekämmten Haare standen aufrecht wie der Schaum auf einem Bierglas. »Es ist ein absolut furchtbarer Tag, genau das... Ah, hallo Hadley!« Er schritt zu ihrer Nische; sein Blick fiel auf die Zeitung, die Dr. Fell beiseitegelegt hatte. »Sie haben also auch über ihn gelesen? Über diesen Schweinehund, der Hüte stiehlt?«

»Nur ruhig, ruhig«, sagte Hadley und blickte nervös um sich. »So setzen Sie sich doch! Was hat er Ihnen denn angetan?«

»Was er mir angetan hat?« fragte Sir William mit eisiger Höflichkeit. Er strich das weiße, nach vorn fallende Stirnhaar nach hinten. »Sie können selbst sehen, was er getan hat. Es ist nun anderthalb Stunden her, und ich bin immer noch außer mir vor Wut. Jedesmal, wenn ich daran denke, könnte ich platzen vor Wut. Direkt vor meinem Haus – der Wagen stand dort –, der Fahrer war weg, Zigaretten kaufen. *Ich* ging hinaus in Richtung Wagen. Es war nebelig. Sah etwas, was ich für einen Gelegenheitsdieb hielt, der gerade mit seiner Hand durch das hintere Fenster des Wagens in die Seitentasche faßte. Ich rief ›Hey!‹ und sprang auf das Trittbrett. Dann schnellte auf einmal die Hand des Schweinehundes hervor und ...«

Sir William mußte schlucken. »Ich hatte vor unserer Verabredung an diesem Nachmittag noch drei andere Termine; zwei davon in der Stadt. Außerdem wollte ich noch meine allmonatlichen Höflichkeitsbesuche machen. Einen bei Lord Tarlotts. Einen bei meinem Neffen. Einen ... ist ja auch egal. Ich konnte und wollte *nirgendwo* mehr hingehen, da ich ja nun keinen mehr hatte. Und es wäre wirklich die Höhe, wenn ich drei Guinees für einen dritten ausgeben würde, den dieser Schweinehund dann wieder... Was er getan hat?« donnerte Sir William, wobei er erneut mitten im Satz abbrach. »Er hat meinen Hut gestohlen, das ist es, was er getan hat! Und es ist bereits der zweite Hut, den er mir innerhalb von drei Tagen gestohlen hat!«

Der Geschäftsmann in der Ecke gab ein leises Geräusch von sich, schüttelte voller Verzweiflung den Kopf und verließ überstürzt die Bar.

## Kapitel 2

## Manuskripte und ein Mord

Hadley klopfte auf den Tisch. »Einen doppelten Whisky, bitte«, sagte er zum Kellner. »Jetzt setzen Sie sich erst einmal hin, und beruhigen Sie sich. Die Leute hier müssen ja denken, sie wären in einem Irrenhaus... Darf ich Ihnen ein paar Freunde von mir vorstellen?«

»Wie geht's?« sagte Sir William widerwillig und nickte zur Begrüßung kurz mit dem Kopf. Während er sich hinsetzte, fuhr er mit seiner hohen, streitlustigen Stimme fort: »Es ist doch zu ärgerlich. Einfach zum Verrücktwerden. Diese ganzen Besuche; ich mache sie so regelmäßig wie ein Uhrwerk, jeden Monat. Ich kam einzig und allein hierher, weil ich Sie sehen mußte; ich wäre selbst barfuß gekommen. Ha. Kein anderer Hut im Haus. Stellen Sie sich das mal vor! Meine Tochter hat mich dazu gebracht, die anderen meinem Diener zu geben; würde sie nicht einmal mehr in einem Schweinestall anziehen; habe gerade letzte Woche zwei neue Hüte gekauft – einen Zylinder und einen Homburg. Und Samstag abend vergreift sich dieser Verrückte an meinem Zylinder, und heute nachmittag schnappt er sich den Homburg. Bei Gott! Ich kann es nicht fassen! Ich sage Ihnen –« Er blickte sich um, als der Kellner erschien. »Was? – Oh, Whisky. Nur einen Spritzer, danke. Das wird reichen. Meine Tochter meinte: ›Warum bist du ihm nicht hinterhergejagt?‹ *Ich?* Meinem Hut nachjagen? Ha. Sheila ist nicht besonders hell im Kopf. Nie gewesen.«

Wutschnaubend lehnte er sich zurück, um einen Schluck zu nehmen; Rampole betrachtete ihn aufmerksam. Alle wußten – zumindest vom Hörensagen – von den heftigen Launen dieses Mannes. Hurrapatriotische Zeitungen beschäftigten sich häufig mit seiner Laufbahn; wie er mit achtzehn Jahren in einem Textilgeschäft begonnen hatte, mit zweiundvierzig zum Einpeitscher im Parlament wurde, die Aufrüstungspolitik der Regierung vorantrieb und dann zum Rückzug gezwungen wurde, als er in der Friedenszeit nach dem Krieg immer noch für eine stärkere Kriegsmarine kämpfte. Er war der Liebling aller Hurrapatrioten gewesen; seine Reden waren voller Verweise auf Drake, den Langbogen und das schöne alte England. Und immer noch schrieb er Schmähbriefe gegen den gegenwärtigen Premierminister. Aber seine aktive Zeit war vor dem Krieg gewesen, und er hatte sich mit gut fünfundvierzig Jahren völlig aus dem öffentlichen Leben zurückgezogen. Jetzt sah Rampole einen Mann vor sich, der mit siebzig noch immer in der Blüte seines Lebens zu stehen schien; drahtig, vital, der lange Hals ragte aus einem Eckenkragen empor, seine blauen Augen wirkten fast furchteinflößend intelligent. Die Finger waren permanent in Bewegung. Das Gesicht war knochig, mit einer hohen, fast zerbrechlich wirkenden Stirn, Augenbrauen weiß wie Schnurrbärte und Lippen, die gleichzeitig schmal und lebendig waren – der Mund eines Redners.

Unvermittelt setzte er sein Glas ab und blickte mit zusammengekniffenen Augen auf Dr. Fell. »Entschuldigen Sie«, sagte er in seiner abrupten, aber wundervoll klaren Art. »Ich habe Ihren Namen nicht richtig verstanden. Dr. Gideon Fell? – Ah, habe ich mir doch gedacht. Ich wollte Sie schon immer mal kennenlernen. Ich besitze Ihre Arbeit über die Geschichte des Übernatürlichen in der englischen Literatur. Aber diese verdammte Sache mit den Hüten...«

Hadley sagte schroff: »Ich glaube, wir haben für den Augenblick genug über Hüte gehört. Sie werden wohl verstehen, daß wir die Geschichte, die Sie mir erzählt haben, beim Yard nicht offiziell zur Kenntnis nehmen können. Aus diesem Grunde habe ich Dr. Fell kommen lassen. Es würde jetzt zu weit führen, das im einzelnen zu erklären, aber er hat – uns schon früher geholfen. Ich gehöre nicht zu den Dummköpfen, die kein Vertrauen in Amateure setzen. Und das hier ist genau das richtige für ihn. Einerlei...«

Der Chief Inspector war beunruhigt. Er atmete plötzlich tief durch. Seine trübe blickenden grauen Augen waren nun fast schwarz. Mit ruhiger Stimme fuhr er fort:

»Meine Herren, ich gehöre auch nicht zu den Dummköpfen, die sich als absolut konsequent bezeichnen würden. Eben erst habe ich behauptet, wir hätten nun wirklich genug über Hüte gehört; und bevor ich Sir William sah, war das auch meine Meinung. Aber dieser zweite Diebstahl einer seiner Hüte ... ist Ihnen vielleicht die Idee gekommen, daß dies auf irgendeine Weise – ich behaupte nicht, daß mir das wirklich klar ist – mit dem Diebstahl des Manuskriptes in Beziehung stehen könnte?«

Sir William sah einen Moment lang so aus, als wollte er wutschnaubend protestieren, aber er kniff nur die Augen zusammen und schwieg.

»Ich bin natürlich auch schon auf die Idee gekommen«, polterte Dr. Fell, während er den Kellner herbeiwinkte und auf sein leeres Glas zeigte, »daß hinter dem Diebstahl der Hüte mehr steckt als ein Schuljungenstreich. Es ist durchaus möglich, daß irgendein Wirrkopf gestohlene Hüte *sammeln* möchte; den Helm eines Polizisten, die Perücke eines Anwalts, jede nur außergewöhnliche Kopfbedeckung, die man stolz seinen Freunden vorführen kann. Als ich in Amerika unterrichtete, fiel mir ein ähnlicher Brauch unter den Studenten auf. Hier drehte es sich um Wirtshaus-, Firmen- oder andere Aushängeschilder, mit denen sie die Wände ihrer Zimmer dekorierten... Stimmt das nicht, mein Junge?«

Rampole nickte zustimmend. »Ja. Und das nahm manchmal ganz schöne Ausmaße an. Ich kannte einen Typ, der wettete, daß er am hellichten Tag das Straßenschild Ecke Broadway und 42. Straße stehlen würde. Und er schaffte es. Er zog sich einen Overall an, schnappte sich einen Eimer Farbe und schleppte eine kurze Leiter heran. Dann lehnte er die Leiter gegen den Pfahl, stieg herauf, schraubte das Schild ab und spazierte davon. Zu dieser Zeit kamen Tausende von Menschen vorbei, aber niemand nahm auch nur Kenntnis von ihm.«

»Für eine Sammlung, ja«, sagte der Doktor. »Aber hier liegt der Fall anders, sehen Sie. Dieser Bursche ist kein wahnsinniger Sammler. Er stiehlt den Hut und plaziert ihn an anderer Stelle, wie ein Symbol, das jeder sehen soll. Es gibt noch eine andere Erklärung ...«

Sir Williams schmale Lippen zeigten ein frostiges Lächeln, während er von Rampole zu dem in Gedanken versunkenen Doktor hinübersah; scharfsinnig kalkulierend blickten seine Augen hin und her.

»Ihr seid mir schon ein merkwürdiger Haufen von Detektiven«, sagte er. »Glauben Sie ernsthaft, daß ein Dieb anfängt, sich überall in London Hüte zu schnappen, damit er schließlich ein

Manuskript stehlen kann? Glauben Sie, ich habe die Angewohnheit, wertvolle Manuskripte in meinem Hut herumzutragen? Nebenbei bemerkt, wenn ich mich schon von Ihnen anstecken lasse, möchte ich darauf hinweisen, daß das Manuskript schon einige Tage vor dem zweiten Hut gestohlen wurde.«

Dr. Fell fuhr sich nachdenklich mit einer Hand durch seine dunkle Haarpracht. »Die Wiederholung des Wortes ›Hut‹«, bemerkte er, »hat einen etwas verwirrenden Effekt. Ich fürchte, ich werde ›Hut‹ sagen, auch wenn ich alles mögliche andere meine... Was halten Sie davon, wenn Sie uns erst einmal von dem Manuskript erzählen – um was es sich genau handelt, wie es in Ihren Besitz kam und wann es gestohlen wurde? Es war nicht zufällig Coleridges ›*Kubla Khan*‹, oder?«

Sein Gegenüber schüttelte den Kopf. Er trank seinen Whisky aus und lehnte sich zurück. Einen Augenblick lang sah er Dr. Fell unter schweren Lidern prüfend an. Dann kam so eine Art trockener, verbissener Stolz in seinen Blick.

»Ich sage Ihnen, was es war«, antwortete er leise, »weil Hadley sich für Sie verbürgt. Nur ein einziger Sammler auf der ganzen Welt – nein, sagen wir zwei Sammler – wissen, daß ich es gefunden habe. Einer von ihnen mußte es erfahren; ich mußte es ihm zeigen, um sicherzugehen, daß es echt ist. Auf den anderen werde ich sofort zu sprechen kommen. Aber ich war es, der es gefunden hat.«

Seine hagere Gestalt richtete sich auf. Rampole, der diese teuflische Gier, alte Handschriften oder Erstausgaben in die Finger zu bekommen und zu besitzen, noch nie hatte begreifen können, sah ihn neugierig an.

»Ich habe es gefunden«, wiederholte Sir William. »Es ist das Manuskript einer vollkommen unbekannten Geschichte von Edgar Allan Poe. Mich selbst und eine andere Person ausgenommen, hat niemand außer Poe sie je gesehen oder von ihr gehört... Ist kaum zu glauben, nicht wahr?« Eine eiskalte Freude lag in seinem Blick, und er kicherte mit geschlossenem Mund. »Hören Sie. Das hat es schon früher gegeben, wissen Sie. Sie haben doch sicher davon gehört, wie eines der äußerst seltenen Exemplare der Erstausgabe der *Morde in der Rue Morgue* in einem Mülleimer gefunden worden ist, oder? Nun, das hier ist noch besser. Viel besser. Ich habe es – zufällig gefunden, ja. Aber es ist echt. Robertson hat es bestätigt. Ha. *Passen Sie auf.*«

Er setzte sich zurück, während seine Hand auf der polierten Tischplatte entlangfuhr, als würde sie Papier glattstreichen. Er ähnelte weniger dem, was man sich gewöhnlich unter einem Sammler vorstellt, als einem Pfandleiher, der gerade von einem besonders gelungenen Geschäft berichtet.

»Ich habe nie Manuskripte von Poe gesammelt. Die amerikanischen Gesellschaften haben sich darauf spezialisiert. Aber ich habe eine Erstausgabe der *Al Araaf*-Sammlung, die im Abonnement veröffentlicht wurde, während er in West Point war, und einige Ausgaben des *Southern Literary Messenger,* den er in Baltimore herausgab. Nun! – Ich stöberte so nach allem möglichen herum, als ich letzten September in den Staaten war; und ich besuchte auch Dr. Masters, den Sammler aus Philadelphia. Er schlug mir vor, das Haus zu besuchen, in dem Poe gewohnt hatte – an der Ecke Seventh und Spring Garden Street. Das tat ich auch. Ich ging alleine dorthin. Und glücklicherweise tat ich das.

Es war eine sehr schäbige Gegend, mit Häuserfronten aus trübem Backstein und Wäscheleinen in den Hinterhöfen. Das Haus lag an der Ecke einer schmalen Gasse; aus einer Garage heraus konnte ich die Stimme eines Mannes hören, der über einen Motor, der nicht ansprang, fluchte. An dem Haus war nur wenig verändert worden. Man hatte lediglich einen Türdurchbruch zum daneben liegenden Haus gemacht und so zwei Häuser in eines verwandelt. Zudem war es unbewohnt – sie waren beim Umbau.

Von der schmalen Gasse aus ging ich durch ein Tor in einem hohen Bretterzaun und betrat einen gepflasterten Hof mit einem verwachsenen Baum, der zwischen den Pflastersteinen wuchs. In der kleinen Backsteinküche machte sich gerade ein finster dreinblickender Mann Notizen auf einem Umschlag; aus dem vorderen Zimmer hörte man das Schlagen eines Hammers. Ich brachte eine Entschuldigung vor; ich erklärte, daß das Haus einmal von einem Schriftsteller, den ich kannte, bewohnt worden sei und daß ich mich nur umsehen wollte. Er knurrte, daß ich mich nur umsehen solle, und fuhr mit seinen Notizen fort. Also ging ich in das andere Zimmer. Sie kennen diese Räume – klein und mit niedrigen Decken. In die Wände waren tapezierte Schränke – auf beiden Seiten einer einfachen schwarzen Kamineinfassung mit einem gewölbten Gitter – eingelassen. Aber – Poe hatte hier im Kerzenschein geschrieben und Virginia ihre Harfe gezupft, und Mrs. Clemm hatte friedlich Kartoffeln geschält.«

Sir William Bitton merkte offensichtlich, daß er seine Zuhörer in Bann hielt; sein Getue und seine wohlgesetzten Pausen machten nur zu deutlich, daß er es genoß, eine Geschichte zu erzählen. Der Gelehrte, der Geschäftsmann, der Marktschreier – all das kam in seinem Gesicht zum Ausdruck und zeigte sich in einem außerordentlich theatralischen Gebaren.

»Sie waren dabei, die Wandschränke umzuändern. Die *Wandschränke,* stellen Sie sich das vor!« Er beugte sich plötzlich nach vorne. »Und es war wiederum Glück, daß sie die inneren Rahmen herausgenommen und nicht nur Gipsplatten vorgesetzt und diese tapeziert hatten. Eine Wolke von Staub und Mörtel lag über dem Zimmer. Zwei Arbeiter rissen gerade die Rahmen heraus, und ich sah ... Meine Herren, mir wurde eiskalt, und ich zitterte am ganzen Körper. Es war zwischen die Ränder des Rahmens geschoben worden: dünne Papierseiten, von Wasserflecken bedeckt und zweimal längs gefaltet. Es war wie eine Offenbarung, denn als ich das Tor aufgestoßen hatte und mein Blick auf diese Arbeiter fiel, die das Haus renovierten, dachte ich sofort: *›Angenommen, ich finde‹* ... Nun, ich gestehe, ich hätte diese Männer fast über den Haufen gerannt. Einer von ihnen sagte ›Was zum Teufel!‹ und ließ beinah den Rahmen fallen. Ein Blick auf das, was ich von der Handschrift erkennen konnte, reichte aus; Sie kennen diese charakteristisch geschwungene Linie unter den Titeln in den Manuskripten von Poe und die typische Gestaltung des ›E. A. Poe‹?

Aber ich mußte vorsichtig sein. Ich kannte den Besitzer des Hauses nicht; und *der* kannte möglicherweise den Wert der Papiere. Bot ich den Arbeitern Geld an, um sie mir zu überlassen, mußte ich aufpassen, ihnen nicht so viel zu bieten, daß sie mißtrauisch wurden und noch mehr verlangten...«

Sir William lächelte mit zusammengepreßten Lippen. »Ich erklärte ihnen, daß es sich um ein rein gefühlsmäßiges Interesse an einem Mann handele, der hier einmal gelebt hatte. Und ich sagte: ›Schauen Sie, ich werde Ihnen dafür zehn Dollar geben.‹ Sogar bei dieser Summe wurden sie noch mißtrauisch. Ich glaube, sie dachten mehr an einen verborgenen Schatz oder Anweisungen, einen solchen zu finden oder irgend so etwas. Poes Geist hätte seine Freude daran gehabt.« Wieder dieses Kichern bei verschlossenem Mund. Sir William machte eine wegwerfende Handbewegung.

»Sie warfen einen Blick darauf und sahen, daß es nur – ›so 'ne Geschichte oder irgendein verdammt komisches Ding mit langen Wörtern am Anfang‹ war. Ich hatte eine Todesangst, sie würden die Blätter zerreißen; so wie sie gefaltet waren, hätten sie diese auch ohne ihr Alter und ihre schlechte Qualität sehr leicht zerreißen können. Schließlich willigten sie für den Preis von zwanzig Dollar ein, und ich nahm das Manuskript mit.

Wie Sie vielleicht wissen, sind die führenden Autoritäten zum Thema Poe Professor Harvey Allen aus New York und Dr. Robertson aus Baltimore. Ich kannte Robertson und brachte meinen Fund zu ihm. Aber zuerst nahm ich ihm das Versprechen ab, daß er niemals, was auch immer ich ihm zeigen würde, mit jemandem darüber sprechen würde...«

Rampole beobachtete den Chief Inspector. Während des Vortrags hatte Hadley zunehmend, wenn nicht gerade gelangweilt, so doch nervös und unruhig ausgesehen – eine tiefe Falte hatte sich zwischen den Brauen gebildet.

»Aber warum ein Geheimnis daraus machen?« wollte er wissen. »Wenn es auch irgendwelchen Ärger wegen der Eigentumsrechte gegeben hätte, hätten Sie doch auf jeden Fall als erster Ihre Ansprüche geltend machen können; Sie hätten es kaufen können. Und Sie haben etwas gemacht, was Sie selbst als eine große Entdeckung bezeichnen. Warum es also nicht bekanntgeben und den Lorbeer ernten?«

Sir William starrte ihn an und schüttelte den Kopf. »Sie verstehen nicht«, antwortete er langsam. »Und ich kann es nicht erklären. Ich wollte *keinerlei* Aufregung. Ich wollte diese große Sache, ein Geheimnis zwischen Poe und mir, für *mich* behalten. Nur für den zugänglich, der dafür auserkoren ist. Nur für *mich,* können Sie das verstehen? Es ist fast so, als würde ich Poe kennen.«

Ein wilder Ausdruck lag in seinem Gesicht; er suchte verzweifelt nach Worten, um etwas Übermächtiges und nicht Faßbares zu erklären – seine Hand machte vage Bewegungen in der Luft.

»Auf jeden Fall – Robertson ist ein Ehrenmann. Er hat es versprochen, und er wird sein Versprechen halten, obwohl er derselben Meinung war wie Sie, Hadley. Ich habe das natürlich abgelehnt... Meine Herren, das Manuskript war das, wofür ich es gehalten hatte; es war sogar noch besser.«

»Und was war es?« fragte Dr. Fell ziemlich unfreundlich.

Sir William öffnete den Mund und zögerte. Als er fortfuhr, sprach er mit dünner, erregter Stimme, die tief aus der Kehle zu kommen schien.

»Einen Augenblick, meine Herren. Es ist nicht so, als würde ich Ihnen nicht – äh – vertrauen. Natürlich nicht. Ha! Aber ich war so offen zu Ihnen, zu völlig Fremden. Entschuldigen Sie, aber ich ziehe es vor, mein Geheimnis noch ein wenig für mich zu behalten. Es reicht, wenn ich es Ihnen anvertraue, nachdem Sie die Geschichte des Diebstahls gehört und entschieden haben, ob Sie mir helfen können. Außerdem hat das Ganze ohnehin schon sehr viel Zeit gekostet.«

»Dafür sind *Sie* verantwortlich«, betonte der Chief Inspector. »Nun, Doktor?«

Auf dem Gesicht des Doktors lag ein seltsamer Ausdruck; nicht verächtlich, nicht amüsiert, nicht gelangweilt, sondern eine Mischung von alldem. Er wälzte sich auf seinem Sessel herum, rückte seinen Kneifer zurecht und sah den Adligen nachdenklich an.

»Wie wäre es«, schlug er vor, »wenn Sie uns nun vom Diebstahl selbst berichten würden, und wen Sie verdächtigen. Sie verdächtigen doch jemanden, nicht wahr?«

Sir William wollte gerade mit ›Ja‹ antworten, änderte dann aber seine Meinung und sagte:

»Es wurde aus meinem Haus am Berkeley Square entwendet – lassen Sie mich überlegen. Wir haben jetzt Montag nachmittag. Es wurde irgendwann zwischen Samstag nachmittag und Sonntag morgen entwendet. Lassen Sie mich das erklären.

An mein Schlafzimmer im ersten Stock grenzt ein Ankleideraum, den ich häufig als Arbeitszimmer benutze. Der größere Teil meiner Sammlung befindet sich natürlich unten in der Bibliothek, und dort ist auch mein eigentliches Arbeitszimmer. Samstag nachmittag habe ich mir in meinem Arbeitszimmer oben das Manuskript angesehen...«

»War das Zimmer abgeschlossen?« wollte Hadley wissen. Jetzt war auch er ganz bei der Sache.

»Nein. Niemand – so dachte ich wenigstens – wußte etwas davon, und ich sah keinen Anlaß für besondere Vorsichtsmaßnahmen. Es lag einfach in einer Schublade meines Schreibtisches und war zum Schutz in Seidenpapier eingewickelt.«

»Was ist mit den Hausbewohnern? Wußten sie davon?«

Sir William senkte den Kopf. »Ich bin froh, daß Sie das fragen, Hadley. Glauben Sie nicht, daß ich an einem solchen Verdacht Anstoß nehme; aber ich selbst konnte ihn nicht äußern. Wenigstens nicht sofort. Natürlich verdächtige ich sie nicht; ha!«

»Natürlich nicht«, sagte der Inspector ruhig. »Nun?«

»Im Augenblick wohnen meine Tochter Sheila...«

Ein leichtes Stirnrunzeln zeigte sich auf Hadleys Gesicht. Er starrte auf den Tisch. »Eigentlich«, sagte er, »dachte ich eher an Ihre Bediensteten. Aber fahren Sie fort.«

Er sah auf, und sein besänftigender Blick traf auf die scharfsinnig blickenden Augen des Adligen.

»...meine Tochter Sheila«, fuhr dieser fort, »mein Bruder Lester und seine Frau bei mir. Mein angeheirateter Neffe Philip hat eine eigene Wohnung, ißt aber gewöhnlich sonntags abends mit uns. Das sind alle, mit Ausnahme eines Gastes – Mr. Julius Arbor, der amerikanische Sammler.«

Sir William betrachtete seine Fingernägel. Es entstand eine Pause.

»Was nun das Wissen um die Sache betrifft«, fuhr er mit einer unbekümmerten Handbewegung fort, »so wußte meine Familie natürlich, daß ich ein wertvolles Manuskript mitgebracht hatte. Aber niemand von ihnen hat auch nur das geringste Interesse an solchen Dingen, und allein die Erwähnung eines ›neuen Manuskripts‹ reichte ihnen als Erklärung völlig aus. Ich wage zu behaupten, daß ich vielleicht die eine oder andere Bemerkung darüber habe fallen lassen – wie man das eben so in der Begeisterung macht, wenn man sich sicher ist, daß niemand sie verstehen wird. Aber...«

»Und Mr. Arbor?«

Sir William antwortete gelassen: »Ich hatte vorgehabt, es ihm zu zeigen. Er hat eine sehr schöne Sammlung von Poe-Erstausgaben. Aber ich war noch nicht dazu gekommen, mit ihm darüber zu sprechen.«

»Fahren Sie fort«, sagte Hadley unbeirrt.

»Wie ich bereits erwähnt habe, war ich am Sonntag nachmittag damit beschäftigt, das Manuskript zu prüfen; es war noch ziemlich früh. Später ging ich dann zum Londoner Tower...«

»Zum Londoner Tower?«

»Ein sehr guter Freund von mir, General Mason, ist dort der stellvertretende Festungskommandant. Er und sein Sekretär haben bereits einige sehr interessante Nachforschungen im Archiv des Towers angestellt. Sie wollten, daß ich mir ein Dokument ansehe, das sie kürzlich entdeckt haben, und das von Robert Devereux, Earl of Essex, handelt...«

»Gut«, sagte Hadley. »Und dann?«

»Ich kehrte nach Hause zurück, aß alleine zu Abend und ging anschließend ins Theater. Ich ging vorher nicht mehr in mein Arbeitszimmer, und nach dem Theater war es schon ziemlich spät, so daß ich mich sofort schlafen legte. Ich entdeckte den Diebstahl am Sonntag morgen. Es gab keine Anzeichen eines gewaltsamen Eindringens; alle Fenster waren verschlossen, und im ganzen Haus war nichts anderes angerührt worden. Nur das Manuskript war aus der Schreibtischschublade verschwunden.«

Hadley zupfte nachdenklich an seinem Ohrläppchen. Er warf einen Blick auf Dr. Fell; der saß aber da – das Kinn auf seiner Brust – und gab keinen Ton von sich.

»War die Schublade abgeschlossen?« fuhr Hadley fort.

»Nein.«

»Ihre Zimmer?«

»Nein.«

»Ich verstehe. Was haben Sie dann gemacht?«

»Ich rief meinen Diener herbei.« Sir William klopfte mit seinen knochigen Fingern dumpf auf den Tisch; er verdrehte seinen langen Hals und setzte verschiedene Male zum Sprechen an, bevor er schließlich fortfuhr. »Und ich muß gestehen, Hadley, daß ich zuerst ihn in Verdacht hatte. Er war neu; er war erst seit wenigen Monaten bei mir angestellt. Er hatte am ehesten Zugang zu meinen Zimmern und konnte sich, ohne in Verdacht zu geraten, nach Belieben dort herumtreiben. Aber – nun, er schien zu gewissenhaft, zu unterwürfig und viel zu dumm für irgend etwas, was außerhalb seiner unmittelbaren Aufgaben liegt; und ich bilde mir viel auf meine Fähigkeit ein, Menschen zu beurteilen.«

»Das tut jeder«, stimmte ihm Hadley müde zu. »Darum haben wir auch so viel Ärger. Nicht wahr?«

»In diesem Fall war mein Urteil völlig korrekt«, erwiderte Sir William unfreundlich. »Meine Tochter Sheila hat ihn eingestellt. Er war fünfzehn Jahre im Dienst des verstorbenen Marquis von Sandival gewesen; ich habe gestern noch selbst mit Lady Sandival gesprochen. Sie konnte sich über den Gedanken, Marks könne ein Dieb sein, nur amüsieren... Wie ich bereits erwähnt habe, hatte ich ihn zunächst in Verdacht. Er war augenscheinlich verwirrt und sprachlos, aber das war nur das Resultat seiner angeborenen Dummheit.«

»Und seine Erklärung?«

»Er hatte keine Erklärung«, sagte Sir William gereizt. »Ihm war nichts Verdächtiges aufgefallen, er hatte überhaupt nichts gesehen. Es war schwierig, ihm klarzumachen, wie wichtig die Sache sei, ja, wonach ich überhaupt suchte. Mit den anderen Bediensteten war es dasselbe. Sie hatten nichts bemerkt. Ich war auch nicht übermäßig mißtrauisch, weil sie seit vielen Jahren für mich arbeiten. Ich kenne von jedem die Lebensgeschichte.«

»Was ist mit den – Familienmitgliedern?«

»Meine Tochter Sheila war den ganzen Samstag nachmittag abwesend. Als sie zurückkehrte, hielt sie sich nur kurz im Haus auf und ging dann mit dem Burschen, mit dem sie verlobt ist, zum Essen aus... General Masons Sekretär, nebenbei bemerkt. Aber«, setzte er verdächtig schnell hinzu, »– ähh – aus guter Familie, dieser junge Dalrye, habe ich mir sagen lassen.

Wo war ich stehengeblieben? Oh, ja. Mein Bruder Lester und dessen Frau hielten sich zu Besuch bei Freunden im Westen Englands auf; sie kehrten erst Sonntag abend zurück. Philip – Philip Driscoll, mein Neffe – kommt uns nur sonntags besuchen. Daraus folgt, daß niemand in dem Zeitraum, in dem das Manuskript hätte gestohlen werden können, etwas Verdächtiges bemerkt hat.«

»Und dieser – Mr. Arbor?«

Sir William rieb seine trockenen Handflächen nachdenklich aneinander.

»Ein sehr vornehmer – ähh – Jude, aus bestem Hause«, antwortete er, so als müsse er ihn anpreisen. »Zurückhaltend, gelehrt, mit einer leichten Prise Zynismus. Noch ein ziemlich junger Mann, würde ich sagen, kaum über vierzig – ähh, was wollten Sie doch gleich wissen? Mr. Arbor, ja. Unglücklicherweise hatte *er* keine Gelegenheit, etwas zu beobachten. Einer seiner amerikanischen Freunde hatte ihn zum Wochenende aufs Land eingeladen. Er fuhr Samstag ab und kehrte erst heute morgen zurück... Das entspricht übrigens der Wahrheit«, fügte er wieder in normalem Tonfall hinzu und blickte dabei die anderen fast provozierend an. »Ich habe mir das telefonisch bestätigen lassen.«

Rampole dachte: ›Zum Teufel mit dir!‹ Aber dann besann er sich: Schließlich war der Mann seines wertvollsten Besitzes beraubt worden; er hatte das Recht, Außenstehende zu verdächtigen, sogar seriös aussehende Buchsammler, wie er selbst einer war. Der Gedanke daran, daß diese ehrwürdigen Herren wie kleine Kinder hinter Manuskripten herkrabbelten, erheiterte ihn. Er unterdrückte ein Grinsen, als er Sir Williams kalten Blick registrierte.

»– ich will auf jeden Fall einen Skandal vermeiden«, schloß der Adlige. »Darum bin ich zu Ihnen gekommen, Hadley. So sieht die Sache also aus. Schlicht und einfach, und es gibt keinen einzigen verdammten Anhaltspunkt.«

Hadley nickte. Er schien über irgend etwas nachzudenken.

»Ich habe Ihnen einen fachmännischen Berater mitgebracht«, sagte er langsam und wies auf den Doktor. »Dr. Fell hat diese kleine Reise auf sich genommen, um mir einen Gefallen zu tun. Damit ist für mich diese Angelegenheit erledigt, es sei denn, Sie fänden den Dieb und würden Anzeige erstatten. Was ich jedoch kaum glaube. Aber ich möchte Sie dafür auch um einen Gefallen bitten.«

»Einen Gefallen?« wiederholte Sir William und riß die Augen auf. »Guter Gott! Ja, natürlich! Soweit es im Bereich meiner beschränkten Möglichkeiten liegt – meine ich.«

»Sie sprachen von Ihrem Neffen, Mr. Driscoll...«

»Philip? Ja. Was ist mit ihm?«

»– der für Zeitungen schreibt...«

»Oh, ja. Zumindest versucht er das. Ich habe ganz schön Druck ausgeübt, um ihm eine vernünftige Stellung bei einer Zeitung zu verschaffen. Bah! Unter uns gesagt, die Herausgeber haben mir erzählt, daß er eine gute Story zwar bearbeiten kann, aber keinerlei Riecher für wirkliche Neuigkeiten hat. Harbottle behauptet, er könnte durch knietiefen Reis vor St. Margaret waten, ohne zu bemerken, daß dort eine Hochzeit stattgefunden hat. Folglich ist er nur freiberuflich tätig. Er würde nicht glauben, was ich sage. Nun, wenn ich schreiben *würde*...«

Hadleys Gesicht nahm einen unbeteiligten Ausdruck an; er wollte gerade etwas sagen, als der Kellner zu ihm geeilt kam, ihn aufgeregt ansah und zu flüstern begann.

»Was?« fragte der Chief Inspector. »Nun sprechen Sie doch lauter, Mann!... Ja, das ist mein Name... Richtig. Danke.« Er trank sein Glas aus und sah seine Begleiter aufmerksam an. »Das ist verdammt komisch. Ich habe angeordnet, daß ich nicht gestört werde, außer... Entschuldigen Sie mich einen Augenblick, meine Herren.«

»Was ist los?« wollte Dr. Fell wissen, nachdem er sich aus irgendwelchen obskuren Überlegungen herausgerissen hatte und nun über seinen Kneifer hinwegblinzelte.

»Telefon. Bin gleich zurück.«

Niemand sagte ein Wort, während Hadley dem Kellner folgte. In Hadleys Gesicht hatte ein Ausdruck von Schrecken und Besorgnis gelegen, was Rampole beunruhigte. Der Amerikaner schaute auf Sir William, der voller Neugier umherblickte...

Nach weniger als zwei Minuten kehrte Hadley zurück; Rampole fühlte, wie etwas seinen Hals zuschnürte. Der Chief Inspector zeigte keine Eile; er war ruhig und besonnen wie immer, aber seine Schritte schienen auf dem gefliesten Boden lauter widerzuhallen, und im hellen Licht der Lampen wirkte sein Gesicht bleich. Er blieb für einen Moment an der Bar stehen, sprach ein paar Worte und kehrte dann zum Tisch zurück.

»Ich habe für alle einen Drink bestellt«, sagte er bedächtig. »Einen Whisky. Es sind nur noch drei Minuten, bis sie hier schließen, und wir werden dann gehen müssen. Ich wäre Ihnen verbunden, wenn Sie mich begleiten würden.«

»Gehen?« wiederholte Sir William. »Wohin gehen?«

Hadley schwieg, bis der Kellner die Getränke gebracht und den Tisch wieder verlassen hatte. Dann sagte er: »Viel Glück!«, trank schnell einen Schluck Whisky und setzte sein Glas vorsichtig ab. Wieder empfand Rampole, daß etwas Schreckliches in der Luft lag...

»Sir William«, fuhr Hadley fort und sah diesen dabei verständnisvoll an, »ich bitte Sie, sich auf einen Schock gefaßt zu machen.«

»Ja?« sagte Sir William, griff aber nicht nach seinem Glas.

»Wir sprachen gerade noch über Ihren Neffen Philip ...«

»Ja? Mein Gott! So reden Sie schon! Was ist mit ihm?«

»Ich muß Ihnen leider mitteilen, daß er tot ist. Man hat ihn gerade im Tower gefunden. Es besteht Grund zur Annahme, daß er ermordet wurde.«

Sir Williams Glas klirrte auf der polierten Tischplatte. Er rührte sich nicht; sein glasig wirkender Blick blieb starr auf

Hadley gerichtet, und es schien, als habe er aufgehört zu atmen. In der atemlosen Stille konnte man von der Straße her das Hupen der vorbeifahrenden Autos hören...

Ein Nerv in Sir Williams Arm zuckte beständig. Er mußte seine Hand vom Glas nehmen, um dem klirrenden Geräusch auf dem Tisch ein Ende zu machen. Mühsam brachte er heraus: »Ich – ich bin mit dem Auto da . . .«

»Es besteht außerdem Grund zu der Annahme«, fuhr Hadley fort, »daß das, was wir für einen einfachen Schabernack gehalten haben, nun zu einem Mord geführt hat... Sir William, Ihr Neffe trägt Golfkleidung. Und auf seinen Kopf hat jemand den Zylinder gesetzt, der Ihnen gestohlen wurde.«

## Kapitel 3

## Die Leiche am Traitors' Gate

DER LONDONER TOWER...

Unter der Herrschaft von Wilhelm dem Eroberer wehte über dem White Tower die Fahne mit den drei normannischen Löwen, und der in Caen gehauene Stein ließ den Wall schneeweiß hoch oben über der Themse leuchten. Und schon tausend Jahre vor dem Domesday Book riefen an der gleichen Stelle römische Wachen die Stunden der Nacht von dem nach dem göttlichen Caesar benannten Turm aus.

Richard Löwenherz baute die Wallanlagen um die niedrige und düstere Festung aus; vierzehn Morgen wurden von gewaltigen inneren und äußeren Festungsmauern umfaßt. Hier ritten die Könige unbeweglich in ihren Rüstungen und den purpurroten Gewändern, der liebenswürdige Henry und Edward, der die Schotten niederwarf; das Kreuz wurde ihnen nach Westminster vorangetragen, und Edward III. beugte sich nieder, um das Strumpfband einer Lady aufzuheben, und einsam und allein strich der Schatten Beckets durch den St. Thomas Tower. Turniere fanden im Innern der Festung statt. Zum Festmahl wurden die Fackeln im großen Saal entzündet. Entlang der Water Lane senkt sich wie ein schwerer Schatten die Geschichte von achthundert Jahren auf den Passanten, und man glaubt, das Sirren der Pfeile und das Aufeinanderprallen schwerer Pferdeleiber zu hören.

Ein Palast, eine Festung, ein Gefängnis. Bis Charles Stuart aus dem Exil zurückkehrte, war der Tower der Wohnsitz der Könige, und er ist bis heute ein königlicher Palast geblieben. Hornsignale ertönen vor den Waterloo Barracks, wo einst die Turniere abgehalten wurden, und man kann das Kommando und den Exerzierschritt der Wachen hören. Auf den schattigen Rasenflächen unter den Bäumen läßt sich ein Rabe auf einem Trinkbrunnen nieder und schaut hinüber zu der Stelle, wo man Männer und Frauen mit verbundenen Augen die Stufen zum Richtblock hinaufführte.

An bestimmten trüben, kalten Tagen ziehen diesige Schwaden von der Themse herauf, zu dicht, als daß man sie als Dunst bezeichnen könnte, aber nicht dicht genug, um Nebel zu sein. Das Dröhnen des Verkehrs erreicht nur noch gedämpft den Tower. Gespenstisch ragen die Zinnen im trüben Licht über die rohen Formen der Rundtürme hinaus; düster klingen Schiffssignale und ihr Echo vom Fluß herauf, und das Geländer des Eisenzaunes um den ausgetrockneten Burggraben wirkt wie ein Gefängnisgitter. In der ein wenig unterhalb des Tower Hill gelegenen Außenmauer – fast könnte man erschrecken über einige weiße Steine in dem schmutziggrauen Einerlei – sind schmale Fensterschlitze, und man denkt unwillkürlich an die schrecklichen Dinge, die sich dahinter abgespielt haben. An die zwei Kinder, die dort bei Laternenlicht erstickten, an den bleichen Raleigh, der in Halskrause und mit Hutfeder die Brüstung entlangschritt, und an den vom Gift zerfressenen Sir Thomas Overbury unten im Bloody Tower.

Rampole hatte den Tower schon einmal besucht. Doch damals herrschte der Liebreiz des Sommers; das Gras und die Bäume ließen die Wege innerhalb der Mauer freundlicher erscheinen. Aber er konnte sich gut vorstellen, wie es nun dort sein würde. Immer stärker beherrschten ihn diese Vorstellungen während der schier endlosen Fahrt in Sir Williams Wagen von Piccadilly Circus zum Tower.

Als er im nachhinein darüber nachdachte, erkannte er, daß die Worte, die Hadley zuletzt gesagt hatte, das Allerschrecklichste waren, was er jemals gehört hatte. Entsetzen hatte ihn oft genug gepackt während dieser Tage in Lincolnshire, als es um den Fall Starberth ging. Aber eine Leiche in Golfkleidung, der man mit wahrhaft teuflischer Hand den Sir William gestohlenen Zylinder aufgesetzt hatte, übertraf alles andere an Abscheulichkeit. Nachdem gestohlene Hüte auf Droschkengäule, Laternenpfosten und steinerne Löwen gesetzt worden waren, schien es nun fast so, als habe dieser Verrückte eigens eine Leiche kreiert, um sie als passende Ablage für seinen Hut zu gebrauchen. Das erschreckend Groteske an dieser Situation wurde noch dadurch verstärkt, daß Rampole die Diebesposse bereits als alberne Kinderei milde belächelt hatte. In seiner Erinnerung schien ihm der Londoner Tower durchaus der geeignete Ort zu sein, um einen toten Mann auf diese Art zu verzieren.

Die Fahrt schien endlos. Im West End hing nur leichter Nebel, aber er wurde immer dichter, als sie sich dem Fluß näherten, und in der Cannon Street war es dann fast dunkel. Sir Williams Fahrer konnte nur mit äußerster Vorsicht vorankommen. Ohne Hut, einen Schal wüst um den Hals geschlungen, saß Sir William hinten im Wagen eingezwängt zwischen Hadley und Dr. Fell; in verkrampfter Haltung nach vorne geneigt, hielt er seine Knie umklammert. Rampole saß auf einem der Notsitze und betrachtete im trüben Lichtschein, der durch die schmutzigen Seitenfenster der Limousine fiel, das Gesicht des Adligen.

Sir William atmete schwer...

»Wir sollten lieber reden«, sagte Dr. Fell schroff. »Sie werden sich dann besser fühlen, Verehrtester... Nun ist es Mord, Hadley. Brauchen Sie mich jetzt immer noch?«

»Mehr als je zuvor«, sagte der Chief Inspector.

Nachdenklich blähte Dr. Fell die Backen auf. Er saß so weit nach vorne geneigt, daß sein Kinn beinahe die beiden Hände berührte, in denen er einen Spazierstock hielt; unter dem Schlapphut lag sein Gesicht im Schatten.

»Wenn Sie also nichts dagegen haben, würde ich gerne fragen...«

»Was?« fragte Sir William verwirrt. »Oh. Nein, nein. Überhaupt nicht. Fahren Sie fort.« Er starrte weiter hinaus in den Nebel.

Der Wagen holperte. Sir William wandte sich zur Seite und sagte: »Sehen Sie, ich mochte den Jungen sehr gerne.« Dann starrte er wieder nach vorne. Einen Moment herrschte nun Schweigen, während der Fahrer die Autohupe wüst betätigte und die drei Rampole gegenübersitzenden Konturen vor seinen Augen auf dem Rücksitz hin und her schwankten.

»Nun«, bemerkte Dr. Fell schroff. »Was hat man Ihnen am Telefon erzählt, Hadley?«

»Nur, daß der Junge tot ist und auf irgendeine Weise erstochen wurde. Und daß er Golfkleidung trug und den Zylinder von Sir William. Es war ein von Scotland Yard durchgestelltes Gespräch. Normalerweise hätte ich den Anruf gar nicht bekommen dürfen. Die Sache wäre solange von der zuständigen Polizeidienststelle bearbeitet worden, bis diese sich um Hilfe an den Yard gewandt hätte oder wir uns aus eigener Initiative eingeschaltet hätten. Aber in diesem Fall...«

»Nun?«

»Ich hatte so ein Gefühl. Ich hatte so ein Gefühl, daß diese verdammte Hutgeschichte mehr war als ein bloßer Spaß. Ich hinterließ die Anweisung – hinter meinem Rücken machte man sich darüber lustig –, daß – sollten weitere dumme Streiche mit Hüten entdeckt werden – dies von der zuständigen Dienststelle Scotland Yard gemeldet und durch Sergeant Anders direkt an mich weitergeleitet werden soll. Also doch. Es war also doch nicht so dumm, wie ich schon glaubte.« Hadley schnellte mit dem Kopf nach vorne und schaute nachtragend hinüber zu Dr. Fell. »Aber, bei Gott! Ich sagte Ihnen ja, daß ich nicht zu den Dummköpfen gehöre, die damit angeben, wie absolut erfahren sie seien... Ich werde diesen speziellen Fall höchstpersönlich übernehmen.«

»Das ist vernünftig. Aber sagen Sie mal, wie konnten die Leute am Tower wissen, daß es Sir Williams Zylinder war?«

»Das kann ich Ihnen erklären«, stieß Sir William erregt hervor. »Ich hatte es einfach satt, den falschen Hut mitzunehmen, wenn ich abends aus war. In einer Reihe sehen Zylinder alle gleich aus, und Initialen verwirren einen nur. Die Hüte, die ich zu gesellschaftlichen Anlässen trage – Chapeaux claques, Zylinder und meine Melonen übrigens auch –, haben innen in Gold *Bitton* aufgedruckt.« Er sprach hastig und konfus; offenbar war er in Gedanken irgendwo anders. Er schien alles von sich zu geben, was durch seinen Kopf geisterte, ohne überhaupt darüber nachzudenken. »Ja, und stellen Sie sich vor, *das* war überdies ein neuer Hut. Ich hab' ihn gekauft, als ich den Homburg gekauft habe; denn mein Chapeau claque schnappte nicht mehr zurück... Ich hatte ihn noch nicht getragen, bevor ... es war ...«

Er hielt inne und rieb sich mit der Hand über die ausdruckslosen Augen.

»Seltsam, das ist seltsam«, fuhr er dumpf fort. »Sie sprachen von meinem ›gestohlenen‹ Hut, Hadley. Ja, der Zylinder wurde gestohlen. Das ist schon richtig; aber woher wußten Sie, daß es der gestohlene Zylinder war, den sie bei Philip gefunden haben?«

Hadley war gereizt. »Das weiß ich nicht. Man hat es mir am Telefon mitgeteilt. Man sagte mir, General Mason habe die Leiche entdeckt, und deshalb ...«

»Aha«, murmelte Sir William, wobei er mit dem Kopf nickte und sich in die Nase kniff. Unbedeutende Kleinigkeiten schienen ihn völlig zu lähmen. »Ja. Mason war am Sonntag bei mir zu Gast, und ich vermute, ich habe es ihm erzählt. Ich ...«

Dr. Fell beugte sich vor. Er schien nur mit Mühe seine Erregung unterdrücken zu können.

»Es war also ein neuer Hut, Sir William?« fragte er. »Ein neuer Hut?«

»Ja. Ich sagte es bereits.«

»Ein Klappzylinder«, grübelte Dr. Fell, »den Sie zum ersten Mal trugen... Wann wurde er gestohlen?«

»Was? Ach so. Samstag abend. Als ich vom Theater nach Hause fuhr. Wir waren von Piccadilly aus in die Berkeley Street eingebogen. Es war eine schwüle Nacht; die Fenster im Auto waren alle runtergedreht. Zudem ist es dort ziemlich dunkel... Was sagte ich gerade? Ach ja. Nun, genau gegenüber der Lansdowne Passage bremste Simpson auf einmal, um irgendeinen Blinden mit einem Bauchladen voller Bleistifte oder dergleichen über die Straße zu lassen. Dann sprang jemand aus einem dunklen Winkel in der Nähe des Eingangs der Passage, schoß mit der Hand hinten in den Wagen hinein, riß mir den Hut vom Kopf und rannte davon.«

»Was taten Sie?«

»Nichts. Ich war zu überrascht. Konnte vermutlich nur noch vor mich hin stottern. Was zum Teufel *kann* man schon machen, wenn jemand ...«

»Haben Sie den Mann verfolgt?«

»Um dabei wie ein Idiot auszusehen? Großer Gott, nein. Lieber lasse ich ihn davonkommen.«

»Also haben Sie es natürlich auch nicht gemeldet«, sagte Dr. Fell. »Haben Sie einen Blick auf den Mann werfen können?«

»Nein. Ich sage Ihnen, es ging zu plötzlich. Zack! – und er war weg. Ha, zum Teufel mit dem Schurken. Und nun... Sehen Sie«, murmelte Sir William vor sich hin. Er zögerte und schüttelte den Kopf.

»Sehen Sie... der Hut ist ja egal; ich denke an Philip. Ich habe ihn nie so behandelt, wie ich es hätte tun sollen. Ich liebte ihn wie einen Sohn. Aber ich war ihm gegenüber immer zu hart. Das Geld, was ich ihm gab, war zu knapp bemessen; ständig hab' ich damit gedroht, ihm das Geld ganz zu streichen; und ständig hab' ich ihm gesagt, daß er zu nichts taugt. Ich weiß nicht, warum ich es getan habe; aber jedesmal, wenn ich den Jungen sah, hatte ich das Gefühl, ihm predigen zu müssen. Er hatte keine Vorstellung vom Wert des Geldes. Er ...«

Sir William schlug sich mit der Faust aufs Knie. Kraftlos fügte er hinzu:

»Was spielt das nun noch für eine Rolle. Er ist tot.«

Die Limousine glitt zwischen riesigen roten Häusern entlang; unter einem nebelverhangenen Himmel warfen Straßenlaternen einen fahlen Lichtschein durch die Scheiben. Sie kamen von der Mark Lane, fuhren um das Monument herum und dann weiter den Tower Hill hinab.

Rampole konnte kaum mehr als ein paar Meter weit sehen. Lampen flimmerten im nebeligen Zwielicht, und das Konturenlose vor ihnen, was die Themse sein mußte, klang wider von schrillen Pfeifsignalen und ihren tieferen Antworten, die aus größerer Entfernung herüberhallten. Irgendwo ratterte ein Wagenrad. Als die Limousine das Tor in dem Eisenzaun, der das gesamte Gelände umgab, passierte, versuchte Rampole, die Feuchtigkeit der innen beschlagenen Scheiben wegzuwischen, um nach draußen sehen zu können. Undeutlich erkannte er den betonierten, trockenen Burggraben und – etwa in der Mitte davon – ein etwas verloren wirkendes Hockeytor. Der Fahrweg führte jetzt nach links, vorbei an einem Fachwerkhaus, das er als Verkaufsstelle für die Eintrittskarten und als Erfrischungsraum in Erinnerung hatte, durch einen Torbogen hindurch, an dessen beiden Seiten sich zwei einfache, niedrige Rundtürme erhoben. Genau unter diesem Torbogen wurden sie abrupt zum Halten gebracht. Eine Wache mit dem hohen schwarzen Tschako und der grauen Uniform der Spur Guard kam vorschriftsmäßig heraus und kreuzte das Gewehr vor der Brust. Der Wagen stoppte, und Hadley sprang hinaus.

In dem trüben, gespenstischen Halblicht tauchte noch eine weitere Gestalt an der Seite der Wache auf. Es war jemand von den Yeoman Warders, in einem geknöpften, kurzen blauen Umhang und mit der typischen rotblauen Kopfbedeckung der Leibgardisten. Er fragte:

»Chief Inspector Hadley? ... Danke. Wenn Sie mir bitte folgen würden, Sir?«

In dem ganzen Vorgang lag eine knappe, militärische Präzision, die Rampole frösteln ließ. Diese Präzision – das wußte er – war kein Zufall. Die Yeoman Warders rekrutierten sich aus langgedienten Feldwebeln, die sich bei der Armee hervorgetan hatten; sie hatten den Rang eines Oberfeldwebels mit Offizierspatent. Überflüssige Bewegungen würde es bei ihnen nicht geben.

Hadley fragte knapp: »Wer ist der verantwortliche Offizier?«

»Der Kommandant der Wache, Sir, unter dem Befehl des stellvertretenden Festungskommandanten. Diese Herren . . .?«

»Meine Mitarbeiter. Dies ist Sir William Bitton. Was wurde bisher unternommen?«

Der Gardist schaute unbewegt hinüber zu Sir William und wieder zurück zu Hadley.

»Der Kommandant wird alles erklären, Sir. Die Leiche des jungen Mannes wurde von General Mason gefunden.«

»Wo?«

»Ich glaube, es war auf den Stufen, die zum Traitors' Gate hinunterführen, Sir. Sie wissen natürlich, Sir, daß die Gardisten als Hilfspolizisten vereidigt sind. General Mason schlug also vor – da Sie ja mit dem Onkel des jungen Mannes bekannt sind –, sich direkt mit Ihnen anstatt mit der örtlichen Polizeidienststelle in Verbindung zu setzen und bis zu Ihrer Ankunft die Angelegenheit selbst in die Hand zu nehmen.«

»Irgendwelche Vorkehrungen?«

»Ein Befehl ist ergangen, daß bis auf Widerruf niemand den Tower betreten oder verlassen darf, Sir.«

»Sehr gut! Lassen Sie aber lieber Anweisung geben, den Polizeiarzt und seine Mitarbeiter bei ihrer Ankunft hier durchzulassen.«

»Ja, Sir.« Er sprach kurz mit der Wache und führte sie dann unter dem Torbogen hindurch.

Eine Steinbrücke führte von dieser Befestigung – Middle Tower genannt – über den Burggraben hinüber zu einer anderen, größeren Festung mit runden Bollwerken, durch deren Torbogen man die äußeren Festungsmauern passierte. Diese mächtige Verteidigungsanlage, grauschwarz mit weißlichen Steinen durchsetzt, verlief zur Rechten und zur Linken. Aber der feuchte Nebel war so dicht, daß das Eingangstor nicht zu sehen war. Als Rampole zusammen mit Dr. Fell, Hadley und Sir William, der einige Schritte vorausging, hinter dem Wachposten die Brücke überquerte, überlief ihn erneut ein Frösteln. Alles schien zugleich Vergangenheit und Gegenwart zu sein, und die Vergänglichkeit beider Zeiten wurde ihm bewußt.

Gerade als sie sich unter dem nächsten Torbogen befanden, erschien – mit der gleichen unheimlichen Plötzlichkeit wie die beiden anderen – erneut eine Gestalt. Es war ein dicker, untersetzter Mann mit aufrechter Haltung; seine Hände steckten in den Taschen eines vor Nässe triefenden Regenmantels. Die Mütze hatte er bis zu den Augenbrauen hinuntergezogen. Er trat vor und spähte in den Nebel, als er ihre gedämpften Schritte auf der Straße hörte. Dann stutzte er ein wenig.

»Großer Gott, Bitton! Wie kommen *Sie* denn hierher?« fragte er und griff hastig nach Sir Williams Hand.

»Spielt doch jetzt keine Rolle«, antwortete Sir William gleichgültig. »Danke, Mason. Wo haben Sie ihn?«

Mason schaute ihn an. Er hatte einen rötlichen Schnurrbart und einen Knebelbart, beide hingen naß herunter. Furchen durchzogen sein blasses Gesicht, und man sah die Fältchen um seine hellen und wachsamen Augen. Einen Moment lang betrachtete er Sir William mit diesem wachsamen Blick, wobei er den Kopf leicht zur Seite neigte. Kein Ton war zu hören an diesem gewaltigen Ort. Nur das jammernde Pfeifsignal eines Schleppers drang von der Themse her hoch.

»Mein lieber Bitton!« sagte Mason und ließ seine Hand los. »Dies ist . . .?«

»Chief Inspector Hadley. Dr. Fell. Mr. Rampole . . . General Mason«, stellte Sir William vor und riß entschlossen den Kopf hoch. »Wo ist er, Mason? Ich möchte ihn sehen.«

General Mason nahm seinen Arm. »Sie verstehen sicher, daß wir die Leiche bis zur Ankunft der Polizei unverändert lassen mußten. Er ist dort, wo wir ihn gefunden haben. Das war doch richtig, nicht wahr, Mr. Hadley?«

»Ganz genau, General. . . Wenn Sie uns jetzt die Stelle zeigen würden. . .? Vielen Dank. Ich fürchte, daß wir ihn bis zur Untersuchung durch den Polizeiarzt dort lassen müssen.«

»Um Gottes willen, Mason«, sagte Sir William mit leiser Stimme, »Wer . . . ich meine, wie ist es passiert? Wer hat das getan? So ein wahnsinniger . . .«

»Ich weiß es nicht. Ich weiß nur, was wir gesehen haben. Beruhigen Sie sich. Möchten Sie zuerst noch einen Schluck trinken?«

»Nein. Nein, danke. Ich bin schon in Ordnung. Wie wurde er getötet?«

General Mason zog heftig an seinen Barthaaren, das einzige Anzeichen von Nervosität, das er zeigte. Er sagte:

»Soweit ich es beurteilen kann, scheint es ein Pfeil aus einer Armbrust gewesen zu sein. Das Ende ragt etwa zehn Zentimeter aus seiner Brust heraus, und die Spitze kommt auf der anderen Seite kaum ... Verzeihen Sie mir. Ein Armbrustpfeil. Wir haben einige davon in der Waffenkammer. Direkt durchs Herz. Der Tod muß unmittelbar eingetreten sein, Bitton. Zumindest keine Schmerzen mehr.«

»Sie meinen also«, sagte der Inspektor, »er wurde erschossen.«

»Oder aber er ist damit wie mit einem Dolch erstochen worden. Das ist sogar wahrscheinlicher. Kommen Sie und schauen Sie ihn sich an, Mr. Hadley; und dann übernehmen Sie die Verantwortung für meinen Hofstaat« – er machte eine Kopfbewegung in Richtung der Festung hinter sich – »dort drinnen. Die Warders' Hall wird von mir für die ... wie nennen Sie das doch gleich ... verschärften Verhöre benutzt.«

»Was ist mit den Besuchern? Man sagte mir, Sie hätten Anweisung gegeben, daß niemand hinausdarf.«

»Ja. Glücklicherweise ist heute ein schlechter Tag, und wir haben nicht viele Besucher. Glücklicherweise ist auch der Nebel dort unten an der Treppe von Traitors' Gate sehr dicht; ich glaube nicht, daß jemand, der dort zufällig vorbeigeht, die Leiche bemerken würde. Soweit ich auf dem laufenden bin, weiß bisher niemand davon. Wenn die Besucher uns verlassen wollen, werden sie am Tor aufgehalten. Man sagt ihnen, es wäre ein Unfall geschehen; wir versuchen, ihnen den Aufenthalt so angenehm wie möglich zu gestalten, bis Sie mit ihnen sprechen können...« Er wandte sich an den Wachposten. »Sagen Sie Ihrem Kommandanten, er soll bis zu meiner Rückkehr weitermachen. Bringen Sie in Erfahrung, ob Mr. Dalrye die Namen und Adressen aller Besucher hat... Hier lang, meine Herren.«

Vor ihnen verlief die befestigte Straße schnurgerade. Schräg links vor ihnen, nicht weit von dem Torbogen, unter dem sie standen, nahm Rampole die düsteren Umrisse eines weiteren runden Befestigungsturmes wahr. Daran schloß sich eine hohe Mauer parallel zur Straße an. Rampole erinnerte sich nun. Diese Mauer auf der linken Seite war die Verteidigungsanlage der inneren Festung. Ein quadratischer Block in einem anderen Block. Rechts von ihnen trennte sie die äußere Festungsmauer vom Themseufer. So wurde eine etwa zehn Meter breite Gasse gebildet, die sich über die gesamte Länge der Anlage entlang der Flußseite hinzog. Das fahle Licht der Gaslampen, die in regelmäßigen Abständen entlang der Straße standen, wurde vom Nebel nahezu ausgelöscht. Rampole konnte schwach die spitzen Umrisse von Baumästen erkennen.

Ihre Schritte hallten in dem Hohlweg zwischen den Mauern. Auf der rechten Seite fiel Licht durch ein Fenster; in dem kleinen Raum dahinter wurden Postkarten verkauft. Der Kopf und der Hut eines Wachposten zeichnete sich dunkel gegen das Licht ab, als er hinausguckte. Etwa neunzig Meter führte General Mason sie die Straße entlang; dann machte er Halt und zeigte nach rechts.

»St. Thomas Tower«, sagte er. »Und darunter, das ist Traitors' Gate.«

Der Festungsturm selbst blieb wegen der Größe des Tores, über dem er erbaut war, fast unbemerkt. Traitors' Gate wirkte wie ein längliches, aus Stein gehauenes Gewölbe, wie der Abzug einer scheußlichen Feuerstelle im Innern der dicken Mauer. Von der Höhe der Straße aus führten sechzehn breite Steinstufen hinunter zu einer großen gepflasterten Fläche, wo einst das Flußbett der Themse verlief. Ursprünglich war dies hier der Zugang zum Tower vom Wasser her gewesen. Das Wasser des Flusses hatte bis zu den obersten Stufen gereicht, und die Lastkähne waren zum Vertäuen bis unter das Gewölbe gefahren. Der Zugang schien schon seit ewigen Zeiten versperrt zu sein durch zwei schwere Tore aus Eichenholz mit senkrechten Eisenstäben sowie einem Gitter aus Eichenholz, das den Raum über der Tür bis in den Bogen hinein ausfüllte. Jenseits davon war das Themseufer befestigt worden, so daß nun die riesige Fläche dort unten trocken dalag.

Es hatte einen gewaltigen Eindruck auf Rampole gemacht, als er es zum ersten Mal gesehen hatte. Es war auch nötig, sich all diese Einzelheiten wieder in die Erinnerung zurückzurufen, denn in dem Nebel erkannte man die große Tordurchfahrt nur sehr verschwommen. Nur undeutlich sah er die scheußlichen Eisenspitzen oben auf den Toren, und etwas Helles schimmerte durch das Gitter. Aber der ganze Bereich unten – hinter dem Eisengeländer, das die Treppe nach unten sicherte – war eine dunkle Wand.

General Mason holte eine Taschenlampe hervor, knipste sie an und richtete den Strahl nach unten. Ein Wachposten hatte regungslos neben dem Geländer gestanden; der General bewegte den Lichtstrahl lebhaft hin und her.

»Postieren Sie sich ans Tor des Bloody Towers«, sagte er, »und lassen Sie niemanden näher herankommen... Nun, meine Herren. Ich denke, es ist nicht nötig, daß wir über das Geländer klettern. Ich bin schon dort unten gewesen.«

Unmittelbar bevor der Strahl der Taschenlampe die Stufen hinabwanderte, empfand Rampole einen beinahe körperlichen Ekel. Fest hielt er das nasse Eisengeländer umklammert, und er hätte am liebsten die Augen geschlossen oder den Kopf beiseite gedreht. Seine Brust fühlte sich beklommen und leer an; sein Herz schlug wie ein kleiner Hammer. Dann sah er es...

Der Tote lag in der Nähe des Fußes der Treppe, Kopf voran, den Körper auf die rechte Seite gedreht. Offenbar war er die ganze Treppe heruntergerollt. Philip Driscoll trug einen Anzug aus schwerem Tweed mit weiten Knickerbockern, Golfsocken und derbes Schuhwerk. Der grob gemusterte Anzug war wohl ursprünglich hellbraun gewesen, schien jetzt aber fast schwarz vor Nässe. Doch die Betrachter beachteten diese Einzelheiten kaum. Als General Mason den Strahl der Taschenlampe weiterwandern ließ, bemerkten sie ein kurzes, mattglänzendes Stück Stahl, das aus der linken Seite der Brust herausragte. Offensichtlich hatte die Wunde nicht stark geblutet.

Das Gesicht war ihnen zugewandt, genau wie die Brust, die ein wenig nach oben gewölbt war, so, als sollte der Pfeil im Herz gezeigt werden. Das Gesicht war bleich und wächsern, die Augen fast geschlossen. Ein dümmlicher, leerer Ausdruck lag auf ihm, der aber erst durch den Hut wirklich grauenerregend wurde.

Der Zylinder war durch den Fall nicht zu Schaden gekommen. Er war viel zu groß für Philip Driscoll; ob er nun fest auf seinen Kopf gedrückt oder einfach darüber geglitten war – er reichte jedenfalls fast hinunter bis auf seine Augen und ließ die Ohren auf groteske Weise abstehen. Der Anblick des ihnen zugewandten Gesichtes, dessen eine Wange die Steinstufe berührte, und des Hutes, der – abscheulich verwegen wirkend – schief auf dem Kopf saß, entlockte Sir William einen Ton, der weniger ein Schluchzen als ein wütendes Knurren war.

General Mason knipste die Lampe aus.

»Verstehen Sie?« sagte er in der Dunkelheit. »Wenn dieser Hut nicht so sonderbar ausgesehen hätte, hätte ich ihn überhaupt nicht heruntergenommen und Ihren Namen auf der Innenseite gesehen... Mr. Hadley, wollen Sie jetzt eine Untersuchung vornehmen oder warten Sie, bis der Polizeiarzt hier ist?«

»Geben Sie mir bitte Ihre Lampe«, sagte der Chief Inspector kurz angebunden. Er knipste das Licht wieder an und ließ es herumwandern. »Wie kam es, daß Sie ihn fanden, General?«

»Das ist etwas komplizierter, als ich Ihnen erzählen kann«, antwortete der Festungskommandant. »Die Vorgeschichte dazu können Sie von den Leuten erfahren, die ihn sahen, als er hier am frühen Nachmittag ankam.«

»Wann war das genau?«

»Der Zeitpunkt seiner Ankunft hier? Etwa gegen zwanzig nach eins, glaube ich. Ich war nicht hier... Dalrye, mein Sekretär, fuhr mich in meinem Wagen aus der Stadtmitte hierher; wir kamen genau um halb drei an. Ich erinnere mich so genau daran, weil ich die Uhr von den Kasernen her läuten hörte, als wir den Byward Tower passierten.« Er zeigte zurück auf die Straße. »Übrigens befindet sich der Byward Tower dort, wo ich Sie getroffen habe.

Wir fuhren also die Water Lane ... diese Straße hier ... entlang, und Dalrye ließ mich am Tor vom Bloody Tower, hier direkt gegenüber von uns, aussteigen.«

Sie spähten hinüber ins Dunkel. Das Tor vom Bloody Tower befand sich im inneren Befestigungsring auf der anderen Straßenseite. Sie konnten die spitzen Zähne des hochgezogenen Fallgitters erkennen und darunter eine mit Kies bedeckte Straße, die hinauf zum höhergelegenen Gelände führte.

»Mein eigenes Quartier befindet sich dort oben, innerhalb der Mauern, im King's House. Ich war schon unter dem Tor, während Dalrye den Wagen die Water Lane hinterfuhr, um ihn dort abzustellen, als mir einfiel, daß ich noch mit Sir Leonard Haldyne zu sprechen hatte...«

»Sir Leonard Haldyne?«

»Dem Direktor der Schatzkammer. Er wohnt auf der Rückseite vom St. Thomas Tower. Schalten Sie bitte einmal die Lampe an; gehen Sie damit nach rechts hinüber, genau bis zur Höhe des Torbogens von Traitors' Gate... Dort, ja.« Im vom Nebel verschwommenen Lichtstrahl erkannte man eine schwere, eisenbeschlagene Tür, die in die dicke Mauer eingelassen war. »Dahinter ist eine Treppe, die hinauf zur Hauskapelle führt. Sir Leonards Unterkunft befindet sich auf der anderen Seite.

Neben dem Nebel hatte es auch noch begonnen zu regnen, und ich konnte kaum etwas erkennen. Ich überquerte also die Straße und griff nach dem Geländer hier vor den Stufen, um sicher hinüber zur Tür zu kommen. Ich weiß nicht, was mich veranlaßte hinunterzusehen. Natürlich ist dieses ganze Gerede von einem sechsten Sinn völliger Blödsinn, aber wenn jemand schon so oft dem Tod ins Auge gesehen hat wie ich ... Nun, wie auch immer, ich schaute hinunter. Ich sah alles nur schemenhaft, aber das reichte. Ich kletterte über das Geländer, ging vorsichtig hinunter und zündete ein Streichholz an. Dann sah ich ihn.«

Die Erläuterungen des Generals waren exakt, knapp und gelassen. Er hob die schweren Schultern.

»Was haben Sie dann unternommen?«

»Es handelte sich offensichtlich um Mord«, fuhr der General fort, anscheinend ohne die Frage zur Kenntnis zu nehmen. »Jemand, der Selbstmord begeht, kann sich nicht einen stählernen Pfeil so weit in die eigene Brust treiben, daß die Pfeilspitze unter dem Schulterblatt wieder heraustritt; jedenfalls keine so schmale und schwache Gestalt wie der junge Driscoll. Er war sicher schon einige Zeit tot... der Körper war bereits kalt.

Was nun sein sonderbares Verhalten betrifft... Nein, das sollen Sie von den anderen hören. Ich erzähle Ihnen ganz einfach nur das, was *ich* getan habe. Der junge Dalrye kam dann von der Garage zurück, und ich rief ihn herbei. Ich sagte ihm nicht, wer der Tote war. Er ist mit Sheila Bitton verlobt und ... nun, Sie werden selber hören. Aber ich befahl ihm, einen der Wachposten nach Dr. Benedict zu schicken.«

»Wer ist das?«

»Der leitende Arzt des hiesigen Militärkrankenhauses. Ich wies Dalrye an, zum White Tower zu gehen und Mr. Radburn, den Kommandanten der Wache, zu suchen. In der Regel beendet er dort am White Tower gegen halb drei seinen Nachmittagsrundgang. Ich befahl ihm zudem, er solle die Anweisung ergehen lassen, daß niemand – durch welches Tor auch immer – den Tower verlassen dürfe. Ich wußte, daß dies eine zwecklose Vorkehrung sein würde, da Driscoll bereits eine Zeitlang tot war und der Mörder genug Zeit gehabt hatte, sich davonzumachen, aber es war alles, was ich tun konnte.«

»Einen Moment, General Mason«, unterbrach ihn Hadley. »Wie viele Tore gibt es in der äußeren Befestigungsmauer?«

»Drei, Queen's Gate nicht mitgerechnet; niemand könnte dort hindurch. Es gibt das Haupttor unter dem Middle Tower, durch das Sie gekommen sind. Zwei weitere führen hinunter zum Themseufer. Sie gehen übrigens ein Stückchen weiter unten von dieser Gasse ab.«

»Sind dort Wachposten?«

»Selbstverständlich. Eine Spur Guard und jemand von den Yeoman Warders an jedem Tor. Aber wenn Sie die Beschreibung der Person erwarten, die hinausging, fürchte ich, muß ich Sie enttäuschen. Tausende von Besuchern gehen täglich durch diese Tore. Einige der Wachen haben die Angewohnheit, sich die Zeit damit zu vertreiben, die hinein- und herauskommenden Leute zu beobachten und einzuordnen, aber es war den ganzen Tag über nebelig, und zeitweise hat es noch geregnet. Wenn der Mörder nicht irgendwie wie ein Monster aussah, stehen seine Chancen tausend zu eins, daß er unbemerkt entkommen konnte.«

»Verdammt!« sagte Hadley leise. »Fahren Sie fort, General.«

»Das ist schon fast alles. Dr. Benedict – er macht drüben gerade seine Visite – bestätigte meine Diagnose. Er sagte, Driscoll sei seit mindestens einer dreiviertel Stunde tot gewesen, als ich ihn fand, wahrscheinlich aber schon länger. Alles Weitere kennen Sie.«

General Mason zögerte einen Moment.

»Es gibt da eine sonderbare, eine unglaubliche Geschichte im Zusammenhang mit Driscolls Unternehmungen hier heute nachmittag. Entweder war der Bursche verrückt geworden, oder ...« Erneut unterbrach er seinen Bericht mit einer plötzlichen Bewegung. »Ich schlage vor, Sie schauen sich ihn an, Mr. Hadley; danach können wir unser Gespräch etwas gemütlicher in der Warders' Hall fortführen.«

Hadley nickte. Er wandte sich zu Dr. Fell. »Schaffen Sie es über das Geländer?«

Die große, massige Gestalt Dr. Fells, der unter seinem Umhang eher einem Banditen glich, hatte schweigend im Hintergrund gestanden. Mehrmals schon hatte General Mason ihn scharf ins Auge gefaßt. Offensichtlich fragte er sich, wer wohl dieser beleibte Mann mit den schwerfälligen Bewegungen und dem Schlapphut auf dem Kopf war – und warum er dort war, und wunderte sich über die kleinen pfiffigen Augen, deren Blick durch einen Kneifer, welcher an einem schwarzen Band befestigt war, auf ihn gerichtet war.

»Nein«, sagte der Doktor. »Dazu bin ich nicht mehr beweglich genug. Aber ich denke, es wird auch nicht nötig sein. Machen Sie weiter; ich schaue von hier oben zu.«

Der Chief Inspector zog seine Handschuhe an und kletterte über die Absperrung. Der leuchtende Kreis seiner Taschenlampe strich vor ihm die Stufen hinab. Erneut griff Rampole nach dem Geländer und schaute zu. Gelassen und ruhig ließ Hadley, der einen blauen Mantel und eine Melone trug, den Lichtstrahl über die dort hingeworfene Gestalt wandern.

Zunächst nahm er sorgfältig die Position der Leiche zur Kenntnis und machte einige Skizzen und Anmerkungen in sein Notizbuch, wobei er die Taschenlampe unter einem Arm geklemmt hielt. Er befingerte die Muskeln, drehte den Körper leicht zur Seite und tastete die Schädeldecke ab; wie eine Schaufensterpuppe wurde Philip Driscoll herumgerollt. Äußerst sorgfältig untersuchte Hadley den Boden ringsherum. Dann wandte er sich dem kurzen Stück Stahl zu, das aus der Brust hervorragte. Es war ein glänzendes, abgerundetes, dünnes Stück Stahl, das am Ende nicht – wie bei einem richtigem Pfeil – eingekerbt war. Jetzt war der blanke Stahl mit Feuchtigkeit beschlagen.

Schließlich entfernte Hadley den Hut. Das nasse Gesicht des schmächtigen dandyhaften Jungen war ihnen zugewandt; es sah einfältig und mitleiderregend aus. Dichte rötliche Haarlocken klebten naß an seiner Stirn. Hadley schaute sich ihn nicht einmal an. Dafür untersuchte er um so sorgfältiger den Hut und nahm ihn mit, als er langsam die Treppen wieder hinaufstieg.

»Nun?« fragte Sir William mit rauher, dünner Stimme.

Nachdem er wieder über das Geländer zurückgekehrt war, sagte Hadley eine lange Zeit nichts. Regungslos stand er da; er hatte das Licht ausgeknipst und schlug mit der Taschenlampe nachdenklich auf seine Handfläche. Rampole konnte ihn nicht gut sehen, wußte aber, daß Hadleys Blick über die Straße wanderte.

Vom Fluß hörte man das langgezogene Signal eines Nebelhorns und das Rasseln von Ketten. Rampole überlief ein Frösteln.

Hadley sagte: »Etwas hat Ihr Stabsarzt übersehen, General. Auf der Schädeldecke befindet sich eine Prellung. Sie rührt entweder von einem Schlag auf den Kopf her, oder aber – was wahrscheinlicher ist – er zog sie sich zu, als er die Stufen hinuntergeworfen wurde, nachdem der Mörder ihn niedergestochen hatte.«

Der Chief Inspector blickte bedächtig um sich.

»Nehmen wir einmal an, er stand an diesem Geländer oder in der Nähe davon, als der Mörder ihn traf. Das Geländer ist mehr als hüfthoch, und Driscoll ist ziemlich klein. Daß ihn ein Stoß – selbst wenn er gewaltig war – mit dieser Waffe über das Geländer hätte schleudern können, halte ich für unwahrscheinlich. Zweifellos warf ihn der Mörder rüber, um ihn aus dem Blickfeld zu schaffen.«

Der Chief Inspector sprach sehr bedächtig, und die Taschenlampe schlug immer noch in wohlbemessenen Schlägen auf die Handfläche.

»Im Moment dürfen wir auch noch nicht die Möglichkeit außer acht lassen, daß der Pfeil tatsächlich von einer Armbrust abgeschossen worden sein könnte, also nicht wie ein Dolch gebraucht wurde. Das ist allerdings wenig wahrscheinlich; es wäre schon fast verrückt, wenn man es näher betrachtet. So wie ich mir eine Armbrust vorstelle, erscheint es wirklich als höchst unwahrscheinlich, daß der Mörder im Londoner Tower mit einem solch unhandlichen Gerät herumläuft. Warum sollte er?«

»Nun, was das betrifft«, sagte Dr. Fell nachdenklich, »warum sollte er Hüte stehlen?«

Wieder beobachtete Rampole, wie General Mason mit seinen Schultern zuckte, so, als wollte er ein Gespinst voller verrückter Widersprüche abschütteln. Aber er sagte nichts, und Hadley fuhr in seinem gelassenen Tonfall fort:

»Ein Messer oder ein Totschläger hätten es genausogut getan. Und gerade wegen des Nebels – wie Sie schon sagten, General – ist es unmöglich, daß selbst ein Scharfschütze sein Ziel so genau hätte anvisieren können: Ganz sicher hätte er mit dem Pfeil nicht so sauber ins Herz getroffen. Und schließlich ist da noch der Hut.« Er zog ihn unter dem Arm hervor. »Zu welchem Zweck auch immer, der Mörder wollte den Hut auf den Kopf des Toten setzen. Ich denke, ich kann doch davon ausgehen, daß Mr. Driscoll diesen Hut nicht trug, als er in den Tower kam?«

»Natürlich nicht. Die Spur Guard und der Wachposten am Middle Tower, die ihn hereinkommen sahen, sagten, daß er eine Stoffmütze trug.«

»Die hier nirgendwo ist«, sagte der Inspector nachdenklich. »Aber verraten Sie mir eines, General. Sie sagten, daß hier ständig so viele Leute durchkommen. Wieso fiel den Wachen ausgerechnet Driscoll auf?«

»Sie kannten ihn. Zumindest mit dem Aufseher grüßte er sich; die Wache wechselt natürlich ständig. Er war ein ziemlich regelmäßiger Besucher. Dalrye hatte ihm in der Vergangenheit so oft aus der Klemme geholfen, daß Driscoll sich daran gewöhnt hatte, auf ihn zu zählen. Deshalb war er ja auch heute hier. Außerdem ... der Wachposten wird Ihnen darüber berichten. *Ich* hab' ihn nicht gesehen.«

»Ich verstehe. Bevor wir jetzt aber die Sache mit der Waffe untersuchen, gibt es noch etwas, was ich gerne wüßte ... Zunächst einmal können wir eines als sicher annehmen: Ob er nun erschossen oder erstochen wurde, getötet wurde er in nächster Nähe dieser Treppe. Bei all den Wachen hier konnte der Mörder unmöglich eine Leiche länger durch die Gegend schleppen; diese Stufen boten sich als Versteck geradezu an, und sie wurden dazu benutzt. Nehmen wir also einmal den unwahrscheinlichsten Verlauf an. Nehmen wir an, daß – a – er mit einer Armbrust erschossen wurde, daß ihn – b – die Gewalt des Aufpralls – die sehr stark gewesen sein muß – über das Geländer geschleudert hat oder daß der Mörder ihn später darüber geworden hat und daß – c – der Mörder ihn daraufhin mit Sir Williams Hut verziert hat. Verstehen Sie? *Von wo hätte dann der Pfeil abgeschossen werden können*?«

General Mason massierte seinen Knebelbart. Sie blickten auf die Festungsmauer auf der anderen Seite der Straße, auf das Tor vom Bloody Tower direkt gegenüber und auf den massigen, höheren Rundturm daneben. Weiter die Straße hinunter konnte Rampole noch einen anderen Torbogen über der Water Lane erkennen.

»Nun ...« sagte der General. »Der Pfeil kann überall hergekommen sein. Von dieser Straße, von Osten oder Westen, von beiden Seiten des Traitors' Gate. Vom Tor direkt unter dem Bloody Tower, das ist am wahrscheinlichsten. Aber das ist pure Spekulation. Es steht außer Frage: Man kann hier nicht mit einer Armbrust herumwandern, so als wäre es ein Gewehr. Zudem befindet sich direkt auf der anderen Seite des Tores der Eingang zum Wakefield Tower. Dort werden Besucher hereingelassen, und stets ist eine Wache auf Posten. Großer Gott! Seien wir doch vernünftig. So kann es nicht gewesen sein.«

Hadley nickte ruhig.

»Das glaube ich auch. Aber, wie Sie schon sagten, ist das da die wahrscheinlichste Richtung. Was ist mit den Fenstern oder den Befestigungsanlagen?«

»Wie?«

»Ich sagte, was ist mit den Fenstern oder Dächern? Wo könnte man sich hinstellen und einen Pfeil abschießen? Ich würde gar nicht erst fragen, wenn ich in diesem Nebel nicht nur Umrisse erkennen könnte.«

Der General starrte ihn an. Dann nickte er knapp. Als er antwortete, vernahm man einen harten, strengen, ungehaltenen Kasernenhofton, der Rampole zusammenzucken ließ.

»Nun, ich verstehe. Wenn Sie damit andeuten wollen, Mr. Hadley, daß irgend jemand aus dieser Festung ...!«

»Das habe ich nicht gesagt, Verehrtester«, antwortete Hadley sanft. »Ich habe Ihnen eine ganz normale Frage gestellt.«

Der General drückte seine Hände noch tiefer in die Taschen seines Regenmantels. Einen Augenblick später drehte er sich abrupt um und zeigte auf die gegenüberliegende Mauer.

»Vielleicht können Sie dort oben links in dem Gebäudekomplex, der über die eigentliche Mauer herausragt, einige Fenster erkennen. Das sind die Fenster vom King's House. Es wird von einigen Yeoman Warders und ihren Familien bewohnt – und von mir, sollte ich noch hinzufügen... Die Mauerbrüstung über uns führt geradewegs zum Bloody Tower. Der Abschnitt wird Raleigh's Walk genannt, und nur ein ziemlich großer Mann kann überhaupt über die Brüstung blicken... An Raleigh's Walk schließt direkt der Bloody Tower an, von dem aus einige Fenster nach hier hinausgehen. Sehen Sie dort rechts neben dem Bloody Tower den großen runden Turm, der direkt mit ihm verbunden ist? Das ist Wakefield Tower, wo die Kronjuwelen aufbewahrt werden. Dort gibt es auch einige Fenster, jedoch auch – was Sie wohl nicht verwundern wird – zwei Posten, die Wache halten. Ist damit Ihre Frage beantwortet, Sir?«

»Danke«, sagte der Chief Inspector. »Ich werde mir das Ganze näher angucken, wenn sich der Nebel etwas verzogen hat. Wenn Sie bereit sind, meine Herren, schlage ich vor, zur Warders' Hall zurückzukehren.«

## Kapitel 4

## Befragung

General Mason berührte sanft Sir Williams Arm, als sie sich abwendeten. Sir William hatte lange Zeit nicht geredet; er hatte sich an das Geländer geklammert und hinaus in die Dunkelheit gestarrt; auch jetzt sagte er kein Wort. Auf dem Rückweg ging er schweigend neben dem General her.

Hadley hatte immer noch den Hut unter seinen Arm geklemmt; er hielt eine Taschenlampe vor das Notizbuch und schrieb verschiedene Dinge auf. Sein ernstes, ruhiges Gesicht mit den ausdruckslosen dunklen Augen berührte im Schein der Taschenlampe fast das Notizbuch.

Er nickte und klappte das Buch zu.

»Um fortzufahren, General. Dieser Armbrustpfeil – ist der von hier?«

»Ich habe mich schon gefragt, wie lange Sie brauchen werden, um darauf zu kommen«, antwortete der Angesprochene schroff. »Ich weiß es nicht. Ich lasse es gerade nachprüfen. Es gibt hier eine Sammlung von Armbrüsten und einigen wenigen Pfeilen; sie befindet sich in einer Glasvitrine in der Waffenkammer im zweiten Stock des White Towers. Aber ich bin mir ziemlich sicher, daß dort nichts gestohlen wurde... Wie auch immer, wir haben eine Werkstatt im Brick Tower, auf der anderen Seite des Exerzierplatzes, in der wir die Waffen für die Ausstellung reinigen und reparieren. Ich habe nach der diensthabenden Wache schicken lassen; sie müßte jetzt dort sein. Sie wird Ihnen Näheres sagen können.«

»*Könnte* denn überhaupt eine Ihrer ausgestellten Armbrüste benutzt worden sein?«

»O ja. Sie werden so instand gehalten, als hätten wir noch vor, sie als Waffen zu benutzen.«

Hadley pfiff durch die Zähne. Dann wandte er sich an Dr. Fell.

»Für einen Menschen, der so gerne redet wie Sie, Doktor«,

sagte er, »waren Sie bislang unglaublich schweigsam. Fällt Ihnen zu der Geschichte nichts ein?«

Der Doktor rümpfte die Nase. »Doch«, gab er zurück, »doch, mir fällt sogar einiges ein. Aber das betrifft weder Fenster noch Armbrüste. Es betrifft Hüte. Ich hätte gerne diesen Zylinder, wenn es geht. Ich möchte ihn mir gerne ansehen, wenn das Licht besser ist.«

Hadley überreichte ihm wortlos den Hut.

»Dies«, erklärte ihnen General Mason, als sie sich am Byward Tower nach links wandten, »ist die kleinere Warders' Hall; unsere unfreiwilligen Gäste haben wir in der größeren untergebracht.« Er stieß eine Tür unter dem Gewölbebogen auf und gab ihnen ein Zeichen einzutreten.

Erst als Rampole in den warmen Raum trat, bemerkte er, wie steif und durchgefroren er war. Ein großes Feuer knisterte in einem überwölbten Kamin. Der Raum war rund und gemütlich, mit einer gerippten Decke, von der zahlreiche elektrische Lampen herunterhingen, und kreuzförmigen Fenstern hoch oben in der Wand. Hartgepolsterte Ledersessel und Buchregale gaben ihm ein wohnliches Ansehen. Hinter einem großen, flachen Schreibtisch saß kerzengerade und mit gefalteten Händen ein älterer Mann, der sie unter buschigen, weißen Augenbrauen betrachtete. Er trug die Uniform der Yeoman Warders, aber diese war viel kunstvoller gearbeitet als die, die Rampole vorher gesehen hatte. Neben ihm stand ein hochgewachsener, dünner junger Mann in gebeugter Haltung; er machte sich Notizen.

»Nehmen Sie Platz, meine Herren«, sagte General Mason. »Das ist Mr. Radburn, der Chief Warder, Mr. Dalrye, mein Sekretär.«

Er bot seinen Gästen Stühle an, nachdem er die Anwesenden miteinander bekannt gemacht hatte, und holte eine Kiste mit Zigarren hervor. »Was haben Sie bis jetzt in Erfahrung gebracht?«

Der Chief Warder schüttelte den Kopf. Er bot General Mason den Stuhl an, auf dem er gesessen hatte.

»Nicht viel, fürchte ich, Sir. Ich habe gerade die Wachen vom White Tower und den Vorarbeiter aus der Werkstatt befragt. Mr. Dalrye hat mitstenographiert.«

Der junge Mann schob einige Blätter zusammen und blickte mit zusammengekniffenen Augen auf General Mason. Er war immer noch ziemlich bleich. Instinktiv mochte Rampole diesen Robert Dalrye. Er hatte ein längliches, trauriges Gesicht, aber einen humorvollen Mund. Sein rotblondes Haar stand nach allen Seiten ab, was augenscheinlich mit der Angewohnheit zu tun hatte, mit der Hand hindurchzufahren. Seine gutmütigen, ziemlich kurzsichtigen grauen Augen blickten verbittert; er machte sich an einem Kneifer, der an einer Kette hing, zu schaffen und starrte dann auf seine Papiere.

»Guten Tag, Sir«, sagte er zu Sir William. »Man hat mir gesagt, daß Sie hier sind. Ich ... ich weiß nicht, was ich sagen soll. Sie wissen, wie ich empfinde.«

Dann, während er immer noch auf seine Papiere starrte, wechselte er plötzlich das Thema. »Ich habe hier die Aufzeichnungen, Sir«, berichtete er General Mason. »Es ist natürlich nichts aus der Waffenkammer entwendet worden. Und der Vorarbeiter aus der Werkstatt sowie beide Wachen vom White Tower sind bereit zu beschwören, daß dieser Pfeil nicht zur Sammlung gehört und auch niemals zu irgendeiner Sammlung hier gehört hat.«

»Wieso? Man kann doch so ein Ding nicht wirklich eindeutig identifizieren, oder?«

»John Brownlow ist ziemlich in die Einzelheiten gegangen. Und er ist – das kann man wahrlich behaupten – eine Autorität auf dem Gebiet, Sir. Hier steht es. Er sagt« – Dalrye rückte seinen Kneifer zurecht und blinzelte –, »er sagt, es handele sich um einen viel älteren Typ von Pfeil, als wir ihn hier haben. Das heißt, er kann sein Urteil natürlich nur auf den Teil stützen, den er sehen konnte... der aus dem Körper herausragt. Modell spätes vierzehntes Jahrhundert. Ah, hier steht es. ›Die jüngeren sind sehr viel kürzer und dicker, mit einem breiteren Widerhaken an der Spitze. Dieser hier ist so dünn, daß er nicht ohne weiteres in den Zug einer der Armbrüste aus der Sammlung passen würde‹.«

General Mason wandte sich an Hadley, der vorsichtig seinen Mantel auszog. »Sie sind dran. Fragen Sie, was und so viel Sie wollen. Geben Sie dem Chief Inspector diesen Stuhl... Aber ich denke, das beweist, daß er überhaupt nicht abgefeuert wurde, außer man geht davon aus, daß der Mörder seine eigene Armbrust mitgebracht hat. Er hätte also nicht mit einer der Armbrüste von hier abgeschossen werden können, Dalrye?«

»Brownlow sagt, daß das wohl möglich gewesen, der Pfeil dann aber mit ziemlicher Sicherheit danebengegangen wäre.«

Mason nickte und blickte den Chief Inspector mit zusammengekniffenen Lippen zufrieden an. Rampole sah den General zum ersten Mal in hellem Licht. Er hatte seinen durchnäßten Hut und den Regenmantel ausgezogen und über eine Bank geworfen; augenscheinlich hatte er nichts von jener Umständlichkeit, die man hohen Offizieren nachsagte. Er wärmte seine Hände am Feuer und blickte über die Schulter hinweg auf Hadley: eine aufrechte, untersetzte Gestalt, fast kahl, mit rötlichem Schnurr- und Knebelbart und einem Paar emotionsloser, starr blickender Augen.

»Nun?« wollte er wissen. »Was ist jetzt als erstes zu tun?«

Dalrye legte seine Papiere auf den Tisch.

»Ich denke, Sie sollten das besser wissen«, sprach er zu Mason und Sir William gewandt. »Unter den Besuchern hier sind zwei Personen, die bei dieser Angelegenheit ein persönliches Interesse haben dürften. Sie befinden sich mit den anderen Besuchern drüben in Warders' Hall. Ich bitte um Ihre Instruktionen, Sir. Mrs. Bitton macht uns die Hölle heiß, seit...«

*»Wer?«* fragte Sir William. Er hatte auf das Feuer geblickt und hob jetzt abrupt den Kopf.

»Mrs. Lester Bitton. Wie ich bereits sagte, macht sie...«

Sir William fuhr sich durch seine weißen Haare und blickte Mason verblüfft an. »Meine Schwägerin ... Was um alles in der Welt könnte *sie* hier zu suchen haben?«

Hadley hatte sich an den Schreibtisch gesetzt und ordnete mit äußerster Präzision Notizbuch, Bleistift und Taschenlampe in einer Reihe an. Er sah mäßig interessiert auf.

»Ah«, sagte er. »Freut mich zu hören. Das gibt unseren Bemühungen eine gewisse Richtung, wenn ich so sagen darf. Aber behelligen Sie sie im Augenblick noch nicht, Mr. Dalrye; wir werden uns zur gegebenen Zeit mit ihr unterhalten.« Er faltete seine Hände und betrachtete stirnrunzelnd Sir William. »Warum überrascht es Sie, Mrs. Lester Bitton hier anzutreffen?«

»Nun, Sie kennen...« Sir William setzte etwas verwirrt zum Reden an und brach dann ab. »Nein, Sie kennen sie ja gar nicht, oder? Nun, sie ist ein sehr sportlicher Typ; Sie werden sehen. Haben Sie ihr von... von Philip erzählt, Bob?« Er stellte die Frage nur zögernd.

»Das mußte ich ja wohl«, antwortete Dalrye finster.

»Was hat sie gesagt?«

»Sie sagte, ich sei übergeschnappt – unter anderem.«

Hadley hatte zu seinem Stift gegriffen und schien die Absicht zu haben, mit seiner Spitze ein Loch in die Schreibtischplatte zu bohren. Er fragte:

»Und wer ist die zweite Person unter den Besuchern, Mr. Dalrye?«

Der Angesprochene runzelte die Stirn. »Es handelt sich um einen Mr. Arbor, Inspector. Julius Arbor. Er ist ein ziemlich bekannter Büchersammler, und ich glaube, er hält sich augenblicklich in Sir Williams Haus auf.«

Sir William hob den Kopf. Seine Augen nahmen zum ersten Mal, seitdem er von dem Mord gehört hatte, wieder einen wachsamen Ausdruck an; es war merkwürdigerweise so, als sei die Farbe in sie zurückgekehrt, wie Farbe in ein blasses Gesicht zurückkehren kann. Seine schmalen Schultern waren ein wenig hochgezogen und strafften sich jetzt. Er sagte: »Interessant. Verdammt interessant.« Er durchquerte federnden Schrittes den Raum und ließ sich in einem Stuhl neben dem Schreibtisch nieder.

»Das ist noch besser«, bestätigte der Inspector und legte den Bleistift beiseite. »Aber im Augenblick werden wir auch Mr. Arbor nicht behelligen. Ich hätte gerne einen vollständigen Bericht über Mr. Driscolls Aktivitäten heute. Sie sprachen in diesem Zusammenhang von einer ziemlich wirren Geschichte, General.«

General Mason wandte sich vom Feuer ab.

»Mr. Radburn«, sprach er den Chief Warder an, »würden Sie wohl Parker vom King's House herüberkommen lassen? Parker«, erklärte er, nachdem Radburn den Raum verlassen hatte, »ist meine Ordonnanz und mein ›Mädchen für alles‹. Er ist seit dem Burenkrieg bei mir, und ich weiß, daß er absolut zuverlässig ist... In der Zwischenzeit könnten Sie, Dalrye, dem Chief Inspector vielleicht von Ihren vergeblichen Bemühungen berichten.«

Dalrye nickte zustimmend. Er sah plötzlich wesentlich älter aus. Einen Moment lang bedeckte er seine Augen mit der Hand; dann wandte er sich unsicher an Hadley.

»Sehen Sie, Inspector«, sagte er. »Ich wußte zu diesem Zeitpunkt nicht, was es zu bedeuten hatte, und eigentlich begreife ich immer noch nicht. Außer daß es irgendeine Art von abgekartetem Spiel Phil gegenüber war. Stört es Sie, wenn ich mich setze und rauche? ... Danke.«

Seine langen Beine zitterten ein wenig, als er sich auf dem Stuhl niederließ. Er zog eine Zigarette heraus, und Hadley zündete ein Streichholz für ihn an.

»Lassen Sie sich Zeit, Mr. Dalrye«, sagte der Chief Inspector. »Sir William – entschuldigen Sie – hat uns erzählt, daß Sie der Verlobte seiner Tochter sind. Ich nehme also an, Sie kannten den jungen Driscoll gut?«

»Sehr gut sogar. Ich habe verdammt viel von Phil gehalten«, antwortete Dalrye ruhig. Er bekam Rauch in ein Auge und blinzelte. »Und natürlich ist diese Angelegenheit für mich nicht gerade erfreulich. Nun, sehen Sie, er hatte die Vorstellung, ich sei einer von diesen äußerst fähigen Menschen, die aus jeder Schwierigkeit einen Ausweg finden. Er saß andauernd in der Klemme und kam dann zu mir, damit ich ihm heraushalf. Nun, ich bin überhaupt nicht so ein Mensch. Aber er verbiß sich förmlich in seine Probleme, und jede kleinste Schwierigkeit schien für ihn den Weltuntergang zu bedeuten; er stampfte auf den Boden und tobte und schwor, daß es mehr sei, als ein Mensch ertragen könne. Sie müssen das alles wissen, um zu verstehen, was ich nun erzählen werde.«

»Schwierigkeiten?« wiederholte der Chief Inspector. Er hatte sich auf seinem Stuhl zurückgelehnt, die Augen waren halb geschlossen, aber er beobachtete Sir William. »Was für Schwierigkeiten?«

Dalrye zögerte. »Finanzieller Art, in der Regel. Nichts Wichtiges. Er hatte Rechnungen nicht bezahlt und so etwas . . .«

»Frauen?« fragte Hadley plötzlich.

»Mein Gott! Geht uns das nicht allen so?« wollte der andere wissen und fühlte sich dabei augenscheinlich unbehaglich. »Ich wollte sagen . . .« Er errötete. »Entschuldigung. Aber da gab es auch nichts Schwerwiegendes; das weiß ich. Er rief mich immer mitten in der Nacht an, um mir zu erzählen, daß er ein Mädchen beim Tanzen kennengelernt hätte; in seiner Schwärmerei war sie dann jeweils die einzig wahre und große Liebe. Gewöhnlich dauerte das ungefähr einen Monat.«

»Und ernsthafte Schwierigkeiten? Entschuldigen Sie, Mr. Dalrye«, sagte der Chief Inspector, als der andere eine verneinende Handbewegung machte, »aber ich suche nach einem Motiv für Mord, wie Sie wissen. Ich muß Sie das fragen. Es gab also keine ernsthaften Schwierigkeiten?«

»Nein.«

»Fahren Sie bitte fort. Sie sagten, Sie hätten ihm geholfen. . .«

»Ich war geschmeichelt, nehme ich an. Und mir gefiel, daß ich . . . nun, jemandem behilflich war, der Sheila nahestand. Das geht uns doch allen so, verdammt noch mal. Wir lieben es eben, Schicksal zu spielen, hoch oben vom Olymp herab. Bah! Auf jeden Fall, wie ich bereits sagte, müssen Sie sein Wesen kennen, um das, was heute passierte, zu verstehen.«

Dalrye zog heftig an seiner Zigarette.

»Er rief heute morgen sehr früh hier an; Parker nahm den Anruf im Arbeitszimmer des Generals entgegen. Ich war noch gar nicht aufgestanden. Wie Parker mir berichtete, redete er ziemlich unzusammenhängendes Zeug und ließ mir ausrichten, daß er um Punkt ein Uhr am Tower sei; er sei in großen Schwierigkeiten und brauche Hilfe. Während dieses Gesprächs hörte ich nebenan, wie mein Name erwähnt wurde, kam heraus und sprach mit ihm.

Ich war mir fast sicher, daß es sich wieder um eine Bagatelle handeln würde, aber um ihn aufzuheitern, versprach ich ihm, da zu sein. Obwohl ich, das sagte ich ihm auch, am frühen Nachmittag noch wegmüsse.

Sie verstehen: Wenn das nicht gewesen wäre. . . Aber es war nun einmal zufällig so, daß General Mason mich gebeten hatte, den Wagen zu einer Werkstatt in Holborn zu bringen, um die Hupe reparieren zu lassen. Es handelte sich um eine elektrische Hupe, die nicht mehr aufhörte zu tuten, wenn man das dumme Ding einmal gedrückt hatte.«

Hadley runzelte die Stirn. »Eine Werkstatt in Holborn. Das liegt doch unnötig weit weg, oder nicht?«

Wieder war eine leichte Verstimmung in Masons Augen zu erkennen. Breitbeinig stand er da, den Rücken zum Kamin gewandt; sein Ton war barsch.

»Ganz richtig, Sir. Sie werden das sofort verstehen. Die Werkstatt wird von einem alten Soldaten geführt; einem Sergeanten übrigens, der mir einmal einen Gefallen getan hat. . . Ich lasse alle Reparaturen dort ausführen.«

»Aha«, sagte Hadley. »Nun, Mr. Dalrye?«

Rampole, der sich gegen ein Bücherregal gelehnt hatte, hielt eine nicht angezündete Zigarette in der Hand und versuchte sich zum wiederholten Male vor Augen zu führen, daß dies alles kein Traum war; daß er wirklich schon wieder in die Verstrickungen und Schrecken eines Mordfalles hineingezogen wurde. Daran bestand leider kein Zweifel. Aber es gab einen Unterschied zwischen dieser Sache und dem Mord an Martin Starberth. In diesem Fall war er von dem Ausgang der Angelegenheit nicht unmittelbar betroffen. Nur durch Zufall und durch das Entgegenkommen der anderen war es ihm erlaubt – als objektiver und unvoreingenommener Zuschauer –, eine beleuchtete Bühne zu betrachten, auf der eine Leiche mit einem Klappzylinder lag.

In dem altertümlichen Raum war es so hell wie bei einer Theateraufführung. Hinter dem Schreibtisch saß – mit seinem drahtigen Haar und dem gestutzten Schnurrbart – geduldig und wachsam der Chief Inspector und legte lässig seine Hände übereinander. Auf der einen Seite neben ihm saß Sir William, in dessen emotionslosen Augen wieder etwas von seinem Scharfsinn aufblitzte; auf der anderen Seite befand sich der gequält dreinblickende Robert Dalrye und starrte auf seine Zigarette. General Mason stand – immer noch verärgert – mit dem Rücken zum Feuer. Und im größten Sessel gegenüber dem Kamin hatte sich Dr. Fell breitgemacht – und betrachtete mit eulenhaftem und treuherzigem Blick den Klappzylinder in seinen Händen. Er konnte sich kaum davon losreißen; wieder und wieder drehte er ihn schnaufend um. Seine Schweigsamkeit irritierte Rampole. Er war daran gewöhnt, daß der Doktor seine Ansichten lautstark herausposaunte und alle anderen Meinungen übertönte. Nein, das hier war nicht normal; es beunruhigte den Amerikaner.

Er bemerkte, daß Dalrye wieder das Wort ergriffen hatte, und schob seine Überlegungen beiseite.

»... ich habe also nicht weiter darüber nachgedacht. Das war alles, bis so etwa gegen ein Uhr, der Zeit also, zu der Phil hier sein wollte. Das Telefon klingelte wieder, und Parker nahm ab. Es war Phil, der mich sprechen wollte. Zumindest«, sagte Dalrye, während er hastig seine Zigarette ausdrückte, »klang es so, als wäre es Phil. Ich befand mich zu diesem Zeitpunkt im Archiv, und Parker stellte den Anruf durch. Phil machte einen noch chaotischeren Eindruck als am Morgen. Er sagte, daß er aus Gründen, die er nicht näher erläutern könne, nicht in der Lage sei, zum Tower zu kommen, daß ich aber unbedingt in seine Wohnung kommen sollte, um ihn dort zu treffen. Er gebrauchte seine Lieblingsformulierung – ich hatte sie schon dutzende Male gehört: Es sei eine Sache auf Leben und Tod.

Ich war verärgert. Ich sagte ihm, daß ich arbeiten müsse und daß ich ihm den Gefallen verdammt noch mal nicht tun würde; wenn er mich sehen wollte, könnte er ja hierher kommen. Darauf schwor er, daß es wirklich um Leben und Tod ginge. Und er sagte, daß ich sowieso in die Innenstadt müßte; seine Wohnung lag in Bloomsbury, und ich mußte den Wagen in eine Werkstatt bringen, die nicht weit davon entfernt war; es wäre kein Umweg, wenn ich bei ihm haltmache. Das war absolut richtig. Mir fiel keine Ausrede ein. Ich versprach sogar, sofort aufzubrechen.«

Dalrye rutschte auf seinem Stuhl hin und her. »Ich gebe zu – nun, es klang *glaubhafter* als die Male davor. Ich dachte, er hätte sich diesmal in eine wirkliche Klemme gebracht. Daher fuhr ich hin.«

»Hatten Sie einen konkreten Anlaß, das zu denken?«

»N-nein. Ja. Nun, bilden Sie sich selbst ein Urteil.« Dalryes Blick streifte durch den Raum in die Ecke, in der Dr. Fell immer noch völlig davon in Anspruch genommen war, den Zylinder zu untersuchen. Dalrye bewegte sich unsicher. »Sehen Sie, Phil war in letzter Zeit ziemlich guter Dinge gewesen. Deshalb war ich über diesen Stimmungswechsel so überrascht. Auf seine Berichte über die Sache mit dem Hutdieb hatte er sich einiges eingebildet... Sie wissen davon?«

»Wir haben allen Grund, davon zu wissen«, sagte der Inspector. Sein Blick zeigte plötzlich ein kaum mehr verhülltes Interesse. »Fahren Sie bitte fort.«

»Das war die Art von Bericht, die er wirklich phantastisch zu schreiben wußte. Er war freier Mitarbeiter gewesen und hoffte, der Herausgeber würde ihm nun eine regelmäßig erscheinende Kolumne anbieten. Wie ich schon sagte, war ich überrascht, als er mir erzählte, was er machte. Und ich erinnere mich, daß ich fragte: ›Was ist denn überhaupt los? Ich dachte, du wärst hinter dem Hutdieb her.‹ Und er sagte: ›Das ist es ja‹, in einem merkwürdigen, schrecklichen Ton. ›Ich bin zu weitgegangen. Ich habe etwas ins Rollen gebracht, und jetzt bin ich dran.‹«

Wie ein stechender Schmerz durchfuhr Rampole ein Gefühl der Furcht. Nach Dalryes Beschreibung konnte man sich leicht den eleganten, lebhaften Driscoll vorstellen, der bleich und halb wahnsinnig vor Angst ins Telefon sprach. Der Chief Inspector neigte sich vor. »Also?« trieb er Dalrye an. »Sie folgerten daraus, daß Driscoll eine Gefahr von diesem Hutdieb drohte?«

»Etwas in der Art. Ich habe mich natürlich darüber lustig gemacht. Ich erinnere mich, ihn gefragt zu haben: ›Was ist los; hast du Angst, er stiehlt *deinen* Hut?‹ Und er antwortete –«

»Nun?«

»Ich habe keine Angst um meinen Hut. Es geht um meinen Kopf.«

Lange Zeit sprach keiner ein Wort. Dann sagte Hadley fast beiläufig:

»Sie verließen also den Tower, um zu seiner Wohnung zu fahren. Was passierte dann?«

»Jetzt kommt der merkwürdige Teil. Ich fuhr zu der Werkstatt; sie ist in der Dane Street, High Holborn. Der Mechaniker war gerade beschäftigt. Er sagte, er könne die Hupe in ein paar Minuten reparieren, aber ich müsse warten, bis er mit dem Wagen, an dem er arbeite, fertig sei. Daher entschloß ich mich, bis zu der Wohnung zu Fuß zu gehen und das Auto später wieder abzuholen. Es eilte ja nicht.«

Hadley griff nach seinem Notizbuch. »Wie ist die Adresse der Wohnung?«

»Tavistock Chambers, 34, Tavistock Square, W.C. Es ist die Nummer zwei im Parterre... Nun, als ich dort ankam, klingelte ich mehrmals an der Tür, aber niemand rührte sich. So ging ich einfach rein.«

»Die Tür war offen?«

»Nein. Aber ich habe einen Schlüssel. Wissen Sie, die Tore des Londoner Towers werden jeden Abend um Punkt zehn Uhr geschlossen, und selbst der König würde Schwierigkeiten haben, danach noch hineinzukommen. Wenn ich also ins Theater, zum Tanzen oder sonstwo hinging, mußte ich irgendwo übernachten; normalerweise schlief ich auf dem Sofa in Phils Wohnzimmer... Wo war ich stehengeblieben? Oh ja. Nun, ich setzte mich hin, um auf ihn zu warten. Ich nahm an, er sei in einer Kneipe oder so. Aber tatsächlich ...«

Dalrye holte tief Luft. Unvermittelt legte er eine Hand auf den Tisch.

»Ungefähr fünfzehn Minuten, nachdem ich den Tower verlassen hatte, erschien Phil Driscoll hier im Quartier des Generals und fragte nach mir. Parker sagte ihm natürlich, daß ich nach seinem Anruf weggefahren sei. Daraufhin, so berichtete Parker, sei Phil leichenblaß geworden; er fing an zu toben und nannte

Parker einen Idioten. Er habe am Morgen angerufen und sich um ein Uhr mit mir verabredet... Und er schwor, daß sich an dieser Verabredung nichts geändert habe, daß er auf keinen Fall ein zweites Mal angerufen habe.«

## Kapitel 5

## Der Schatten am Geländer

Hadley setzte sich kerzengerade auf. Ruhig legte er den Bleistift vor sich hin, doch die Muskeln an seinem Kiefer zeigten die Anspannung. In der Stille des Raumes hörte man nur das Feuer prasseln.

»Nun denn«, sagte er nach einer kurzen Pause leise. »Was dann?«

»Ich wartete. Es wurde immer nebeliger, es fing an zu regnen, und ich wurde immer ungeduldiger. Ich fluchte auf Phil – überhaupt auf alle. Dann klingelte in der Wohnung das Telefon, und ich nahm ab.

Es war Parker, der mir das mitteilte, was ich Ihnen gerade erzählt habe. Er hatte schon vorher einmal versucht, mich zu erreichen, aber zu der Zeit war ich in der Werkstatt und noch nicht in der Wohnung. Phil wartete völlig aufgelöst im Tower auf mich. Parker sagte, daß er nicht betrunken sei, und ich dachte mir, irgend jemand muß verrückt geworden sein. Aber mir blieb nichts anderes übrig, als zurückzukehren. So oder so hätte ich zurückgemußt. Ich rannte hinüber, um das Auto zu holen, und als ich gerade aus der Werkstatt fuhr, traf ich den General...«

»Sie waren auch in der Stadt?« fragte Hadley und blickte kurz auf.

Finster betrachtete Mason seine Schuhe. Dann schaute er mit einem Ausdruck, der ein wenig spöttisch wirkte, hoch.

»Es scheint fast so. Ich hatte eine Verabredung zum Lunch, und danach ging ich zum British Museum, um einige Bücher abzuholen, die sie dort für mich zurückgelegt hatten. Wie Dalrye schon sagte, begann es zu regnen, und natürlich war deshalb kein Taxi mehr zu bekommen. Ich hasse es, mit der U-Bahn oder dem Bus zu fahren. Man kann nicht ungestört sein; man wird förmlich in der Menge eingequetscht. Dann fiel mir ein, daß das Auto ja wahrscheinlich in Staplemans Werkstatt sein würde; oder, wenn nicht, würde Stapleman mir für die Rückfahrt sicher ein Auto leihen. Die Werkstatt liegt nicht weit vom British Museum entfernt, und so bin ich also los. Dann sah ich Dalrye in dem Wagen und rief ihm hinterher... Den Rest habe ich Ihnen schon erzählt. Wir kamen hier um halb drei an und fanden – ihn.«

Wieder herrschte eine Zeitlang Schweigen. Hadley hatte sich mit den Ellbogen auf den Schreibtisch gestützt und rieb sich die Schläfen. Da ertönte aus der Ecke neugierig, laut und nachdenklich eine Stimme. »War das eine sehr wichtige Verabredung zum Lunch?« fragte Dr. Fell.

Die Frage war verblüffend naiv, und alle wandten sich zu ihm um. Sein rundes, rötliches Gesicht verschwand fast hinter dem Kragen, ein großes weißes Büschel Haare hing über einem Ohr; seltsam schielend starrte Dr. Fell durch seinen Kneifer auf den Zylinder. Er wirkte etwas geistesabwesend.

Der General blickte ihn erstaunt an. »Ich glaube, ich verstehe nicht ganz, Sir.«

»War es zufällig«, fuhr Dr. Fell immer noch ausdruckslos fort, »irgendein Verein, eine Aufsichtsratssitzung, eine Versammlung...«

»Das war es tatsächlich«, sagte Mason. Er schien verdutzt, und seine Augen glänzten noch mehr als zuvor. »Die Altertumsfreunde. Wir treffen uns jeden ersten Montag im Monat zum Essen. Mir gefällt der Haufen nicht. Ha! Lebende Fossilien der schlimmsten Sorte. Ein Schlag mit einem Federkissen, und sie brechen zusammen. Ich bleib' da eigentlich nur drin, weil man bei vielen ungeklärten Fragen von ihrem Wissen profitieren kann. An dem Lunch muß man teilnehmen, sonst fliegt man raus, aber ich gehe immer so früh wie möglich. Sir Leonard Haldyne – der Direktor der Schatzkammer – nahm mich heute mittag in seinem Wagen dorthin mit. Er ist Soldat, ein angenehmer Umgang, und er denkt genauso wie ich darüber... Aber Moment mal. Warum fragen Sie das überhaupt?«

»Hmm, ja.« Der Doktor nickte gewichtig mit dem Kopf. »Ich nehme an, daß Ihre Mitgliedschaft in dem Verein kein Geheimnis ist?«

»Alle meine Freunde wissen davon, wenn Sie das damit meinen. Es scheint sie köstlich zu amüsieren.«

Hadley nickte langsam und betrachtete nachdenklich Dr. Fell. »Ich fang' an zu verstehen, worauf Sie hinauswollen... Sagen Sie,

General, waren Sie und Mr. Dalrye eigentlich die beiden einzigen Personen im Tower, mit denen der junge Driscoll gut bekannt war?«

»Ja-ah, ich nehme es an. Ich vermute, er hat Sir Leonard schon einmal kennengelernt, und er grüßte sich mit mehreren von den Yeoman Warders, aber...«

»Aber Sie sind die einzigen, an die er sich wahrscheinlich wenden würde?«

»Vermutlich ja.«

Dalrye öffnete ein klein wenig den Mund und richtete sich auf. Dann sank er wieder in seinen Stuhl zurück. Schwerfällig schlug er mit der Faust auf die Lehne.

»Ich verstehe, Sir. Sie meinen also, der Mörder wollte sichergehen, daß General Mason und ich nicht hier waren?«

Als der Doktor antwortete, merkte man ihm an, daß er etwas gereizt war; der Beschlag seines Spazierstocks klirrte, als er damit auf dem Boden herumhämmerte.

»Natürlich wollte er das. Wären Sie hier gewesen, wäre Driscoll sicherlich mit Ihnen zusammengewesen. Wenn in Ihrer Abwesenheit der General hier gewesen wäre, hätte er sich vielleicht an ihn gewandt. Und der Mörder hätte keine Gelegenheit gehabt, ihn an eine geeignete Stelle draußen in den Nebel zu locken und ihn dort umzubringen.«

Dalrye sah beunruhigt aus. »Trotzdem«, sagte er, »wäre ich bereit zu schwören, daß es auch beim zweiten Mal wirklich Phils Stimme am Telefon war. O mein Gott – entschuldigen Sie, Sir!« Er schluckte, fuhr dann aber, als ihn Dr. Fell nur freundlich anlächelte, mit mehr Sicherheit fort. »Ich will damit sagen, daß ich diese Stimme besser als andere kannte. Und falls das, was Sie sagen, wahr ist, könnte es überhaupt nicht Phils Stimme gewesen sein... Außerdem, wie konnte diese Person, wer auch immer das gewesen sein mag, wissen, daß Phil sich mit mir hier für ein Uhr verabredet hatte? Und warum dieses ganze Gefasel, daß es ihm ›an den Kragen ginge‹?«

»Diese Aussagen enthalten vielleicht schon sehr beachtliche Anhaltspunkte für uns«, sagte Dr. Fell ruhig. »Denken Sie darüber nach. – Nebenbei, was für eine Stimme hatte der junge Driscoll eigentlich?«

»Was für eine ...? Nun...« Dalrye zögerte. »Die einzige Art, sie zu beschreiben, ist: Er sprach konfus. In Gedanken war er immer schon dem, was er eigentlich sagen wollte, meilenweit voraus. Und wenn er aufgeregt war, wurde seine Stimme oft schrill.«

Den Kopf etwas zur Seite gelegt und mit halb geschlossenen Augen, nickte Dr. Fell bedächtig. Er schaute auf, als es an der Tür klopfte und der Kommandant der Wache den Raum betrat. Er war durch die Ereignisse nicht allzusehr erschüttert worden und hätte im Moment genausogut von seinem allnachmittäglichen Inspektionsgang zurückkehren können; eine steife, mittelalterlich wirkende Gestalt in blauroter Uniform und mit einem langen, sorgfältig gepflegten Schnurrbart.

»Der Polizeiarzt ist hier, Sir«, sagte er, »und mehrere andere Leute von Scotland Yard. Noch irgendwelche Anweisungen?«

Hadley wollte aufstehen, überlegte es sich aber anders. »Nein. Sagen Sie ihnen bitte nur, sie sollen wie üblich vorgehen. Sie wissen dann Bescheid. Ich will etwa ein Dutzend Aufnahmen von der Leiche, von allen Seiten. Gibt es einen Ort, wo man die Leiche ohne große Umstände zur Untersuchung hinschaffen kann?«

»Der Bloody Tower, Mr. Radburn«, sagte General Mason. »Nehmen Sie den Princes' Room; der eignet sich dazu. Haben Sie Parker herholen lassen?«

»Er wartet draußen, Sir. Haben Sie irgendwelche Anweisungen, die Besucher betreffend? Sie werden langsam ungeduldig und ...«

»Noch einen Augenblick«, sagte Hadley. »Würden Sie bitte Parker hereinschicken?« Während sich der Kommandant zurückzog, wandte er sich an Dalrye. »Sie haben die Namen dieser Besucher?«

»Ja. Dabei habe ich meine Befugnisse wohl ziemlich überschritten«, sagte Dalrye. Er zog aus seiner Brieftasche eine Anzahl Blätter, die aus einem Notizbuch herausgerissen waren. »Ich hab' sehr gewichtig getan. Ich wies sie an, ihre Namen, Adressen, Berufe und Referenzen aufzuschreiben. Bei Ausländern noch die Dauer ihres Aufenthaltes in Großbritannien, das Schiff, mit dem sie gekommen sind und wohin sie zu reisen beabsichtigen... Die meisten sind offensichtlich Touristen; sie waren völlig aufgeregt wegen dem ganzen offiziellen Vorgehen. Aber sie sind, glaube ich, harmlos, und sie haben auch nicht protestiert. Das heißt, bis auf Mrs. Bitton – und eine andere Frau.«

Er reichte Hadley den Packen Blätter. Der Chief Inspector blickte kurz auf. »Eine andere Frau? Wer war das?«

»Ich weiß nicht, was sie aufgeschrieben hat; aber ich erinnere mich an ihren Namen wegen der Art, wie sie sich verhalten hat. Ziemlich abgebrühter Typ. Ich hatte alles ganz offiziell aussehen lassen, um sie dahin zu bringen, die Wahrheit zu schreiben. Aber diese Frau war argwöhnisch. Sie sagte: ›Junger Mann, Sie sind kein offizieller Notar, nicht wahr‹, und ich war so überrascht, daß ich sie mir genauer ansah. Dann sagte sie: ›Sie haben nicht das Recht, das hier zu machen, junger Mann. Wir stehen nicht unter Eid. Mein Name ist Larkin, und ich bin eine ehrbare Witwe, und mehr geht *Sie* nichts an.‹ Ich sagte ihr, sie könnte machen, was sie wollte, aber wenn sie sich im Gefängnis wiederfinden würde, wäre das nicht meine Schuld. Ihre einzige Reaktion war ein ›Bah!‹ und ein Funkeln in ihren Augen. Aber sie hat etwas aufgeschrieben.«

Hadley wühlte in den Blättern herum.

»Larkin«, wiederholte er. »Hmm, das sollten wir uns anschauen. Manchmal gehen auch kleine Fische, hinter denen man gar nicht her ist, ins Netz... Larkin, Larkin – hier ist es. ›Mrs. Amanda Georgette Larkin‹. Das ›Mrs.‹ steht in Klammern; sie will das deutlich zum Ausdruck bringen. Unbeholfene Schrift. Adresse ist – hallo!«

Er legte die Blätter hin und zog die Stirn in Falten. »So, so! Die Adresse lautet ›Tavistock Chambers, 34, Tavistock Square‹. Sie lebt also in demselben Gebäude wie der junge Driscoll. Das verspricht ja ein nettes Treffen. Wir werden sie uns bald genauer ansehen. Zunächst ...«

Voller Unbehagen hatte sich Sir William das Kinn gerieben. Dann sagte er:

»Schauen Sie, Hadley, es ist nicht ganz richtig... Ich meine, glauben Sie nicht, man sollte Mrs. Bitton besser von dem Haufen dort wegbringen? Wie Sie wissen, ist sie meine Schwägerin, und nach all ...«

»Sehr bedauerlich«, sagte Hadley gelassen. »Wo ist dieser Parker?«

Parker war ein äußerst geduldiger Mensch. Ohne Hut und Mantel hatte er draußen im Nebel direkt vor der Tür gestanden und darauf gewartet, hereingerufen zu werden. Auf Hadleys Frage hin klopfte er an, trat herein und nahm Haltung an.

Er war ein stämmiger Mann mit militärisch geschnittenem, schon etwas ergrautem braunem Haar. Wie die meisten Unteroffiziere seines Alters besaß er einen gewaltigen Schnurrbart; einem Diener sah er nun wirklich nicht im geringsten ähnlich. Der hohe weiße Kragen zwang seinen Kopf in eine Position, die den seltsamen Eindruck entstehen ließ, als würde er gerade für eine Daguerreotypie posieren oder über den Kopf seines Befragers hinwegsprechen.

»Jawoll, Sir«, sagte er bärbeißig und schnell.

»Sie sind General Masons –« Hadley wollte schon ›Diener‹ sagen, wie es zu einem Kommandeur im Ruhestand gepaßt hätte, besann sich dann aber schnell eines Besseren. »Sie sind General Masons Ordonnanz?«

Parker schaute zufrieden drein. »Jawoll, Sir.«

»Mr. Dalrye hat uns schon von den beiden Telefonanrufen Mr. Driscolls erzählt... Sie haben beide Male das Gespräch entgegengenommen, nicht wahr?«

Parker gab bereitwillig Antwort. Seine Stimme war ein wenig heiser, aber er sprach völlig kontrolliert; allerdings neigte er ein wenig zu blumigen Schilderungen. Und dies war hierfür eine willkommene Gelegenheit.

»Jawoll, Sir. Beide Male hatte ich die Veranlassung, ans Telefon zu gehen, Sir.«

»Sie haben sich also mit Mr. Driscoll ein wenig unterhalten?«

»Ja, Sir. Die Gespräche waren nicht lang, aber vielsagend.«

»Hmm – ganz recht«, sagte der Chief Inspector. »Könnten Sie beschwören, daß es beide Male Mr. Driscolls Stimme war?«

Parker runzelte die Stirn. »Nun, Sir, wenn Sie sagen: ›Könnten Sie es beschwören?‹ – das ist eine schwerwiegende Aussage«, antwortete er wie vor Gericht. »Nach meinem besten Wissen und Urteilsvermögen war sie es, Sir.«

»Sehr gut. Nun, Mr. Dalrye fuhr von hier mit dem Wagen kurz vor eins weg. Erinnern Sie sich daran, wann Mr. Driscoll ankam?«

»Ein Uhr fünfzehn, Sir.«

»Wieso sind Sie sich so sicher?«

»Verzeihen Sie, Sir«, fuhr Parker unerschütterlich fort, »von allem, was passiert, kann ich Ihnen genau sagen, wann es passiert, anhand der Bewegungen vor den Mannschaftsräumen oder der Hornsignale. Ein Uhr fünfzehn war es.«

Hadley lehnte sich zurück und klopfte mit den Fingern langsam auf die Tischplatte. »Denken Sie nun in aller Ruhe nach, Parker. Ich möchte, daß Sie sich an alles erinnern, was nach Mr. Driscolls Ankunft passierte. Wenn möglich, versuchen Sie sich an das, was gesagt wurde, zu erinnern... Zunächst: Wie trat er auf? Nervös? Durcheinander?«

»Sehr nervös *und* durcheinander, Sir.«

»Was für Kleidung trug er?«

»Stoffmütze, hellbraunen Golfanzug, Wollstrümpfe, Clubkrawatte, Sir. Keinen Mantel...« Parker stockte, als wartete er auf einen Einwand, doch Hadley blieb still, und so fuhr er fort: »Er fragte nach Mr. Dalrye. Ich erklärte ihm, Mr. Dalrye sei auf einen Anruf von ihm selbst hin zu seiner Wohnung gefahren. Er wollte es einfach nicht wahrhaben. Er wurde recht ausfallend, worauf ich mich gezwungen sah zu antworten: ›Mr. Driscoll, Sir‹, sagte ich, ›ich selbst habe mit Ihnen gesprochen. Als ich ans Telefon ging, dachten Sie, ich wäre Mr. Dalrye‹, sagte ich, ›und Sie sagten völlig außer Atem: Hör mal, du mußt mir aus der Patsche helfen – ich kann jetzt nicht kommen, und –. Das genau haben Sie gesagt.‹« Parker räusperte sich. »Das setzte ich ihm auseinander.«

»Was sagte er darauf?«

»Er sagte: ›Wie lange ist Mr. Dalrye schon weg?‹ Ich sagte ihm, ungefähr eine Viertelstunde. Und er fragte: ›Fuhr er mit dem Wagen?‹ Worauf ich ›Ja‹ sagte, und er – verzeihen Sie, Sir –, er sagte: ›Oh, mein Gott! Bei dem Nebel ist das zu knapp, um schon dort zu sein.‹ Aber dennoch ging er zum Telefon und rief bei sich zu Hause an. Niemand ging dran. Er bat mich um einen Drink. Während ich ihm den Gefallen tat, bemerkte ich, daß er ständig aus dem Fenster schaute...«

Hadley öffnete die halbgeschlossenen Augen. »Fenster? Welches Fenster?«

»Das Fenster in Mr. Dalryes kleinem Arbeitszimmer, Sir, im Ostflügel vom King's House.«

»Was kann man von dort aus sehen?«

Parker war inzwischen so interessiert an seinem eigenen Bericht, daß er den blumigen Stil vergessen hatte. Er blinzelte und versuchte, seine Gedanken zu ordnen. »*Sehen,* Sir?«

»Ja! Der Ausblick von dort. Kann man zum Beispiel Traitors' Gate von dort aus sehen?«

»Oh. Jawoll, Sir. Ich dachte, Sie würden sich auf etwas beziehen ... nun, Sir, auf etwas, was *ich* sah, von dem ich jedoch nicht annahm, daß es wichtig wäre, aber jetzt glaube ich ...« Er trat von einem Fuß auf den anderen.

»*Sie* haben etwas gesehen?«

»Jawoll, Sir. Das heißt, das war, nachdem Mr. Driscoll weggegangen war, Sir.«

Hadley schien sich sehr zurückhalten zu müssen, das Ganze nicht ein wenig zu beschleunigen. Er hatte sich bereits halb erhoben, setzte sich dann aber wieder hin und sagte ruhig: »Sehr schön. Setzen Sie nun Ihren Bericht fort, Parker. Von dem Zeitpunkt an, als Sie Mr. Driscoll aus dem Fenster schauen sahen.«

»Gut, Sir. Er kippte den Drink hinunter und trank noch einen pur. Ich fragte ihn, warum er denn nicht zu seiner Wohnung zurückkehren würde, wenn er Mr. Dalrye treffen wollte; ich sagte, daß er die U-Bahn ab Mark Lane nehmen könnte und daß es nicht lange dauern würde. Und er sagte: ›Blödsinn; ich möchte ihn nicht noch einmal verpassen.‹ Was nun auch recht vernünftig war, Sir. Er sagte: ›Wir werden so lange alle fünf Minuten bei mir in der Wohnung anrufen, bis ich weiß, wo er ist.‹«

Parker gab das Gespräch in einem heiseren Singsangton wieder; es war dermaßen eintönig, daß Rampole nur schwer auseinanderhalten konnte, wann er nun Driscoll zitierte oder wann es seine eigenen Worte waren. Er sprach bei seiner Schilderung konstant über Hadleys Kopf hinweg. »Aber er konnte nicht ruhig sitzenbleiben, Sir. Er wanderte herum. Schließlich sagte er: ›Himmel, ich halte es nicht mehr aus! Ich geh' ein wenig unten durch die Anlagen spazieren.‹ Er wies mich an, weiter zu versuchen, Mr. Dalrye in seiner Wohnung zu erreichen; er würde sich in der Nähe aufhalten. Dann ging er hinaus.«

»Wie lange hielt er sich bei Ihnen auf?«

»Das war eine Sache von ungefähr zehn Minuten, Sir. Nein, es war noch kürzer... Nun, Sir, ich achtete nun nicht weiter auf Mr. Driscoll. Ich hätte auch überhaupt nichts mehr gesehen, wenn da nicht ...« Parker zögerte. Er sah das leichte Flackern in Hadleys Augen; er sah, wie sich Sir William nach vorne beugte und wie Dalrye mit dem Streichholz kurz vor der Zigarette innehielt. Er schien zu registrieren, daß er eine recht wichtige Person war, und ließ die Stille voll zur Geltung kommen.

»... wenn da nicht, Sir«, fuhr er unvermittelt etwas lauter fort, »der Zufall seine Hand im Spiel gehabt hätte. Ich darf anmerken, Sir, daß heute zu der fraglichen Zeit ein leichter Nebel herrschte. Nicht, daß er besonders dicht war; es war durchaus möglich, recht weit zu sehen und weiter entfernte Gegenstände zu erkennen. Aber er wurde immer dichter. Deshalb schaute ich auch aus dem Fenster. Und da sah ich dann Mr. Driscoll.«

Hadley hörte auf, mit den Fingern auf den Tisch zu klopfen. Er blickte sein Gegenüber an. Dann setzte er die Klopferei wieder fort, diesmal aber viel schneller.

»Woher wußten Sie, daß es Mr. Driscoll war? Sie sagten, der Nebel wurde dichter...«

»So war es auch. Jawoll, Sir!« stimmte Parker ihm zu und nickte dabei so heftig, daß ihm sein Spitzkragen in den Hals stach. »Ich hab' nicht gesagt, daß ich sein Gesicht sah. Niemand hätte ihn sicher identifizieren können; man sah nur die Umrisse. *Aber,* Sir, warten Sie ab! Da war seine Größe. Da waren seine Knickerbocker, die er an den Beinen immer etwas länger trug als andere Gentlemen. Und als er hinausging, trug er eine Mütze, die er vorne schief ins Gesicht gezogen hatte. Ich sah ihn dann auf der Water Lane vor dem Traitors' Gate auf und ab gehen, auf und ab, und ich erkannte ihn an seinem Gang...«

»Aber Sie können nicht beschwören, daß er es wirklich war?«

»Doch, Sir. Das kann ich. Denn er ging zu dem Geländer vor dem Traitors' Gate und lehnte sich dagegen. Dann machte er ein Streichholz an, um sich eine Zigarette anzuzünden. Und – wohlgemerkt, Sir, wenn Sie mir erlauben – niemand hier hat so scharfe Augen wie *ich,* und eine Sekunde lang sah ich einen Teil von seinem Gesicht. Es war eins von diesen großen, hell aufleuchtenden Streichhölzern, Sir, wenn Sie wissen, was ich meine. Jawoll, Sir, ich bin mir sicher. Ich weiß es. Ich sah ihn, kurz bevor ihn die andere Person am Arm berührte.«

»Was?« fragte Hadley so unvermittelt, daß Parker fürchtete, man würde seine Glaubwürdigkeit in Zweifel ziehen.

»Sir, so wahr ich hier stehe. Die andere Person, die drüben am Rand vom Traitors' Gate stand – und die dann Mr. Driscoll am Arm faßte. Nun, Sir, hierbei bin ich mir nicht mehr so sicher; denn das Streichholz war ausgegangen. Aber es sah so aus, als ob...«

»Ich verstehe«, stimmte ihm Hadley sanft zu. »Haben Sie die andere Person erkennen können, Parker?«

»Nein, Sir. Es war zu dunkel, zu düster, Sir. Ich hätte noch nicht einmal Mr. Driscoll erkannt, wenn ich ihn nicht beobachtet hätte und gesehen hätte, wie er das Streichholz anmachte. Es war so etwas wie ein Phantom.«

»Könnten Sie sagen, ob diese Person ein Mann oder eine Frau war?«

»Ähh – nein, Sir. Nein. Außerdem kann ja auch nicht die Rede davon sein, daß ich ganz genau *hingeschaut* hätte, Sir«, erklärte Parker, wobei er den Hals wieder etwas einzog. »Ich trat dann vom Fenster weg. Danach war mir nicht mehr die Möglichkeit gegeben, weitere Vorfälle zu beobachten.«

»Also gut. Wissen Sie, zu welcher Zeit das war?«

Parker verzog sein Gesicht zu einer Grimasse, die offensichtlich Bedauern ausdrücken sollte. »Nun!« sagte er gewichtig, »nun, ich muß zugeben, jetzt haben Sie mich drangekriegt, Sir. Sehen Sie, es geschah zwischen halb und Viertel vor. Es war kurz nach halb zwei. Mehr kann ich Ihnen beim besten Willen nicht sagen, Sir. Ich weiß nur, daß es noch nicht Viertel vor zwei war. Weil ich dann nämlich wieder in Mr. Driscolls Wohnung angerufen habe, und Mr. Dalrye war dort inzwischen angekommen, und ich erzählte ihm, daß Mr. Driscoll ihn hier erwartete.«

Den Kopf auf seine Hände gestützt, dachte Hadley angestrengt nach. Nach einer Weile schaute er hinüber zu General Mason.

»Und Ihr Arzt hier sagte, daß Driscoll, als Sie seine Leiche um halb drei entdeckten, mindestens seit einer halben Stunde tot war – wahrscheinlich bereits seit einer Dreiviertelstunde? Ja. Gut, das wäre also das. Er wurde also innerhalb der zehn oder fünfzehn Minuten, nachdem dieses sogenannte Phantom ihn bei dem Geländer am Arm gefaßt hatte, ermordet. Der Polizeiarzt wird uns das genau sagen können. Er ist ein ziemliches Genie, was das anbetrifft.«

Er hielt einen Moment inne und blickte Parker scharf an.

»Sie haben nicht sonst noch etwas bemerkt, oder? Sie sind nicht etwa Mr. Driscoll suchen gegangen, um ihm mitzuteilen, daß Sie Mr. Dalrye bei ihm zu Hause erreicht haben?«

»Nein, Sir. Ich wußte, er würde zurückkommen und mich fragen, wo er doch so aufgeregt war, und überhaupt war Mr. Dalrye bereits auf dem Weg hierher. Obwohl er ziemlich geflucht hatte. Ich wunderte mich auch schon, daß Mr. Driscoll nicht hochkam, um nachzufragen, Sir. Natürlich kann ich beim jetzigen

Stand der Dinge verstehen«, fügte Parker herablassend hinzu, »warum er es nicht tat.«

»Ich glaube, das können wir alle hier«, sagte der Chief Inspector verbissen. »Sehr gut, Parker. Das ist alles, vielen Dank. Sie haben uns sehr geholfen.«

Parker schlug die Hacken zusammen und ging strahlend hinaus.

Der Chief Inspector atmete tief durch. »Nun, meine Herren, das hätten wir also. Die Tatzeit stände damit fest. Der Mörder hatte über eine halbe Stunde Zeit, sich davonzumachen. Und die Wachen an den Toren haben bei dem Regen und Nebel, wie der General schon sagte, wohl auch nicht allzu viel von jemandem gesehen, der sich hinausschleicht. Machen wir uns also an die Arbeit. Unsere erste Hoffnung ...«

Er nahm die Blätter mit den Namen der Besucher in die Hand.

»In der Zwischenzeit könnten wir uns hiermit beschäftigen«, fuhr er fort. »Wir können uns unsere Gäste hier vornehmen. Wir kennen die ungefähre Tatzeit. Hallo!« rief er in Richtung Tür; ein Wachposten öffnete sie. »Würden Sie bitte rüber zum Bloody Tower zu den Polizeibeamten gehen, die gerade eben eingetroffen sind, und den leitenden Beamten herschicken? ... Danke.«

»Ich hoffe, es ist Hamper«, fügte er für die Anwesenden hinzu. »Höchstwahrscheinlich ist er es. Wir wollen erst einmal die Zettel von den drei Personen, die wir selber befragen werden, beiseite legen – Mrs. Bitton, Mr. Arbor und – vorsichtshalber – die argwöhnische Mrs. Larkin. Schauen wir mal, Larkin ...«

»Mrs. Bitton hat nichts aufgeschrieben«, teilte Dalrye ihm mit. »Sie fand allein die Idee schon lächerlich.«

»Also gut. Hier ist der Zettel von Arbor. Wollen mal sehen. Ich würde sagen, eine sehr schöne Handschrift – fast wie eine gedruckte Visitenkarte. Scheint ein sehr geschmackvoller Bursche zu sein.« Neugierig besah er sich das Blatt. »›Julius Arbor. 440 Park Avenue, New York City. Kein Beruf...‹«

»Hat er auch nicht nötig«, knurrte Sir William, »er hat einen Haufen Geld.«

»›Am 4. März auf der *S. S. Bremen* in Southampton angekommen. Dauer des Aufenthalts unbestimmt. Reiseziel ist Villa Seule, Nizza, Frankreich.‹ Er fügt noch kurz hinzu: ›Sollten weitere Auskünfte nötig erscheinen, schlage ich vor, sich mit meinen Londoner Anwälten, den Herren Hillton und Dane, Lincoln's Inn Fields, in Verbindung zu setzen.‹ Hmm.«

Er lächelte vor sich hin, legte das Blatt beiseite und warf flüchtig einen Blick auf die anderen.

»Sollten Sie schon einmal einen der anderen Namen hier gehört haben, meine Herren, machen Sie sich bemerkbar; anderenfalls soll sich der Sergeant mit ihnen befassen.

Mr. und Mrs. George C. Bebber, 291 Aylesborough Avenue, Pittsburgh, Pa., USA. – John Simms, High Street, Glytton, Hampshire. Er fügt noch hinzu: ›Von dem bekannten Installationsgeschäft gleicher Adresse‹. – Mr. und Mrs. John Smith, Surbiton. So, so! Das ist ja sehr ausführlich. – Lucien Lefèvre, 60 Avenue Foch, Paris. Mlle. Clementine Lefèvre, gleiche Anschrift. – Miss Dorothea Delevan Mercenay, 23 Elm Avenue, Meadville, Ohio, USA. Miss Mercenay fügt ihrem Namen noch den Titel *M.A.* – kräftig unterstrichen – hinzu. Das sind alle. Klingt recht harmlos.«

»Sergeant Betts, Sir«, vernahm man eine Stimme von der Tür her. Ein sehr ernst dreinblickender junger Mann grüßte nervös. Anscheinend hatte er nur einen Inspector erwartet, und die Anwesenheit des Chief Inspectors verwirrte ihn.

»Betts«, sagte Hadley. »Betts ... ach ja. Haben Sie ein Bild vom Gesicht des Toten machen lassen?«

»Ja, Sir. Sie haben das Fotolabor hier im Tower aufgebaut, und die Bilder trocknen gerade. Sind sofort fertig, Sir.«

»Gut. Nehmen Sie sich einen Abzug, und zeigen Sie ihn all den Leuten, die hier aufgeführt sind; der Wachposten zeigt Ihnen, wo sie sich aufhalten. Fragen Sie die Leute, ob sie diese Person heute gesehen haben; wann und wo. Achten Sie besonders genau darauf, ob einer von ihnen zu irgendeinem Zeitpunkt *irgend jemanden* in der Nähe vom Traitors' Gate bemerkt hat oder ob sich jemand verdächtig benommen hat. Mr. Dalrye, ich wäre Ihnen sehr verbunden, wenn Sie mitgehen und alles Wichtige mitstenographieren würden. Danke. Und ...«

Dalrye erhob sich und griff nach Notizbuch und Bleistift.

»Besonders genau will ich wissen, Betts, wo sich die Leute zwischen halb zwei und Viertel vor zwei befunden haben. Das ist äußerst wichtig. Mr. Dalrye, würden Sie freundlicherweise Mrs. Lester Bitton hierherbitten?«

# Kapitel 6

# Ein Armbrustpfeil als Souvenir

»Nun denn«, fuhr Hadley fort. Wieder ordnete er mit peinlicher Genauigkeit Bleistift, Notizbuch und Taschenlampe vor sich auf dem Tisch in einer Reihe an. »Der Polizeiarzt wird den Inhalt von Driscolls Taschen vorbeibringen, und wir können uns die Waffe einmal genauer ansehen. Ich überlasse es dem Chief Warder, die Wachen darüber zu befragen, ob sie etwas gesehen haben. Wie viele Wachen gibt es denn insgesamt hier, General?«

»Vierzig.«

»Hm. Es ist unwahrscheinlich, daß Driscoll sich weit vom King's House entfernt hat; er wartete auf einen Anruf. Wir werden uns trotzdem darum kümmern müssen.«

General Mason biß das Ende seiner Zigarre ab. »Wenn Sie den ganzen Stab des Towers befragen wollen«, bemerkte er, »werden Sie nicht mehr zu viel anderem kommen. Hier ist ein Garderegiment stationiert, müssen Sie wissen, ganz abgesehen von den Arbeitern, Wärtern und Bediensteten.«

»Wenn es nötig ist«, antwortete Hadley gelassen, »werden wir es tun. Nun, meine Herren. Bevor wir Mrs. Bitton treffen, sollten wir unsere persönlichen Ansichten offenlegen. Gehen wir der Reihe nach vor und hören uns an, was jeder von uns zu sagen hat. Sir William, was fällt *Ihnen* zu dieser Angelegenheit ein?«

Er sprach zwar Sir William an, beobachtete aber aus den Augenwinkeln heraus Dr. Fell. Der Doktor war, wie Rampole wiederum leicht irritiert feststellte, anderweitig beschäftigt. Ein großer, vor Nässe triefender, zotteliger Airdale-Terrier mit liebevollen Augen und einer treuherzigen Art, die an den Doktor erinnerte, war in das Zimmer spaziert und unverzüglich auf Dr. Fell zugelaufen. Der Hund saß – mit erwartungsvoll gespitzten Ohren – aufrecht vor dem Doktor, während dieser sich über ihn beugte, um seinen Kopf zu kraulen.

Rampole versuchte, seine Gedanken zu ordnen. Er war nur zufällig hier, und irgendwie mußte er seine Anwesenheit rechtfertigen. Bei Hadleys erneuter Erwähnung der Waffe erinnerte er sich vage an irgendeine Frage, die in seinem Kopf herumschwirrte, seit Dalrye die Beschreibung vorgelesen hatte, welche die Wache von dem Pfeil, der bei Driscolls Ermordung verwendet worden war, gegeben hatte. Wieder sah er den dünnen, polierten Stahl vor sich, wie er aus der Brust des Toten ragte, und die Frage in seinem Kopf nahm immer deutlichere Konturen an. Er war sich nicht sicher, ob er es würde erklären können... Sir William wirkte immer noch apathisch, aber die durch den Schock hervorgerufene Leblosigkeit wich langsam aus seinen Zügen. Nicht mehr lange, und er würde wieder er selbst sein – scharfsinnig und ungestüm.

»Ganz einfach«, sagte er und verknotete dabei die Enden seines weißen Schals. »Eines ist nicht zu übersehen. Es fehlt jegliches Motiv. Kein Mensch auf der Welt hatte auch nur den geringsten Grund, Phil zu töten. Wenn es irgend etwas gab, was man mit Sicherheit über ihn hätte sagen *können,* dann war es, daß ihn jeder mochte.«

»Gut. Aber Sie vergessen eins«, erwiderte der Inspector mit Nachdruck. »Wir haben es in gewisser Weise mit einem Verrückten zu tun. Es besteht kein Anlaß zu bezweifeln, daß dieser Hutdieb irgendwie in diese Sache verwickelt ist. Ob er Philip Driscoll nun ermordet hat oder nicht, zumindest scheint er ihm diesen Hut auf den Kopf gesetzt zu haben. Nach dem, was Dalrye gerade erzählt hat, ist es klar, daß Driscoll dem Hutdieb ziemlich dicht auf den Fersen war...«

»Aber, großer Gott, Mann! Sie können doch nicht ernsthaft annehmen, daß dieser Bursche Philip getötet hat, nur weil Philip ihm auf die Spur gekommen war! Das ist doch absurd.«

»Ziemlich. Aber dennoch sollte man der Sache nachgehen. Also, was ist unser nächster Schritt?«

Sir William senkte die Augenlider. »Ich verstehe. Philip gab regelmäßig sein Manuskript bei der Zeitungsredaktion ab. Einer seiner Artikel ist heute in der Morgenausgabe erschienen. Das bedeutet, daß er es gestern abend reingegeben hat. Und wenn er ins Büro gegangen ist, hat er vielleicht dem Redakteur etwas erzählt...?«

»Genau. Wir werden zunächst einmal in dieser Richtung ermitteln. Sollte etwa seine Aufregung heute beispielsweise durch irgendeine Drohung hervorgerufen worden sein, wurde diese vermutlich an die Redaktion geschickt; oder er hat dort wenigstens etwas davon verlauten lassen. Es ist den Versuch wert.«

Ein tiefes, fröhliches Glucksen war zu vernehmen. Hadley war ein wenig verärgert, als er sah, wie Dr. Fell den Kopf des Hundes kraulte und ihn mit einem zugekniffenen Auge anstrahlte.

»Blödsinn«, sagte Dr. Fell.

»So?« fragte der Chief Inspector, sich mühsam beherrschend. »Würde es Ihnen etwas ausmachen, uns das zu erläutern?«

Der Doktor machte eine ausladende Armbewegung. »Hadley, Sie kennen sich in Ihrem Geschäft aus, weiß Gott. Aber Sie wissen nichts über Zeitungsleute. Ich – das muß ich zu meiner Schande gestehen – schon. Haben Sie nie die Geschichte von dem jungen, unerfahrenen Reporter gehört, dessen erste Aufgabe es war, über ein großes Pazifistentreffen im West End zu berichten? Nun, er kehrte mit trauriger Miene zurück. ›Wo ist Ihre Story?‹ fragte der Lokalredakteur. ›Ich konnte keine schreiben‹, sagte der Reporter; ›das Treffen fiel aus.‹ ›Fiel aus?‹ fragte der Lokalredakteur. ›Wieso?‹ ›Nun‹, sagte der junge Reporter, ›der erste Redner hatte gerade mit seiner Ansprache begonnen, als jemand mit einem Stein nach ihm schmiß. Dann fiel Lord Dinwiddie in die Baßtrommel, und um die ganze Rednertribüne herum entbrannte eine Schlägerei; die Leute fingen an, sich gegenseitig die Stühle auf den Köpfen zu zerschlagen, und als ich die ›grüne Minna‹ vor der Tür stehen sah, wußte ich, daß es keine Versammlung mehr geben würde, und ging nach Hause.‹«

Dr. Fell schüttelte betrübt den Kopf. »So etwa sieht das bei Ihnen aus, Hadley. Mensch, verstehen Sie denn nicht, daß es sich, wenn Driscoll irgend etwas rausgefunden hätte, um SCHLAGZEILEN gehandelt hätte? Schlagzeilen in Großbuchstaben. ›DER HUTTEUFEL – EINE TÄGLICHE BEDROHUNG.‹ Er hätte es mit Sicherheit in der Redaktion erzählt; er versuchte doch verzweifelt, eine feste Anstellung zu bekommen, oder? Und selbst der dümmste und unerfahrenste Reporter der ganzen Fleet Street hätte sich eine solche Gelegenheit nicht entgehen lassen. Seien Sie versichert, daß Sie es heute auf der Titelseite hätten lesen können.«

»Er hat es vielleicht gar nicht erzählt«, sagte Hadley gereizt, »wenn er wirklich so erregt war, wie es den Anschein hat. Vielleicht hat er es für sich behalten.«

»Moment mal. Da irren Sie sich«, warf Sir William ein. »Tun Sie dem Jungen kein Unrecht. Was auch immer er war, er war kein Feigling. Er geriet nicht deshalb so oft aus der Fassung, weil er sich vor irgendwelchen Gewalttätigkeiten fürchtete; er regte sich nur auf wegen – nun – irgendwelcher Probleme, Sie haben es ja gehört.«

»Das ist nicht das Entscheidende«, sagte Dr. Fell geduldig. »Irgend etwas in dieser Art zu veröffentlichen, hätte keinen Schaden angerichtet. Sie hätten sagen können, daß sie einen entscheidenden Hinweis gefunden hätten oder daß jemand bedroht worden sei. Das erste hätte nur den Täter gewarnt, das zweite hätte noch mehr Publizität bedeutet, und Publizität ist es doch, die der Hutdieb vor allem will; Sie brauchen ja bloß zu schauen, wie er vorgeht. Es hätte keinen Schaden angerichtet, und ganz gewiß hätte es den jungen Driscoll bei seinem Job vorangebracht.«

»Angenommen, er hätte wirklich herausgefunden, wer der Mann war, was dann?«

»Nun, die Zeitung hätte sich mit der Polizei in Verbindung gesetzt, und Driscoll hätte Anerkennung gefunden und mehr Aufträge bekommen. Glauben Sie ernsthaft daran, daß jemand vor einem Menschen hätte Angst haben können, den jeder bis zu diesem Zeitpunkt noch für einen freundlichen Scherzbold hielt? – Nein, nein. Dieser Hut auf der Leiche hat in dieser Angelegenheit wohl Ihren Sinn für Humor etwas beeinträchtigt. Es gibt eine andere Erklärung – glaube ich. Ich bin bereit, Sir William darin zuzustimmen, daß der Junge kein Feigling war; aber vor *was* hat er sich gefürchtet? Wir haben nicht die geringste Spur. Denken Sie darüber nach.«

Brummend wandte er seine Aufmerksamkeit wieder dem Hund zu.

»Ich muß Ihnen dazu gleich noch etwas sagen«, bemerkte der Chief Inspector. »Aber lassen Sie uns noch einen Augenblick weitermachen. Haben *Sie* vielleicht irgendwelche Vermutungen, General?«

General Mason hatte verdrießlich vor sich hingeraucht. Er nahm die Zigarre aus dem Mund und schüttelte den Kopf.

»Gar keine. Außer daß es nun ziemlich klar zu sein scheint, daß er mit diesem Pfeil erstochen und nicht erschossen wurde. Das habe ich mir schon von Anfang an gedacht.«

»Mr. Rampole?« Hadley bemerkte, daß der Amerikaner sich äußerst unbehaglich fühlte, und er warf ihm einen aufmunternden Blick zu. »Sie haben bislang noch keinen Kommentar abgegeben – was ich für durchaus klug halte. Irgendwelche Einfälle?«

Trotz dreier Augenpaare, die auf ihn gerichtet waren, versuchte Rampole, ungezwungen zu erscheinen. Dies war vielleicht eine Art Prüfung, die darüber entschied, ob er auch nach dem heutigen Tag noch etwas von dieser Sache hören würde. Er konnte ihnen nicht seine Ideen wie ein neunmalkluger Schuljunge an den Kopf werfen; wenn er gefragt wurde, mußte es sich vernünftig anhören.

»Es gibt da etwas«, sagte er und bemerkte die leichte Unsicherheit in seiner Stimme. »Obwohl es vielleicht nicht wichtig ist. Es ist so. Der Armbrustpfeil stammt nicht aus der Sammlung hier, und eine der Wachen sagte, daß seine Ausführung auf das vierzehnte Jahrhundert hinweist. Nun ist es doch nicht sehr wahrscheinlich, daß Driscoll wirklich mit einem Stahlpfeil getötet wurde, der im Jahre dreizehnhundertsoundsoviel hergestellt wurde, oder?« Er zögerte. »Ich habe mich ein bißchen mit Waffen und Rüstungen beschäftigt; eine der besten Sammlungen der Welt ist im Metropolitan Museum in New York. Bei einem so alten Pfeil wie diesem hier wäre die Korrosion des Metalls weit fortgeschritten. Wäre es überhaupt möglich, bei einem Pfeil diesen Glanz und diese Härte zu erhalten, wie es bei dem der Fall war, der Driscoll getötet hat? Er sieht *neu* aus und überhaupt nicht angegriffen. Wenn ich mich recht entsinne, haben Sie hier keine Waffen ausgestellt, die älter als aus dem fünfzehnten Jahrhundert sind. Und sogar Ihr Helm aus dem frühen fünfzehnten Jahrhundert ist zu einer Art rostiger Schale verkommen.«

Niemand sagte einen Ton. »Ich fange an zu verstehen«, bemerkte dann der Inspector. »Sie wollen damit sagen, daß der Pfeil erst kürzlich hergestellt wurde. Und wenn dem so ist...?«

»Nun, Sir, wenn dem so ist, wer hat ihn angefertigt? Es gibt gewiß nicht viele Schmiede, die Armbrustpfeile in der Art des vierzehnten Jahrhunderts produzieren. Es könnte sich um eine Art Kuriosität handeln, oder vielleicht macht jemand so etwas zum Spaß oder zu Dekorationszwecken. Ich nehme nicht an, daß er hier hergestellt worden ist?«

»Bei Gott«, sagte General Mason leise. »Ich glaube, er ist da auf etwas gestoßen... Nein, nein, junger Mann, ich bin mir sicher, er wurde nicht hier angefertigt, sonst hätte jemand davon erzählt.«

Hadley schrieb etwas in sein schwarzes Buch. »Es ist eine kühne Idee«, bemerkte er und schüttelte dabei den Kopf, »aber zweifelsohne spricht einiges dafür. Gute Arbeit! Nun kommen wir zu meinem normalerweise geschwätzigen Kollegen – Dr. Fell. Lassen Sie doch um Gottes willen den Hund in Ruhe«, fuhr er ihn wütend an, »und seien Sie etwas aufmerksamer! Was sind Ihre gelehrten Kommentare zu der Aussage, die wir gehört haben?«

Dr. Fell legte den Kopf zur Seite. Er schien nachzudenken.

»Die Aussage«, wiederholte er, als sei er auf einen neuen Gesichtspunkt bei der Analyse des Falles gestoßen. »Nun, ich fürchte, ich habe nicht richtig zugehört. Ich habe dennoch eine Frage.«

»Das ist ja erfreulich. Um was geht's?«

»Dieser Hut.« Er griff nach dem Zylinder und zeigte ihn herum. »Ich nehme an, Sie haben das bemerkt. Als er auf den Kopf des Jungen gesetzt wurde, rutschte er über seine Ohren – wie die Melone eines jüdischen Komikers in einer Komödie. Natürlich ist er sehr zierlich, Sir William, und Sie sind groß. Aber Sie haben einen ziemlich langen und schmalen Kopf. War er nicht selbst Ihnen zu groß?«

»Zu ...« Der Angesprochene sah ihn verblüfft an. »Nein! Nein, er war nicht zu groß. Aber ... warten Sie mal. Jetzt fällt es mir wieder ein. Als ich im Geschäft Hüte anprobierte, war unter denen, die ich anprobierte, *einer,* der zu groß war. Aber der, den sie mir schickten, war in Ordnung; er paßte genau.«

»Nun, würde es Ihnen etwas ausmachen, diesen einmal aufzusetzen?«

Sir William lehnte sich zurück. Einen Moment lang sah es so aus, als würde er die Hand ausstrecken, nachdem General Mason den Hut von Dr. Fell entgegengenommen hatte und ihn nun herüberreichte. Dann richtete er sich kerzengerade auf.

»Sie müssen mich schon entschuldigen«, murmelte er. »Ich – tut mir leid, aber ich kann es nicht tun.«

»Aber, aber, das macht doch nichts«, sagte Dr. Fell freundlich. Er nahm den Hut zurück, ließ ihn zusammenklappen und fächelte mit ihm sein gerötetes Gesicht. »Im Augenblick jedenfalls nicht. Wie ist der Name Ihres Hutmachers?«

»Steele, in der Regent Street. Warum?«

»Mrs. Lester Bitton«, verkündete eine Stimme von der Türe her. Die diensthabende Wache stieß sie auf.

Mrs. Bitton war nicht schüchtern. Sie betrat den Raum mit selbstsicheren, ungezwungenen Schritten, und sie strahlte Tatkraft aus. Mrs. Bitton war eine schlanke Frau Ende zwanzig; sie hatte die kräftige, durchtrainierte Statur einer Schwimmerin. Von nahem betrachtet war sie nicht wirklich hübsch, aber Gesundheit und Vitalität ließen sie so erscheinen. Sogar im Winter zeigte sie noch einen Hauch von Sonnenbräune; sie hatte ebenmäßige, fast strahlende braune Augen, eine gerade Nase und einen humorvollen, aber entschlossenen Mund. Ihr hellbraunes Haar wurde durch einen enganliegenden blauen Hut gebändigt; unter einem großen Pelzkragen ließ ein figurbetonter Mantel ihre vollen Brüste und ziemlich üppigen Hüften erkennen... Als ihr Blick auf Sir William fiel, verlor sie einen Teil ihrer Selbstsicherheit. Ihre ebenmäßigen Augen verloren ihren Glanz.

»Hallo!« sagte sie. Ihre Stimme war lebhaft und selbstbewußt. »Bob hat mir nicht gesagt, daß du hier bist. Es tut mir leid, daß du so schnell hergeholt worden bist.« Sie betrachtete ihn und fügte dann vollkommen ernst hinzu. »Du bist nicht mehr stark genug für eine solche Sache. Das schadet dir nur. Du solltest es nicht zu schwer nehmen.«

Sir William stellte die Anwesenden vor und setzte sich wieder hin; auf seinem Gesicht lag ein Ausdruck, als wolle er sagen: ›Seht Ihr? Diese modernen Frauen...!‹ Rampole stellte für sie einen Stuhl neben Hadleys Schreibtisch. Sie nahm Platz, unterzog sie alle einer genauen Betrachtung, nahm eine Zigarette aus ihrer Handtasche und zündete sie an, bevor irgend jemand ihr Feuer anbieten konnte.

»Sie sind also Mr. Hadley«, bemerkte sie, während sie ihn mit leicht zurückgelegtem Kopf betrachtete. Dann sah sie Sir William an. »Ich habe Will von Ihnen reden hören.« Noch einmal unterzog sie gelassen die Anwesenden einer genauen Betrachtung und verdrehte schließlich den Hals, um auch Dr. Fell besser sehen zu können. »Und das sind Ihre Inspektoren, oder wie man die nennt. Ich fürchte, ich habe drüben ziemlich auf den Putz gehauen. Es war so stickig dort, und irgendeine unmögliche Frau hat ununterbrochen auf mich eingeredet. Aber da wußte ich noch nicht, daß... Sogar nachdem Bob mir erzählt hatte ... erzählt hatte, daß es sich um Phil handele, habe ich ihm nicht geglaubt.«

Trotz ihrer Selbstsicherheit kam Rampole zu der Überzeugung, daß sie nervös war und ihren selbstbewußten Auftritt nur inszeniert hatte, um damit über eine erste Art von Barriere hinwegzukommen. Sie klopfte die Asche von ihrer Zigarette ab und ließ sie achtlos auf den Boden fallen.

Hadley blieb gelassen. »Sie sind über die Vorgänge informiert, Mrs. Bitton?«

»Soviel Bob mir erzählen konnte. Armer Phil! Ich würde gerne...« Sie zögerte, während sie sich geeignete Strafen für den Mörder auszudenken schien, und klopfte dann mit dem Finger auf die Zigarette, um nicht vorhandene Asche zu entfernen. »Es war natürlich absurd, von mir zu erwarten, daß ich dieses lächerliche Papier ausfülle. Als ob *ich* etwas erklären müßte.«

»Das war eine reine Formsache. Sie verstehen aber doch, daß alle Leute, die sich zur Tatzeit in der Umgebung aufgehalten haben, befragt werden müssen. Wir haben Sie als erste herbringen lassen«, sagte Hadley lächelnd, »damit wir diese Routineangelegenheit so schnell wie möglich hinter uns bringen.«

»Ich verstehe das natürlich vollkommen. Ich habe Detektivromane gelesen.« Sie sah ihn aufmerksam an. »Wann ist Phil getötet worden?«

»Wir werden unverzüglich darauf zu sprechen kommen, Mrs. Bitton.« Hadley lächelte und machte dazu eine weltmännische Geste. »Lassen Sie uns der Reihe nach vorgehen, wenn Sie nichts dagegen haben... Zunächst einmal kann ich wohl davon ausgehen, daß dies nicht das erste Mal ist, daß Sie den Tower besuchen? Sie sind natürlich an den – ähh – historischen Schätzen hier interessiert?«

Sie blickte ihn fast belustigt an. »*Das* nenne ich eine wirklich höfliche Art, mich danach zu fragen, was ich hier zu suchen habe«, sagte sie anerkennend. Ihr Blick wanderte hinüber zu Sir William. »Ich kann mir vorstellen, daß Will Ihnen schon von mir erzählt hat. Er glaubt, daß ich nicht das geringste für verstaubte Ruinen und solche Dinge übrig habe.«

General Mason war gekränkt. Das Wort ›Ruinen‹ hatte ihm einen herben Schlag versetzt. Er nahm die Zigarre aus dem Mund. »Madam«, warf er erregt ein. »Sie müssen entschuldigen, wenn ich Sie daran erinnere...«

»Aber sicher«, stimmte sie mit einem breiten Lächeln zu und wandte sich wieder Hadley zu. »Das stimmt aber nicht. Ich mag sie *wirklich*. Ich liebe es, mir diese Menschen in Rüstungen vorzustellen und die Ritterturniere und Kämpfe und diese ganzen Sachen – vorausgesetzt, niemand erzählt mir etwas über Jahreszahlen und was da genau passierte. Ich kann die Könige nicht auseinanderhalten, aber warum sollte ich auch? Das ist vorbei und vergessen, wie Lester immer sagt. Aber ich wollte Ihnen erklären, warum ich hier war. Es ging mir nicht wirklich um den Tower. Ich wollte einfach spazierengehen.«

»Ein Spaziergang?«

»Ich fürchte, Mr. Hadley«, bemerkte sie mit einem kritischen Unterton, während sie ihn ungehemmt von oben bis unten musterte, »Sie bewegen sich nicht genug. Täte Ihnen gut. Hält fit. Lester bekommt langsam einen Bauch; deshalb bringe ich ihn so oft, wie es geht, dazu, mit mir spazierenzugehen. Gerade gestern sind wir von einer Wandertour im Westen zurückgekommen. Und so habe ich mich heute entschlossen, vom Berkeley Square bis zum Tower zu spazieren.«

Sie hatte es geschafft, Hadley zu reizen. Aber der Chief Inspector nickte nur zustimmend.

»Ich konnte Lester natürlich nicht dazu überreden, mich zu begleiten. Lester gehört zu den Konservativen. Er ist stets bestürzt über die Zustände in unserem Land. Jeden Morgen schaut er in die Zeitung und sagt: ›Oh mein Gott‹, und brütet den ganzen Tag solange vor sich hin, bis er wieder seine Probleme mit der Leber bekommt. Letzten Sommer war ich mit ihm auf einer Wandertour in Südfrankreich, und er nörgelte fortlaufend über alles... So bin ich also alleine hierhergekommen. Und dann dachte ich: ›Wo ich einmal hier bin, kann ich mir auch alles ansehen.‹«

Sie erklärte dies sehr ausführlich und richtete ihren geschmeidigen Körper auf dem Stuhl kerzengerade auf.

»Ich verstehe. Wissen Sie noch, wann genau Sie hier ankamen?«

»Hm. Ich bin mir nicht sicher. Ist das wichtig?«

»Ich würde eine Antwort zu schätzen wissen, Mrs. Bitton.«

Ihre Haltung wurde steif. »Um ein Uhr oder etwas später, glaube ich. Ich aß ein Sandwich im Erfrischungsraum oben am Tor. Da habe ich auch die Tickets für die verschiedenen Gebäude gekauft; drei waren es. Ein weißes, ein rosafarbenes und ein grünes.«

Hadley blickte hinüber zu General Mason. Dieser sagte:

»Für den White Tower, den Bloody Tower und die Kronjuwelen. Für diese drei wird Eintrittsgeld erhoben.«

»Hm, ja. Haben Sie von diesen Tickets Gebrauch gemacht, Mrs. Bitton?«

Sie hielt die Zigarette regungslos vor ihren Lippen. Einen Moment lang hoben und senkten sich ihre vollen Brüste schneller. Dann kräuselte sie leicht ihre Lippen. Hadley machte einen teilnahmslosen Eindruck, hatte jedoch zu seinem Bleistift gegriffen.

»Ich habe mir die Kronjuwelen angesehen«, antwortete sie und wirkte dabei aufrichtig. »Sie kamen mir nicht so« – sie suchte nach Worten –, »so toll vor. Sie wirkten auf mich wie aus Glas. Und ich möchte wetten, sie sind auch nicht echt.«

General Masons Gesicht hatte eine backsteinrote Färbung angenommen, und ihm entfuhr ein Röcheln. Dann hatte er sich wieder unter Kontrolle und rauchte weiter, wobei er wütend Rauchwolken ausstieß.

»Darf ich Sie fragen, warum Sie die anderen Tickets nicht benutzt haben, Mrs. Bitton?«

»O Gott, das weiß ich auch nicht so genau. Ich hatte einfach keine Lust, würde ich sagen; ich hatte meine Meinung geändert.« Sie rutschte auf dem Stuhl herum, als hätte sie jegliches Interesse verloren. Aber ihre Augen hatten einen angespannten Ausdruck. »Ich spazierte ein wenig drüben im inneren Hof herum ... dort, wo es die großen Häuser aus Stein und die Raben gibt. Mir gefällt das Aussehen der Soldaten. Und ich habe mich mit einem netten alten Beefeater unterhalten...«

Diesmal ergriff General Mason das Wort. Er bemerkte mit kühler Höflichkeit:

»Madam, darf ich Sie darum bitten, nicht dieses Wort zu verwenden? Die Wachen im Tower werden Yeomen Warders genannt, nicht Beefeaters. Diese Bezeichnung wird...«

Mrs. Bitton schien diese Zurechtweisung beinahe übereifrig aufzugreifen.

»Tut mir leid. Das wußte ich natürlich nicht. Man hört halt nur, was die Leute so sagen. Ich zeigte auf die Stelle, wo die Steinplatte hängt, auf der steht, daß man dort die Verurteilten köpfte, wissen Sie, und ich fragte den Bee... den Mann: ›Ist das die Stelle, wo Königin Elisabeth hingerichtet wurde?‹, und er wäre fast in Ohnmacht gefallen. Er räusperte sich einige Male und sagte: ›Madam ... ähh ... Königin Elisabeth hatte keinesfalls die Ehre ..., ähh... ich meine, Königin Elisabeth starb in ihrem Bett.‹ Und dann ratterte er eine Liste von Leuten herunter, die an dieser Stelle geköpft worden waren; und dann sagte ich: ›Woran ist sie gestorben?‹, und er sagte: ›Wer, Madam?‹, und ich sagte: ›Königin Elisabeth‹, und er gab ein merkwürdiges Geräusch von sich.«

»Im Himmel wird man es diesen Männern lohnen«, bemerkte General Mason düster.

Hadley war nicht beeindruckt. »Bleiben Sie beim Thema, Mrs. Bitton. Wann sind Sie wieder gegangen?«

»Mein guter Mann, ich habe keine Uhr bei mir. Aber ich weiß noch, daß ich vom Exerzierplatz durch den Durchgang dieses großen Gebäudes, das Bloody Tower genannt wird, herunterkam. Und ich sah eine Gruppe von Menschen auf den Stufen am Geländer stehen, und da war ein Beefeater, der mich bat weiterzugehen. Ich nehme daher an, das war, nachdem man ... Phil gefunden hatte. Auf jeden Fall, als ich dann zum Vordereingang kam, ließ man mich nicht hinaus. Und das ist alles, was *ich* weiß.«

»Sind Sie irgendwann Mr. Driscoll über den Weg gelaufen?«

»Nein. Ich wußte natürlich nicht, daß er da war.«

Hadley klopfte einige Sekunden lang geistesabwesend mit seinen Fingern auf den Schreibtisch. Dann fuhr er unvermittelt fort: »Nun, Mrs. Bitton, Ihrer eigenen Aussage nach kamen Sie so gegen ein Uhr hier an ...«

»Entschuldigen Sie. Ich habe Ihnen gesagt, ich wußte nicht, *wieviel* Uhr es war.«

»Aber es war kurz nach eins?«

»Vielleicht. Ich kann mich geirrt haben.«

»Die Leiche wurde um halb drei entdeckt, und natürlich wollten Sie sich erst nach diesem Zeitpunkt auf den Rückweg machen, sonst wären Sie nicht hier. Sie haben also die ganze Zeit damit verbracht, sich die Kronjuwelen anzusehen und im Nebel über den Exerzierplatz zu spazieren? Ist das so richtig?«

Sie lachte. Ihre Zigarette war bis auf ihre Finger hinuntergebrannt, und sie zuckte zusammen, als sie die brennende Glut spürte. Während sie die Zigarette auf den Boden fallen ließ, schaute sie trotzig auf Hadley. Aber sie war nicht mehr so kaltblütig wie noch kurz zuvor.

»Ich hoffe nicht, daß Sie glauben, ich hätte vor ein bißchen Nebel oder Regen Angst? Das gehört in die Zeit von Mr. Gladstone, wissen Sie. Es klingt komisch, aber ich nehme an, das ist es, womit ich die Zeit verbracht habe... Guter Gott! Sie glauben doch wohl nicht, *ich* hätte irgend etwas mit dem Mord an Phil zu tun, oder?«

»Es ist meine Pflicht, diese Fragen zu stellen, Mrs. Bitton. Da Sie keine Uhr bei sich trugen, gehe ich davon aus, daß Sie nicht wissen, ob Sie zwischen halb zwei und Viertel vor zwei irgendwo in der Nähe von Traitors' Gate waren?«

Sie schlug ihre seidenbestrumpften Beine übereinander und dachte nach. »Traitors' Gate«, wiederholte sie. »Mal sehen. Wo ist das?«

Hadley deutete mit einem Nicken auf ihre Handtasche. »Darf ich fragen, was Sie dort haben, unter dem Gurt auf der anderen Seite Ihrer Tasche? Es ist zusammengefaltet, irgendeine grünliche Broschüre?«

»Das ist... das habe ich doch vollkommen vergessen! Das ist ein Führer durch den Londoner Tower. Ich habe ihn für zwei Pence am Kartenschalter gekauft.«

»Waren Sie irgendwo in der Nähe von Traitors' Gate zwischen halb zwei und Viertel vor zwei, Mrs. Bitton?«

»Vielen Dank, daß Sie die Frage noch einmal wiederholt haben«, gab sie zurück. »Das ist sehr aufmerksam von Ihnen. Wenn Sie mit Traitors' Gate den Ort meinen, an dem Phil gefunden wurde, wie ich wohl richtig annehme, so ist die Antwort: Nein. Ich war zu keinem Zeitpunkt in der Nähe; nur beim Hinein- und Hinausgehen bin ich daran vorbeigekommen.«

Hadley lächelte. Es war ein seelenruhiges, schwerfälliges, offenes Lächeln, und es verlieh seinem Gesicht einen fast herzlichen Ausdruck. Die Gesichtszüge der Frau hatten sich verhärtet, und um ihre Augen lag ein angespannter Zug; dann erwiderte sie das Lächeln und lachte plötzlich.

»In Ordnung. *Touché.* Aber der Teufel soll mich holen, wenn ich mich noch einmal von Ihnen auf den Arm nehmen lasse, Mr. Hadley. Ich dachte, Sie meinten es ernst.«

»Du bist ... ähh ... zu impulsiv, Laura«, warf Sir William ein und strich sich dabei über sein langes Kinn. Gereizt, wie er war, schien ihn das Verhalten seiner Schwägerin zu stören. »Verzeihen Sie mir, Inspector. Fahren Sie fort.«

»Wir kommen nun zu der unausweichlichen Frage. Mrs. Bitton: Kennen Sie jemanden, der Mr. Driscoll nach dem Leben trachten könnte?«

»Ich würde Ihnen das nie verzeihen«, antwortete sie mit tiefer, heftiger Stimme, »wenn Sie nicht herausfänden, wer ihn getötet hat. Niemand wollte ihn töten. Das ist absurd. Das ist verrückt. Phil war wunderbar. Er war so ein liebes Lämmchen.«

General Mason erschauderte, und sogar Hadley zuckte leicht zusammen.

»Ah«, sagte er. »Er hätte ja . . . ah . . . wie Sie schon sagten, ein . . . ist auch egal. Allerdings bezweifele ich, daß er – oder irgendein anderer – von dieser Beschreibung begeistert gewesen wäre. Wann haben Sie ihn zuletzt gesehen?«

»Hm. Nun, das ist schon einige Zeit her. Das war, bevor Lester und ich nach Cornwall gefahren sind. Er kommt nur sonntags vorbei. Und gestern war er nicht da – das fällt mir erst jetzt auf.« Sie runzelte die Stirn. »Ja. Will war so außer sich wegen des verlorengegangenen Manuskripts und stellte das ganze Haus auf den Kopf. . . oder wußten Sie schon darüber Bescheid?«

»Wir wissen davon«, antwortete Hadley grimmig.

»Warten Sie einen Moment. Einen Moment. Ich habe mich geirrt«, berichtigte sie sich, während sie ihre Hand auf den Schreibtisch legte. »Er kam für einen kurzen Besuch am Sonntag abend vorbei; es war schon ziemlich spät. Er war auf dem Weg zur Redaktion, um seinen Artikel abzugeben, ich erinnere mich jetzt: den Bericht über die Perücke des Anwalts auf dem Kutschpferd. Erinnerst du dich nicht, Will?«

Sir William rieb sich die Stirn. »Ich weiß nicht. Ich habe ihn nicht gesehen, aber zu diesem Zeitpunkt war ich . . . beschäftigt.«

»Sheila hatte uns über seine neueste Betätigung bei der Zeitung erzählt: der Jagd nach Hüten.« Zum ersten Mal erschauderte Laura Bitton. »Und ich erzählte ihm, was Sheila mir gesagt hatte, nämlich daß Wills Hut gerade am Abend zuvor gestohlen worden war.«

»Was hat er darauf geantwortet?«

»Geantwortet? . . . Nun, er hat mir eine Menge Fragen gestellt, darüber, wo er gestohlen wurde und wann und all solche Sachen; und dann, erinnere ich mich, fing er an, im Salon auf und ab zu laufen, und er sagte, er hätte einen ›Hinweis‹, und war auf und davon, bevor ich ihn fragen konnte, was er damit meinte.«

Schließlich war Hadley zufriedengestellt. Er sah hinüber zu Dr. Fell, der mittlerweile den Hund auf seinen Schoß genommen hatte, aber er äußerte sich dazu nicht. Ein Klopfen an der Tür ging dem Erscheinen eines ältlichen, müde wirkenden Mannes voraus, der ein Bündel trug, das aus einem Taschentuch geschnürt war. Er salutierte.

»Sergeant Hamper, Sir. Ich habe hier die Sachen, die der Tote bei sich trug. Und der Polizeiarzt würde Sie gerne sprechen.«

Ein sanftmütiger, kleiner Mann mit einem Spitzbart stand schwankend in der Tür und betrachtete Hadley mit unsicherem Blick.

»Hallo!« sagte er, und schob seine Melone mit derselben Hand, mit der er seine schwarze Tasche hielt, leicht nach hinten in den Nacken. In der anderen hielt er ein Stück Stahl. »Hier ist Ihre Waffe, Hadley. Ähem ... Nein, keine Fingerabdrücke. Ich habe es abgewaschen. Es war dreckig. Ähem.«

Er kam schwankend zum Tisch herüber, betrachtete ihn, als suchte er nach einem geeigneten Ort, und legte dann den Armbrustpfeil darauf. Er war abgerundet, dünn, ungefähr fünfundvierzig Zentimeter lang und hatte einen stählernen Widerhaken an seiner Spitze.

»Merkwürdige Sachen, die sie heutzutage benutzen«, bemerkte er, während er seine Nase rieb. »Jetzt verstehe ich endlich, warum meine Frau immer diese Sachen in Margate kauft. Ähem.«

»Es ist ein Pfeil aus dem späten vierzehnten Jahrhundert.«

»Dann bin ich der Papst«, sagte der Doktor.

»Wie bitte?«

»Ich sagte, ›Dann bin ich der Papst.‹ Sehen Sie, was darauf eingraviert ist? *›Souvenir de Carcassonne, 1932.‹* Diese räuberischen Franzosen verkaufen sie in kleinen Souvenirbuden. Das ist der Fluch des Verreisens. Ähem.«

»Aber, Doktor ...« sagte Sir William.

Der Doktor blinzelte ihn an. »Mein Name ist...«, er zögerte, so als wäre ihm auf einmal ein böser Verdacht gekommen – »mein Name, Sir, ist Watson. Doktor Watson. Und sollte irgendein verhinderter Komiker ...«, sagte der Doktor mit quietschender Stimme und schwang dabei drohend seine Tasche – »sollte irgendein verhinderter Komiker den üblichen Kommentar dazu abgeben, werde ich ihm den Schädel einschlagen. In den dreißig

Jahren bei der Polizei habe ich nichts anderes zu hören bekommen. Ich bin's leid. Die Leute zischen es mir hinter Ecken zu. Sie bitten mich um Nadeln und Droschken und Shagtabak; ob ich wohl meinen Revolver zur Hand habe? Jeder dumme Polizist wartet geduldig auf meinen Bericht, damit er sagen kann: ›Elementar, mein lieber. . .‹«

Laura Bitton hatte dieser Tirade keine Aufmerksamkeit geschenkt. Sie war eine Spur blasser geworden; regungslos stand sie da und starrte auf den Armbrustpfeil. Schließlich unterbrach selbst Dr. Watson seinen Monolog und schaute sie an.

Mit einer Stimme, die sachlich klingen sollte, sagte sie:

»Ich weiß, wo er herstammt, Mr. Hadley.«

»Sie haben ihn schon einmal gesehen?«

»Er ist«, sagte Mrs. Bitton mit zögernder Stimme, »aus unserem Haus. Lester und ich haben ihn gekauft, als wir auf dieser Wandertour in Südfrankreich waren.«

# Kapitel 7

# Mrs. Larkins Ärmelaufschlag

Alles wieder hinsetzen!« sagte Hadley in scharfem Ton. »Das ist ja wie in einem Tollhaus... Sind Sie sich dessen sicher, Mrs. Bitton?«

Allmählich schien sie ihren starren, wie unter Hypnose stehenden Blick von dem blanken Stück Stahl lösen zu können. Sie setzte sich wieder und zog heftig an ihrer Zigarette.

»Ich ... ich denke ... natürlich kann ich es nicht beschwören. Solche Sachen werden in Carcassonne zum Kauf angeboten; sicherlich werden sie von Hunderten von Leuten gekauft.«

»Richtig«, stimmte Hadley ihr trocken zu. »Trotzdem, Sie haben genau so einen Pfeil gekauft. Wo haben Sie ihn zu Hause aufbewahrt?«

»Ich weiß es wirklich nicht. Ich hab' ihn seit Monaten nicht mehr gesehen. Ich erinnere mich, daß ich direkt nach unserer Rückkehr von der Reise beim Auspacken zufällig darauf gestoßen bin und gedacht habe: ›Warum um alles auf der Welt hab' ich ausgerechnet *dieses* blöde Ding gekauft?‹ Ich vermute, daß ich es in irgendeiner Ecke verstaut habe.«

Hadley drehte den Pfeil zwischen seinen Fingern und untersuchte ihn. Dann befühlte er die Spitze und die Seiten des Pfeilkopfes.

»Mrs. Bitton, die Spitze und die Seiten sind messerscharf. Haben Sie den Pfeil in dem Zustand gekauft?«

»Großer Gott, nein! Er war ganz stumpf. Man hätte sich damit auf keinen Fall schneiden können.«

»Ich glaube tatsächlich«, sagte der Chief Inspector und hielt den Pfeil dicht vor seine Augen, »daß die Spitze mit Feile und Schleifstein bearbeitet worden ist. Und da ist noch etwas. Hat jemand eine Lupe dabei?... Ah, danke, Hamper.« Er nahm das kleine Vergrößerungsglas, das der Sergeant herübergereicht hatte, und hielt den Pfeil waagerecht, um das Eingravierte genau zu untersuchen. »Jemand hat mit einer Feile versucht, dieses *Souvenir de Carcassonne* zu entfernen. Hmm. Und es macht nicht den Eindruck, als wäre die betreffende Person nicht dazu in der Lage gewesen. Die ersten drei Buchstaben sind fast völlig unkenntlich gemacht. Es sieht so aus, als wäre die Person bei der Arbeit gestört worden und hätte sie dann nicht zu Ende geführt.«

Er legte den Pfeil mit finsterem Blick beiseite. Dr. Watson, der sich anscheinend inzwischen davon überzeugt hatte, daß niemand in der Stimmung war, Witze zu reißen, wirkte etwas freundlicher. Er nahm einen Kaugummi aus der Tasche, wickelte ihn aus dem Papier und steckte ihn sich in den Mund.

»Ich geh' jetzt also«, bemerkte er. »Noch etwas, was Sie wissen wollen? Brauch' Ihnen wohl nicht zu sagen, was ihn erledigt hat. Ich verzichte auf das ganze Fachgeschwätz... Ich hasse Pedanten«, erklärte er den Anwesenden. »Sauberer Einstich; war viel Kraft dahinter. Könnte noch eine halbe Minute gelebt haben. Ähem. Ach ja. Gehirnerschütterung. Vielleicht vom Fall die Treppe hinunter; vielleicht hat ihm auch jemand einen Schlag versetzt. Das ist Ihr Job.«

»Wie steht's mit der genauen Todeszeit, Watson? Der Arzt hier sagt, daß er zwischen ein Uhr dreißig und ein Uhr fünfundvierzig gestorben ist.«

»Oh, tut er das?« fragte der Polizeiarzt. Er nahm eine gewaltige Uhr aus schwerem Metall aus der Tasche, blickte darauf, hielt sie an sein Ohr, schüttelte sie und steckte sie zufrieden wieder ein. »Ähem. Später. Ja. War trotzdem kein schlechter Tip. Er starb etwa um zehn vor zwei. Vielleicht wenige Minuten früher oder später. Ich nehm' ihn im Krankenwagen mit und schau' ihn mir noch einmal an; ich geb' Ihnen dann Bescheid. Also – Wiedersehen. Ähem.«

Seine schwarze Tasche schwingend, schlurfte er hinaus.

»Nun hören Sie mal!« erhob Sir William Einspruch, nachdem die Tür zugefallen war. »Er kann das doch unmöglich so genau wissen? Ich dachte, Ärzte würden in einem solchen Fall immer ein wenig unbestimmter sein.«

»*Er* nicht«, sagte Hadley. »Deshalb ist er ja auch von so unschätzbarem Wert für uns. Und ich weiß, daß er in den letzten zwanzig Jahren nie mehr als zehn Minuten mit der genauen Todeszeit danebenlag. Er sagt, er untersucht nur den Zustand des Körpers nach dem Tod und... Trotzdem hat er ein wenig angegeben. Wenn wir von ein Uhr fünfundvierzig oder ein paar Minuten früher ausgehen, sind wir wohl nahe dran.«

Er wandte sich an Laura Bitton.

»Fahren wir fort, Mrs. Bitton. Nehmen wir einmal an, dieser Pfeil stammt aus Ihrem Haus. Wer wußte, daß er dort war?«

»Nun, jeder, denke ich mir. Ich erinnere mich nicht genau, aber ich nehme mal an, daß ich den ganzen Kram, den wir auf der Reise zusammengetragen haben, auch herumgezeigt habe.«

»Haben Sie ihn schon einmal gesehen, Sir William?«

»Ich bin mir nicht sicher«, antwortete dieser langsam. Seine Augen wirkten trübe. »Es könnte sein. Aber ich kann mich nicht daran erinnern, ihn jemals gesehen zu haben. Ach ja. *Ha!* Jetzt weiß ich, Laura. Du und Lester, ihr habt die Reise unternommen, während ich drüben in den Staaten war; und ich kam erst nach euch zurück. Das ist der Grund.«

Hadley atmete tief durch. »Es hat keinen Zweck, sich darüber den Kopf zu zerbrechen«, sagte er. »Wir werden Nachforschungen im Haus selbst anstellen müssen ... und nun, Mrs. Bitton, denke ich, daß wir Sie hier nicht länger festhalten müssen. Einer der Wachposten wird Sie zu einem Taxi begleiten. Oder vielleicht übernimmt Sir William das... Hören Sie, alter Knabe« – dabei legte er seine Hand auf Sir Williams Arm –, »Sie haben natürlich das Recht zu bleiben, wenn Sie es wünschen; *ich* werde Sie zumindest nicht vertreiben. Aber Sie haben einen anstrengenden Tag hinter sich. Glauben Sie nicht, es wäre besser, wenn Sie mit Mrs. Bitton nach Hause fahren würden?«

»Nein. Ich warte noch auf etwas«, antwortete Sir William mit ausdrucksloser Stimme. »Ich warte darauf, was Sie Arbor zu sagen haben.«

»Das ist exakt das, was Sie nicht sollen – verstehen Sie das denn nicht? Es würde alles komplizierter machen. Ich möchte nicht dazu gezwungen werden, Ihnen einen Befehl ...«

»Ich mach' Ihnen einen Vorschlag, Bitton«, sagte der General mit rauher Stimme. »Sie gehen hoch in meine Wohnung, Parker wird Ihnen eine Zigarre und einen Brandy bringen, und wenn es irgendwelche Neuigkeiten gibt, geben wir Ihnen Bescheid. Diese Urkunde von Devereux befindet sich in der Mappe in meinem Schreibtisch; werfen Sie mal einen Blick drauf.«

Sir William erhob sich; groß und nach vorne gebeugt stand er da. Als er sich Mrs. Bitton zuwandte, ging auch Rampoles Blick in ihre Richtung. Er erschrak, als er auf Lauras Gesicht – nur so kurz wie ein Schnippen mit den Fingern – den Ausdruck furchtbaren Entsetzens sah. Er wurde nicht durch etwas verursacht, was sie sah; es war der Ausdruck von jemandem, der sich an etwas erinnert, was einen Moment lang in Vergessenheit geraten war – sie hatte den Atem angehalten, die Augen waren weit aufgerissen. Unmittelbar darauf war es schon wieder vorüber, und Rampole fragte sich, ob Hadley es bemerkt hatte.

»Ich nehme an, daß es auch mir nicht gestattet ist zu bleiben?« fragte sie mit ihrer kühlen, klaren Stimme. Aber ihre Nasenflügel zuckten, und sie schien fast zu atmen aufgehört zu haben. »Ich könnte vielleicht nützlich sein.« Als Hadley lächelnd den Kopf schüttelte, schien ihr etwas durch den Kopf zu gehen. Sie zuckte mit den Achseln. »Nun gut. Entschuldigen Sie diese krankhafte Neugierde. Ich werde mir jetzt ein Taxi nach Hause nehmen. Ich bin nicht in der Stimmung, einen Spaziergang zu genießen. Guten Tag, meine Herren.« Sie nickte kurz und marschierte aus dem Raum. Ihr Schwager folgte ihr.

»Hmm!« sagte General Mason nach einer Weile. Das Feuer im Kamin war ziemlich niedergebrannt, und er stocherte mit den Füßen in der Asche. Dann bemerkte er Sergeant Hamper, der geduldig und unbeachtet seit dem Eintreten von Dr. Watson gewartet hatte. Der General schwieg wieder.

»Oh, ach ja«, sagte der Chief Inspector mit einem Räuspern, so als hätte er es auch gerade bemerkt. »Es tut mir leid, Hamper, daß Sie warten mußten. Das ist der Inhalt der Taschen, den Sie da haben, ja? Sehr gut. Legen Sie ihn hierhin und schauen Sie zu, ob Sie noch irgend etwas Neues vom Kommandanten der Wache in Erfahrung bringen können.«

»Ja, Sir.«

»Aber vorher gehen Sie noch rüber und machen Mrs. Amanda Larkin ausfindig. Warten Sie ungefähr fünf Minuten, und schikken Sie sie dann hierher.«

Der Sergeant salutierte und zog ab. Hadley betrachtete das kleine Bündel auf dem Tisch vor ihm, aber er öffnete es nicht sofort. Er warf einen kurzen Blick hinüber zu Dr. Fell, der ihn wohlwollend anschaute. Fell hatte eine Pfeife im Mund; die Vorderseite seines Mantels war voller Haare, die von der überschwenglichen Zuneigung des Airedale-Terriers stammten. Der Chief Inspector blickte säuerlich.

»Hören Sie mal, Mr. Hadley«, sagte der General etwas unsicher und scharrte dabei mit den Füßen auf dem Boden, »was halten Sie von dieser Frau?«

»Mrs. Bitton? Ich frage mich... Sie versteht sich sehr gut aufs Ausweichen. Sie merkt sofort, wenn man sie hereinlegen will, und geht unverzüglich in die Offensive über. Entweder versucht sie, einen wütend zu machen und den Gang der Ermittlungen zu stören, oder sie plappert Belanglosigkeiten, obwohl sie eigentlich nicht zu der geschwätzigen Sorte gehört. Hmm. Was wissen Sie von ihr?«

»Ich habe sie nie kennengelernt. Sie schien mich für einen Polizeibeamten zu halten. Über Bitton kenne ich ihren Mann flüchtig.«

»Was für ein Mensch ist dieser Lester Bitton?«

»Dazu möchte ich eigentlich nichts sagen«, antwortete der General unschlüssig. »Ich kenne den Mann nicht gut genug. Er ist älter als sie; beträchtlich älter, würde ich sagen. Kann mir nicht vorstellen, daß er Gefallen an ihren sportlichen Aktivitäten findet. Ich glaube, er hat eine Menge Geld bei irgendeinem obskuren Finanzgeschäft gemacht... Und er raucht und trinkt nicht. *Bah!*« sagte General Mason und pustete dabei durch seinen Bart.

Hadley schien darauf antworten zu wollen, besann sich aber eines Besseren. Statt dessen wandte er seine Aufmerksamkeit dem Taschentuch zu, das wie ein kleines Bündel zusammengeknotet war und die Habseligkeiten des Toten enthielt.

»Was hätten wir denn da? Armbanduhr; das Uhrglas ist zersprungen, aber sie geht noch. Füllfederhalter und Bleistift. Geldscheine, Silber- und Kupfermünzen: eine ganze Handvoll Kupfermünzen. Nur ein Brief... O Gott! Das ist es ... malvenfarbener Umschlag, parfümiert, die Handschrift einer Frau.«

Er zog ein einzelnes Blatt Papier heraus, und Rampole und der General beugten sich darüber, als er es vor sich auf dem Tisch ausbreitete. Es trug weder Datum noch Briefkopf. Die Botschaft war mitten auf das Blatt geschrieben: »Sei vorsichtig. Londoner Tower, ein Uhr dreißig. Hab' einen Verdacht. Äußerst wichtig. – *Mary.*«

Mit finsterem Blick las Hadley es vor. »Mary?« wiederholte er. »Nun müssen wir nur noch eine Mary finden. Mal sehen. Abgestempelt in London, W., halb elf gestern abend. Die Sache beginnt mir langsam auf die Nerven zu gehen.« Er schob den

Brief beiseite und wandte sich erneut dem Inhalt des Taschentuchs zu. »Ich muß schon sagen, der Sergeant war gründlich. Es sind sogar der Ring und die Krawattennadel des Toten dabei. Aber hier ist etwas, was hoffen läßt. Ein Notizbuch mit losen Blättern, schwarzes Leder.«

Hadley öffnete das Notizbuch und überflog die wenigen dahingekritzelten Zeilen auf dem ersten Blatt. Dann schlug er verzweifelt auf den Tisch.

»Hört Euch *das* an! Es sind irgendwelche Notizen mit Auslassungspunkten dazwischen. Offenbar Driscolls Handschrift:

›*Der geeignetste Ort? ... Tower? ... Den Hut aufspüren ... Unglücklicherweise Trafalgar ... komm' nicht durch ... 10 ... Holz ... Hecke oder Wache ... Herausfinden.*‹«

Im Raum herrschte Stille.

»Aber das ist doch dummes Geschwätz!« erhob General Mason Einspruch, was eigentlich überflüssig war. »Das sagt doch überhaupt nichts. Es mag vielleicht etwas bedeutet haben, aber...«

»Aber er hat die verbindenden Wörter ausgelassen«, ergänzte Hadley. »Ich hab' auch oft in der Art was niedergeschrieben. Aber selbst wenn man die Verbindungsstücke hätte, bräuchte man einen wahren Rätselkünstler, um da einen Sinn reinzukriegen. Es scheint sich auf irgendeinen Anhaltspunkt bei der Suche nach dem Hutdieb zu beziehen. Was das für ein Anhaltspunkt ist, weiß ich leider nicht.«

»Lesen Sie es noch einmal vor!« tönte es plötzlich aus Dr. Fells Ecke. Er hatte sich in die Höhe gehievt und wedelte ihnen mit seiner Pfeife entgegen. Auf seinem breiten Gesicht lag ein verdutzter Ausdruck, der langsam in so etwas wie Belustigung überging, als der Chief Inspector die Wörter noch einmal wiederholte...

»Mrs. Larkin ist hier«, erklang von der Tür her die Stimme von Sergeant Hamper.

Dr. Fell lachte stillvergnügt vor sich hin und setzte damit die Speckrollen unter seiner Weste in Wallung. Er zwinkerte verschmitzt mit den Augen, und aus seiner Pfeife wurde Asche aufgewirbelt. Er sah aus wie der Geist der Vulkane. Dann wurde sein rotglänzendes Gesicht auf einmal ausdruckslos, und er benahm sich wieder zurückhaltend, als der Sergeant den nächsten Besucher hereinführte. Hadley schloß schnell das Notizbuch, und General Mason zog sich erneut ans Feuer zurück.

Mrs. Amanda Georgette Larkin blickte vorsichtig um sich, bevor sie den Raum betrat – fast so, als erwarte sie einen Eimer voller Wasser über der Tür. Dann schritt sie hinein, sah den freien Stuhl neben Hadleys Tisch und setzte sich ohne weitere Umstände hin. Sie war eine große, recht kräftige Frau und trug gepflegte dunkle Sachen, die man gemeinhin als ›praktisch‹ bezeichnet; was gewöhnlich nichts anderes bedeutet, als daß ihnen jeder Schick fehlt. Mrs. Larkin hatte ein breites Gesicht und mißtrauische kleine Augen. Ihre Arme brachte sie auf dem Stuhl in eine Stellung, als erwarte sie, daß sie jemand festschnallen wollte. Sie wartete.

Hadley rückte den Stuhl herum. »Mrs. Larkin, ich bin Chief Inspector Hadley. Sie verstehen natürlich, daß ich Ihnen allen nur äußerst ungern Unannehmlichkeiten bereite ...«

»Ach ja?« sagte Mrs. Larkin.

»Ja. Aber vielleicht können Sie uns einige wichtige Hinweise geben.«

»Vielleicht«, murrte Mrs. Larkin und zuckte mit den Schultern. »*Das* kann ich nicht beurteilen. Aber zunächst, bevor Sie mir irgendeine Frage stellen, geben Sie mir entweder die übliche Rechtsbelehrung, oder versichern Sie mir, daß alles, was ich sage, vertraulich behandelt werden wird.«

Sie hatte eine seltsame Art, den Kopf ruckartig hin und her zu bewegen und dabei die Augen halb geschlossen zu halten, während sie die Worte hervorstieß. Hadley wirkte ernst und nachdenklich.

»Sind Sie vertraut mit dieser ›üblichen Rechtsbelehrung‹, Mrs. Larkin?«

»Vielleicht, vielleicht auch nicht. Aber ich kenne das Gesetz, und was ich sage, das stimmt.«

»Dann kann ich nur das wiederholen, was Sie bereits wissen. Ich kann keine Versprechungen machen. Wenn etwas von dem, was Sie aussagen, in einem direkten Zusammenhang mit den Ermittlungen steht, kann ich es nicht als vertraulich behandeln. Ist das deutlich genug? ... Nebenbei bemerkt, Mrs. Larkin, ich bin mir fast sicher, daß ich Sie irgendwo schon einmal gesehen habe.«

Sie zuckte mit den Achseln. »Vielleicht haben Sie, vielleicht aber auch nicht. Sei es, wie es ist. Aber es gibt keinen Polypen, der was gegen *mich* in der Hand hat. Ich krieg' eine Rente von meinem verstorbenen Mann, alles ganz legal; ich kann Ihnen ein Dutzend Zeugen bringen, die meinen guten Ruf bestätigen werden. Über Ihre Ermittlungen hier weiß ich nichts, und ich hab' auch nichts auszusagen. Und damit Schluß.«

Die ganze Zeit über schien Mrs. Larkin Probleme mit ihrem Ärmelaufschlag zu haben. Unter ihrem dunklen Mantel trug sie anscheinend ein maßgeschneidertes Kostüm mit weißen Ärmelaufschlägen; ob nun der am linken Arm ständig herunterrutschte oder ob sie die Gewohnheit hatte, mit ihren flinken Fingern daran herumzuspielen, wußte Rampole nicht zu unterscheiden. Wenn Hadley es bemerkt hatte, so ließ er es sich zumindest nicht anmerken.

»Wissen Sie, was hier geschehen ist, Mrs. Larkin?«

»Sicher weiß ich es. Die Leute drüben haben genug darüber geredet.«

»Sehr gut. Dann wissen Sie vielleicht auch, daß der Tote ein Mr. Philip Driscoll ist, wohnhaft in Tavistock Chambers am Tavistock Square. Auf dem Blatt, das Sie ausgefüllt haben, schreiben Sie, daß Sie in demselben Gebäude wohnen.«

»Ja. Ist was damit?«

»Welche Nummer hat Ihre Wohnung?«

Kurzes Zögern. »Nummer 1.«

»Nummer 1. Erdgeschoß, vermute ich? ... Ganz recht. Sie wohnen schon lange dort, Mrs. Larkin?«

Sie war wütend. »Wieso sollte Sie das interessieren? Es geht Sie überhaupt nichts an, ob ich da schon lange wohne oder nicht. Ich zahle meine Miete. Wenn Sie irgendeine Beschwerde vorzubringen haben, wenden Sie sich an den Hausverwalter.«

Wieder blickte Hadley ernst drein; er hielt die Hände gefaltet. »Der mir auch erzählen würde, wie lange Sie dort bereits wohnen, Mrs. Larkin. Es kann Ihnen doch wirklich nicht schaden, wenn Sie uns nur ein klein wenig unterstützen. Man kann nie wissen. Irgendwann einmal« – er hob den Blick –, „irgendwann einmal könnte es Ihnen vielleicht von Nutzen sein.«

Wieder ein Zögern. »Ich hatte nicht die Absicht, so unfreundlich zu sein«, entschuldigte sie sich und bewegte sich träge auf ihrem Stuhl. »Also, wenn es Ihnen von Nutzen ist, ich wohne da seit ein paar Wochen.«

»Das ist schon besser. Wie viele Wohnungen sind in jedem Stockwerk?«

»Zwei. Zwei auf jedem Flur. Es ist ein großes Haus.«

»Also müssen Sie«, sagte Hadley nachdenklich, »direkt gegenüber von Mr. Driscoll gewohnt haben. Kannten Sie ihn?«

»Nein. Ich habe ihn manchmal gesehen, das ist alles.«

»Zwangsläufig – natürlich. Haben Sie vielleicht bemerkt, ob er Besucher hatte?«

»Es hätte wohl keinen Zweck zu behaupten, ich hätte nichts gesehen? Natürlich hab' ich was gesehen. Ging gar nicht anders. Viele Leute kamen ihn besuchen.«

»Ich dachte dabei insbesondere an Frauen, Mrs. Larkin.«

Einen Augenblick lang musterte sie ihn mit einem häßlichen Blick. »Ja. Da waren auch Frauen. Aber was soll's? *Ich bin* kein Moralist. Leben und leben lassen, sag' *ich* immer. Es ging mich nichts an. Sie störten mich nicht, und ich hab' sie nicht gestört. Aber Sie können es sich sparen zu fragen, wer diese Frauen waren. Ich weiß es nicht.«

»Zum Beispiel«, sagte Hadley. Er blickte hinüber zu dem malvenfarbenen Briefpapier, das dort im hellen Licht ausgebreitet lag. »Ist nie der Name ›Mary‹ erwähnt worden?«

Sie erstarrte. Ihr Blick blieb fest auf das Briefpapier gerichtet; sie hörte auf, an dem Ärmelaufschlag herumzufummeln. Dann begann sie flüssig in ihrer direkten, schroffen Art zu reden:

»Nein. Ich sagte bereits, daß ich ihn nicht kannte. Das einzige Mal, daß ich jemals den Namen einer Frau im Zusammenhang mit ihm gehört habe, war ganz offiziell bei einer kleinen Blonden. Ein hübsches kleines Ding. Sie kam immer mit so einem großen, dünnen Kerl mit Kneifer. Eines Tages hielt sie mich an, als ich gerade hereinkam, und fragte mich, wo sie den Portier finden könnte, um in seine Wohnung zu kommen. Es gibt keinen Portier unten in der Eingangshalle; der Aufzug geht automatisch. Sie sagte, ihr Name sei Sheila und sie sei seine Cousine. Und das ist *alles,* was ich je gehört habe.«

Hadley schwieg eine Weile und betrachtete die Gegenstände auf dem Schreibtisch.

»Was nun heute nachmittag angeht, Mrs. Larkin... Wie kam es, daß Sie sich im Londoner Tower befanden?«

»Es ist mein gutes *Recht* hierherzukommen, wenn ich es will. Ich werde doch wohl keine Erklärung dafür brauchen, warum ich ein öffentliches Bauwerk besuche, oder? Ich bin eben einfach hierhingegangen.« Die Antwort kam so prompt, daß Rampole den Verdacht hatte, sie sei im voraus für diese Gelegenheit zurechtgelegt worden.

»Wann kamen Sie hier an?«

»Nach zwei Uhr. Aber wohlgemerkt, das würde ich nicht beschwören. Ich stehe nicht unter Eid. Ich glaube, daß es etwa um die Zeit herum war.«

»Haben Sie den ... ganzen Rundgang gemacht?«

»Ich hab' nur zwei Sachen besucht – die Kronjuwelen und den Bloody Tower. Das andere nicht. Ich wurde dann müde und wollte gehen. Man hielt mich auf.«

Hadley ging routinemäßig alle möglichen Fragen durch; er bekam nichts aus ihr heraus. Sie hatte nichts gehört, nichts gesagt und nichts gesehen. Es waren noch andere Leute dagewesen ... Sie erinnerte sich an einen Amerikaner, der über den Nebel fluchte, aber sie hatte ihnen keine Aufmerksamkeit geschenkt. Schließlich entließ er sie mit der Warnung, daß er voraussichtlich noch weitere Fragen an sie haben würde. Mrs. Larkin rümpfte die Nase. Sie richtete ihren Mantelkragen, warf noch einen trotzigen Blick in die Runde und stolzierte hinaus.

Kaum war sie verschwunden, rannte Hadley auch schon zur Tür. Er sagte zu dem dort postierten Wachposten:

»Suchen Sie Sergeant Hamper, und sagen Sie ihm, daß er die Frau, die gerade hier herausgekommen ist, beschatten lassen soll. Beeilung! Wenn der Nebel noch dichter wird, verpaßt er sie womöglich... Sagen Sie Hamper, er soll danach hierher zurückkommen.«

Er wandte sich wieder seinem Schreibtisch zu und schlug nachdenklich die Hände zusammen.

»Soll sie doch der Teufel holen!« platzte General Mason ungeduldig heraus. »Warum wurde sie mit Samthandschuhen angefaßt? Ein verschärftes Verhör hätte ihr auch nicht geschadet. Ganz sicher weiß sie mehr, als sie gesagt hat. Und sie ist vermutlich, oder war es zumindest, eine Kriminelle.«

»Zweifellos, General. Aber ich habe nichts gegen sie in der Hand. Und vor allem ist sie für uns von viel größerem Wert, wenn wir sie überwachen lassen. Wir werden sie ein wenig für uns arbeiten lassen. Ich denke, wir werden noch einige interessante Dinge entdecken... Ich glaube, daß bei Scotland Yard zur Zeit nichts gegen sie vorliegt. Und ich bin fast sicher, es wird sich herausstellen, daß sie eine Privatdetektivin ist.«

»Aha!« murmelte der General. Er zwirbelte seinen Schnurrbart. »Eine Privatdetektivin. Aber warum?«

Hadley setzte sich wieder hin und betrachtete die Gegenstände auf seinem Schreibtisch.

»Oh, ich brauche gar nicht so geheimnisvoll zu tun wie mein Freund Dr. Fell. Es gibt eine ganze Reihe von Hinweisen dafür... Deutlich war, daß sie nichts von der Polizei zu befürchten hatte; sie betonte das ja fast mit jedem Wort. Sie wohnt am Tavistock Square. Die Wohngegend dort wäre ihr nicht schick genug, wenn sie selbst genügend Geld hätte; wenn sie aber weniger hat, müßte sie ihr eigentlich zu teuer sein. Ich kenne diese Sorte. Sie wohnt da erst seit ein paar Wochen ... genau gegenüber von Driscoll. Offensichtlich hat sie sehr genau auf seine Besucher geachtet. Sie hat uns nur einen Vorfall geschildert, nämlich den Besuch seiner Cousine Sheila – denn das würde uns bestimmt nicht weiterhelfen. Aber man konnte merken, daß sie noch alle Einzelheiten parat hatte.

Zudem ... haben Sie bemerkt, wie sie an ihrer Ärmelmanschette herumgefummelt hat? Sie ist noch nicht lange in dem Geschäft. Sie hatte Angst, sie könnte unter dem Ärmel ihres Mantels hervorstehen, und sie hatte Angst, sie drüben in der Warders' Hall abzulegen und sich so verdächtig zu machen.«

»Ihre Ärmelmanschette?«

Hadley nickte. »Diese Privatschnüffler, die Material für Scheidungen sammeln. Häufig müssen sie sich rasch ein paar Notizen über Zeit und Örtlichkeiten machen, und das oft noch im Dunkeln. Oh ja. Das ist es, was sie treibt. Sie hat heute nachmittag jemandem nachspioniert.«

Der General sagte: »Hmm!« Er scharrte ein wenig mit den Füßen auf dem Boden und fragte dann: »Hat das was mit Driscoll zu tun?«

Hadley stützte seinen Kopf auf seine Hände.

»Ja. Sie haben gesehen, wie sie unwillkürlich zusammenzuckte, als sie diese Nachricht auf meinem Tisch liegen sah. Sie saß nahe genug, um sie lesen zu können, aber allein die Farbe des Briefpapiers reichte schon, um es zu identifizieren ... falls sie zuvor schon einmal eine ähnliche Botschaft in Verbindung mit Driscoll gesehen hatte. Hmm, ja. Aber das ist gar nicht die Frage. Ich habe den starken Verdacht, daß die Person, der sie heute nachmittag gefolgt ist... was meinen *Sie,* Doktor, wer war das?«

Dr. Fell zündete sich seine Pfeife wieder an. »Mrs. Bitton, natürlich. Ich fürchte, mit dem, was sie gesagt hat, hat sie sich wohl selbst verraten.«

»Großer Gott!« murmelte der General. Er hielt inne und blickte sich rasch im Zimmer um. »Ähh. In Ordnung. Einen Moment lang dachte ich, Bitton wäre noch hier. Sie wollen also sagen, daß da etwas zwischen Driscoll und... Hmm. Ja. Das könnte hinkommen. Aber wo ist Ihr Beweis?«

»Ich habe keinen Beweis. Wie ich schon sagte, es ist nur ein Verdacht.« Hadley rieb sein Kinn. »Aber lassen wir es für den Augenblick einmal als Hypothese gelten. Nehmen wir einmal an, die Larkin beschattete Mrs. Bitton... Nun zu diesem White Tower, General. Das ist der größte und bedeutendste Festungsbau hier, oder? Und er ist ein ganzes Stück entfernt vom Bloody Tower?«

»Nun, ja... Er steht ganz allein im Zentrum der inneren Festungsmauer direkt neben dem Exerzierplatz.«

»Und ich glaube, Sie sagten, daß sich der Turm, in dem die Kronjuwelen aufbewahrt werden, direkt neben dem Bloody Tower befindet?«

»Ja. Der Wakefield Tower... Warten Sie mal«, sagte der General aufgeregt. »Ich hab's. Mrs. Bitton ging die Kronjuwelen besichtigen. Die Larkin tat das gleiche. Mrs. Bitton sagte, sie hätte durch den Eingang unter dem Bloody Tower die innere Festungsmauer passiert und wäre hinauf zum Exerzierplatz gewandert... Die Larkin ging zum Bloody Tower. Sie konnte nicht zu dicht hinter Mrs. Bitton bleiben. Und wenn sie im Bloody Tower die Treppe hinauf zum Raleigh's Walk stieg, hätte sie von dort oben sehen können, wohin Mrs. Bitton ging.«

»Das war es, was ich Sie gerade eben fragen wollte«, sagte Hadley und klopfte sich mit den Fäusten gegen die Stirn. »Sie konnte bei dem Nebel natürlich nicht allzuweit zurückbleiben. Wahrscheinlicher ist, daß sie dort hochstieg – *wenn* sie es machte, konnte sie weiter vortäuschen, sie sei eine Touristin. Vielleicht hat sie aber auch gedacht, Mrs. Bitton wäre in den Bloody Tower gegangen. Es ist alles nur eine Vermutung. Aber keine von beiden ging zum White Tower, verstehen Sie... Das kann natürlich alles Zufall sein, aber wenn man es mit dem Auftreten der beiden Damen hier und ihren jeweiligen Aussagen in Verbindung bringt, so sind das für mich doch ziemlich eindeutige Hinweise.«

»Sie nehmen also an«, sagte der General und zeigte in Richtung Tisch, »daß Mrs. Bitton diese Nachricht geschrieben hat?«

»Und die ganze Zeit über den Verdacht hatte, beobachtet zu werden«, sagte Hadley grübelnd. »In ihrer Nachricht heißt es: ›Sei vorsichtig. Hab' einen Verdacht. Äußerst wichtig.‹ Sie benutzte ein offensichtlich geschmackloses und gewöhnliches Briefpapier; aber Sie werden sich erinnern, daß die Larkin bei dessen Anblick zusammenfuhr. Der Brief ist gestern abend um halb elf abgestempelt worden, und zwar in Mrs. Bittons Bezirk, nachdem Driscoll zu einem kurzen Besuch bei ihr zu Hause war. Mrs. Bitton war an diesem Tag gerade von einem kurzen Wanderurlaub aus Cornwall zurückgekehrt... *Warum* um alles in der Welt ein Wanderurlaub in Cornwall zur schlimmsten Zeit im März, es sei denn, jemand wollte sie aus einer gefährlich werdenden amourösen Verstrickung lösen!«

Hadley stand auf und begann, im Raum umherzuschreiten. Als er an General Mason vorbeikam, reichte ihm dieser schweigend seine Zigarrenschachtel. Hadley nahm sich eine Zigarre und steckte sie in den Mund, zündete sie sich aber nicht an.

»Ich rede wohl ein wenig zu viel. Wenn wir aber von all diesen Thesen ausgehen, müssen wir annehmen, daß es *wirklich* eine gefährliche Affäre war. Schließlich gibt es eine Privatdetektivin, die man schon vor einigen Wochen in der Wohnung gegenüber von Driscoll postiert hat, und das sogar während einer Zeit, in der sie und ihr Mann nicht einmal hier waren! ... Hat das etwas zu bedeuten? Und schließlich: Wer hat sie dort hingeschickt? Es liegt auf der Hand: der Ehemann.«

»Aber der Name ›Mary‹«, warf General Mason ein.

»Ich hab' schon viele, wesentlich komischer klingende Spitznamen ... oder wie heißen sie noch gleich ... Kosenamen gehört«, sagte Hadley grimmig. »Die Handschrift ist zweifellos verstellt. Selbst wenn der Brief gestohlen worden wäre, hätte man ihn nicht als Beweis gegen sie verwenden können. Sie ist schon eine schlaue Frau. Aber sehen Sie ...«

Er mühte sich mit einem Streichholz ab, um seine Zigarre anzuzünden.

»Sehen Sie die Schwierigkeiten, mit denen wir es *jetzt* zu tun haben? Vorwärts denn, Mr. Rampole«, drängte er auf einmal so unvermittelt, daß dieser hochschreckte, »sehen Sie nicht auch, wie alles immer verwickelter wird?«

Rampole zögerte. »Ich sehe eine Reihe von Schwierigkeiten auf uns zukommen«, erwiderte er. »Dieser Brief müßte ziemlich früh heute morgen ausgeliefert worden sein. Wir haben nun die ganze Zeit angenommen, daß der Grund, warum Driscoll bei Mr. Dalrye anrief, etwas mit dem Hutdieb und dessen Verfolgung zu tun hatte. Aber in Wirklichkeit hat Driscoll das *eigentlich* nie gesagt. Wenn ich mich recht entsinne, hat Dalrye ihn im Scherz gefragt, ob er Angst davor hätte, daß man seinen Hut stiehlt. Aber das, was Driscoll *tatsächlich* darauf geantwortet hat, war: ›Es ist nicht mein Hut, um den ich Angst habe, sondern mein Kopf.‹ Dalrye dachte, das würde sich auf diese Sache mit den Hüten beziehen; aber war es wirklich so?«

Verwirrt schaute er den Chief Inspector an.

»Ich weiß es nicht«, stieß Hadley hervor. »Aber er trifft diese Verabredung mit Dalrye für ein Uhr. Die Verabredung in dem Brief ist auf ein Uhr dreißig angesetzt. Er hat den Brief an diesem Morgen bekommen; der Brief jagt ihm einen gehörigen Schrekken ein, und er braucht Dalryes Hilfe... Und was dann? Irgendeine *andere* Person schickt Dalrye vorsorglich auf eine sinnlose Fahrt zu Driscolls Wohnung. Dann kommt Driscoll hier an – in überaus schlechter Verfassung. Parker sieht ihn, als er *aus dem Fenster schaut,* und später berührt ihn jemand beim Traitors' Gate am Arm.

Was hat das alles zu sagen?« Hadley hatte es endlich geschafft, seine Zigarre anzuzünden, nachdem er mehrere Streichhölzer verschwendet hatte, und betrachtete nun seine Gefährten mit etwas mehr Ruhe. »Was passierte bei dem munteren Ringelreihen, den Driscoll, Mrs. Bitton, Larkin und eine mögliche vierte Person veranstalteten? War es so etwas wie ein *Verbrechen aus Leidenschaft?* Und wenn es so war, kann mir jemand logisch erklären, warum Driscolls Leiche mit Sir Williams gestohlenem Zylinder auf dem Kopf aufgefunden werden sollte? Es ist die Sache mit dem Hutdieb, die das Ganze so verrückt und unmöglich erscheinen läßt. Aber irgendwie gehört der Hutdieb da mit rein, und ich hoffe, Sie können erklären, wie man ihn da unterbringen kann. Ich hab' jedenfalls keine Erklärung.«

Einen Moment lang herrschte Schweigen. Dr. Fell nahm die Pfeife aus dem Mund und erwiderte fast vorwurfsvoll:

»Ich würde sagen, Hadley, Sie haben sich jetzt ganz schön in Rage gebracht. Nur die Ruhe. Sie sollten versuchen, dieselbe philosophische Anschauung zu kultivieren, von der Mark Aurel spricht. Soweit haben Sie den Fall gründlich und gut erörtert, aber – zugespitzt formuliert – es hat doch keinen Sinn, mit dem Kricketschläger auf den Torhüter einzudreschen, wenn man bereits hundert Läufe für sich gewonnen hat. Es wird schon alles zu einem guten Ende kommen. Machen Sie nur auf Ihre übliche Weise weiter.«

Bitterböse blickte der Chief Inspector ihn an.

»Wenn nicht noch die Befragung der anderen Besucher etwas Neues zum Vorschein bringt«, sagte er, »haben wir nur noch ein weiteres Gespräch zu führen. Gott sei Dank. Ich brauche einen Brandy – am besten gleich mehrere. Aber in den nächsten paar Minuten, lieber Doktor, werde ich mich der genannten philosophischen Geisteshaltung widmen. *Sie* sind der Chief Inspector. Beim nächsten Zeugen wird es Ihr Fall sein. Mit anderen Worten, Sie werden Julius Arbor verhören.«

»Wenn Sie mir Ihren Platz überlassen, mit Vergnügen«, sagte der Doktor. Mühsam richtete er sich auf, während Hadley die diensthabende Wache herbeirief und ihr Anweisungen gab. »Genau das ist es, worum ich Sie übrigens in jedem Fall hätte bitten sollen, Hadley. Wissen Sie auch, warum? Nun – weil ein nicht unbedeutender Teil dieses Falles davon abhängt. Und soll ich Ihnen verraten, Hadley, worum es bei dieser Sache geht?«

»Sie werden es sowieso tun. Nun?«

»Es geht um ein gestohlenes Manuskript«, sagte Dr. Fell.

# Kapitel 8
# Der tadellose Mr. Arbor

Dr. Fell hängte seinen Mantel über die Stuhllehne. Dann quetschte er sich in den Stuhl und ordnete die zahllosen Fettrollen an seinem Bauch. Er faltete die Hände darüber und blinzelte liebenswürdig in die Runde.

»Ich weiß nicht, ob ich Ihnen das wirklich erlauben soll«, sagte Hadley. »Ich möchte nicht, daß der General uns beide für verrückt erklärt. Und versuchen Sie um Gottes willen, Ihren beklagenswerten Sinn für Humor unter Kontrolle zu halten. Das ist eine ernste Angelegenheit.« Er massierte beunruhigt sein Kinn. »Sehen Sie, General, auf seine Art ist Doktor Fell unbezahlbar. Aber er hat seine Vorstellungen über Polizeiarbeit aus dem Kino, und nun bildet er sich ein, er könnte jede Rolle spielen. Immer, wenn ich ihm erlaube, in meinem Beisein jemanden zu verhören, versucht er, mich nachzuahmen. Das Resultat ist ein Lehrer, der mit einer gemeingefährlichen Besessenheit herauszufinden versucht, welcher Viertklässler die Wagenschmiere auf die Treppe gestrichen hat, kurz bevor der Schuldirektor zum Abendessen hinunterkam.«

Dr. Fell brummte vor sich hin. »Ha«, sagte er. »Dieser Vergleich, wenngleich er auch einige Bildung verrät, spricht eher für mich als für Sie. Es scheint mir, Hadley, als wären Sie derjenige, der mit wilder Entschlossenheit umherläuft, um herauszufinden, wer die Perücke des Anwalts auf den Droschkengaul gesetzt hat. Ich bin genau der Detektiv, den Sie brauchen. – Außerdem sind Schuljungen sehr viel einfallsreicher. Ich denke da zum Beispiel an ein nicht allzu schweres Toilettenhäuschen, das man in der Nacht gegen die Statue des Direktors, die am nächsten Morgen offiziell enthüllt werden soll, austauscht...«

General Mason schüttelte den Kopf. »Ich«, bemerkte er, während er finster seine Zigarre betrachtete, »erinnere mich an meine Schulferien in Frankreich. Und ich bin immer noch davon überzeugt, daß es nichts Erbaulicheres gibt, als auszuprobieren, was passiert, wenn man in einem Stadtteil voller Matrosen eine rote Lampe über die Haustür des Bürgermeisters hängt. Ähem!«

»Nur weiter so«, sagte Hadley verärgert. »Hauptsache, Sie haben Ihren Spaß. Ich glaube, wenn dieser Fall nicht mit einem Mord geendet hätte, würden Sie noch selber Hüte stehlen und sich neue Stellen ausdenken, um sie loszuwerden.«

Dr. Fell klopfte energisch mit einem seiner Stöcke auf den Tisch. »Mensch«, sagte er, »ich mache Sie ernsthaft darauf aufmerksam, daß dies alles andere als ein Scherz ist. Wenn Sie es schaffen würden, sich in den Hutdieb hineinzuversetzen, würden Sie eine Sache, die Sie als Ulk abtun, erklären können. Sie könnten eine Erklärung für alles finden.«

»*Sie* haben eine?«

»Ich glaube fast, ja«, gab Dr. Fell bescheiden zurück.

Der General schaute unsicher und nachdenklich drein. »Entschuldigen Sie, Sir«, sagte er zu Dr. Fell, »wenn ich mich da in etwas einmische, was mich nichts angeht. Aber da dies so eine Art Kriegsrat zu sein scheint, darf ich Sie wohl fragen, wer Sie sind? Ich glaube nicht, daß Sie ein Polizeibeamter sind – und trotzdem kommen Sie mir irgendwie bekannt vor. Ich habe schon den ganzen Nachmittag darüber nachgedacht. Mir scheint, als hätte ich Sie schon irgendwann einmal irgendwo getroffen oder gesehen...«

Dr. Fell betrachtete nachdenklich seine Pfeife. Eine Zeitlang war nur sein lautes Keuchen zu hören.

»Ich bin mir selbst nicht sicher, was ich eigentlich bin«, sagte er. »Einige Leute würden sagen: ein ›Fossil‹. Aber in gewisser Weise sind Sie *tatsächlich* schon einmal mit mir in Berührung gekommen, General. Das dürfte einige Jahre her sein. Erinnern Sie sich an Allerton, den Naturforscher?«

Der General, der gerade die Zigarre zum Mund führen wollte, hielt inne.

»Er war ein fähiger Mann, dieser Allerton«, sagte Dr. Fell nachdenklich. »Er hatte einige wundervolle und detaillierte Zeichnungen von Schmetterlingen an einen Freund in der Schweiz geschickt. Die Muster der Flügel waren in ihrer Art perfekt. Es handelte sich um Pläne von britischen Minenfeldern im Kanal. Aber er hatte gewisse Schwierigkeiten mit den lateinischen Anmerkungen... Sein wirklicher Name war Sturmm, und ich glaube, er ist hier im Tower erschossen worden. Ich – ähh – war für seinen Tod verantwortlich.«

Ein grummelndes Geräusch sollte offensichtlich einen Seufzer andeuten.

»Dann war da noch der gute alte Professor Rogers – von der Universität Chicago. Wenn er nur ein wenig mehr über amerikanische Geschichte gewußt hätte, wäre ich mir wahrscheinlich nicht sicher gewesen. Ich habe seinen Namen vergessen, aber er spielte ganz gut Schach, und er hatte eine gesunde Vorliebe für Trinkgelage; es tat mir richtig leid, daß er uns verlassen mußte. Er beförderte seine Informationen – winzig klein niedergeschrieben – auf den Linsen seiner Brille. ... Oder vielleicht erinnern Sie sich an Ruth Wilisdale? Ich war ihr lieber Beichtvater. Sie ließ in Portsmouth einen Schnappschuß von sich machen mit dem neuesten Kanonenmodell deutlich sichtbar im Hintergrund; ich hoffte damals, sie würde nicht versuchen, das Foto zu verwenden. Hätte sie nicht diesen armen Sekretär erschossen, nur weil er in sie verliebt war, hätte ich sie laufen lassen.«

Dr. Fell sah mit halb zugekniffenen Augen zu dem stählernen Pfeil hinüber.

»Aber das geschah alles in Ausübung meiner Pflicht. Jetzt bin ich älter. Hadley bedrängte mich damals bei dieser Sache mit Cripps, dem Giftmörder von Notting Hill – und bei diesem Knaben Loganray mit dem Spiegel in seiner Uhr; diese Starberth-Affäre wurde mir geradezu aufgezwungen. Aber ich mag das nicht. Ähh. Hm. Nein.«

Es klopfte an der Türe. Rampole, dem dies alles wie eine Offenbarung erschien, schob seine Überlegungen beiseite.

»Entschuldigen Sie«, sagte eine gelassene, etwas scharf klingende Stimme. »Ich habe schon mehrmals geklopft, aber es schien niemand zu antworten. Sie haben nach mir schicken lassen, glaube ich. Wenn Sie nichts dagegen haben, komme ich herein.«

Rampole hatte sich schon gefragt, was von dem rätselhaften Mr. Julius Arbor zu erwarten war. Er erinnerte sich an die Beschreibung, die Sir William vorhin von ihm gegeben hatte: ›zurückhaltend, gelehrt und eine Spur zynisch‹. Der Amerikaner hatte eine verschwommene Vorstellung von einem großen, dünnen, dunkelhäutigen Mann mit einer gebogenen Nase gehabt. Der Mann, der nun in das Zimmer trat, streifte langsam seine Handschuhe ab und sah sich mit kühler Neugier um – sein Teint war ein wenig dunkel. Und er strahlte von Kopf bis Fuß Strenge aus. Aber das war auch alles.

Mr. Arbor war nicht mehr als mittelgroß und hatte einen Hang zur Fülle. Er war perfekt, eigentlich sogar zu gut gekleidet: mit einer weißen Pikeeweste und einer kleinen Perle in seiner Krawattennadel. Sein Gesicht war ausdruckslos, mit schweren schwarzen Augenbrauen; seine randlosen Augengläser wirkten so zerbrechlich, daß sie mit seinen Augen zu verschmelzen schienen. Im Augenblick gab er sich einen Anschein von Gelassenheit und aufgesetzter Munterkeit. Als er Dr. Fell erblickte, schien er überrascht zu sein – obwohl sich kein Muskel verzog, konnte man das auf irgendeine Weise fast körperlich spüren.

»Spreche ich mit Chief Inspector Hadley?« wollte er wissen.

»Guten Tag«, sagte Dr. Fell, während er ihm freundlich mit der Hand zuwinkte. »Ich leite diese Untersuchung, wenn Sie das meinen. Nehmen Sie Platz. Ich gehe davon aus, Sie sind Mr. Arbor.«

Dr. Fell vermittelte kaum den Eindruck eines gefürchteten Polizeibeamten. Seine Weste war voller Asche und Hundehaare. Der Airedale-Terrier spazierte zu ihm hinüber und legte sich neben ihm hin. Arbor kniff leicht die Augen zusammen. Dann nahm er den Schirm aus der einen Armbeuge und hängte ihn in die andere, ging hinüber zu dem Stuhl, untersuchte ihn nach Staub und setzte sich. Vorsichtig nahm er den weichen perlgrauen Hut ab, legte ihn in seinen Schoß und wartete.

»So ist es schon besser«, sagte der Doktor. »Jetzt können wir anfangen.« Er nahm aus seiner Tasche die zerbeulte Schachtel und bot eine Zigarre an. »Möchten Sie eine?«

»Danke, nein«, antwortete der Angesprochene. Seine Umgangsformen schienen von ausgesuchter Höflichkeit zu sein. Er wartete, bis Dr. Fell die schändliche Schachtel wieder weggesteckt hatte. Dann zog er ein sorgfältig gearbeitetes, ziseliertes Zigarettenetui hervor, das lange und schlanke Zigaretten mit einer Korkspitze enthielt. Er griff nach einem silbernen Feuerzeug und hielt es mit peinlicher Genauigkeit an die Zigarette; dann steckte er Feuerzeug und Etui sehr behutsam wieder weg. Er wartete. Dasselbe tat Dr. Fell. Der Doktor beobachtete ihn schläfrig, während er die Hände auf dem Bauch gefaltet hielt. Er schien über eine unendliche Geduld zu verfügen. Arbor hingegen schien nervös zu werden. Er räusperte sich.

»Ich will Sie nicht drängen, Inspector«, sagte er schließlich, »aber ich möchte darauf hinweisen, daß man mir heute nachmittag einige Unannehmlichkeiten bereitet hat. Bis jetzt bin ich allen Anordnungen ohne Zögern nachgekommen. Wenn Sie mir nun endlich erzählen würden, was Sie wissen wollen, würde ich mich glücklich schätzen, Ihnen behilflich zu sein, wo immer es mir möglich ist.«

Seine Stimme klang nicht direkt herablassend, aber er versuchte offensichtlich, eine bestimmte Wirkung zu erzielen, indem er eine gewisse Arroganz unterdrückte. Dr. Fell nickte ihm zustimmend zu.

»Besitzen Sie irgendwelche Poe-Manuskripte?« fragte er so, wie sich ein Zollbeamter nach Schmuggelware erkundigt.

Die Frage kam so plötzlich, daß Arbor erstarrte. Hadley stöhnte leise auf.

»Wie bitte?« fragte er nach einem kurzen Moment des Zögerns.

»Besitzen Sie irgendwelche Poe-Manuskripte?«

»Also wirklich, Inspector . . .« sagte Arbor. Er runzelte leicht seine dunkle Stirn. »Ich fürchte, ich kann Ihnen nicht recht folgen. Sicher habe ich zu Hause in New York eine Reihe von Erstausgaben von Edgar Allan Poe und auch einige wenige Originalhandschriften. Aber ich glaube kaum, daß das für *Sie* von Interesse ist. Ich dachte, Sie wollten mich wegen eines Mordfalls befragen.«

»Ach ja, der Mord!« brummte Dr. Fell und machte dazu eine lässige Handbewegung. »Kümmern Sie sich nicht darum. Ich möchte mit Ihnen nicht über den Mord reden.«

»Wirklich?« sagte Arbor. »Ich nahm an, die Polizei würde gerade darüber etwas erfahren wollen. Nun gut, das geht mich nichts an. Ich halte es da mit Plinius: *›Quot homines, tot sententiae‹.«*

»Nein, er war's nicht«, sagte Dr. Fell streng.

»Wie bitte?«

»Das war nicht Plinius«, erklärte der Doktor unwirsch. »Ein unentschuldbarer Fehler. Und wenn Sie schon diese erbärmliche Platitüde von sich geben, versuchen Sie doch wenigstens, sie richtig auszusprechen. Das *›o‹* in *homines* ist kurz, und es ist kein langer Nasal in dem *›en‹* von *sententiae*. . . Aber lassen wir das. Was wissen Sie über Poe?«

Hadley gab in seiner Ecke sonderbare Geräusche von sich. Mr. Arbors ausdrucksloses Gesicht war starr geworden; er sagte nichts, aber er schien wütend zu sein. Er blickte die anderen an und berührte leicht seine Brille. Er schien sich nicht sicher zu sein, was er sagen sollte. Als Rampole Arbors Blick auf sich gerichtet sah, versuchte er, sich das Aussehen eines grimmigen Inquisitors zu geben; Rampole genoß die Situation. Selbst wenn man Mr. Arbor nicht als prototypisch bezeichnen konnte, so gehörte er doch zu einer bestimmten Klasse von Amerikanern, über die sich Rampole schon immer geärgert hatte und die man nur als ›überkultiviert‹ beschreiben kann. Sie versuchen, alles so korrekt wie nur möglich zu sehen und zu verstehen. Sie sind zum genau richtigen Zeitpunkt an den richtigen Orten. Ihre farblose, garantiert vorhandene Kenntnis von den Künsten unterscheidet sich in nichts von ihren gepflegten Häusern und ihrem eigenen gepflegten Äußeren. Wenn ein neuer Ozeanriese vom Stapel gelassen wird, entdecken sie den geeignetsten Tisch im Speisesalon und sitzen auch dort. Sie vermeiden Fehler und trinken niemals zu viel – kurz gesagt: Dr. Fell, General Mason und Rampole gehörten nicht zu ihren Verbündeten.

»Ich bin mir nicht sicher«, sagte Arbor kleinlaut, »daß ich verstehe, worauf Sie hinauswollen, oder ob es sich um einen anspruchsvollen Scherz handelt. Wenn dem so ist, erklären Sie ihn mir bitte. Sie sind mit Sicherheit der ungewöhnlichste Polizist, den ich jemals gesehen habe.«

»Dann lassen Sie es mich so formulieren. Interessieren Sie sich für Poe? Wenn Ihnen jemand eine Originalhandschrift einer seiner Geschichten anbieten würde, würden Sie sie kaufen?«

Rampole merkte, daß Arbor durch diese plötzliche Kehrtwende zum Praktischen seine Sicherheit zurückgewann. Es lag der Anflug dieses besonderen Lächelns auf seinem Gesicht. Aber jeder wußte, daß er aufs gröbste beleidigt worden war; er hatte versucht, einen Polizisten mit einer beiläufigen Bemerkung zu beeindrucken und war statt dessen mit einem Gegenschlag aus dem Gleichgewicht gebracht worden. Er würde versuchen, sein sicheres Auftreten wiederzugewinnen.

»Nun verstehe ich, Mr. Hadley«, sagte er zu Dr. Fell. »Dieses Tribunal wurde also wegen Sir Williams gestohlenen Manuskripts einberufen. Ich war zunächst ein wenig verwirrt.« Wieder lächelte er, was allein durch eine Falte in seinem fülligen Gesicht zum

Ausdruck kam. Dann überlegte er. »Ja, ich würde sicherlich ein Poe-Manuskript kaufen, wenn es mir angeboten würde.«

»Hm, ja. Sie wissen also Bescheid über den Diebstahl in Bittons Haus?«

»O ja. Und Sie, Inspector, wissen, daß ich mich im Augenblick in Bittons Haus aufhalte. Ich sollte besser sagen«, berichtigte sich Arbor gelassen, »ich *habe* mich bislang dort aufgehalten. Morgen werde ich ins Savoy umziehen.«

»Warum?«

Arbor sah sich nach einem Aschenbecher um, fand jedoch keinen; dann hielt er seine Zigarette so weit von sich weg, daß die Asche nicht auf seine Hose fallen konnte. »Lassen Sie uns offen miteinander sprechen, Mr. Inspector«, schlug er vor.

»Ich bin mir darüber im klaren, was Bitton denkt. Ich bin darüber nicht beleidigt. ›*Amara temperet lento risu*‹, wenn ich noch einmal eine Berichtigung meiner Aussprache durch Scotland Yard riskieren darf. Aber ich hasse jede Art von Peinlichkeiten. Das verstehen Sie doch?«

»Wissen Sie, um was es sich bei dem gestohlenen Manuskript handelt?«

»Mehr als das, tatsächlich beabsichtigte ich sogar den Versuch zu unternehmen, es zu kaufen.«

»Dann hat er Ihnen also davon erzählt, nicht wahr?«

Kaum verhüllt stand in Arbors Gesicht die Geringschätzung geschrieben. Er strich sich mit seiner Hand über das schwarze Haar, das gerade und glatt über den großen Kopf gebürstet war. »Sie wissen, daß er das nicht tat, Mr. Inspector. Aber Bitton ist wie ein Kind, wenn ich einmal so sagen darf. Ich hörte ihn beim Abendessen genug dunkle und mysteriöse Andeutungen machen, die es selbst seiner Familie möglich gemacht hätten, die Art seines Fundes zu erraten... Ich wußte aber ohnehin schon alles über das Manuskript, bevor ich die Staaten verließ.«

Er kicherte. Es war das erste menschliche Geräusch, das Rampole von ihm zu hören bekam.

»Ich äußere mich eigentlich nicht gerne über die infantile Art einiger dieser Herren, aber ich fürchte, Dr. Robertson, der Bittons Vertrauen genoß, hat eine Indiskretion begangen.«

Dr. Fell nahm nachdenklich den Griff seines Stockes, der auf dem Schreibtisch lag, in die Hand und stieß mit ihm gegen den Pfeil. Dann sah er freundlich auf.

»Mr. Arbor, hätten Sie das Manuskript gestohlen, wenn Sie die Möglichkeit dazu gehabt hätten?«

Rampole bemerkte den verzweifelten Ausdruck auf Hadleys Gesicht, der am anderen Ende des Zimmers saß. Arbor jedoch war nicht im geringsten bestürzt. Er schien diese Frage in allen ihren Gesichtspunkten ernsthaft zu durchdenken.

»Nein, Inspector, ich glaube nicht, daß ich das getan hätte«, antwortete er. »Wissen Sie, das würde so viele Unannehmlichkeiten mit sich bringen. Und ich hasse es, Gastfreundschaft auf diese Weise zu mißbrauchen. Verstehen Sie mich nicht falsch. Ich habe keine moralischen Skrupel«, erklärte er so liebenswürdig, als würde er sagen, ›ich bin doch kein herzloser Mensch‹. »Außerdem könnte es ernstlich in Frage gestellt werden, ob Bitton überhaupt einen Anspruch auf das Manuskript besitzt. Dem Gesetz nach könnte sein Eigentumsrecht daran in Frage gestellt werden. Aber wie gesagt, ich hasse Unannehmlichkeiten.«

»Aber angenommen, jemand bietet Ihnen das Manuskript zum Kauf an, Mr. Arbor?«

Arbor nahm seine fragile Brille ab und putzte sie mit einem weißen Seidentaschentuch. Um das zu tun, mußte er seine Zigarette auf den Boden fallen lassen, was er nur mit Widerwillen machte. Er war nun entspannt, selbstgefällig und lächelte schwach. Die schwarzen Augenbrauen kräuselten sich amüsiert.

»Lassen Sie mich Ihnen eine Geschichte erzählen, Inspector. Die Polizei sollte sie kennen, um meine Ansprüche zu unterstützen, für den Fall, daß Sie – nun ja – erfolgreich sind. Bevor ich nach England kam, fuhr ich nach Philadelphia und besuchte Mr. Joseph McCartney in der Mount Airy Avenue, dem das Gebäude gehört, in dem das Manuskript gefunden wurde. Für den Beweis, daß es dort gefunden wurde, besaß ich die Zeugenaussage von drei ehrbaren Arbeitern. Ich trug Mr. McCartney mein Anliegen mit einem erträglichen Maß an Offenheit vor. *Er* war der Besitzer. Ich teilte ihm mit, daß ich ihm tausend Dollar in bar aushändigen würde, wenn er mir schriftlich eine dreimonatige Option auf dieses Manuskript, wo immer es sich befände, geben würde. Wir trafen noch eine andere Vereinbarung. Sie legte fest, daß ich ihm viertausend Dollar für den endgültigen Verkauf bezahlen würde, sollte sich das Manuskript als das erweisen, was ich haben wollte – wobei die Entscheidung über diesen Punkt bei mir lag. In solchen Sachen ist es niemals klug, geizig zu sein.«

Dr. Fell nickte schwerfällig, wobei er sich nach vorne neigte und die Rollen seines Doppelkinns mit den Fäusten abstützte.

»Was, Mr. Arbor, ist das Manuskript tatsächlich wert?«

»Für mich persönlich? Nun, meine Herren, ich hoffe, Sie wissen meine Offenheit zu schätzen. Ich wäre bereit, bis zu, sagen wir, zehntausend Pfund zu gehen.«

General Mason, der finster vor sich hingeschaut und dabei an seiner Zigarre gezogen hatte, platzte heraus. »Aber mein Gott! ... Mensch, das ist doch verrückt! Keine Poe-Handschrift ...«

»Ich wage zu behaupten«, bemerkte Arbor gelassen, »daß diese es wert ist. Hat Bitton sie Ihnen beschrieben? Ah, ich dachte mir schon, daß er das nicht tat. Es wäre ja geradezu revolutionär.« Sein kühler Blick wanderte von einem zum anderen. »Da ich mich in der Gesellschaft von außergewöhnlich gut informierten Polizeibeamten zu befinden scheine, kann ich ja erzählen, um was es sich handelt. Es ist die erste analytische Detektivgeschichte der Welt. Sie geht Poes *Morde in der Rue Morgue* zeitlich voraus. Dr. Robertson hat mich darüber aufgeklärt, daß sie selbst vom künstlerischen Standpunkt her die anderen drei Dupin-Kriminalgeschichten von Poe übertrifft... Ich habe gesagt, daß *ich* zehntausend Pfund dafür geben würde. Ich könnte Ihnen ohne weiteres drei andere Sammler nennen, die bis auf zwölf- oder fünfzehntausend hochgehen würden. Und ich genieße es, mir auszumalen, was sie auf einer Auktion bringen würde – wo ich auch beabsichtige, das brauche ich Ihnen wohl nicht zu sagen, die Handschrift anzubieten.«

Hadley war zum Schreibtisch hinübergeeilt. Es schien fast so, als könne er sich kaum noch zurückhalten, Dr. Fell zu befehlen, sich aus dem Stuhl zu entfernen, um die Befragung selbst zu übernehmen. Aber er starrte nur weiter auf Arbor.

Dr. Fell räusperte sich.

»Das kann auch alles völliger Unsinn sein«, sagte er mit finsterem Blick. »Und wenn nicht: Wie wollen Sie das eigentlich wissen? Haben Sie das Manuskript gesehen?«

»Ich habe Dr. Robertsons Urteil, und er ist die größte lebende Kapazität in allem, was Poe betrifft. Ich befürchte, der liebe Doktor ist nicht besonders weitsichtig, was Geschäftsangelegenheiten betrifft, sonst hätte er wohl denselben Weg wie ich eingeschlagen. Er hat mir das alles erzählt, weil – nun, Inspector, mein Weinkeller wird für exquisit gehalten. Selbst Tokaier Imperial ist in einem solchen Fall geradezu billig. Natürlich hat er seine Indiskretion schon am nächsten Tag bereut; er hatte Bitton sein Wort gegeben, und er flehte mich an, nichts zu unternehmen. Es tat mir sehr leid. . .«

Arbor zog wieder sein seidenes Taschentuch heraus und wischte sich über den Kopf.

»Dann«, sagte Dr. Fell, »ging es also nicht nur um etwas, an dessen Entdeckung Sie interessiert waren? Sie wollten das Manuskript in die Hände bekommen, um es zu verkaufen?«

»Genau, mein lieber Inspector. Das Manuskript – wo immer es auch sein mag – gehört zufällig mir. Darf ich Sie daran erinnern. . . Soll ich fortfahren?«

»Auf jeden Fall.«

»Meine Verhandlungen mit Mr. McCartney kamen ohne Probleme zu einem Abschluß«, fuhr Arbor behaglich fort. »Er schien überwältigt zu sein. Es erschien ihm unglaublich, daß irgendein schriftliches Dokument – außer vielleicht einem Erpresserbrief oder einem von diesen ›Vertragssachen‹, wie er es nannte – fünftausend Dollar wert sein könnte. Ich traf in Mr. McCartney einen begeisterten Leser von Sensationsgeschichten. . . Mein nächster Schritt – können Sie mir folgen, Inspector?«

»Sie haben sich selbst bei Bitton eingeladen«, knurrte Dr. Fell.

»Nicht ganz. Ich hatte dort noch eine Einladung ausstehen. Es gab eine Zeit, möchte ich bemerken, in der mein Freund Bitton mich sehr schätzte. In der Regel wohne ich, wenn ich mich in London aufhalte, natürlich nicht bei Freunden. Ich habe ein kleines Häuschen außerhalb der Stadt, wo ich mich im Sommer öfter aufhalte; und im Winter gehe ich ins Hotel. Aber, Sie verstehen doch, daß ich taktvoll vorgehen mußte. Er war mein Freund.«

Arbor zog wieder sein silbernes Zigarettenetui hervor. Aber er schien sich daran zu erinnern, daß es keinen Aschenbecher gab, und er steckte es wieder weg.

»Ich konnte natürlich nicht«, fuhr er fort, »zu ihm sagen: ›Bitton, ich glaube, Sie haben da ein Manuskript, das mir gehört. Geben Sie es mir.‹ Das wäre geschmacklos gewesen und, wie ich glaubte, auch unnötig. Ich ging davon aus, daß er mir seine Entdeckung freiwillig zeigen würde. Dann wäre ich nach und nach auf mein Thema gekommen, hätte die unglücklichen Umstände erläutert und ihm ein faires Angebot gemacht. Sie müssen mich verstehen! Ich war darauf eingestellt, ihm seinen Preis zu bezahlen – innerhalb gewisser Grenzen, auch wenn es sich um mein Eigentum handelte. Ich wollte jedes würdelose Feilschen vermeiden.

Nun, Inspector – und meine Herren –, das war schwierig. Kennen Sie Bitton? Ah, ich wußte, daß er ein eigensinniger, sturer und geheimnistuerischer Mensch ist; geradezu besessen davon, seine Entdeckungen für sich zu bewahren. Aber ich hatte nicht erwartet, daß er so schwierig sein würde. Er sprach nicht über seinen Fund, wie ich das erwartet hatte. Einige Tage lang machte ich Andeutungen. Ich hatte den Eindruck, daß er einfach taub dafür war, und ich fürchte, meine Anspielungen wurden so unverschämt eindeutig, daß sie selbst seine Familie verblüfften. Aber jetzt bin ich davon überzeugt, daß er es gewußt haben muß und mich in Verdacht hatte. Er wurde einfach noch verschwiegener. Es war mir zuwider – aber ich näherte mich dem Punkt, an dem ich meine Ansprüche hätte geltend machen müssen. Rein rechtlich gesehen«, sagte Arbor, wobei seine gemächliche Stimme plötzlich einen rauhen Beiklang bekam, »war ich nicht verpflichtet, ihm einen Penny für mein Eigentum zu bezahlen.«

»Der Verkauf zwischen Ihnen und McCartney war noch nicht abgeschlossen, oder?« fragte Dr. Fell.

Arbor zuckte mit den Schultern. »Praktisch schon. Ich hatte meine Option. Natürlich war ich nicht dazu bereit, fünftausend Dollar für ein Manuskript, das ich nie gesehen hatte, auszugeben, selbst nicht auf das Urteil von Dr. Robertson hin – ein Manuskript, das möglicherweise schon verlorengegangen oder vernichtet worden war, bevor ich meinen Anspruch hätte geltend machen können. Trotzdem war es in jeder Hinsicht mein Eigentum.«

»Haben Sie denn Bitton erzählt, daß Sie der Eigentümer sind?«

Arbors Nasenflügel bebten vor Zorn. »Offensichtlich wohl nicht. Oder wäre er sonst so verrückt gewesen, das zu tun, was er getan hat – sich an die Polizei zu wenden, nachdem es gestohlen worden war?

Aber bevor wir auf diesen Punkt zu sprechen kommen: Stellen Sie sich meine schwierige Situation vor. Ich sah langsam ein, daß, wenn ich ihn geradeheraus fragen würde, dieser – nun – Wahnsinnige – allen möglichen Ärger hätte machen können. Er würde sich wahrscheinlich weigern und meine Anrechte in Frage stellen. Meine Anrechte könnten zwar nachgewiesen werden; aber das würde eine Verzögerung mit allen möglichen Unannehmlichkeiten bedeuten. Er hätte auch behaupten können, er habe das Manuskript verloren – was noch schlimmer gewesen wäre. Ich kann mir vorstellen, daß er durchaus dazu fähig gewesen wäre, einen Polizisten herbeizurufen und mich aus dem Haus werfen zu lassen.« Mr. Arbor sah aus, als würde ihn bei diesem Gedanken ein körperlicher Schmerz peinigen. General Mason hustete, und Dr. Fell schaffte es, mit derselben Hand, hinter der er seinen Mund versteckte, den Schnurrbart zu zwirbeln.

»Und in *diesem* Augenblick«, fuhr Arbor fort, während er mit der Schirmspitze auf den Boden klopfte, »platzte alles wie eine Seifenblase. Das Manuskript war gestohlen worden. Und ich, hören Sie gut zu, *ich* war der Verlierer.

Nun, meine Herren...«, er lehnte sich zurück und blickte in die Runde, wobei er einem nach dem anderen fest in die Augen schaute, »nun werden Sie verstehen, warum ich mich auf so ausführliche Erklärungen eingelassen habe und warum ich wünsche, daß über das Eigentumsrecht an diesem Manuskript Klarheit besteht. Bitton denkt zweifelsohne, ich hätte es gestohlen. Mir ist es ziemlich egal, was er denkt; ich habe mir nicht einmal die Mühe gemacht, ihn aufzuklären. Aber ich kann nicht zulassen, daß die Polizei das auch annimmt.

Ich war das ganze Wochenende über, an dem das Manuskript gestohlen wurde, verreist und kehrte erst heute morgen zurück. Ich habe Mr. und Mrs. Spengler besucht, zwei Freunde von mir, die in der Nähe von meinem eigenen Häuschen, das ich erwähnt habe, in Golder's Green leben. ›Ah‹, höre ich den gerissenen Bitton sagen, ›ein Alibi.‹ Und er besitzt die kolossale Unverschämtheit, sie anzurufen, um es sich bestätigen zu lassen. ›Ah‹, sagt er daraufhin, ›es hat jemand in seinem Auftrag getan.‹

Nun, dies mag vielleicht in Bittons ausschweifender Phantasie im Bereich des Möglichen liegen, aber Sie wissen es besser. Warum, um alles in der Welt, sollte ich mir die Mühe machen, ein Manuskript zu stehlen, das mir schon gehört?«

Arbor legte die Hände übereinander wie ein Redner, der sich wieder auf seinen Platz setzt.

Niemand sprach. Hadley, der sich auf den Rand des Schreibtisches gesetzt hatte, nickte.

»Ich gehe davon aus, Mr. Arbor«, sagte er, »Sie sind darauf vorbereitet, Ihren Anspruch nachzuweisen?«

»Selbstverständlich. Eine Übereinkunft zwischen Mr. McCartney und mir wurde von meinem Rechtsanwalt in New York schriftlich fixiert und ordnungsgemäß beglaubigt. Eine Kopie dieser Übereinkunft liegt jetzt bei meinen Anwälten in London. Sollten Sie Wert auf eine Überprüfung meiner Aussage legen, gebe ich Ihnen gerne ein Empfehlungsschreiben für sie mit.«

Hadley zog seine Schultern hoch. »Wenn das so ist, Mr. Arbor, ist alles gesagt. Sir William hat es einfach darauf ankommen lassen, daß seine Entdeckung unbemerkt bleibt.« Hadleys Stimme war kühl und sachlich. »Selbst wenn Sie – hm – das Manuskript entfernt hätten, um irgendwelchen Ärger durch Sir William zu vermeiden, wäre das Gesetz machtlos gewesen. Ich würde das nicht gerade moralisch nennen. Ich sage es Ihnen ganz offen, Sir, ich würde das als ganz verdammt hinterhältig bezeichnen. Aber es ist absolut legal.«

Mr. Arbor protestierte in einer Tonfolge, die wie ein schlecht eingestellter Radiosender klang. Er versuchte, sich aufzurichten, aber der Chief Inspector warf ihm einen Blick zu, der eine Spur zu kühl war. Schließlich gewann Mr. Arbor seine Gelassenheit zurück.

»Wir sollten das vergessen«, entgegnete er, was ihm sichtlich Mühe bereitete. »Die Absurdität Ihrer Behauptung ist so offensichtlich wie – nun – Ihre wirklich bemerkenswerten Umgangsformen. Daß ein Mann von meinem guten Ruf ...« Wieder war das Rauschen zu hören. Arbor fand seine Gelassenheit wieder. »Es würde einige meiner Kollegen in New York sehr amüsieren«, sagte er. »Ha, ha. Ha. Sehr amüsant. Aber, wie ich glaube, sind wir uns in der einen Sache einig: Es ist völlig legal.«

»Nicht, wenn es dabei um Mord geht«, sagte Dr. Fell.

Ganz plötzlich wurde es still.

Der Doktor hatte in einem beiläufigen Ton gesprochen und sich dabei nach vorne gelehnt, um den Hund, der sich neben seinem Stuhl zusammengerollt hatte, am Kopf zu kraulen. Es war so still, daß alle hörten, wie die Kohle im Kamin zusammenfiel und wie – sehr schwach – vom Exerzierplatz ein Signalhorn herüberklang. General Mason griff automatisch nach seiner Uhr, als er das Horn hörte; aber er hielt inne – sein Blick wurde starr.

Arbor hatte sich seinen Mantel schon umgelegt, um aufzustehen, seine Hand zog ruckartig am Revers. »Was – was haben Sie gesagt?« fragte er.

»Ich sagte: ›Nicht, wenn es dabei um Mord geht‹«, wiederholte Dr. Fell noch einmal lauter. »Stehen Sie noch nicht auf, Mr. Arbor. Wir werden jetzt über den Mord reden. Das überrascht Sie doch nicht, oder? Sie haben doch eben noch angeboten, darüber zu sprechen – erinnern Sie sich?«

Er riß seine halbgeschlossenen Augen weit auf.

»Wissen Sie nicht, *wer* ermordet wurde, Mr. Arbor?« fuhr er fort.

»Ich – ich habe sie drüben darüber sprechen hören«, antwortete dieser, während er den Fragesteller unverwandt anblickte. »Ich glaube, ich hörte, wie jemand den Namen Drakell oder Driscoll oder so ähnlich erwähnte. Aber ich habe mich nicht unter diese Leute gemischt. Was habe *ich* mit einem Mann zu tun, der im Londoner Tower ermordet wurde?«

»Sein Name war Driscoll. Philip Driscoll. Er war der Neffe von Sir William Bitton.«

Welche Wirkung Dr. Fell auch immer hervorzurufen gehofft hatte – etwas bewirkte der Name zweifellos: Arbors dunkelhäutiges Gesicht wurde bleich, tatsächlich bleich, wobei sich dunkle Flecken auf seiner blassen Haut abzeichneten. Ruckhaft verschoben sich die dünnen Augengläser auf seiner Nase, und er bedeckte sie mit einer Hand, die zitterte. Arbor hatte offenbar ein schwaches Herz. Die Wirkung war ebenso physischer wie nervöser Natur.

Hadley wollte schon besorgt losstürzen, aber Arbor winkte ab.

»Sie müssen – Sie müssen mich entschuldigen, meine Herren«, murmelte er. Seine Stimme wurde kräftiger. »Ich – das war nur der Schock, den Namen von – jemandem zu hören, den ich kannte. Dieser – dieser Driscoll, war er ein schmächtiger junger Mann mit, warten Sie mal – mit rötlichen Haaren?«

»Ja«, antwortete Dr. Fell gleichmütig. »Sie kannten ihn also?«

»Ich – ja. Das heißt, ich traf ihn – ah – vorletzten Sonntag beim Abendessen in Bittons Haus. Es war der Tag meiner Ankunft. Ich hatte seinen Nachnamen nicht verstanden. Sie nannten ihn alle Phil; daran hab' ich mich jetzt erinnert. Und ein Neffe von Bitton mit diesem Namen . . .«

General Mason zog eine kleine Flasche aus seiner Hüfttasche und bot sie ihm an. »Versuchen Sie das«, sagte er barsch. »Brandy. Wird Sie aufmöbeln.«

»Nein, danke«, antwortete Arbor würdevoll. »Ich bin in Ordnung. Aber ich versichere Ihnen, daß ich nichts über diese gräßliche Angelegenheit weiß. Wie ist er gestorben?«

»Er wurde mit diesem Armbrustpfeil erstochen«, antwortete Dr. Fell und nahm den Pfeil in die Hand. »Er stammt aus Bittons Haus.«

»Sehr – interessant –«. Arbor sagte das in einem Ton, der wie aus einer schrecklichen Posse klang. Aber er fühlte sich nun besser. »Ich möchte nicht, daß Sie annehmen, meine Herren«, fuhr er mit einer etwas angestrengt wirkenden Unbekümmertheit fort, »*ich* wüßte etwas über den Mord an dem armen Jungen, nur weil ich etwas aus der Fassung gebracht wirkte, als Sie davon erzählten. Aber das ist ja auch nicht die Art, wie sich Mörder verhalten – oder? Es wäre ja auch *zu* einfach, wenn sie das täten. Ein Mensch, der genügend Mut besitzt, solch ein teuflisch aussehendes Ding zu benutzen, wird wahrscheinlich nicht in Ohnmacht fallen, wenn es ihm nachher gezeigt wird. ... Das wäre ja geradezu ein Geständnis, möchte ich einmal sagen. Der Arzt hat mich vor jeder Art von Schock gewarnt, ich bin nicht so gesund, wie ich aussehe. Bitton ... der arme Teufel. Weiß er davon?«

»Er weiß Bescheid, Mr. Arbor. Aber zurück zu dem jungen Driscoll: Sie haben nicht zufällig eine Idee, warum er ermordet wurde?«

»Mein lieber Herr, nein! Nein, natürlich nicht. Ich habe ihn nur das eine Mal beim Abendessen getroffen. Seither habe ich ihn nicht mehr gesehen.«

»Er wurde am Traitors' Gate ermordet«, fuhr Dr. Fell fort, »und seine Leiche wurde auf die Stufen geworfen. Ich nehme mal an, Sie haben nichts Verdächtiges bemerkt, während Sie sich hier aufhielten? Zum Beispiel: Menschen in der Nähe des Tores – irgend etwas in dieser Art?«

»Nein. Was ich – ähh – Ihnen zuerst erzählen wollte, als ich hier hereinkam, war, daß ich überhaupt nur zufällig hier festgehalten wurde. Sehen Sie, ich wollte mir das Exemplar von Sir Walter Raleighs *Weltgeschichte* ansehen, die im Bloody Tower in dem Zimmer, in dem er sie geschrieben hat, ausgestellt wird. Ich kam kurz nach ein Uhr hier an und ging direkt zum Bloody Tower. Ich – ähh –, ich gestehe, ich war schockiert darüber, wie sie es zulassen können, daß solch ein wertvolles Buch den ganzen Tag offen und für alle zugänglich an einem so feuchten Ort liegt. Ich gab dem diensthabenden Wachposten meine Karte und fragte ihn, ob ich es einer genaueren Untersuchung unterziehen dürfte. Er sagte, es täte ihm leid, aber es gehöre zu den Ausstellungsstükken des Towers und ich dürfe ohne eine schriftliche Genehmigung des Kommandanten oder seines Stellvertreters nicht damit herumhantieren...« Arbor schien ein wenig überrascht zu sein über das Interesse, das er in den Gesichtern der Anwesenden sah. Niemand sprach; er fuhr geschwätzig fort.

»Es sei jedoch sehr zweifelhaft, sagte er, daß ich die Genehmigung bekäme. Ich bat ihn dennoch, mir zu zeigen, wo ich einen von den beiden finden könnte. Er wies mir den Weg ...«

»*Innerhalb* der inneren Befestigungsmauer?« unterbrach ihn Hadley.

»Nun – ähh – ja. Ja. Zu einer Gebäudereihe, die sich in Richtung Rasen und Exerzierplatz erstreckt. Aber es war nebelig, und es gab mehrere Türen, und ich war mir nicht sicher. Während ich noch zögerte, kam ein Mann aus einer der Türen ...«

Verwirrt und unter ihren Blicken immer nervöser werdend, hielt er inne.

»Ein Mann in Knickerbockern und mit einer Mütze?« fragte Dr. Fell.

»Ich weiß nicht. Ähh – ja, ich glaube, er trug Knickerbocker; ich erinnere mich daran, weil es ein wenig absonderlich aussah – an so einem Tag. Aber es war nebelig, und ich könnte es nicht beschwören. Ich sprach ihn an, um mich nach dem richtigen Eingang zu erkundigen, aber er stürmte an mir vorbei, ohne zuzuhören. Dann hielt mich eine andere Wache an und erzählte mir, daß es Besuchern nicht gestattet sei, sich auf der Seite, auf der ich gerade entlangging, aufzuhalten. Ich erklärte ihm die Situation. Er sagte mir dann, daß er sich sicher sei, daß sich im Augenblick keine der beiden Personen, die ich sprechen wollte, in ihrem Quartier aufhielte.«

»Sehr richtig«, sagte General Mason trocken.

»Aber Sie können doch, meine Herren –!« protestierte Arbor, während er seine Lippen befeuchtete, »Sie können doch sicher nicht daran interessiert sein... Sie sind es? Nun, lassen Sie mich überlegen. Ich kehrte zum Bloody Tower zurück und versuchte es mit dem wohlüberlegten Einsatz eines Geldscheines. Er wurde nicht angenommen. So entschloß ich mich zu gehen. Auf meinem Weg nach draußen zur Water Lane stieß ich mit einer jungen

Dame zusammen, die gerade durch den Torbogen von der Water Lane her gekommen war und sehr schnell den steilen Weg, der in Richtung Exerzierplatz führt, hinauflief... Sagten Sie etwas?«

»Nein«, sagte Dr. Fell. »Könnten Sie diese junge Dame beschreiben?«

Arbor fühlte sich wieder ganz in seinem Element. Sein Gesichtsausdruck zeigte, daß er seine vorherige Schwäche zu bedauern schien und diese durch eine klare und unparteiische Darstellung seiner eigenen Erlebnisse wiedergutmachen wollte. Es war offensichtlich, daß ihn die Bedeutsamkeit seiner Erzählung verwirrte. Auf Dr. Fells Frage hin dachte er sorgfältig nach.

»Nein, nein, ich fürchte nicht. Ich habe sie kaum gesehen. Alles, was ich weiß, ist, daß sie in größter Eile war und daß sie eine Art Pelzmantel trug und daß sie mir – ähh – außergewöhnlich kräftig erschien. Ich bekam einen richtigen Schlag, als wir zusammenprallten. Meine Armbanduhr saß ein wenig locker, und ich dachte, sie wäre runtergerutscht. Nun, ich ging unter dem Bloody Tower hindurch zur Water Lane ...«

»Nun, Mr. Arbor, denken Sie um Gottes willen gut nach! Überlegen Sie! War zu diesem Zeitpunkt irgend jemand in der Nähe des Geländers um Traitors' Gate? Haben Sie irgend jemanden dort stehen sehen – oder schien alles verlassen zu sein?«

Arbor lehnte sich zurück. »Ich fange an, Ihren Gedankengang zu verstehen«, antwortete er nervös. »Ich ging zwar nicht nah an das Geländer heran oder sah genau hin... Aber es stand niemand in der Nähe des Geländers, Inspector. Niemand!«

»Und wissen Sie noch, wie spät es da war?«

»Ich kann Ihnen die Uhrzeit ganz genau sagen«, antwortete Arbor. »Es war gerade fünfundzwanzig Minuten vor zwei.«

# Kapitel 9
# Drei Hinweise

Dieses Mal war es der ansonsten ruhige Hadley, der seine Gelassenheit verlor. »Aber hören Sie!« wandte er ein, »der Polizeiarzt sagt, daß er um Viertel vor . . .«

»Warten Sie!« donnerte Dr. Fell. Mit seinem Spazierstock schlug er so heftig auf den Schreibtisch, daß der Bogen Briefpapier wegflatterte. »Bei allen Heiligen! Das ist genau das, was ich wollte. Das ist es, worauf ich gehofft und gewartet habe. Allein die Vorstellung, daß ich bisher die Aussage dieses Mannes zu dem Mordfall gar nicht hören wollte... Ich hätte sie mir fast entgehen lassen. Mein Freund, ich bin Ihnen dankbar, ich bin Ihnen außerordentlich dankbar... Also, Sie sind sich ganz sicher mit der Zeit, ja?«

Von so großer Bedeutung zu sein, besänftigte Arbor zusehends.

»Ganz sicher. Wie ich Ihnen bereits sagte, hatte meine Uhr bei dem Zusammenprall mit der jungen Dame einen Stoß abbekommen, und ich ging zurück zum Eingang vom Wakefield Tower, um nachzusehen, ob die Gefahr bestand, daß sie mir vielleicht heruntergleiten könnte; ich hab' also auf die Uhr gesehen, kurz bevor ich runter zur Water Lane gegangen bin.«

»Meine Herren, holen Sie Ihre Uhren hervor«, polterte Dr. Fell, »damit wir die Zeit vergleichen können. So! – es ist Viertel nach sechs. Zumindest auf meiner Uhr. Wie steht es bei Ihnen?«

»Viertel nach sechs«, sagte General Mason, »und ich weiß, daß meine Uhr richtig geht.«

»Dreizehn und eine halbe Minute nach«, sagte Rampole.

»Und bei mir«, sagte schließlich Arbor, »ist es auf die Sekunde genau fünfzehn und eine halbe Minute nach. Ich hab' immer die genaue Zeit. Diese Uhr ist ein Fabrikat aus . . .«

»Das tut nichts zur Sache«, fuhr Dr. Fell dazwischen. »Wir werden wegen einer halben Minute keinen Streit anfangen.

Damit ist die Sache geklärt. Es gibt aber noch eine andere Sache, die ich gerne wissen würde. Sie sagten, Mr. Arbor, daß Sie zu dem Zeitpunkt auf dem Weg nach draußen waren. Aber der Mord wurde nicht vor halb drei entdeckt. Wie kommt es dann aber, daß man Sie hier festhalten konnte, als der Befehl dazu gegeben worden war?«

»Das ist es, was ich gerade erklären wollte«, antwortete Arbor, »als ich sagte, daß es ein reiner Zufall war. Ich hatte einen meiner Handschuhe auf dem Geländer liegenlassen, das im Bloody Tower die Vitrine umschließt, in der sich die Erstausgabe von Raleighs *Weltgeschichte* befindet. Es sind – nun – recht besondere Handschuhe«, erklärte er lässig. »Carter auf der Fifth Avenue hat sie für mich angefertigt, und ich besitze kein anderes Paar in der Art.«

General Mason blickte gequält, während Arbor den grauglänzenden Hut von seinem Schoß nahm und die Handschuhe zeigte.

»Ich war schon ein ganzes Stück mit dem Taxi gefahren, als es mir einfiel; ich kehrte wieder um. Etwa um zwanzig vor drei kam ich wieder an und konnte dann nicht mehr hinaus.«

»Ich hoffe, der Taxifahrer wartet nicht immer noch«, sagte der General in Gedanken versunken. »Es wäre doch bedauerlich, Mr. Arbor, wenn man einem vom Glück verlassenen Zeugen zusätzlich noch den Schädel einschlägt. Äußerst bedauerlich«, setzte er verträumt hinzu... »Moment mal! Warten Sie. Jetzt erinnere ich mich wieder. Da ist noch etwas, was *ich* Sie fragen wollte.«

»Mit Vergnügen.« Arbor blickte finster drein. »Sie sind ...?«

»Ich bin derjenige, den Sie sehen wollten«, antwortete der General recht schroff. »Ich bin der stellvertretende Festungskommandant hier. Und ich werde den Teufel tun, Sie an das Buch von Raleigh zu lassen. Es ist ein Geschenk von General Sir Ian Hamilton. Was wollte ich gerade sagen? Ach ja. Es betrifft das Buch von Raleigh. Sie sagten, Sie hätten es noch nie zuvor gesehen. Ist das Ihr erster Besuch im Tower?«

»Ja.«

»Ich frage deshalb, weil Ihnen alle Namen hier so geläufig sind. So, als wären Sie völlig vertraut damit, reden Sie von der ›Water Lane‹, vom ›Wakefield Tower‹ und so weiter; dabei sind Sie ja gar nicht weiter als bis zum Bloody Tower gekommen.«

»Ganz einfach«, sagte Arbor im Stile eines Meisterdetektivs, der zu seinem schwachsinnigen Assistenten spricht. »Ich hasse es, nach dem Weg fragen zu müssen, werter Herr. Das hat so etwas *Unbeholfenes* an sich.« Aus seiner Tasche holte er eins dieser grünen Hefte hervor. »Dieser kleine Führer hier mit Karte, den ich vor meinem Besuch im Tower gründlich studiert habe, hat mich mit allen nötigen Einzelheiten vertraut gemacht.«

Dr. Fell zog an seinem Schnurrbart.

»Ich habe nur noch eine weitere Frage, mein Freund, und dann können Sie gehen. Haben Sie bereits Mrs. Lester Bitton, die Schwägerin Ihres Gastgebers, kennengelernt?«

»Leider noch nicht. Ich hab' Ihnen vorhin ja schon erzählt, daß ich noch nie vorher dort abgestiegen bin. Mr. und Mrs. Bitton waren nicht anwesend, als ich dort eintraf. Wie man mir sagte, sind sie gestern abend zurückgekommen, aber ich kam erst heute morgen von meinem Wochenendausflug zurück, und beide waren nicht zu Hause... Lester Bitton kenne ich flüchtig. Ich habe Bitton von ihr sprechen hören, und ich habe ihr Bild gesehen. Aber ich habe sie noch nie getroffen.«

»Sie würden sie also nicht erkennen, wenn Sie sie sehen würden?«

»Ich fürchte, nein.«

»Gibt es, bevor Sie gehen, nicht doch noch etwas, was Sie uns mitteilen möchten?« sagte Hadley auffordernd.

Arbor hatte sich mit sichtbarer Erleichterung erhoben. Langsam knöpfte er sich den Mantel zu, so, als wollte er den Eindruck vermeiden, er wäre in Eile. Jetzt hielt er inne. »Ihnen etwas mitteilen? Ich verstehe nicht ganz.«

»Nun – irgendwelche Hinweise oder Anweisungen, Mr. Arbor. Ein wertvolles Manuskript, das im Grunde Ihnen gehört, ist gestohlen worden. Sind Sie nicht daran interessiert, es wiederzuerlangen? Wenn man bedenkt, mit welchem Aufwand Sie zunächst den Erwerb der Handschrift betrieben haben, so hat es nun den Anschein, als würden Sie sich sehr schnell mit dem Verlust von rund zehntausend Pfund abfinden. Heute hielten Sie sich hier auf und interessierten sich brennend für etwas ganz anderes. Stellen Sie denn gar keine Nachforschungen an?«

Rampole spürte, daß Arbor sich vor dieser Frage gefürchtet hatte. Er antwortete nicht sofort. Äußerst sorgfältig richtete er seinen Hut, zog die Handschuhe an und klemmte sich den Schirm unter den Arm. Dieses vorschriftsmäßige Äußere schien ihm wieder sein altes Selbstvertrauen und Auftreten zurückzugeben.

»Ganz recht«, stimmte er zu. »Aber Sie vergessen etwas. Ich möchte Unannehmlichkeiten in dieser Angelegenheit vermeiden, Gentlemen. Meine Gründe dafür habe ich Ihnen bereits dargelegt. Ich ziehe es vor, die Hilfe der Polizei nicht in Anspruch zu nehmen. Aber ich versichere Ihnen, daß ich nicht untätig geblieben bin. Ich verfüge über Beziehungen und Hinweise, die *Ihnen* – verzeihen Sie mir – nicht zur Verfügung stehen. Wie Sie schon sagten, ist es unwahrscheinlich, daß ich keine Nachforschungen betreibe.« Ein dünnes Lächeln erschien auf seinem Gesicht; ein kühles Anheben der Brauen, eine leichte Verbeugung. »Wenn Sie noch einmal mit mir reden wollen, können Sie mich im Savoy erreichen. Vielen Dank für einen – ähh – äußerst aufschlußreichen Nachmittag. Guten Tag, meine Herren.«

Nachdem er gegangen war, herrschte längere Zeit Schweigen. Es war kalt in dem Raum geworden, denn das Feuer war fast erloschen. Ein leicht hämischer Ausdruck lag auf General Masons Gesicht. Mit seinen Händen fuhr er durch die Luft – wie ein Hypnotiseur im Varieté.

»Hokuspokus«, murmelte er. »Allagazam. Hadley, ich hoffe, Sie haben nicht noch mehr Zeugen. Es reicht. Erst Hüte, dann ein Verhältnis und nun Handschriften. Es hat uns nicht weitergeholfen. Es hat uns nur noch mehr durcheinandergebracht... Was halten Sie von unserem Schöngeist?«

»Als Zeuge«, sagte Hadley, »war er einmal zu schwierig, dann wieder zu umgänglich. Zunächst fing er ja ganz ruhig an. Als wir dann auf den Mord zu sprechen kamen, hatte er auf einmal eine Heidenangst. Ich könnte schwören, daß er am Ende die Wahrheit gesagt hat, als er schilderte, was er von den Geschehnissen hier mitbekommen hat.«

»Und was hat das zu bedeuten?« drängte der General.

Wieder begann Hadley, im Raum umherzuschreiten. Er klang gereizt, als er sprach.

»Oh, für mich gibt es nur eine einleuchtende Erklärung. Aber *die* macht die Sache nur noch komplizierter. Sehen Sie: Offensichtlich wußte er nicht, daß es Driscoll war, der hier ermordet wurde. Zumindest wußte er nicht, daß es der junge Bursche war, den er in Sir Williams Haus getroffen hatte. Es warf ihn ja fast um, als er das hörte. Warum?

Sehen wir es mal so. Arbor ist schlau, und er ist raffiniert. Aus tiefster Seele haßt er Unannehmlichkeiten, das irritiert sein

Gefühl von Würde; aber er hat nicht mehr Mut als ein Kaninchen. Das erkennt man in allem, was er sagt. Und was noch schlimmer ist: Er hat eine geradezu entsetzliche Furcht vor jeder Art von Öffentlichkeit. Einverstanden bisher?«

»Ganz und gar«, sagte der General.

»In Ordnung. Nun hat er krampfhaft versucht, sich über die Andeutung, er selber könne ja die Handschrift gestohlen haben, lustig zu machen. Aber wenn man Arbor näher kennt – und auch Sir William –, so ist das gar nicht so unwahrscheinlich, wie es sich anhört. Er wußte, daß der alte Narr einen furchtbaren Aufstand veranstalten würde, wenn er das Manuskript einfordern würde. Es gäbe ein Verfahren, Aufschub, Zank und vermutlich Publizität – einmal ganz abgesehen davon, was bei Sir Williams Wut der zarten Seele von Arbor widerfahren könnte... Aber wenn man das Ding stehlen würde, könnte Sir William es in den Wind schreiben. Er hätte ja nichts in der Hand. Arbor könnte ihm das alles klarmachen – wenn nötig, telefonisch –, sobald sich die Handschrift in seinem Besitz befindet und er das Haus verlassen hat. Und Sir William würde es nicht wagen, etwas zu unternehmen. Abgesehen davon, daß er keine Beweise hätte, würde er sich nur lächerlich machen. Ein geachteter Exminister kann sich so etwas nicht leisten.«

»Ich habe so meine Zweifel, daß Arbor die Handschrift wirklich selber klauen würde«, sagte der General kopfschüttelnd. »Er würde sich nicht trauen.«

»Warten Sie einen Moment. Wegen des Diebstahls machte er sich keine große Sorgen. Verstehen Sie, für solche schmutzigen Angelegenheiten hat er seine Leute. Nun, wer könnte die Handschrift für ihn gestohlen haben?«

Der General gab ein Pfeifen von sich. »Sie meinen ...«

»Das kann einfach nicht sein!« sagte der Chief Inspector scharf und schlug die Faust in seine Handfläche. »Das wäre einfach zu viel. Aber die Möglichkeit steht im Raum, und wir müssen darüber nachdenken...

Nun, ich meine folgendes. Arbor sagte, er habe bei Bitton penetrant immer wieder über Poe gesprochen, so daß selbst die Familie schon anfing, sich zu wundern. Seine Anspielungen wurden immer deutlicher. Zudem sagte er, daß bei den geheimnisvollen und rätselhaften Andeutungen, die Sir William ständig von sich gab, eigentlich jeder von der Handschrift hätte wissen müssen. Ein schlauer Bursche wie Driscoll mußte ganz einfach mit der Zeit dahinterkommen – und Driscoll war abends zum Essen dort, als Arbor ausgiebig darüber redete. . .«

»Aber hören Sie!« warf General Mason mit gequälter Stimme ein. »Ich meine – nun, so etwas gehört sich doch einfach nicht! Natürlich traue ich das so einem verfluchten Lackaffen wie Arbor zu. Aber wenn Sie behaupten wollen, der junge Driscoll. . . Puhh! Bahh! Völlig ausgeschlossen.«

»Ich habe nicht gesagt, daß es wirklich so war«, sagte Hadley geduldig. »Aber überlegen Sie mal. Driscoll war unzufrieden. Driscoll war immer knapp bei Kasse. Driscoll lag sich ständig mit seinem Onkel in den Haaren. Driscoll war ein übermütiger, verrückter Bursche, der vielleicht dieses Manuskript ganz einfach nur als ein läppisches Stück Papier angesehen hat. Ich muß zugeben, daß ich das auch tat, bis ich erfuhr, wieviel es wert ist. Nehmen wir einmal an, Driscoll nimmt Arbor beiseite und sagt zu ihm: ›Hören Sie, wenn Sie eines Morgens zufällig diese Handschrift unter Ihrem Kopfkissen finden würden, was wäre Ihnen das wert?‹« Hadley zog die Brauen hoch. »Vielleicht hat Arbor dann erklärt, daß er der rechtmäßige Besitzer ist. Vielleicht war das Driscoll auch völlig egal. Aber da Arbor nun einmal auch dem alten Bitton eine gewisse Summe für die Überlassung des Manuskripts hätte zahlen müssen – nun? Es war eine günstige Gelegenheit für ein gutes Geschäft. Sir William kannte den genauen Wert der Handschrift, Driscoll dagegen nicht. Und Arbor ist ein ausgezeichneter Geschäftsmann.«

»NEIN!« erklang eine donnernde Stimme.

Hadley zuckte zusammen. Nicht nur Widerspruch lag in der Stimme, sondern auch etwas wie ein gequälter Appell an die Vernunft. Sie alle wandten sich zu Dr. Fell um, der sich schwerfällig erhob.

»Ich bitte Sie«, sagte er fast flehentlich, »ich bitte Sie dringend, was auch immer Sie sonst über diesen Fall denken mögen, kommen Sie nicht auf eine solch absurde Idee. Wenn doch – so prophezeie ich Ihnen, Hadley –, werden Sie nie die Wahrheit herausfinden. Denken Sie meinetwegen, was immer Sie wollen. Glauben Sie von mir aus, daß Arbor der Dieb war, wenn es Ihnen gefällt. Glauben Sie, daß es General Mason war oder der Weihnachtsmann oder Mussolini. Aber glauben Sie nie, ich bitte Sie dringend darum, daß es Driscoll war.«

Der Chief Inspector war verärgert. »Nun, warum war er es nicht? Ich habe nie behauptet, ich wäre mir bei Driscoll der Sache sicher. Aber da Sie schon allein bei der Vorstellung einen so furchtbaren Widerwillen empfinden – warum soll er es nicht gewesen sein?«

Der Doktor setzte sich wieder.

»Lassen Sie es mich erklären. Diese Sache muß ich unbedingt richtigstellen, sonst werden Sie auch alles andere nie begreifen. Denken Sie daran, was vor zwei Stunden gesagt wurde. Verdammt, wo ist meine Pfeife? Ah. Nun, wir sprachen über Driscoll. Und Sir William sagte, daß er kein Feigling gewesen sei. Ich versuchte, Ihnen einen Fingerzeig zu geben, falls Sie sich noch daran erinnern. Ich fragte, *wovor* er denn Angst gehabt hätte.

Ich will das noch einmal wiederholen. Ich glaube ebenfalls, daß Driscoll kein Feigling war. Ich stimme auch Ihrer Charakterisierung zu, Hadley, daß er ein übermütiger, verrückter Bursche war. Aber es gab etwas, das er ganz gewiß fürchtete.«

»Und das wäre?«

»Er fürchtete seinen Onkel«, sagte Dr. Fell. Nach einer kurzen Unterbrechung, während der er eine beachtliche Menge Tabak beim Stopfen seiner Pfeife verstreute, fuhr er keuchend fort: »Schauen Sie. Driscoll war ein leichtsinniger Kerl mit einem kostspieligen Geschmack. Er war vollkommen von den milden Gaben seines Onkels abhängig. Sie haben gehört, wie Bitton von seinem ›Taschengeld‹ sprach. Er verdiente nur wenig durch das bißchen Zeitungsarbeit, das er machte, und Bitton half ihm, so gerade auszukommen.

Aber – Bitton war kein besonders nachsichtiger Onkel. Ja, er war genau das Gegenteil. Dauernd stritt er mit seinem Neffen über dieses oder jenes. Und weshalb wohl? Weil er vernarrt in ihn war. Er selber hatte keinen Sohn. *Er* hatte sich von unten emporgearbeitet, und er wollte, daß der Junge auch etwas von seiner gewaltigen Tatkraft unter Beweis stellte. – Glauben Sie etwa, Driscoll hätte das nicht gewußt? *Ha*!« sagte der Doktor und schnaubte verächtlich. »Natürlich wußte er es. Der alte Bitton hätte seinen Geldbeutel noch enger als einen Knoten schnüren können. Aber Driscoll wußte, daß er der Liebling seines Onkels war. Und im Falle seines Todes... Ich halte es für recht wahrscheinlich, daß Driscoll im Testament des alten Mannes eine nicht unwesentliche Rolle spielt. Ist es nicht so, General Mason?«

»Zufällig weiß ich«, sagte der General sehr vorsichtig, »daß er nicht vergessen worden ist.«

»Also. Hadley, sind Sie wirklich so dumm anzunehmen, der Junge würde das alles aufs Spiel setzen? Nun, für Bitton war dieses Manuskript sicherlich das Allerwertvollste, was er besaß. Sie haben selbst gesehen, wie sehr er sich daran erfreute. Wenn Driscoll es gestohlen und wenn Bitton auch nur den leisesten Verdacht gegen Driscoll gehegt hätte, wäre der Junge wohl für immer leer ausgegangen. Sie kennen Bittons hitziges Temperament und vor allem seinen Starrsinn. Das hätte er ihm nie verziehen. Ob tot oder lebendig, keinen Penny hätte er mehr von ihm gesehen... Und was hatte Driscoll schon zu gewinnen? Höchstens ein paar Pfund von Arbor. Warum sollte Arbor, ein cleverer Geschäftsmann, einem Dieb Geld für etwas geben, was ihm selbst gehört? Er würde lediglich sein affektiertes Lächeln aufsetzen: ›Tausend Gulden? Komm, du bekommst fünfzig! Ich könnte deinem Onkel natürlich auch erzählen, wo du das Manuskript herhast.‹ – Nein, Hadley. Nie und nimmer hätte Driscoll sich getraut, die Handschrift zu stehlen. Ich sage Ihnen, die Person, die er am meisten fürchtete, war sein Onkel.«

Hadley nickte nachdenklich mit dem Kopf.

»Ja. Ja, das ist wahr«, sagte er. »Zweifellos ist das ein sehr interessanter Vortrag, den Sie da gerade halten. Aber warum betonen Sie gerade diesen Punkt? Warum ist es so wichtig?«

Dr. Fell seufzte. Er wirkte sehr erleichtert.

»Nun, wenn Sie das verstehen, dann sind Sie schon halbwegs auf der richtigen Fährte. Ich ...« Verärgert schaute er zur Tür, als von dort wieder einmal das unvermeidliche Klopfen erklang. »Ich wollte gerade sagen, daß ich mich absolut weigere, heute nachmittag noch einem weiteren Zeugen zuzuhören. Es ist nach sechs, und die Kneipen haben bereits geöffnet. Herein!«

Ein sehr erschöpft wirkender Sergeant Betts trat ein.

»Ich habe bis jetzt mit den anderen Besuchern gesprochen, Sir«, sagte er zu Hadley. »Leider hat es ziemlich lang gedauert. Alle wollten etwas erzählen, und da ich Angst hatte, etwas nicht mitzukriegen, mußte ich ihnen wohl oder übel zuhören. Aber niemand wußte auch nur das Geringste. Alle haben etwa neun Zehntel ihrer Besuchszeit im White Tower verbracht. Es hat recht lange gedauert, das gründlich zu untersuchen. Und keiner von ihnen war zwischen ein Uhr dreißig und zwei Uhr auch nur in der

Nähe vom Traitors' Gate. Sie schienen die Wahrheit zu sagen; deshalb ließ ich sie gehen. War das richtig so, Sir?«

»Ja. Halten Sie die Namen und die Adressen fest – für den Fall, daß Sie sie noch einmal brauchen sollten.« Müde rieb sich Hadley mit der Hand über die Augen. Er zögerte und blickte dann auf die Uhr. »Hmm. Gut, Sergeant, es wird spät; wir machen uns auf den Weg. Ich werde mich um die Gegenstände hier auf dem Tisch kümmern. Ich möchte, daß Sie unterdessen mit Hamper zusammenarbeiten und aus den Wachposten und denen, die Ihnen hier sonst noch über den Weg laufen, alles nur irgendwie Brauchbare herausholen. Verlassen Sie sich auf Ihr eigenes Urteilsvermögen. Wenn Sie etwas herausfinden, setzen Sie sich mit Scotland Yard in Verbindung. Dort wird man wissen, wo ich mich aufhalte.«

Er nahm seinen Mantel und zog ihn langsam über.

»Nun, meine Herren«, sagte General Mason, »im Augenblick scheint es das gewesen zu sein. Ich denke, wir könnten alle einen großen Brandy mit Soda vertragen. Ich kann meinen eigenen nur empfehlen; ich habe auch ein paar ganz leidliche Zigarren. Würden Sie mir die Ehre erweisen und mit mir hoch in meine Wohnung kommen...?«

Hadley zögerte. Wieder schaute er auf seine Uhr; dann schüttelte er den Kopf.

»Danke, General. Das ist nett von Ihnen, aber es geht leider nicht. Ich muß zurück zum Yard. Der ganze verdammte Routinekram wartet auf mich; ich bin schon viel zu lange weg. Ich sollte mich mit diesem Fall eigentlich gar nicht befassen.« Er legte die Stirn in Falten. »Außerdem, denke ich, ist es besser, wenn keiner von uns mit hochkommt. Sir William wird dort auf Sie warten, General. Sie kennen ihn am besten, und Sie sollten ihm besser alles erzählen – über Arbor, verstehen Sie?«

»Hm! Ich muß zugeben, daß ich das nicht gerne mache.« Der General fühlte sich bei dem Gedanken daran sichtlich unbehaglich. »Aber ich glaube, Sie haben recht.«

»Richten Sie ihm bitte aus, daß wir ihm voraussichtlich heute abend einen Besuch abstatten werden und daß er dafür sorgen soll, daß alle zu Hause sind. Ach ja, die Zeitungen. Es werden bald Reporter hier sein, wenn sie nicht schon draußen zurückgehalten werden müssen. Sagen Sie um Himmels willen kein Wort. Sagen Sie nur: ›Zum gegenwärtigen Zeitpunkt habe ich keine Erklärung abzugeben‹. Verweisen Sie auf Sergeant Hamper. Er wird ihnen nur das erzählen, was wir publik machen wollen; er ist ein alter Hase. Wir werden sehen – im Moment ... möchte ich erst mal selbst eine Zeitung haben.«

Er hatte bereits begonnen, die Gegenstände, die sich in Driscolls Taschen befunden hatten, einzusammeln. Rampole reichte ihm eine alte Zeitung, die oben auf einem Bücherregal lag; er wickelte den Armbrustpfeil darin ein und verstaute das Ganze in der Brusttasche seines Mantels.

»Sie haben recht«, sagte der General. »Aber zumindest einen Abschiedstrunk müssen Sie noch nehmen, bevor Sie gehen.« Er ging zur Tür und gab einen kurzen Befehl. In bemerkenswert kurzer Zeit erschien der stoisch ruhige Parker mit einem Tablett, auf dem eine Flasche Whisky, ein Siphon und vier Gläser standen.

»Nun, das war vielleicht ein Nachmittag«, fuhr Mason fort und beobachtete dabei Parker, wie dieser die Getränke mit dem Sodawasser aufschäumte. »Man könnte das Ganze ja schon fast als unterhaltsam bezeichnen, wenn da nicht der arme Bitton wäre und wenn diese unerfreuliche Angelegenheit nicht so verdammt nah vor der eigenen Tür passiert wäre. Aber ich muß zugeben, daß ich daraus nicht klug werde.«

»Sie würden es nicht unterhaltsam nennen, wenn Sie meinen Job hätten«, stellte Hadley etwas verstimmt fest. »Und doch – ich weiß nicht.« Unter seinem gestutzten Schnurrbart sah man ein verzerrtes Lächeln. Er nahm ein Glas und starrte hinein.

»Ich bin nun bereits dreißig Jahre in dem Geschäft, General. Und noch immer kann ich nichts dagegen machen, daß mein Puls schneller schlägt, wenn ich sehe: ›Scotland Yard wird zu dem Fall hinzugezogen‹. Was macht die Magie an diesem verdammten Namen aus? Ich weiß es nicht. Ich bin ein Teil davon. Manchmal *bin ich es.* Aber ich bin immer noch so fasziniert davon wie so ein alter naiver Quatschkopf namens Dr. Fell.«

»Allerdings dachte ich immer, Sie seien strikt gegen Amateure«, sagte der General. »Danke, Parker. Natürlich kann man den Doktor wohl kaum einen Amateur nennen, aber...«

Hadley schüttelte den Kopf. »Ich sagte heute schon einmal, daß ich nicht so ein Dummkopf bin. Sir Basil Thomson, einer der größten Männer, die je bei Scotland Yard waren, pflegte immer zu sagen, daß ein Detektiv alles ein wenig und nichts richtig beherrschen muß. Das einzige, was ich in bezug auf den Doktor bedauere, ist, daß er sich ganz bewußt die Detektive der Sensationsromane zum Vorbild nimmt, die er förmlich verschlingt. Seine Art zu schweigen, sein rätselhaftes ›Ahaa!‹, seine...«

»Vielen Dank«, brummte Dr. Fell bissig. Er hatte sich seinen Umhang übergeworfen und den großen Schlapphut aufgesetzt. So stand er da, eine riesenhafte und massige Gestalt, aufgestützt auf zwei Spazierstöcke. Streitlust glühte in seinem Gesicht. Schwerfällig stapfte er in Richtung Tür und nahm das Glas, das Parker ihm kredenzte. »Hadley, das ist ein alter Vorwurf«, sagte er. »Ein alter Vorwurf, ein abgenutzter Gemeinplatz und eine grundlose Beschimpfung gegenüber einer vortrefflichen Literaturgattung. Das muß aufs Schärfste zurückgewiesen werden. Sie sagen, der Detektiv im Roman sei geheimnisvoll und durch und durch verschwiegen. In Ordnung; aber so ist es doch auch im wirklichen Leben. Was ist denn mit dem echten Detektiv? Er *ist* doch derjenige, der geheimnisvoll dreinschaut, ›Aha!‹ sagt und jedermann versichert, daß es innerhalb der nächsten vierundzwanzig Stunden eine Festnahme geben wird. Aber trotz dieser Behauptung geht er nicht so weit wie der Detektiv im Roman. Er blickt dem Steuerzahler nicht finster ins Gesicht und sagt: ›Die Lösung dieses Mordfalls, Sir, hängt von einer Mandoline, einem Kinderwagen und einem Paar Bettsocken ab‹ und schickt diesen dann mit dem Gefühl fort, die Polizei wäre wirklich dazu in der Lage. Das tut er nicht; denn er kann es nicht. Aber er wäre schon gerne ein Genie und würde das auch gerne sagen, wenn er könnte. Wer würde das schließlich nicht wollen? *Sie* etwa? Anders ausgedrückt: Er benutzt die gleichen Phrasen, ob er nun die dazu erforderlichen Kenntnisse besitzt oder nicht. Aber da er – genau wie der Detektiv im Roman – vernünftig ist, sagt er nicht, was er denkt. Der Grund ist ebenso exzellent wie banal: Er könnte vielleicht nicht recht haben.«

»Nun gut«, sagte Hadley resignierend. »Wenn Sie das meinen. Nun, auf Ihr Wohl, Gentlemen...!« Er leerte sein Glas und stellte es ab. »Ich nehme an, Doktor, daß das der Auftakt zu einer Ihrer geheimnisvollen Voraussagen war?«

Dr. Fell war gerade dabei, sein Glas zu heben; nun hielt er inne und blickte finster drein.

»Ich hatte das nicht vorgehabt«, erwiderte er. »Tatsächlich *werde* ich Ihnen aber drei Hinweise in bezug auf das, was mir durch den Kopf geht, geben. Ich werde sie jetzt nicht näher erläutern« – er blickte grimmig, als er Hadleys Grinsen sah –, »weil ich ja falsch liegen könnte. Ha!«

»Das dachte ich mir. Nun, Nummer eins?«

»Nummer eins ist folgendes. Es gab eine kleine Kontroverse um die genaue Todeszeit. Der Zeitraum, auf den wir uns dabei beschränken können, liegt zwischen ein Uhr dreißig, als Driscoll von Parker gesehen wurde, wie er sich am Geländer vor Traitors' Gate eine Zigarette anzündete, und zehn vor zwei, dem Zeitpunkt, an dem er laut Aussage von Dr. Watson gestorben ist. Mr. Arbor, der um ein Uhr fünfunddreißig dort vorbeikam, war sich sicher, daß sich niemand in der Nähe des Geländers befand.«

»Ich sehe nicht, was wir daraus folgern können«, sagte General Mason nach einer Weile, »außer, daß Arbor vielleicht gelogen hat. Was ist Ihr zweiter Hinweis?«

Dr. Fell wurde schon etwas freundlicher. Er spielte mit seinem Glas.

»Der zweite Hinweis betrifft diesen Armbrustpfeil«, antwortete er. »Wie Sie sahen, hatte man ihn als tödliche Waffe zurechtgefeilt. Nun gehen Sie – selbstverständlich – davon aus, daß diese Arbeit von dem Mörder getan wurde. Wir haben auch bemerkt, daß diese Person begonnen hatte, die Worte *Souvenir de Carcassonne* wegzufeilen, daß aber nur drei Buchstaben sauber entfernt wurden und die Arbeit dann eingestellt wurde... *Warum wurden die anderen Buchstaben nicht entfernt?* Nachdem wir die Leiche gefunden hatten, mußten wir natürlich zwangsläufig von dem Pfeil erfahren, den Mrs. Bitton in Carcassonne gekauft hatte – und, da das Opfer Driscoll war, wäre es wohl zu absurd gewesen, eine bloß zufällige Übereinstimmung anzunehmen. Ich wiederhole noch einmal: Warum wurden die anderen Buchstaben nicht getilgt?«

»Ja«, sagte Hadley, »über diesen Punkt hatte ich auch schon nachgedacht. Ich hoffe, Sie wissen bereits eine Antwort darauf. Ich jedenfalls nicht. Und der dritte Hinweis?«

Zu diesem Zeitpunkt gluckste Dr. Fell bereits wieder vor sich hin, wobei das schwarze Band, an dem sein Kneifer hing, wakkelte. »Der dritte Hinweis«, sagte er, »ist ganz kurz. Es ist eine ganz einfache Frage. *Warum paßte Sir William sein eigener Hut?«*

Er neigte sich weit mit dem Kopf nach hinten, kippte seinen Drink herunter, blickte noch einmal milde um sich, stieß die Tür auf und bahnte sich den Weg nach draußen in den Nebel.

## Kapitel 10

## Ein Blick im Spiegel

Die große Uhr am Turm von Westminster schlug halb neun. Dorothy war nicht im Hotel gewesen, als Rampole und der Doktor bei ihrer Rückkehr vom Tower dort ankamen. An der Rezeption lag eine Notiz für Rampole, die ihn darüber informierte, daß eine Sylvia Sowieso, die mit ihr zur Schule gegangen war, sie zu einem Treffen mit anderen alten Freundinnen zu sich nach Hause eingeladen hatte. Weiter teilte sie ihm mit, daß sie – aufgrund früherer Erfahrungen mit der leidenschaftlichen Abneigung ihres Mannes gegen solche netten Abende – ihre Freundinnen davon in Kenntnis gesetzt hat, daß er mit einem heftigen Anfall von Delirium tremens im Krankenhaus liege. »Sie werden mir ihr aufrichtiges Beileid bezeigen«, hieß es weiter. »Macht es dir etwas aus, wenn ich ihnen erzähle, wie du mit Tellern nach der Katze wirfst und jeden Abend durch die Kohlenrutsche ins Haus kommst?« Weiter teilte sie ihm mit, er solle Dr. Fell liebe Grüße ausrichten; und er solle nicht vergessen, ein Namensschild seines Hotels auf das Revers seines Mantels zu stecken, damit der Taxifahrer in der Nacht wüßte, wo er ihn abzuliefern hätte. Selbst noch nach mehr als sechs Monaten Ehe schloß sie ihre Notiz mit gewissen Erklärungen, die dazu führten, daß Rampoles Brust gewaltig anschwoll. Das, so dachte er, war eine *Ehefrau.* Er und der Doktor speisten in einem kleinen französischen Restaurant in der Wardour Street zu Abend. Hadley, der unverzüglich zu Scotland Yard gefahren war, nachdem sie den Tower verlassen hatten, hatte versprochen, sie dort zu treffen, um mit ihnen noch am gleichen Abend Bitton einen Besuch abzustatten. Dr. Fell liebte es, in französischen Restaurants zu speisen – oder irgendwo sonst, um präzise zu sein. Er verschanzte sich hinter einem Wall von dampfenden Schüsseln und einem stattlichen Aufgebot an Weinflaschen; aber während des ganzen Essens weigerte er sich beharrlich, über das Verbrechen zu reden.

Die verschiedenen Abenteuer, von denen er am Nachmittag gesprochen hatte, waren selbst für den jungen Rampole, der ihn doch so gut kannte, eine Überraschung. Er erinnerte sich an das kleine Haus in der verschlafenen Landschaft von Lincolnshire. Er erinnerte sich an Dr. Fell, wie er in seinem kleinen Arbeitszimmer, wo drei Wände nur aus Büchern bestanden, seine Pfeife rauchte oder wie er unter einem breitkrempigen weißen Hut in seinem Garten herumwerkelte. Die Sonnenuhr, die Vogelhäuser, die Rasenflächen voll von weißen Blumen, in der Nachmittagssonne vor sich hin zu dösen – dies alles war ihm als Dr. Fells Reich erschienen. Worte wie ›Cripps, der Giftmörder von Notting Hill‹ oder ›dieser Knabe mit dem Spiegel in seiner Uhr‹ oder die Geschichten über die alten Tage und die schweren Geschütze, die ihm am Nachmittag so beiläufig über die Lippen gekommen waren, paßten da einfach nicht rein. Aber Rampole erinnerte sich auch noch ganz genau daran, wie einmal ein Telegramm mit fünf Worten mehrere unauffällige, bewaffnete Männer von Scotland Yard herbeigerufen hatte, um auf Fells Geheiß hin in Aktion zu treten.

Aber an diesem Abend wollte der Doktor nicht über Verbrechen reden. Bei jedem anderen Thema war es jedoch unmöglich, ihn zu stoppen. Nacheinander sprach er über den dritten Kreuzzug, den Ursprung der Knallbonbons, Sir Richard Steele, Karussells – auf denen er leidenschaftlich gerne fuhr –, Beowulf, Buddhismus, Thomas Henry Huxley und Greta Garbo. Es wurde halb neun, bevor sie mit dem Essen fertigwaren. Rampole, der sich auf angenehme Weise träge und vom Wein erwärmt fühlte, hatte sich gerade zurückgelehnt, um sich eine Zigarre anzuzünden, als Hadley eintraf. Der Chief Inspector war unruhig und schien besorgt zu sein. Er legte seine Aktentasche auf den Tisch und zog einen Stuhl heran, ohne seinen Mantel abzulegen.

»Ich werde Ihnen mit einem Sandwich und einem Whisky Gesellschaft leisten«, entgegnete er auf Dr. Fells Einladung. »Wenn ich jetzt darüber nachdenke, habe ich das Abendessen doch glatt vergessen. Aber wir dürfen keine Zeit vergeuden.«

Der Doktor sah ihn über die Flamme seines Streichholzes, mit dem er seine Zigarre anzünden wollte, hinweg an.

»Neue Entwicklungen?«

»Schwerwiegende, fürchte ich. Zumindest sind zwei unvorhergesehene Dinge passiert. Auf eine Sache kann ich mir absolut keinen Reim machen.« Er fing an, in seiner Aktentasche herumzuwühlen, und zog einige Papiere heraus. »Zunächst einmal ist heute nachmittag jemand etwa gegen Viertel vor fünf in Driscolls Wohnung eingebrochen.«

»Eingebrochen in ...«

»Ja. Hier sind ganz kurz die Fakten. Sie wissen noch, als wir diese Larkin befragten, gab ich den Befehl, sie beschatten zu lassen. Zum Glück setzte Hamper einen ausgezeichneten Mann auf sie an; ein Zivilbeamter, neuer Mann, dessen einziges Talent exakt in dieser Kunst zu bestehen scheint. Er heftete sich an Larkins Fersen, sobald sie durch das Tor war. Sie spazierte geradewegs Tower Hill hinauf – ohne zu zögern oder sich umzusehen. Wahrscheinlich wußte sie, daß man ihr folgen würde; auf jeden Fall machte sie keinen Versuch, diesen Mann – wie heißt er doch gleich, Somers, ja – abzuhängen.

Oben auf dem Tower Hill ging sie hinunter in die Mark-Lane-U-Bahn-Station. Am Fahrkartenschalter stand eine Schlange, und Somers konnte nicht nahe genug an sie herankommen, um zu hören, bis zu welcher Haltestelle sie fahren wollte. Aber Somers hatte so eine Ahnung. Er nahm eine Fahrkarte bis Russell Square, der Haltestelle, die ihrer Wohnung am nächsten liegt. Sie stieg am King's Cross um, und da wußte er, daß er richtig lag. An der Haltestelle Russell Square in der Bernard Street stieg er hinter ihr aus und folgte ihr über den Wolburn Place hinunter zum Tavistock Square.

Immer noch ohne sich umzusehen, betrat sie durch den dritten Eingang die Tavistock Chambers. Somers spazierte wie ein Idiot geradewegs hinter ihr her. Aber es war unser Glück, daß er das tat.

Er beschreibt diesen Eingang als ziemlich eng, durch eine Tür mit Glasscheibe im Hintergrund nur schwach beleuchtet und mit einem automatischen Aufzug in der Mitte. Die Eingangstüren zu den beiden Wohnungen im Erdgeschoß liegen sich gegenüber. Er hatte gesehen, wie sie die Tür zu der Wohnung Nr. 1 hinter sich geschlossen hatte. In dem Moment, in dem sie eintrat, war eine Frau aus der Tür von Nr. 2 geschlüpft, am Aufzug vorbei einige Stufen hinuntergesaust und durch die Glastür am hinteren Ende hinausgestürzt.«

»Wieder die Frau, eh?« sagte Dr. Fell und stieß in aller Ruhe Rauch aus. »Hat er einen Blick auf sie werfen können?«

»Moment. Nichts Genaues, verstehen Sie. Das Licht war nicht eingeschaltet, und wegen des Nebels, der Dunkelheit in der Eingangshalle und ihres plötzlichen Sprints kann er nur mit Sicherheit sagen, daß es sich um eine Frau handelte. Natürlich konnte er nicht wissen, ob irgend etwas nicht in Ordnung war. Aber vorsichtshalber trat er näher und sah sich die Tür an, und dann war er sich sicher.

Das Türschloß war mit einem spitzen Gegenstand aus dem Pfosten herausgebrochen worden. Eventuell ein Meißel oder ein schwerer Schraubenzieher! Somers rannte in die Richtung, in die sie verschwunden war. Die Glastür ging auf einen großen gepflasterten Hof hinaus, von dem aus ein Fahrweg auf die Straße hinausführte. Natürlich war die Frau weg. Also ging Somers wieder ins Haus. Nun wußte er zu diesem Zeitpunkt noch nicht, daß Driscoll dort gewohnt hatte; aufgrund seiner Instruktionen wußte er nur von dieser Larkin. Er zündete ein Streichholz an, um sich das Namensschild an der Tür anzusehen, und war dann in Windeseile drinnen.

In der Wohnung herrschte ein wildes Durcheinander; jemand hatte offenbar nach etwas gesucht. Aber darauf komme ich gleich noch zurück. Somers ging den Pförtner suchen und hatte verdammt lange damit zu tun, ihn zu finden. Der Pförtner ist ein alter Mann, fast taub; er war ziemlich mitgenommen, als Somers ihm zu verstehen gab, was passiert war. Er sagte, er hätte sich seit mehreren Stunden in seinem Zimmer aufgehalten und nichts gehört. Die einzige Person, die er an diesem Nachmittag gesehen habe, sei ein junger Mann gewesen, der schon häufig dort gewesen sei und einen Schlüssel besitze. Er wußte, daß *der* dort keinen Einbruch verübt habe, weil er ihn traf, als er gerade aus der Tür kam, und ihn dann bis zum Auto begleitete; er war sich sicher, daß zu diesem Zeitpunkt alles in Ordnung war. Somers erklärte ihm, daß er eine Frau meine, die kurz zuvor dort gewesen sei; und der Pförtner weigerte sich, ihm das zu glauben.«

Dr. Fell zeichnete mit einer Gabel Muster auf die Tischdecke.

»Ist etwas aus der Wohnung gestohlen worden?« fragte er.

»Das können wir noch nicht sagen. Ich habe die Wohnung noch nicht gesehen, aber einer meiner besten Männer ist jetzt dort. Somers Bericht nach ist der Schreibtisch aufgebrochen, jede Schublade durchwühlt und der größte Teil von Driscolls Papieren auf dem Boden verstreut worden.«

»Auf der Suche nach irgendeinem Brief oder Schriftstück?«

»Offensichtlich. Und ich denke, wir haben nun eine Erklärung für ›Mary‹.«

»Das dachte ich mir schon fast«, sagte der Doktor. »Nun?«

»Im Arbeitszimmer fiel Somers eine Sache sofort ins Auge, weil sie so deplaziert zu sein schien. Es war so eine typische Junggesellenbude: Jagddrucke, Ledersessel, ein oder zwei silberne Pokale, Bilder von Sportvereinen und solche Dinge. Aber auf dem Kaminsims standen zwei Gipsfiguren auf Sockeln, mit leuchtenden Farben bemalt – ein Mann und eine Frau. Sie trugen das, was Somers als ›altertümliche Kleidung wie die bei Madame Tussaud‹ bezeichnete, und sie hatten die Aufschrift . . .«

Dr. Fell zog die Augenbrauen hoch und brummte. »Ich verstehe. Philipp II. und Mary Tudor. Leider ein ziemlich unglückliches Beispiel einer Romanze. Hm. Sie haben sie möglicherweise bei einem gemeinsamen Ausflug gekauft und sie aus sentimentalen Gründen behalten. Nun – wer war die Frau?«

Der Kellner brachte Hadley ein Schinkensandwich und einen starken Whisky mit Soda. Er nahm einen Schluck, bevor er antwortete.

»Das ist ziemlich eindeutig – aufgrund unserer Überlegungen von heute nachmittag, nicht wahr?« stellte er fest. »Es muß jemand sein, der schon über den Mord Bescheid wußte. Es war ihr klar, daß nun, wo Driscoll tot war, seine Unterlagen überprüft würden. Und wenn es irgendwelche Briefe gab, die *sie* belasten könnten. . .?«

»Kurz gesagt, Sie meinen Mrs. Bitton«, sagte Dr. Fell. »Nein, ich habe nicht den geringsten Zweifel, daß Sie da richtig liegen. Überlegen wir einmal. Wir haben sie befragt, bevor wir die Larkin befragten, nicht wahr? Und dann haben wir sie gehen lassen.

Ja. Und denken Sie jetzt noch mal zurück! Können Sie sich noch daran erinnern, was passierte, als Mrs. Bitton gerade gehen wollte. . .? Ah, Rampole – *Sie* erinnern sich daran, wie ich sehe. Sie haben es bemerkt?«

Der Amerikaner nickte. »Nur für einen kurzen Moment; ein Ausdruck von wirklich panischer Furcht. Sie schien sich an etwas zu erinnern.«

»Und wissen Sie noch, was General Mason gerade gesagt hatte? Ich sah den Ausdruck auf ihrem Gesicht, und ich versuchte, mir einen Reim darauf zu machen; aber jetzt verstehe ich. General Mason hatte Sir William dazu gedrängt, hinauf in seine Wohnung zu gehen und sich auszuruhen. Er sagte: ›Das Devereux-Dokument ist in der Mappe auf meinem Schreibtisch.‹ Damit hatte er ihr dramatisch vor Augen geführt, daß der erdrükkende Beweis möglicherweise in Driscolls Schreibtisch nur darauf wartete, von der Polizei entdeckt zu werden. Wahrscheinlich hat sie sich erst ›Mary‹ genannt, seitdem er vermutete, daß sie überwacht wurde.«

»Aber hätte sie genug Zeit gehabt, zu Driscolls Wohnung zu fahren und das Chaos zu verursachen?« fragte Rampole. »Wir haben nicht sehr lang mit Mrs. Larkin gesprochen. Und dann ging Sir William hinaus, um Mrs. Bitton ein Taxi zu besorgen. . .«

»Das sie oben am Tower Hill wegschickte, um die U-Bahn zu nehmen. Sie hätte in weniger als fünfzehn Minuten von Mark Lane nach King's Cross gelangen können; sie hätte sich sogar das Risiko eines Zeitverlustes beim Umsteigen ersparen können, wenn sie am King's Cross ausgestiegen und zu Fuß zum Tavistock Square gegangen wäre. Oh, ja. Das Taxi wäre viel zu langsam gewesen. . . Und was das Hineinkommen in die Wohnung anbetrifft, so muß man Mrs. Bitton nur ansehen, um zu wissen, daß sie ohne Schwierigkeit eine sehr viel stärkere Tür hätte aufbrechen können. Der taube Pförtner wäre nicht in der Lage gewesen, irgendein Geräusch zu hören, und die einzige andere Person, die sie hätte entdecken können, war Mrs. Larkin – von der sie wußte, daß sie im Tower festgehalten wurde.«

»Das ist zum Haareraufen«, sagte Dr. Fell. »Das ist wirklich zum Haareraufen. *Hah*!« Er stützte seinen großen Kopf in seine Hände. »Das ist schlecht, Hadley. Und was mir gar nicht gefällt, ist dieser Symbolismus.«

»Symbolismus?«

»Ich spreche von diesen zwei Gipsfiguren, die Sie beschrieben haben. Weiß der Teufel, vielleicht haben sie sie beim Ballwerfen nach Flaschen auf einer Landkirmes gewonnen. Aber es ist eine merkwürdige und beunruhigende Sache, daß die Frau mindestens einen Brief mit ›Mary‹ unterschrieben hat. Nehmen wir einmal an, Sie und Ihre Geliebte besitzen zwei Porzellanfiguren, in denen Sie gerne eine Analogie zu Ihrer eigenen Liebe sehen möchten. Auf einer von ihnen steht ›Abelard‹, auf der anderen ›Heloise‹. Sie werden sehr wahrscheinlich nachschlagen, um wen es sich bei Heloise und Abelard handelt, oder? Es sei denn, Sie wissen es schon. Und ich sage Ihnen, Hadley, dieses viel zu aufgesetzte, idiotische Geschwafel dieser Bitton über die hingerichtete Königin Elisabeth hat mir überhaupt nicht gefallen. Das paßte nicht zu ihr.«

»Worauf wollen Sie hinaus?«

»*Wenn* diese beiden Figuren tatsächlich einen Symbolgehalt haben«, sagte der Doktor, »müssen wir uns zwei Dinge über Königin Mary Tudor von England und ihren Ehemann, König Philipp II. von Spanien, vor Augen führen. Das eine ist, daß Mary ihr ganzes Leben lang leidenschaftlich in Philipp verliebt war, eine Leidenschaft, die fast genau so stark war wie ihr Glaube – während Philipp niemals auch nur im geringsten an ihr interessiert war. Und das zweite, an das wir uns erinnern müssen, ist...«

»Was?«

»...daß man sie ›Bloody Mary‹ nannte«, sagte Dr. Fell.

Lange Zeit sprach niemand. Das kleine Restaurant, nun von den meisten Gästen verlassen, antwortete auf diese Anspielung mit dem Ticken einer Uhr. In Rampoles Glas befand sich noch ein kleiner Rest, den er hastig trank.

»Was auch immer *das* bedeuten mag«, sagte Hadley schließlich verbissen, »ich werde jetzt zu der zweiten Sache kommen, die vorgefallen ist, seitdem ich Sie im Tower gesehen habe. Und das ist eine wirklich beunruhigende Angelegenheit. Es geht um Arbor.«

Dr. Fell schlug mit der Faust auf den Tisch. »Machen Sie schon!« sagte er. »Gütiger Gott. Ich hätte es wissen sollen ... das bringt Licht in die Sache. Fahren Sie fort, Hadley.«

»Er ist in Golder's Green. Hören Sie zu:

Man hat uns nichts davon gesagt, als wir den Tower verließen, aber Sergeant Hamper hat es herausgefunden und mich angerufen. Ich bin gerade damit fertiggeworden, auch noch den Rest herauszufinden. Als Arbor von uns wegging, kann es nicht viel später als zwanzig nach sechs gewesen sein. Wissen Sie noch, wie wir alle auf unsere Uhren geschaut haben, um uns zu vergewissern, daß Arbor sich nicht in der Zeit geirrt hatte? Es war Viertel nach sechs, und kurz danach verließ Arbor uns.

Nun, mittlerweile war schon bis zum ersten Tower, den man gleich zu Anfang betritt – das verwirrt mich immer wieder, weil er Middle Tower genannt wird –, der Befehl überbracht worden, ihn durchzulassen. Er hatte uns, wie Sie sich vielleicht erinnern, erzählt, daß er mit einem Taxi vorgefahren sei; er habe dem Taxifahrer aufgetragen, dort zu warten und habe dann nicht wieder dorthin zurückkehren können. Nachdem eine geraume Zeit vergangen war, dachte sich der Fahrer, daß etwas nicht in Ordnung wäre und kam hinunter zum Middle Tower, um der Sache nachzugehen. Die Spur Guard stellte sich ihm in den Weg, und der diensthabende Wachposten erzählte ihm etwas über einen Unfall. Anscheinend hatte der Fahrer die beglückende Vision eines ewig tickenden Zählers. Er ließ sich dort nieder und wartete. Er wartete, stellen Sie sich das vor, über drei Stunden lang. So sind die Londoner Taxifahrer.«

Hadley hatte sein Sandwich aufgegessen, bestellte noch einen Whisky und zündete sich eine Zigarette an.

»Dann kam Arbor vom Byward Tower, wo wir uns aufhielten, raus und begann, den Damm zwischen Byward und Middle Tower entlangzugehen. Es war nun dunkel und immer noch nebelig. Aber es gibt eine Gaslaterne auf der Brüstung der Brücke. Der Taxifahrer und die diensthabende Wache am Middle Tower sahen zufällig den Damm hinunter und bemerkten Arbor, der sich gegen den Lampenpfosten stützte, als würde er gleich zusammenbrechen. Dann richtete er sich auf und stolperte weiter.

Sie dachten, er wäre betrunken. Aber als er bei ihnen ankam, war sein Gesicht bleich und voller Schweiß, und er konnte kaum sprechen. Zweifelsohne wieder ein Anfall, wie wir ihn schon erlebt haben, aber diesmal sehr viel schlimmer, weil ihn etwas noch mehr erschreckt haben muß. Der Taxifahrer brachte ihn in den Erfrischungsraum, und er trank ein halbes Wasserglas unverdünnten Brandy. Er schien sich ein wenig besser zu fühlen, und er gab dem Fahrer den Auftrag, ihn zu Sir Williams Haus am Berkeley Square zu bringen.

Als er dort ankam, wies er den Fahrer erneut an zu warten. Er sagte, er wolle seine Sachen packen und dann zu einer Adresse in Golder's Green fahren. Dagegen protestierte der Fahrer wortreich. Er hatte über drei Stunden lang gewartet, auf dem Taxometer wurde bereits eine enorme Summe angezeigt, und er hatte vom Geld seines Fahrgastes noch nichts zu sehen bekommen: Außerdem lag Golder's Green ein ganzes Stück außerhalb der Stadt. Arbor drückte ihm daraufhin eine Fünfpfundnote in die Hand und erklärte, er würde eine weitere erhalten, wenn er seinen Anweisungen nachkäme.

Dem Taxifahrer drängte sich natürlich der Verdacht auf, daß irgend etwas an der Sache faul war. Während der ganzen Zeit, die er am Middle Tower verbracht hatte, hatte der Wachposten nur einige Andeutungen über den eigentlichen Stand der Ermittlungen fallen lassen. Arbor hielt sich nicht lange im Haus auf und kam mit einem Koffer in der Hand und mehreren Mänteln über seinem Arm wieder heraus. Auf der Fahrt nach Golder's Green fühlte sich der Fahrer zunehmend unwohl.«

Hadley hielt inne und drehte, so als wollte er sein Gedächtnis auffrischen, ein Blatt Papier um, das er aus seiner Aktentasche genommen hatte. Er sprach weiter, während seine Augen noch immer die mit Schreibmaschine geschriebenen Zeilen überflogen.

»Ist Ihnen schon einmal aufgefallen, daß selbst die verschwiegendsten Leute ganz offen zu Taxifahrern sprechen? Sie reden nicht nur, sondern sie werden regelrecht geschwätzig. Ich weiß nicht, warum das so ist. Vielleicht, weil sich ein Taxifahrer nie über etwas wundert. Wenn ich in England ein System von Spitzeln aufbauen wollte, würde ich sie nicht als *Concierges* tarnen, wie sie es in Frankreich tun; ich würde sie Taxi fahren lassen... Aber das ist jetzt nicht so wichtig. Machen wir weiter.«

Er dachte nach und schlug leicht auf die Papiere in seiner Hand.

»Nun, ich hätte sicherlich nie etwas davon erfahren, wenn es nur um das gegangen wäre, was dieser Fahrer über den Mord wußte, oder um Arbors wirklich bemerkenswertes Gerede im Taxi. Aber der Taxifahrer hatte Angst, in einen Mordfall hineingezogen zu werden. Nachdem er also Arbor nach Golder's Green gefahren hatte, kam er direkt zurück und fuhr zu Scotland Yard. Glücklicherweise geriet er an die richtige Stelle, und man schickte ihn zu mir. Er ist ein typischer Vertreter seines Gewerbes: beherzt, geduldig, ziemlich mürrisch, mit einem roten Gesicht, einem großen grauen Schnurrbart und einer rauhen Stimme. Aber wie die meisten Cockneys hatte er ein Talent für Beschreibungen, und er konnte Leute überaus anschaulich nachahmen. Er hockte auf der Kante eines Stuhles in meinem Büro, drehte seine Mütze in seinen Händen und imitierte Arbor völlig überzeugend. Man sah Arbor förmlich vor sich, nervös und *›über-würdevoll‹* – wie er seine Augengläser bei jedem Ruck des Taxis festhielt und sich alle zwei Minuten nach vorne neigte, um eine Frage zu stellen.

Zuerst fragte Arbor ihn, ob er einen Revolver bei sich trage. Der Taxifahrer sagte ›Ho!‹ und lachte nur darüber. Aber er könne doch wohl bei einem Streit ganz schön unangenehm werden, hakte Arbor nach. Der Fahrer antwortete, er könne sich schon zur Wehr setzen. Als nächstes wollte Arbor dann wissen, ob sie verfolgt würden; anschließend erzählte er, daß er nicht im Telefonbuch stände und daß er ein kleines Haus in Golder's Green besäße, von dem niemand etwas wisse, außer einigen Freunden in der näheren Umgebung. Er spielte immer wieder darauf an, daß es in London nicht so viele Kriminelle gäbe wie in New York. Aber an was sich der Fahrer besonders deutlich erinnerte, war Arbors permanente Erwähnung ›einer Stimme‹.«

»Einer Stimme?« wiederholte Dr. Fell. »Wessen Stimme?«

»Das hat Arbor nicht gesagt. Aber er fragte, ob Telefonanrufe zurückverfolgt werden könnten; das war das einzige, was er definitiv in diesem Zusammenhang erwähnte. Nun, sie erreichten das Haus in einem der Außenbezirke. Aber Arbor sagte, er wolle nicht direkt hineingehen – das Haus sei seit Monaten nicht bewohnt. Er wies den Fahrer an, ihn vor einer nahegelegenen Villa abzusetzen, die hell erleuchtet war. Der Fahrer schrieb sich den Namen auf. Sie hieß ›Briarbrae‹.«

»Seine Freunde, nehme ich an. Hm.«

»Ja. Wir haben das später überprüft. Sie gehört einem Mr. Daniel Spengler. Nun, das wäre alles. Was soll man damit anfangen?«

»Das sieht schlecht aus, Hadley. Dieser Mann könnte ernsthaft in Gefahr sein. Ich persönlich glaube nicht, daß er das ist, aber es besteht immerhin die Möglichkeit...«

»*Das* brauchen Sie mir wirklich nicht zu erzählen«, antwortete der Chief Inspector gereizt. »Wenn diese verdammten Idioten doch nur zu *uns* kämen, wenn sie in Schwierigkeiten geraten! Dafür sind wir schließlich da. Aber das tun sie nicht. Wenn er wirklich in Gefahr ist, hat er das Dümmste gemacht, was er machen konnte. Anstatt in ein Hotel zu gehen, wie er das angeblich vorhatte, denkt er jetzt wohl, er hätte sich einen Ort ausgesucht, wo ihn niemand finden kann. Statt dessen wählt er einen Platz, der perfekt geschaffen ist für – nun, für einen Mord.«

»Was haben Sie unternommen?«

»Ich habe sofort einen guten Mann hingeschickt, der das Haus beobachten und Scotland Yard alle halbe Stunde anrufen soll.

Aber in welcher Gefahr befindet er sich eigentlich? Glauben Sie, er weiß etwas über den Mord, und der Mörder weiß, daß er etwas weiß?«

Einen Augenblick lang zog Dr. Fell wütend an seiner Zigarre. Dann sagte er:

»Das alles wird viel zu gefährlich, Hadley. Ganz entschieden. Wissen Sie, ich habe mich bisher auf meine Überzeugung verlassen, daß ich wüßte, wie das alles passiert ist. Ich habe Ihnen heute nachmittag gesagt, daß jeder gerne einmal das ›Superhirn‹ spielt. Und ich konnte es mir erlauben zu kichern, weil so vieles daran wirklich witzig ist...«

*»Witzig!«*

»Ja. Ironischerweise – unglaublich witzig. Es ist wie eine Posse, in der plötzlich alle verrückt spielen. Es ist, als würde man jemandem im zweiten Akt von ›Charleys Tante‹ auf einmal die Kehle durchschneiden... Erinnern Sie sich an Mark Twains Beschreibung seiner Erfahrungen, als er Fahrrad fahren lernte?«

»Ich habe absolut keine Lust«, sagte Hadley, während er die Papiere zurück in seine Aktentasche stopfte, »mir irgendeinen Vortrag anzuhören, wenn...«

»Das ist kein Vortrag. Hören Sie doch erst mal zu«, forderte ihn Dr. Fell ungewöhnlich ernst auf. »Er schrieb, daß er immer genau das machte, was er nicht wollte. Er wollte es vermeiden, über Steine zu fahren und runterzufallen. Aber selbst wenn er eine zweihundert Meter breite Straße hinuntergefahren wäre und irgendwo auf dieser Straße hätte auch nur ein kleines Steinchen gelegen, wäre er unvermeidlich genau darübergerollt. Nun, hier besteht eine große Parallele zu diesem Fall.

Und ich kann meine Einstellung nicht länger aufrechterhalten«, sagte der Doktor mit wiedergewonnener Energie. »Ich muß den Unsinn und die rein zufälligen Ereignisse von den wirklich unangenehmen Seiten der Angelegenheit trennen. Der reine Zufall setzte die Sache in Bewegung, und der Mord schloß sie nur ab; das ist es, was *ich* denke. Ich muß Ihnen die absurde Seite des Ganzen vor Augen führen, und dann können Sie beurteilen, ob ich recht habe. Aber vorher gibt es zwei Dinge, die erledigt werden müssen.«

»Welche?«

»Können Sie sich mit dem Mann, der vor Arbors Haus Wache schiebt, in Verbindung setzen?« fragte der Doktor abrupt.

»Ja, über die örtliche Polizeiwache.«

»Gut. Nehmen Sie Kontakt auf. Sagen Sie ihm, daß er sich nicht im Hintergrund halten, sondern sich im Gegenteil so auffällig wie möglich verhalten soll. Er soll über den Rasen spazieren, wenn er möchte. Aber unter keinen Umständen – auch nicht, wenn er von diesem angerufen wird – soll er sich in die Nähe von Arbor begeben oder sich ihm zu erkennen geben.«

»Was soll das bezwecken?«

»Ich glaube nicht, daß Arbor in Gefahr ist. Aber anscheinend glaubt er das. Außerdem denkt er, die Polizei habe keine Ahnung davon, wo er sich aufhält. Sehen Sie, es gibt etwas, was dieser Mann weiß und was er uns aus irgendeinem Grund nicht erzählen will. Wenn er bemerkt, wie unser Mann um sein Haus herumschleicht, wird er sicherlich glauben, daß es sich um seinen Gegner handelt. Sollte er versuchen, die örtliche Polizei zu verständigen, wird sie niemanden finden – natürlich nicht. Das ist zwar etwas gemein ihm gegenüber, aber wir müssen ihm so große Angst einjagen, daß er uns erzählt, was er weiß. Wie Sie richtig feststellten, hat der Mann überhaupt keinen Schneid. Früher oder später wird er *Ihren* Schutz suchen, und dann werden wir in der Lage sein, die Wahrheit herauszubekommen.«

»Das«, sagte der Chief Inspector, »ist der einzige gute Vorschlag, den Sie bisher gemacht haben. Ich freue mich zu sehen, daß Sie langsam aufwachen. Ich werde es veranlassen.«

»Es kann auf jeden Fall nicht schaden. Wenn er tatsächlich in Gefahr *ist,* wird die Anwesenheit eines Wachpostens eine heilsame Wirkung auf seinen Gegner haben. Wenn er die örtliche Polizei anruft und es sollte sich wirklich ein Feind in seiner Nähe rumtreiben, kann die Polizei ihn suchen, wobei sie Ihren Mann einfach übergehen... Als nächstes müssen wir Driscolls Wohnung einen kurzen Besuch abstatten.«

»Wenn Sie glauben, daß dort etwas versteckt ist, kann ich Ihnen versichern, daß meine Männer es weitaus eher entdecken werden, als wir das jemals...«

»Nein. Ihre Männer werden auf das, was ich finden will, nicht achten. Ich gehe nicht davon aus, daß sie sich die Mühe gemacht haben, seine Schreibmaschine anzusehen, oder?«

»Seine *was*?«

»Schreibmaschine. Sie wissen doch, was eine Schreibmaschine ist«, sagte Dr. Fell gereizt. »Und außerdem will ich mir kurz die

Küche ansehen. Wenn er eine hat, wovon ich ausgehe, finden wir es vielleicht in der Küche versteckt ... Wo ist dieser Kellner? Ich möchte bezahlen.«

Der Nebel verzog sich langsam, als sie das Restaurant verließen. Die enge Wardour Street war voller Menschen; die Aushängeschilder der Restaurants strahlten in einem trüben Licht. An einer Ecke erklang eine Drehorgel inmitten einer Gruppe von kleinen Jungs, und das Geräusch feuchtfröhlicher Feste drang aus mehreren Kneipen. Der Theaterverkehr im grellen Glanz der Shaftesbury Avenue ließ gerade erst nach, so daß Hadley einige Schwierigkeiten hatte, seinen Wagen hindurchzumanövrieren. Als er endlich aus dem Zentrum der Stadt hinaus war und die Oxford Street hinter sich gelassen hatte, beschleunigte er den großen Daimler. Bloomsbury lag unter den hohen und düsteren Gaslaternen verlassen da, still – nur aus der Ferne hörte man das gedämpfte Rollen des Verkehrs. Sie fuhren in die Great Russell Street und bogen nach links ab – weiter ging es vorbei an den langgezogenen Schatten, die das British Museum warf und die an ein Gefängnis erinnerten...

»Holen Sie diesen Bericht aus meiner Aktentasche, ja?« bat Hadley. »Ich glaube, Somers hat gesagt, das Haus läge auf der Westseite des Platzes...«

Rampole, der seinen Kopf aus dem hinteren Teil des Wagens streckte, las die Straßenschilder. Montague Street – die kahlen Bäume und gleichmäßigen Häuserfronten des Russell Square – Upper Bedford Place, wo Hadley das Tempo verlangsamte.

Tavistock Square war ein großer, länglicher Platz und nicht gerade reichlich mit Laternen versehen. Entlang der Westseite waren die Häuser höher und imponierender in ihrem schweren georgianischen Stil als auf den anderen Seiten. Tavistock Chambers erwies sich als ein Wohnhaus aus rotem Backstein mit vier Eingangshallen, von denen je zwei auf einer Seite der Durchfahrt lagen, die in den Hof führte. Hadley fuhr mit seinem Wagen in diesen Hof.

»Das ist also der Weg«, sagte er, »auf dem die Frau flüchtete. Jetzt wundere ich mich nicht mehr, daß sie niemand bemerkt hat.«

Er kam hinter dem Lenkrad hervor und sah sich um. Es gab nur eine Lampe auf diesem Hof, aber der Nebel löste sich jetzt schnell auf und machte einer klaren, kalten Nacht Platz. Nur wenige

Fenster in den verputzten Hauswänden, die zum Hof hin lagen, waren erleuchtet.

»Der untere Teil der Fenster ist aus Milchglas«, knurrte der Inspector. »Ich habe Anweisung gegeben, sich bei den Bewohnern nach ihr zu erkundigen, aber das ist nutzlos. Ein Indianer in seiner Kriegsbemalung hätte hier hinausspazieren können, ohne gesehen zu werden – selbst bei hellem Tageslicht. Mal sehen ... Das sind die Glastüren am hinteren Ende der Eingangshallen. Wir suchen den dritten Eingang. Ah – da ist er. Das dürfte Driscolls Wohnung sein, die mit dem Licht im Hinterfenster. Hm! Anscheinend hat mein Mann die Wohnung noch nicht verlassen; ich hätte doch gedacht, daß er inzwischen fertig geworden ist.«

Er ging hinüber zu der Glastür, stolperte über einen Mülleimer und scheuchte eine hysterische Katze auf. Die anderen folgten ihm einige Stufen hinauf in einen rotgefliesten Flur, dessen Wände mit brauner Leimfarbe gestrichen waren. Die einzige Beleuchtung bestand aus einer kränklichen Glühbirne in der Kabine des Aufzugs. Aber ein dünner Lichtstrahl drang aus der Tür zu ihrer Linken, die nicht ganz geschlossen war, und sie bemerkten, daß das Holz um das Schloß herum gesplittert war.

Wohnung 2. Rampoles Blick wanderte hinüber zu der Tür, die auf der gegenüberliegenden Seite des Flurs lag und wo vielleicht die wachsame Mrs. Larkin in ihrem steifen Korsett durch den Schlitz ihres Briefkastens spähte. Es war feucht und kalt in dem Flur – und ruhig, bis auf ein Radio, das heiser aus einem oberen Stockwerk erklang.

Und dann krachte es plötzlich. Das Licht, das durch die Tür von Wohnung 2 fiel, schien zu zittern, und der Lärm hallte hohl durch den Aufzugschacht hinauf. Er war von der Tür her gekommen.

Während das Echo immer noch widerhallte, bewegte sich Hadley in Windeseile auf die Tür zu und stieß sie auf. Rampole spähte über seine Schultern in Philip Driscolls Wohnzimmer. Es war so unordentlich, wie es kurz zuvor geschildert worden war. Aber die Unordnung war jetzt noch größer geworden.

In der Wand gegenüber war ein Kamin eingelassen. Über dem Sims befand sich ein reichverzierter Spiegel. Vor diesem Kamin – mit dem Rücken zu den Neuankömmlingen – stand ein großer und kräftiger Mann. Er hatte den Kopf gesenkt. Über seine Schultern hinweg sahen sie eine kitschige Gipsfigur auf dem

Kaminsims stehen: Sie stellte eine Frau dar, war mit leuchtenden Farben bemalt und ›trug‹ ein enggeschnürtes Kleid und ein silbernes Haarnetz. Aber es stand keine Begleitfigur daneben. Statt dessen war die Kaminplatte mit Tausenden weißen Bruchstücken übersät, die zeigten, wo die andere Figur einen Augenblick zuvor hingeschleudert worden war.

Diese dramatische Szene dauerte nur einen Moment lang – unheimlich und irgendwie erschreckend in ihrer Stärke. Das Echo dieses Kraches verklang langsam, doch die Leidenschaft ließ den gebeugten Rücken des Mannes, der dort stand, immer noch zittern. Er hatte die Neuankömmlinge nicht gehört; er wirkte niedergedrückt, einsam und verdammt.

Dann streckte er langsam seine Hand aus und griff nach der anderen Figur. Als er sie hochnahm, hob er seinen Kopf, und sie sahen sein Gesicht im Spiegel.

»Guten Abend«, sagte Dr. Fell. »Sie sind Mr. Lester Bitton, nicht wahr?«

# Kapitel 11

# Die kleinen Gipsfiguren

Niemals zuvor, so dachte Rampole später, hatte er das ›nackte‹ Gesicht eines Mannes gesehen. Er sah es auch jetzt nur für einen kurzen Augenblick, als er auf Lester Bittons Gesicht im Spiegel blickte. Das ganze Leben lang verbirgt man sich hinter Masken und anderen menschlichen Schutzhüllen, und ständig schlägt im Kopf eine winzige Glocke Alarm. Aber hier war jemand von seinem Schmerz überwältigt, so völlig ohne innere Kraft wie die Hand, in der er die kleine bemalte Figur hielt.

Seltsamerweise war das erste, was Rampole durch den Kopf ging, wie er diesen Mann wohl eingeschätzt hätte, wenn er ihm in seinem alltäglichen Leben begegnet wäre: auf der Fahrt mit dem Bus in die Stadt zum Beispiel oder bei der Zeitungslektüre im Club. Dort, wo man den zuverlässigen und nüchternen britischen Geschäftsmann antraf, dort würde man auch Lester Bitton antreffen; gut gekleidet, ein wenig zur Dickleibigkeit neigend; glattrasiertes Gesicht mit den ersten Falten um Mund und Augen herum; bestimmt, aber höflich; dichtes schwarzes Haar mit Grau durchsetzt – mit dem frischen Duft des Haarwassers vom Friseur.

Er sah ein wenig wie sein Bruder aus, obwohl sein Gesicht mehr ins Rötliche ging und tiefere Falten hatte. Aber das konnte man jetzt nicht mit Bestimmtheit sagen...

Ein verlorener, furchtbarer Blick starrte ihnen aus dem Spiegel entgegen. Sein Handgelenk schlotterte, und die Figur rutschte ihm fast durch die Finger. Er nahm sie in die andere Hand und stellte sie zurück auf das Kaminsims. Sie konnten ihn atmen hören, als er sich umwandte. Instinktiv fuhr er mit der Hand zur Krawatte, um sie zu richten; instinktiv strich er den Mantel glatt.

»Wer zum Teufel sind *Sie*?« fragte Lester Bitton.

Seine tiefe Stimme klang rauh – und brach dann ein. Das hätte ihm fast den Rest gegeben. Nur mühsam gewann er seine Selbstbeherrschung zurück. »Wer gibt Ihnen verdammt noch mal das Recht, einfach hier hereinzuplatzen ...«

Rampole konnte es nicht mehr ertragen. Es war einfach nicht richtig, diesen Mann anzublicken, jetzt – so, wie er sich fühlte; es war einfach nicht anständig. Rampole kam sich schäbig und klein vor. Er wandte seinen Blick ab und wünschte, er wäre nicht mit hineingekommen.

»Nur die Ruhe«, sagte Hadley. »Ich fürchte, Sie sind es, der uns eine Erklärung schuldet. Wie Sie wissen, befindet sich diese Wohnung zur Zeit in der Verfügungsgewalt der Polizei. In einem Mordfall können wir leider auf persönliche Empfindungen keine Rücksicht nehmen. Sie *sind* Lester Bitton, nicht wahr?«

Das heftige Atmen des Mannes ließ ein wenig nach, und der zornige Ausdruck verschwand aus seinen Augen. Aber sein Blick blieb trübe und leer, und er wirkte unsagbar müde.

»Der bin ich«, sagte er etwas leiser. »Wer sind Sie?«

»Mein Name ist Hadley...«

»Ach so. Ich verstehe.« Lester Bitton tastete hinter sich und fand die Lehne eines schweren Ledersessels. Langsam bewegte er sich nach unten, bis er auf der Seitenlehne saß. Dann machte er eine ausholende Handbewegung. »Nun, hier bin ich also«, fügte er noch hinzu, so, als würde das alles erklären.

»Was machen Sie hier, Mr. Bitton?«

»Das heißt wohl, Sie wissen *nicht* Bescheid?« Seine Stimme klang verbittert. Er warf einen Blick zurück über die Schulter auf die zertrümmerte Figur auf der Kaminplatte und schaute dann wieder zu Hadley.

Der Chief Inspector spielte seinen Vorteil aus. Die Art, wie er Bitton betrachtete, wirkte nicht bedrohlich, ja fast uninteressiert. Langsam öffnete er seine Brieftasche, zog ein maschinenbeschriebenes Blatt Papier hervor – Rampole konnte erkennen, daß es lediglich der Bericht von Constable Somers war – und blickte darauf.

»Natürlich wissen wir darüber Bescheid, daß Sie eine Detektivagentur beauftragt haben, Ihre Frau zu beschatten, und« – dabei blickte er wieder auf das Blatt – »daß eine Mitarbeiterin dieser Agentur, eine Mrs. Larkin, direkt hier gegenüber auf der anderen Seite des Flurs wohnt.«

»Ihr von Scotland Yard seid ja ziemlich fix«, bemerkte Bitton in unbeteiligtem Tonfall. »Nun, das stimmt. Ich nehme an, das ist nicht verboten. Sie wissen dann also auch, daß ich nun mein Geld nicht mehr länger verschwenden muß.«

»Wir wissen, daß Mr. Driscoll tot ist.«

Bitton nickte. Sein breites, rötliches und von tiefen Falten durchzogenes Gesicht nahm allmählich wieder einen gefaßten Ausdruck an; aus den Augen war dieser trübe und fürchterliche Ausdruck gewichen; nur in einem Arm schien noch ein Muskel zu zucken.

»Ja«, sagte er nachdenklich. Ohne Neugier strich sein Blick durch das Zimmer. »Das Schwein ist tot. Ich erfuhr es, als ich zum Abendessen nach Hause kam. Leider hat das meine Detektivagentur aber nicht um allzuviel Geld gebracht. Ich hatte vor, sie morgen auszuzahlen und loszuwerden. So wie das Geschäft zur Zeit läuft, kann ich mir keine unnützen Ausgaben leisten.«

»Was soll das heißen, Mr. Bitton?«

Lester Bitton war wieder ganz er selbst – nüchtern, schlau, sehr scharfsinnig –, ganz wie sein Bruder – nur dicker und sehr viel phlegmatischer. Er breitete die Hände aus.

»Ich will ganz offen sein, Mr... äh ... Hadley. Ich hab' mich wie ein Narr benommen. Sie wissen, daß ich meine Frau überwachen ließ. Ich muß sie nun aufrichtig um Verzeihung bitten. Was ich herausbekommen habe, kann ihrem Namen nur zur Ehre gereichen.«

Auf Hadleys Gesicht erschien ein schwaches Lächeln, so, als wollte er ›Bravo!‹ sagen.

»Mr. Bitton«, sagte er, »ich hatte für heute abend eine Unterhaltung mit Ihnen vorgesehen; wir können das auch gleich hier erledigen. Ich werde Ihnen eine Reihe von Fragen stellen müssen...«

»Ganz wie Sie wollen.«

Hadley schaute sich nach den anderen um. Dr. Fell schenkte der Befragung nicht die geringste Aufmerksamkeit. Er ließ seinen Blick durch das kleine, freundliche Zimmer mit den mattbraun tapezierten Wänden, den Sportbildern und Ledersesseln wandern. Einer der Sessel war umgeworfen worden. Aus einem Beistelltisch hatte man die Schublade herausgerissen; ihr Inhalt lag über den Boden verstreut. Dr. Fell stampfte mitten hindurch und blickte angestrengt nach unten.

»Theaterprogramme«, sagte er, »Magazine, alte Einladungen, Eintrittskarten... Hmm. Nichts, was mich interessiert. Der

Schreibtisch und die Schreibmaschine werden wohl irgendwo in den anderen Zimmern sein. Entschuldigen Sie mich. Machen Sie ruhig mit der Befragung weiter, Hadley. Kümmern Sie sich nicht um mich.«

Er verschwand durch eine Tür auf der anderen Seite des Zimmers.

Hadley nahm die Melone ab, wies Rampole einen Platz an und setzte sich selber hin.

»Mr. Bitton«, sagte er schroff, »ich empfehle Ihnen, ganz offen zu sein. Ich habe mit dem moralischen Verhalten von Ihnen oder Ihrer Frau nur insofern etwas zu tun, als es von Belang in einem besonders brutalen Mordfall sein könnte. Sie haben zugegeben, daß Sie Ihre Frau überwachen ließen. Warum machen Sie sich dann noch die Mühe und streiten ab, daß zwischen ihr und Philip Driscoll ein Verhältnis bestand?«

»Das ist eine verdammte Lüge. Wenn Sie damit etwa andeuten wollen. . .«

»Ich deute nichts an. Ich sage es Ihnen. Sie können sich wohl schwerlich über Andeutungen aufregen, die Sie indirekt selbst gemacht haben, als Sie eine Detektivagentur auf sie ansetzten? Wir wollen keine Zeit verschwenden. Wir haben diesen mit ›Mary‹ unterzeichneten Brief.«

»Mary? Wer zum Teufel ist Mary?«

»Das sollten Sie aber wissen, Mr. Bitton. Sie wollten sie gerade am Kamin zertrümmern, als wir das Zimmer betraten.«

Hadley beugte sich vor; seine Stimme klang schneidend und kalt.

»Ich warne Sie noch einmal; ich kann es mir nicht leisten, Zeit zu verschwenden. Man marschiert gewöhnlich nicht in anderer Leute Häuser und zertrümmert die Zierfiguren auf dem Kaminsims, nur weil sie einem nicht gefallen. Sollten Sie etwa die Hoffnung hegen, wir würden die Bedeutung dieser beiden Figuren nicht kennen, so schlagen Sie sich das aus dem Kopf. Wir kennen sie. Den Mann hatten Sie bereits zertrümmert, und Sie waren gerade dabei, der Frau dasselbe Schicksal zu bereiten. Kein vernünftiger Mensch, der in diesem Augenblick Ihr Gesicht sah, hätte auch nur den geringsten Zweifel an Ihrem Seelenzustand haben können. Habe ich mich klar ausgedrückt?«

Bitton bedeckte die Augen mit seiner großen Hand. Dennoch konnte man auf seiner Schläfe eine Ader sehen, die deutlich anschwoll. »Was geht es Sie überhaupt an«, sagte er endlich gepreßt, »ob...«

»Was wissen Sie alles über den Mord an Driscoll?«

»Wie?«

»Wissen Sie über die Tatumstände von Driscolls Ermordung Bescheid?«

»Ein wenig. Ich – nun, ich sprach mit meinem Bruder, als er vom Tower zurückkam. Laura – Laura war nach Hause gekommen und hatte sich in ihrem Zimmer eingesperrt. Als ich – als ich aus der Stadt zurückkehrte, klopfte ich an ihre Tür, aber sie wollte mich nicht reinlassen. Ich dachte, alle wären verrückt geworden. Weil – ich wußte ja noch nichts von diesem – diesem Mord. Und Sheila sagte, daß Laura leichenblaß ins Haus reingerannt und ohne ein Wort die Treppe raufgejagt wäre.« Die Hand vor seinen Augen ballte sich krampfartig zusammen. »Dann kam Will gegen halb acht nach Hause und erzählte ein bißchen...«

»Dann sind Sie sich wohl auch im klaren darüber, daß hervorragendes Beweismaterial ausfindig gemacht werden konnte, welches Ihre Frau im Mordfall Philip Driscoll aufs schwerste belastet?«

Hadley kam nun in Fahrt. Rampole starrte ihn an; Hadley wirkte wie ein schwerfälliges Handelsschiff, das plötzlich seine verdeckte Geschützreihe ausfährt. Der Amerikaner wußte, daß ihm bis jetzt ein Beweis für den entscheidenden Punkt gefehlt hatte – und Bitton hatte ihn geliefert. Er hatte jetzt nichts mehr von jener Liebenswürdigkeit, mit der er die Zeugen am Nachmittag behandelt hatte. Düster und unerbittlich saß er dort; seine Finger waren ineinandergekrallt; ein Glühen lag in seinen Augen, und tiefe Furchen zogen sich rund um seinen Mund.

»Einen Augenblick noch, Mr. Bitton. Sagen Sie nichts. Ich werde Ihnen keine Theorien auftischen; ich habe ganz einfach nur vor, Ihnen die Fakten zu schildern.

Ihre Frau hatte eine Affäre mit Philip Driscoll. Sie schickte ihm eine Mitteilung, in der es hieß, daß er sie heute um ein Uhr dreißig am Londoner Tower treffen sollte. Wir wissen, daß er diese Mitteilung erhalten hat, denn sie wurde in seiner Tasche gefunden. Er wurde darin auch gewarnt, daß man sie beobachten würde. Wie ich Ihnen wohl kaum erzählen muß, zehrte er von der Freigiebigkeit eines hitzköpfigen und ganz und gar nicht nachsichtigen Onkels. Ich will nun nicht unbedingt behaupten, daß der Onkel – wäre er jemals hinter einen solchen Skandal gekommen – seinen Neffen enterbt hätte – denn dieser Gedanke, mag er noch so einleuchtend sein, ist reine Theorie. Ich will auch nicht behaupten, daß Driscoll die unbedingte Notwendigkeit für einen Abbruch dieser Beziehung sah – denn auch das ist reine Theorie.

Aber er hat Dalrye angerufen, damit ihm dieser aus der Patsche hilft, kurz nachdem er den Brief erhalten hat. Und später hat jemand mit Dalrye telefoniert, jemand *mit hoher Stimme,* und hat ihn hierher in diese Wohnung gelockt. Die folgenden Vermutungen brauchen Sie nicht überzubewerten, weil auch sie nur Theorien sind: (1) Driscoll kam immer zu Dalrye gerannt, wenn er in Schwierigkeiten war; (2) Driscolls ganze Verwandtschaft wußte das; (3) Dalryes nüchterner Verstand hätte den leicht beeinflußbaren Driscoll dazu gebracht, eine solch gefährliche Liaison abzubrechen; (4) Driscoll war in der Stimmung, Schluß zu machen, da er seine Geliebte seit mehreren Wochen nicht mehr gesehen hatte und er ein junger Mann mit sehr wechselhaften Neigungen war; (5) seine Geliebte war überzeugt davon, daß sie ihn umstimmen könnte, wenn sie ihn noch einmal alleine – ohne die Einmischung einer besonnenen dritten Person – treffen würde; (6) Driscolls Geliebte erfuhr von Sheila Bitton, die an diesem Morgen auch mit Dalrye telefoniert hatte, von dem Telefongespräch am Morgen; (7) die Stimme der Geliebten Driscolls klingt für eine Frau recht tief – und schließlich: (8) eine Person am Telefon, die schnell, verwirrt und fast unverständlich spricht, kann ohne große Gefahr, erkannt zu werden, für fast jede Person, die sich der Sprecher aussucht, durchgehen.«

Hadley wirkte regelrecht teilnahmslos. Es war fast so, als würde er ein Aktenstück verlesen; seine ineinandergehakten Finger schienen dazu den Takt zu schlagen. Lester Bitton hatte die Hand vom Gesicht genommen und umklammerte mit ihr nun die Sessellehne.

»Ich sagte Ihnen bereits, daß dieses lediglich Vermutungen sind. Nun noch zu einigen Fakten«, fuhr Hadley fort. »Als Zeitpunkt für die Verabredung war in dem Brief ein Uhr dreißig angegeben. Um ein Uhr dreißig ist Driscoll zum letzten Mal lebend gesehen worden. Er stand am Traitors' Gate; jemand tauchte auf einmal aus dem Nebel auf und berührte seinen Arm. Um genau ein Uhr fünfunddreißig wurde eine Frau, auf die die

Beschreibung Ihrer Gattin paßt, gesehen, wie sie sich rasch aus der näheren Umgebung von Traitors' Gate entfernte. Sie rannte so blindlings drauflos, daß sie glatt mit dem Zeugen zusammenprallte, der sie – auf einer Straße, nicht breiter als dieses Zimmer – deutlich erkennen konnte. Als nun schließlich Driscolls Leiche auf der Treppe zum Traitors' Gate gefunden wurde, entdeckte man, daß er mit einer Waffe erstochen worden war, die Ihre Frau letztes Jahr in Südfrankreich gekauft hatte und die für sie in Ihrem Haus jederzeit verfügbar war.«

Er hielt inne, schaute Bitton ruhig an und fügte leise hinzu:

»Können Sie sich nicht vorstellen, was ein cleverer Staatsanwalt alles aus diesem Sachverhalt machen kann, Mr. Bitton? Ich bin ja nur ein Polizist.«

Bitton richtete seinen schweren Körper auf. Seine Hände zitterten, und seine Augen waren gerötet.

»Zum Teufel mit Ihnen«, sagte er. »Das ist es also, was Sie glauben? Nun, ich bin froh, daß Sie mich rechtzeitig getroffen haben. Ich bin froh, daß Sie mich zuerst darüber in Kenntnis gesetzt haben, wie gut Ihre Beweislage ist, bevor Sie sich völlig lächerlich machen und meine Frau festnehmen. Ich sage Ihnen, was ich jetzt machen werde. Ich werde Ihre ganzen Beweise ad absurdum führen, ohne auch nur einen Schritt weiter als zur Wohnung gegenüber zu gehen. Denn *ich* habe eine Zeugin, die meine Frau die ganze Zeit über im Tower beobachtet hat und die beschwören kann, daß Driscoll noch am Leben war, nachdem sie ihn verlassen hatte.«

Augenblicklich war Hadley auf den Beinen. Es wirkte wie ein Ausfallschritt beim Fechtkampf.

»Ja, das dachte ich mir«, sagte er nun wieder lauter. »Ich vermutete auch, daß Sie deshalb heute nach Tavistock Chambers kamen. Als Sie von dem Mord erfuhren, konnten Sie nicht auf die üblichen Berichte Ihrer Privatdetektivin dort drüben warten. Sie mußten einfach zu *ihr* gehen... Wenn sie etwas weiß, so bringen Sie sie hierher. Lassen Sie sie das beschwören. Anderenfalls werde ich, so wahr mir Gott helfe, innerhalb einer Stunde einen Haftbefehl gegen Mrs. Bitton erwirken.«

Bitton erhob sich schwerfällig aus dem Sessel. Er war außer sich; sein klarer Verstand hatte ihn völlig verlassen. Er riß die Tür mit dem aufgebrochenen Schloß auf und knallte sie von draußen wieder zu. Sie konnten seine entschlossenen Schritte auf den

Fliesen im Flur hören, kurze Zeit nichts und dann den durchdringenden Lärm einer Türklingel.

Rampole fuhr sich mit der Hand über die Stirn. Seine Kehle war trocken, und sein Herz klopfte wie wild.

»Ich wußte gar nicht«, sagte er, »ich wußte gar nicht, daß Sie sicher waren, daß Mrs. Bitton. . .«

Ein sanftes Lächeln erschien unter Hadleys gestutztem Schnurrbart. Er setzte sich wieder und faltete die Hände.

»Pssst!« warnte er. »Nicht so laut, bitte; er wird Sie sonst noch hören. Wie hab' ich das gemacht? Ich bin nicht gerade ein Schauspieler, aber von solchen kleinen Vorführungen mache ich bisweilen Gebrauch. War ich gut?«

Dann bemerkte er den Ausdruck auf Rampoles Gesicht.

»Nun mach schon, Junge. Sag was! Ein bißchen Anerkennung für meinen Auftritt.«

»Dann glauben Sie also nicht. . .«

»Ich habe es keinen Augenblick lang geglaubt«, gab der Chief Inspector vergnügt zu. »Dafür gibt es zu viele Schwachpunkte. Wenn Mrs. Bitton Driscoll getötet hat, was ist dann mit dem Hut auf seinem Kopf? Das gibt doch keinen Sinn. Wenn sie ihn um ein Uhr dreißig am Traitors' Gate mit einem Stich mitten ins Herz tötete, wie hat er es dann fertiggebracht, bis zehn vor zwei am Leben zu bleiben? Warum verließ sie nicht den Tower, nachdem sie ihn umgebracht hatte, und blieb statt dessen – völlig unnötig – fast eine Stunde dort, wodurch sie ohne einen vernünftigen Grund in den ganzen Schlamassel verwickelt wurde? . . . Nebenbei bemerkt – meine Erklärung für den vorgetäuschten Anruf bei Dalrye war ziemlich mager. Wenn Bitton nicht so aufgeregt gewesen wäre, hätte er es gemerkt. Dalrye hat heute morgen natürlich nicht mit Sheila Bitton gesprochen und ihr nicht erzählt, daß Driscoll sich mit ihm verabredet habe. Aber ich mußte Bitton hart und andauernd unter Beschuß nehmen, solange er noch verwundbar war. Ein bißchen Aufregung schadet nichts, sie schadet eigentlich nie.«

»Um Himmels willen!« sagte Rampole, »wenn Ihnen so viel daran gelegen ist, gebe ich gerne zu, daß es gut war.« Er blickte hinüber zu der zertrümmerten Figur vor dem Kamin. »Sie mußten das tun. Anders hätten Sie niemals Mrs. Larkins Aussage bekommen. Wenn sie Mrs. Bitton beschattet hat, weiß sie über alle ihre Unternehmen Bescheid, aber. . .«

Hadley schaute über seine Schulter, um sicherzugehen, daß die Tür auch geschlossen war.

»Genau. Aber sie würde niemals der Polizei darüber berichten. Heute nachmittag hat sie geschworen, daß sie nichts gesehen hätte. Das gehört zu ihrem Job; sie hat das Risiko in Kauf genommen. Sie konnte uns nicht verraten, daß sie Mrs. Bitton verfolgte, ohne alle Einzelheiten offenzulegen und ihre Stellung zu verlieren. Außerdem glaube ich – und das ist ein sehr viel gewichtigerer Grund –, daß sie eine kleine Erpressung vorhatte. Zumindest *das* hätten wir damit vom Tisch... Sie hat natürlich schon mit Bitton gesprochen. Wenn sie also nicht reden will, dann wird er es tun, um seine Frau zu entlasten. Aber ich werde ihr versprechen, daß ich das, was sie heute nachmittag gesagt hat, vergesse, wenn sie eine rechtsgültige Aussage macht. Bitton versucht bestimmt alles, um sie dazu zu bringen. Soll er sie ruhig etwas härter angehen; *wir* können das nicht.«

Rampole schob seinen Hut zurück.

»Nett!« sagte er. »Wirklich sehr nett, Sir. Nun, wenn Ihr Plan, Arbor zu einer Aussage zu bewegen, genausogut...«

»Arbor...« Der Chief Inspector war aufgesprungen. »Das hab' ich ganz vergessen. Ich sitze hier und erzähle Ihnen in aller Ruhe, wie schlau ich bin, und vergesse dabei doch glatt Arbor. Ich muß in Golder's Green anrufen, und zwar schnell. Wo zum Teufel ist das Telefon? Ach – übrigens: Wo ist der Mann, der diese Wohnung hier bewachen sollte? Wie kam Bitton überhaupt rein? Und wo wir schon einmal dabei sind: Wo ist Fell?«

Die Antwort kam unverzüglich. Von irgendwo – auf der anderen Seite der geschlossenen Tür – erklang ein kratzendes Geräusch, ein dumpfer Aufschlag und dann ein fürchterliches, metallenes Scheppern.

»Alles in Ordnung!« ertönte eine gedämpfte Stimme aus einiger Entfernung. »Es sind keine weiteren Gipsfiguren zerbrochen. Ich hab' nur gerade einen Korb mit Werkzeug aus dem Küchenregal gezogen und fallengelassen.«

Hadley und Rampole eilten dorthin, von wo die Stimme gekommen war. Hinter der Tür, durch die der Doktor verschwunden war, lag ein schmaler Korridor. Auf jeder Seite befanden sich zwei Türen; die beiden auf der linken Seite führten ins Arbeitszimmer und ins Schlafzimmer, die auf der rechten Seite ins Bad und ins Eßzimmer. Die Küche lag am hinteren Ende des Flurs.

Zu dem Durcheinander in den Räumen kam hinzu, daß Driscoll nie besonders ordentlich gewesen war. Das Arbeitszimmer war bereits lange vor der verzweifelten Suche der Frau an diesem Nachmittag ein einziges Chaos gewesen. Der Boden war mit Papier bedeckt; ganze Bücherregale waren abgeräumt worden; die Schreibtischschubladen waren herausgezogen und ausgeleert worden. Eine tragbare Schreibmaschine ohne Abdeckung hatte sich in die Telefonschnur verheddert, und der Inhalt einiger Messingaschenbecher war über Kohlepapier, Stifte und eine umgekippte Tintenflasche verstreut worden. Selbst der grüne Lampenschirm, aus dem ein schwacher Lichtschein auf die Schreibmaschine fiel, war in Mitleidenschaft gezogen worden; auch das eiserne Gitter hatte man vom Kamin gerissen. Offensichtlich hatte sich der Eindringling vor allem auf das Arbeitszimmer konzentriert.

Hadley warf schnell noch einen Blick in die anderen Räume, als Dr. Fell die Küchentür öffnete. Das Bett im Schlafzimmer war nicht gemacht worden. Auf der unordentlichen Kommode befand sich eine ganze Galerie von Frauenfotografien im Kabinettformat, die meisten davon mit ziemlich eindeutigen Widmungen. Dieser Driscoll, dachte Rampole bei sich, war ein beneidenswerter junger Mann gewesen, wenn auch seine meisten Eroberungen so aussahen wie Dienstmädchen. Die Durchsuchung war hier etwas oberflächlicher gewesen und hatte sich auf die Kommode beschränkt. Das Eßzimmer war überhaupt nicht angerührt worden. Es war nie oder nur selten wirklich als Eßzimmer benutzt worden; offensichtlich hatte es einem anderen Zweck gedient. Auf der Anrichte befanden sich in zwei langen Reihen leere Sodaflaschen. Unter einer mosaikartigen Lichtkuppel standen in einem heillosen Durcheinander leere Flaschen, schmutzige Gläser, ein Cocktail-Shaker, Aschenbecher inmitten zerstückelter Apfelsinenschalen auf dem Tisch. Das Ganze verbreitete eine trockene und stickige Atmosphäre. Hadley brummte und knipste das Licht aus.

»Auch die Küche«, bemerkte Dr. Fell neben ihm, »scheint hauptsächlich zum Mixen von Drinks benutzt worden zu sein. Der verstorbene Mr. Driscoll wäre in meiner Wertschätzung allerdings noch beträchtlich gestiegen, wenn er nicht eine Dose mit Kakao, oder wie man dieses unaussprechliche Zeug nennt, verschüttet hätte.« Er wedelte mit seiner Hand in der Luft herum.

»Verstehen Sie? Das Wohnzimmer hat er in Ordnung gehalten für gelegentliche Besucher wie seinen Onkel. Hier aber hat er wirklich gelebt. Hm.«

Keuchend stand er in der Küchentür. Auf dem Arm trug er einen großen Korb, in dem es metallisch klirrte.

»Sie sagten eben ›Werkzeuge‹?« fragte Hadley gespannt. »War es das, wonach Sie gesucht haben? Nach einem Meißel oder einem Schraubenzieher, die man benutzt hat, um die Eingangstür aufzubrechen?«

»Großer Gott, nein!« schnaubte der Doktor dermaßen heftig, daß der Korb rasselte. »Mein lieber Hadley, Sie nehmen doch wohl nicht ernsthaft an, daß die Frau die Wohnung betritt, hierhin kommt, einen Meißel findet und wieder hinausgeht, um aus reinem Vergnügen die Tür aufzubrechen?«

»Genau das könnte sie gemacht haben«, sagte der Chief Inspector gelassen, »um den Eindruck zu erwecken, daß irgendein Außenstehender in die Wohnung eingebrochen ist.«

»Ich muß zugeben, das wäre durchaus denkbar. Aber was das Betreten oder Aufbrechen der Wohnung anbetrifft – daran war ich eigentlich gar nicht interessiert. Es ist ein völlig anderes Werkzeug, wonach ich gesucht habe.«

»Vielleicht interessiert es Sie ja auch noch«, fuhr der Chief Inspector recht gereizt fort, »daß wir in der Zeit, in der Sie in der Küche herumgestöbert haben, eine ganze Menge von Bitton erfahren konnten...«

Der Doktor nickte mehrmals; das schwarze Band an seinem Kneifer schwang heftig hin und her. Sein Schlapphut tauchte den oberen Teil seines Gesichts in Schatten und ließ ihn wie einen fetten Banditen aussehen.

»Ja, das dachte ich mir«, sagte er zustimmend. »Er war hier, um Informationen von seiner Privatdetektivin zu erhalten. Sie haben ihm dadurch, daß Sie von einer – angeblich – erdrückenden Beweislast gegen seine Frau sprachen, so die Hölle heiß gemacht, daß er sie nun dazu bringt, alles auszusagen. Ich dachte mir schon, daß ich das ganz unbesorgt Ihnen überlassen könnte. Meine Anwesenheit war dazu nicht erforderlich. Hm.« Neugierig blickte er sich in dem Korridor um. »Ich weiß, das gehört alles ins Protokoll; schließlich muß alles seine Richtigkeit haben. Aber von meiner Warte aus war das nicht nötig. Ich bin mir ziemlich sicher, daß ich Ihnen auch sagen kann, was diese Larkin weiß...

Kommen Sie einen Augenblick hier rüber ins Arbeitszimmer, und schauen Sie, was Driscoll für ein Mensch war.«

»Sie verdammter alter aufgeblasener Aufschneider...!« sagte Hadley in einem Ton, als wollte er zu einer Rede ansetzen. »Sie...«

»Oh, kommen Sie«, wandte der Doktor ein, wobei er eine gekränkte Miene aufsetzte. »Tz, tz! Ich mag vielleicht ein kindischer alter Narr sein; das gebe ich zu. Aber ich bin kein Aufschneider, mein Lieber. Das bin ich nun wirklich nicht. Also, wovon sprach ich denn gerade? Ach ja: von Driscolls Charakter. Dort im Arbeitszimmer befinden sich einige recht aufschlußreiche Aufnahmen von ihm. Auf einer davon...«

Schrill und durchdringend hörten sie durch den Korridor das Klingeln des Telefons im Arbeitszimmer.

# Kapitel 12

# Betr.: X19

Das«, sagte Hadley, während er sich in Windeseile herumdrehte, »könnte ein Hinweis sein. Einen Moment. Ich werde rangehen.«

Sie folgten ihm ins Arbeitszimmer. Zu Rampoles Überraschung schien Dr. Fell etwas einwenden zu wollen, aber der Chief Inspector nahm den Hörer ab.

Er sagte: »Hallo! ... Ja, hier ist... Chief Inspector Hadley am Apparat ... *Wer*... Oh – ja... Es ist Sheila Bitton«, erklärte er den anderen über die Schulter hinweg, und in seiner Stimme lag ein Anflug von Enttäuschung. »Ja... Ja, natürlich, Miss Bitton.« Es folgte eine lange Pause. »Nun, ich glaube schon, daß Sie das können, aber ich muß mir zunächst einmal alles ansehen, verstehen Sie... Das macht überhaupt keine Umstände! Wann wollen Sie rüberkommen?«

»Warten Sie!« sagte Dr. Fell eifrig. Er kam herübergestapft. »Sagen Sie ihr, sie soll einen Moment am Apparat bleiben.«

»Um was geht's?« fragte der Inspector leicht gereizt, während er mit seiner Hand die Sprechmuschel zudeckte.

»Will sie heute abend hierherkommen?«

»Ja. Sie sagt, da wären ein paar Sachen von Philip, die sie ihrem Onkel mitbringen soll.«

»Hm. Fragen Sie sie, ob jemand da ist, der sie begleiten kann.«

»Was zum Teufel...! Oh, in Ordnung«, Hadley willigte resigniert ein, als er auf dem Gesicht des Doktors den fast besessenen Ausdruck sah, den Leute haben, wenn sie wollen, daß eine Botschaft über das Telefon übermittelt wird, selber aber zum Schweigen verdammt sind. Hadley hatte wieder zu sprechen begonnen. »Sie sagt, sie kommt mit Dalrye«, gab er nach einem Augenblick weiter.

»Das wird nicht reichen. In diesem Haus gibt es jemanden, mit dem ich sprechen muß, und ich muß unbedingt *außerhalb* des

Hauses mit ihm sprechen, sonst könnte es nutzlos sein. Und dies hier«, knurrte der Doktor aufgeregt, »ist die einmalige Chance dafür. Lassen Sie mich mit ihr reden, ja?«

Hadley zuckte mit den Schultern und stand vom Schreibtisch auf.

»Hallo!« sagte der Doktor, womit er offensichtlich glaubte, den richtigen Ton im Gespräch mit einer Dame gewählt zu haben. In Wirklichkeit klang es eher so, als würde er etwas hinunterwürgen. »Miss Bitton? Hier ist Dr. Fell, Mr. Hadleys – ähh – Kollege... Sie wissen schon? O ja; durch Ihren Verlobten, natürlich... Was?«

»Sie brauchen die Sprechmuschel nicht wegzupusten«, bemerkte der Inspector säuerlich. »Welch ein Feingefühl! Welch ein Feingefühl! Ha!«

»Entschuldigen Sie, Miss Bitton. Entschuldigen Sie; vielleicht bin ich das – natürlich –, das fetteste Walroß, das Mr. Dalrye je gesehen hat, aber... Nein, nein, meine Liebe; natürlich bin ich nicht böse...«

Sie konnten durch den Hörer den Klang einer energischen Stimme hören. Rampole dachte an Mrs. Larkins Beschreibung von Sheila Bitton als einer ›kleinen Blondine‹ und grinste in sich hinein. Dr. Fell betrachtete das Telefon wie jemand, der zu lächeln versucht, weil er fotografiert wird; nach einer Weile unterbrach er sie.

»Was ich sagen wollte, Miss Bitton, war das: Sie werden zweifellos eine ganze Menge Sachen haben, die Sie mitnehmen wollen, und die werden ziemlich sperrig sein... Oh! Mr. Dalyre muß um zehn Uhr wieder am Tower sein? ... Dann wollen Sie doch sicher jemanden bei sich haben, der die Sache erledigt. Haben Sie niemanden, der das könnte? ... Der Chauffeur ist nicht da? Nun, was ist mit dem Diener Ihres Vaters? Wie war noch sein Name? – Marks. Ihr Vater hat sich sehr lobend über Marks geäußert und... Aber bringen Sie bitte nicht Ihren Vater mit, Miss Bitton; das würde ihm nur schaden... Jetzt weint sie!« fügte der Doktor über seine Schulter hinweg hilflos hinzu. ... »Oh, er hat sich hingelegt? Sehr gut, Miss Bitton. Wir erwarten Sie. Auf Wiedersehen.«

Er drehte sich mit finsterem Blick um und schüttelte den Werkzeugkorb so, daß es in ihm klirrte. »Sie plappert. Sie schwätzt. Und sie hat mich ein Walroß genannt. Eine äußerst naive junge Dame. Und wenn irgendein Komiker in diesem Zusammenhang die naheliegende Bemerkung über das Walroß und den Zimmermann macht...«

Er stellte den Korb mit einem lauten Rasseln ab.

»Dr. Watson...«, murmelte Hadley. »Danke, daß Sie mich daran erinnert haben. Ich muß mich mit der Polizeiwache in Golder's Green verbinden lassen. Machen Sie Platz.«

Er erledigte über Scotland Yard eine Reihe von Anrufen und gab seine Anweisungen. Er war gerade damit fertiggeworden, einem verwirrten Büropolizisten am anderen Ende der Leitung aufzutragen, ihn anzurufen, nachdem dieser sich vergewissert habe, daß Hadleys Nachricht dem Wachposten vor Arbors Haus überbracht worden sei, als sie Schritte im Wohnzimmer hörten.

Offensichtlich hatte Lester Bitton einige Zeit gebraucht, um Mrs. Larkin davon zu überzeugen, daß es ratsam sei, zu reden. Bitton marschierte im vorderen Zimmer auf und ab und sah dabei erregt und gefährlich aus. Mrs. Larkin, eine aufrechte Gestalt mit einem Gesicht, das noch eckiger wirkte als zuvor, hielt den Vorhang des Fensters, das nach vorne hinausging, zur Seite und spähte äußerst unbekümmert hinaus. Als sie Hadley erblickte, sah sie ihn kühl an.

»Ihr Schnüffler«, sagte sie, wobei sie den Mund verzog, »seid wohl verdammt oberschlau? Ich habe seiner Hoheit hier erzählt, daß Ihr nichts gegen seine Frau in der Hand habt. Er hätte sich nicht vom Fleck rühren und Euch ruhig machen lassen sollen; dann hätten wir beide ein schönes Taschengeld aus Euch rausgeholt wegen rechtswidriger Verhaftung. Aber nein – er mußte ja Angst bekommen und alles ausplaudern. Aber ich werde *meine* Bezahlung dafür bekommen, daß ich den Mund aufmache. Also«, schloß Mrs. Larkin schulterzuckend, »was soll's?«

Hadley machte wieder seine Aktentasche auf. Diesmal bluffte er nicht; der bedruckte Umschlag, den er öffnete, enthielt zwei wenig schmeichelhafte Schnappschüsse, von denen einer eine Profilaufnahme war.

»›Amanda Georgette Larkin‹«, las er vor. »›Alias Amanda Leeds‹, alias ›Georgie Simpson‹; bekannt als ›Emmy‹. Ladendiebstahl. Spezialität: Juwelen, große Kaufhäuser. Zuletzt in New York gesehen...‹«

»Sie müssen das nicht alles durchgehen«, unterbrach ihn Emmy. »Gegen mich liegt nichts mehr vor. Das habe ich Ihnen heute nachmittag schon gesagt. Aber machen Sie weiter und fragen seine Hoheit, für welche Agentur ich arbeite. Dann brauchen Sie die nur noch zu benachrichtigen – und schon bin ich weg vom Fenster.«

Hadley faltete das Papier und steckte es weg. »Vielleicht versuchen Sie es wirklich mit einer ehrlichen Arbeit«, sagte er, »wenn ich Ihre Tätigkeit einmal so positiv sehen darf. Wir behalten Sie mit Sicherheit im Auge, Mrs. Larkin. Aber ich glaube nicht, daß wir Ihre Arbeitgeber wegen Georgie Simpson warnen müssen – wenn Sie eine umfassende Aussage machen.«

Sie stützte ihre Hände in die Hüften und betrachtete ihn. »Das ist echt fair. Nicht, daß ich dabei groß die Wahl hätte.«

Mrs. Larkins Verhalten änderte sich in auffälliger Weise. Am Nachmittag hatte sie eng geschnürt und streng gewirkt, so wie eine besonders abschreckende Schullehrerin. Jetzt erschien sie wesentlich lässiger. Sie ließ sich in einen Sessel fallen, entdeckte einige Zigaretten in einer Dose auf dem Beistelltisch neben sich, nahm sich eine und entzündete ein Streichholz an ihrer Schuhsohle.

»Diese beiden«, sagte sie mit einem Anflug von Bewunderung, »hatten wirklich eine tolle Zeit zusammen! Sie...«

»Das reicht!« schnitt ihr Lester Bitton mit fester Stimme das Wort ab. »Diese – diese Herren sind nicht daran interessiert...«

»Ich wette doch«, sagte Mrs. Larkin skeptisch. »Nun – wie ist es damit, Hadley?«

»Wir wollen alles wissen, was Sie heute gemacht haben, Mrs. Larkin.«

»Gut. Nun, in meinem Beruf gibt es einen Mann, nach dem man immer Ausschau hält, und das ist der Postbote. Ich war gutgelaunt und früh auf und wartete auf ihn. Er steckt die Briefe immer zuerst in den Kasten von Nummer 1, das ist meine Wohnung, und geht dann hinüber. Ich kann es so abpassen, daß ich gerade meine Milchflasche von draußen hereinhole, wenn der Briefträger die Post für Nummer 2 herausholt. Und *das* war leicht. Weil nämlich X19 – so nennen wir die Leute in den vertraulichen Berichten –, X19 ihre Briefe immer auf einem rosaroten Papier schrieb, das man auf einen Kilometer erkennen konnte...«

»Woher wußten Sie«, fragte Hadley, »daß die Briefe von X19 stammten?«

Sie sah ihn an. »Machen Sie sich nicht lächerlich«, antwortete Mrs. Larkin kühl. »Für die Gesundheit einer anständigen Witwe ist es nicht gerade von Vorteil, wenn sie mit einem nachgemachten Schlüssel in anderer Leute Wohnungen schleicht. Und es ist noch verdammt viel weniger gesund, wenn sie dabei erwischt wird, wie sie über Dampf die Briefe von anderen Leuten öffnet. Einigen wir uns darauf, daß ich sie über den ersten Brief, den sie ihm geschrieben hat, habe reden hören.

Gut. Man hatte mir angekündigt, daß X19 am Sonntag abend zurück nach London kommen würde, und so hielt ich heute morgen meine Augen offen. Nun, ich gebe zu, ich war etwas überrascht, als ich hinausging, um meine Milchflasche zu holen, und auf Driscoll stieß, der gegenüber *seine* Milchflasche hereinholte. Er steht sonst nie vor Mittag auf. Aber da stand er leibhaftig, völlig angezogen, und er sah so aus, als hätte er eine harte Nacht hinter sich. Die Tür zu seiner Wohnung stand offen, und ich konnte in den Briefkasten hineinsehen.«

Sie drehte sich um und zeigte mit ihrer Zigarette auf den Drahtkasten unter dem Schlitz in der Tür.

»*Mich* nahm er überhaupt nicht zur Kenntnis. Dann, während er die Milchflasche unter einen Arm klemmte und mit dem Fuß immer noch die Tür offenhielt, steckte er seine Hand in den Briefkasten. Er zog einen rosafarbenen Brief heraus, brummte irgendwas vor sich hin und steckte ihn, ohne ihn zu öffnen, in seine Tasche. Dann sah er mich und ließ die Tür zufallen.

Ich dachte: ›So, so!‹ Und ich wußte, daß sie sich heute irgendwo treffen würden. Aber ich sollte ja nicht *ihn* überwachen. Ich war nur gegenüber postiert worden, damit ich X19 in flagranti ertappen konnte.«

»Sie haben anscheinend ziemlich lange dafür gebraucht«, sagte Hadley.

Sie machte eine beruhigende Handbewegung. »Nun, wir Detektive müssen uns eben Zeit lassen, oder? Wir müssen verdammt sicher sein, bevor wir etwas unternehmen. Wäre doch unklug, eine angenehme Arbeit so schnell zu beenden... Ich habe nie, wenn sie hier war, etwas *gesehen*. Die beste Gelegenheit hatte ich an dem Abend, bevor sie wegfuhr, ungefähr vor zwei Wochen. Sie kamen aus dem Theater oder von sonstwo zurück und waren beide ziemlich blau. Ich beobachtete die Tür, und ungefähr zwei Stunden lang war es absolut ruhig, so daß ich wußte, was Sache war. Dann wurde die Tür geöffnet, und beide kamen wieder heraus. Er brachte sie nach Hause. Ich konnte nichts sehen; es war pechschwarz im Flur – aber ich konnte sie hören. Inzwischen war sie noch beschwipster, und er war völlig besoffen. Sie standen dort und schworen sich ewige Liebe; er sagte, daß er einer großen Sache auf der Spur wäre, was ihm einen guten Job bei der Zeitung verschaffen würde; dann könnten sie heiraten... Und Mann, sie hatten eine wirklich heiße Zeit miteinander...

Aber ich war mir mit der ewigen Liebe nicht so sicher«, erklärte die praktisch denkende Mrs. Larkin, »denn das sagen sie alle, wenn sie betrunken sind. Und außerdem habe ich ihn dasselbe zu einer kleinen Rothaarigen sagen hören, die er da hatte, als X19 weg war, und deshalb glaubte ich nicht, daß er so auf X19 abfuhr wie sie auf ihn. An dem Abend war ich natürlich nicht auf meinem Posten. Ich kam gerade selber erst nach Hause, und er kam die Stufen hinuntergestolpert, seinen Arm um die Rothaarige gelegt; sie versuchte, ihn zu stützen, er rutschte aus und fiel und sagte: ›Du lieber Gott‹. ...«

*»Hören Sie auf!«* rief Lester Bitton plötzlich. Der Schrei klang regelrecht gequält. Er hatte am Fenster gestanden – hinter dem Vorhang verborgen – und hinausgestarrt. Nun wirbelte er herum, setzte zu reden an – und sackte in sich zusammen. »Sie haben das nicht«, sagte er traurig – »Sie haben das nicht in Ihren Bericht aufgenommen – Sie haben mir das nicht erzählt...«

»Es ist noch nicht zu spät. Aber ich bin vom Thema abgekommen, oder?« sagte Mrs. Larkin. Sie sah ihn prüfend an. Ihr hartes, eckiges Gesicht, das weder jung noch alt war, entspannte sich ein wenig. Sie strich sich einige Haarsträhnen hinter die Ohren. »Nehmen Sie's nicht so schwer, Mister. Sie sind alle so, meistens. Ich wollte Sie nicht fertigmachen. Sie scheinen ein ganz anständiger Kerl zu sein, wenn Sie mal von Ihrem hohen Roß herunterkommen und sich wie ein Mensch benehmen.

Ich mache mit dem heutigen Tag weiter. Oh ja – ich weiß wieder, wo ich stehengeblieben bin. Ich *muß* diesen ganzen Mist doch erzählen, oder?« sagte sie störrisch, als er sich wieder umwandte. »Nun, ich zog mich an und ging hinauf zum Berkeley Square. Das war gut, daß ich das tat, weil sie ziemlich früh aus dem Haus kam. Und ob Sie's glauben oder nicht«, sagte sie mit ehrfurchtsvoller Stimme, während sie ihre Zigarette ausdrückte,

»diese Frau ging den ganzen Weg von ihrem Haus bis zum Londoner Tower zu Fuß. Ich wäre fast gestorben. Aber ich habe es nicht gewagt, ein Taxi zu nehmen, aus Furcht, ich könnte zu nahe an sie herankommen und sie würde mich sehen. Ich hätte sie auch im Nebel verlieren können.

Ich kannte den Tower. Mein alter Herr hat mich einmal mit dorthin genommen. Er sagte, es wäre lehrreich. Nun, ich sah, wie sie Tickets für alle diese Festungen kaufte, und das tat ich dann auch, weil ich nicht wußte, wo sie hingehen würde. Aber ich dachte bei mir: ›Das ist ein verdammt ungemütlicher Ort für ein Rendezvous‹. Dann habe ich es plötzlich kapiert. Sie wußte Bescheid darüber, daß sie beobachtet wurde. Ich dachte mir, daß sie vermutlich bei ihrem Trip aufs Land einen Wink bekommen hatte; ihr Mann hatte vielleicht etwas gesagt, das sie darauf gebracht hatte...«

»Vorher waren die beiden nie zusammen dort gewesen?« unterbrach sie Hadley.

»Nicht, solange *ich* sie überwacht habe. Aber warten Sie! Sie werden das gleich begreifen.«

Sie war jetzt etwas gefaßter und verzichtete bei ihrer Geschichte auf Kommentare. Es war zehn Minuten nach eins, als Laura Bitton ankam. Nachdem sie ihre Tickets und einen kleinen Führer gekauft hatte, war sie in den Erfrischungsraum gegangen und hatte ein Sandwich und ein Glas Milch bestellt. Die ganze Zeit über, während sie aß, sah sie mit allen Anzeichen von Nervosität und Ungeduld auf die Uhr. »Und was noch wichtiger ist«, erklärte Mrs. Larkin, »sie hatte nicht dieses Pfeilding bei sich, das heute nachmittag auf Ihrem Schreibtisch lag. Sie hätte es nur unter ihrem Mantel haben können; als sie mit dem Essen fertig war, machte sie ihn auf und schüttelte ihn, um die Krümel loszuwerden. Ich kann einen Eid darauf schwören, daß sie nichts unter ihrem Mantel versteckt hatte.

Um zwanzig nach eins hatte Laura Bitton den Erfrischungsraum verlassen und war davongeeilt. Am Middle Tower blieb sie zögernd stehen, sah sich um und ging bald darauf den Damm entlang; am Byward Tower blieb sie erneut zögernd stehen. Dort zog sie den Plan in ihrem Führer zu Rate und sah sich vorsichtig um.

Ich konnte sehen, was in ihr vorging«, erzählte Mrs. Larkin. »Sie wollte sich nicht wie eine Nutte am Eingang herumtreiben;

aber sie wollte sichergehen, daß sie ihn sah, wenn er ankam. Das war relativ einfach. Jeder, der hereinkam, mußte diese Straße entlanggehen – hinauf in Richtung Traitors' Gate und Bloody Tower. Sie ging also die Straße entlang, langsam und blickte sich dauernd um. Sie spazierte in der Mitte der Straße, und ich war gerade nur so weit von ihr weg, daß ich sie bei diesem Nebel noch im Auge behalten konnte. Dann, als sie in die Nähe von diesem Traitors' Gate kam, wandte sie sich nach rechts und blieb wieder stehen. . .«

Das war es also, überlegte Rampole, was Philip Driscoll sah, als er im Quartier des Generals ›permanent aus dem Fenster blickte‹, wie Parker es beschrieben hatte. Er sah die Frau, wie sie unten auf der Water Lane auf ihn wartete. Und bald darauf erklärte er, daß er einen Spaziergang machen wolle und stürzte hinaus. Im Kopf des Amerikaners nahm die unheimliche und verschwommene Szenerie Gestalt an; Laura Bitton mit ihrem dynamischen Schritt und gesunden Gesicht, ihren gequälten braunen Augen; wie sie unsicher am Geländer stand, mit dem Führer in der Hand, während sie auf den Mann wartete, der schon längst da war. Driscoll, der hinuntereilte und vor dem King's Haus an Arbor vorbeisauste . . .

»Sie verschwand«, fuhr Mrs. Larkin fort, »in einer Türöffnung auf der rechten Seite von Traitors' Gate. Ich drückte mich eng an dieselbe Wand – aber ein kleines Stück weiter hinten. Dann sah ich, wie ein kleiner Bursche in Golfhosen unter dem Bogengang vom Bloody Tower hindurchkam. Er blickte schnell in alle Richtungen. Er konnte – ähh – X19 nicht sehen, weil sie in dieser Türöffnung stand. Ich vermutete, daß das Driscoll war, aber ich war mir nicht sicher. Sie, glaube ich, war das für einen Augenblick wohl auch nicht, weil sie ihn aus der anderen Richtung erwartet hatte. Dann fing er an, auf und ab zu gehen und marschierte schließlich zum Geländer hinüber. Ich hörte, wie er ein Schimpfwort gebrauchte, und dann war da ein Geräusch, so als würde ein Streichholz angezündet.

Nun, jetzt kommt der Joker ins Spiel. Ich weiß nicht, ob Sie das bemerkt haben. Aber dieser Bogengang, wo diese ganzen Eisenspitzen im Tor sind, steht auf jeder Seite des Geländers ungefähr zwei Meter hervor. Wenn man sich auf diesem Weg befindet und in gerader Linie hinunterschaut, kann man das Geländer vor den Stufen überhaupt nicht erkennen. Zu diesem Zeitpunkt war das ganz angenehm für mich; denn ich konnte auf wenige Meter an sie herankommen, ohne gesehen zu werden.

X19 wußte also nun, daß es Driscoll war. Sie schlüpfte aus der Türöffnung heraus und ging um die Ecke in Richtung des Geländers. Ich konnte sie nicht sehen, und sie konnte mich nicht sehen, so daß ich sehr nahe an sie herankam. Außerdem war der Nebel ziemlich dicht.«

Mrs. Larkin nahm noch eine Zigarette aus der Dose. Sie beugte sich nach vorne. »Nun, ich erfinde hier nichts. Ich kann Ihnen jedes Wort wiedergeben, das sie sprachen, weil nicht viel geredet wurde und es mein Beruf ist, mich zu erinnern. Das erste, was er sagte, war: ›Laura, warum um Himmels willen wolltest du mich hier treffen? Ich habe Freunde hier. Stimmt das, daß er es herausgefunden hat?‹ Was sie darauf antwortete, konnte ich nicht verstehen, weil es zu leise war. Es ging irgendwie um den Grund, warum sie ihn dorthin bestellt hatte; sollte einer von ihnen gesehen werden, könnte man behaupten, man sei gerade auf dem Weg zu Bekannten. Dann sagte er, daß das eine verrückte Idee sei, und ob es wahr sei, daß *er Bescheid wisse;* er wiederholte diese Frage. Sie bejahte das, und sie fragte: ›Liebst du mich?‹ Er antwortete: ›Ja, ja, aber ich sitze furchtbar in der Klemme.‹ Sie waren beide ganz schön aufgeregt und fingen an, lauter zu reden. Er sagte etwas über seinen Onkel, und plötzlich hielt er inne und sagte: ›Oh, mein Gott!‹ Ich kann nur sagen, es war erschreckend zu hören, in welchem Ton er das sagte – so, als wäre ihm gerade etwas eingefallen...

Sie fragte ihn, was los sei. Er sagte folgendes: ›Laura, es gibt etwas, was ich hier erledigen muß, und ich habe es vollkommen vergessen. Es wird nicht lange dauern, aber ich muß es tun – oder ich bin erledigt.‹ Seine Stimme bebte. Das klang gar nicht gut. Er sagte: ›Bleib nicht bei mir. Wir könnten gesehen werden. Geh hinein, und schau dir die Kronjuwelen an, und dann geh hinauf zum Exerzierplatz. Ich werde dich in fünf Minuten dort treffen. Stell mir bitte keine Fragen und geh.‹

Da war so etwas wie ein scharrendes Geräusch; ich hatte Angst, entdeckt zu werden und zog mich zurück. Dann hörte ich, wie er losging und rief: ›Es wird alles in Ordnung gehen; mach dir keine Sorgen.‹ Ich hörte, wie sie ein paar Sekunden auf und ab ging. Dann trat sie auf die Straße hinaus, und einen Moment lang dachte ich, sie hätte mich gesehen. Aber sie drehte sich um und marschierte los in Richtung Bloody Tower. Ich folgte ihr. *Ihn* habe ich nicht gesehen; ich nehme an, er ist geradeaus weitergegangen. Das war ungefähr um fünfundzwanzig Minuten vor zwei.«

Hadley lehnte sich nach vorne. »Sie sagten, Sie folgten ihr?« wollte er wissen. »Haben Sie gesehen, ob sie mit jemandem zusammenstieß?«

»Zusammenstieß?« wiederholte sie mit zusammengekniffenen Augen. »Nein. Aber das hätte ich auch nicht sehen können. Ich schlüpfte in diesen großen Torbogen unter dem Bloody Tower und drückte mich gegen eine Wand – für den Fall, daß sie umkehrte. Ich hatte so einen vagen Eindruck, daß ein Mann an mir vorüberging; aber es war nebelig und unter diesem Bogen schwarz wie die Nacht... Ich wartete einen Moment und folgte ihr dann wieder.

Ich hörte, wie sie mit einem von diesen Vögeln mit den komischen Hüten sprach und sagte: ›Wo geht es zu den Kronjuwelen?‹, und er wies auf einen Eingang, der nicht weit weglag von der anderen Seite des Torbogens; ich war immer noch an ihr dran.«

Mrs. Larkin machte eine Pause, um sich die Zigarette anzuzünden, die sie nun schon eine Weile in der Hand hielt.

»Das ist alles«, sagte sie in nüchternem Ton. »Er kam nicht mehr in ihre Nähe, weil jemand ihn direkt, nachdem er sie verlassen hatte, umgebracht hat. Aber ich weiß, daß *sie* es nicht getan hat, weil ich mir die Stelle, wo die Stufen hinunterführen, angesehen habe – ich sah sie mir an, wohlgemerkt, bevor ich ihr zum Bloody Tower nachfolgte. Ich habe mir fast den Hals verrenkt, um unter den Torbogen vom Bloody Tower sehen zu können. Ich streckte meine Hand aus, um mich am Geländer festzuhalten; so konnte ich nicht nach hinten fallen, und natürlich habe ich über meine Schultern zurückgeblickt. Er war zu diesem Zeitpunkt nicht da. Und während der übrigen Zeit hatte ich sie immer im Auge... Wie ich schon sagte, sah sie sich die Kronjuwelen an. Das tat ich auch. Aber sie interessierte sich nicht sonderlich dafür. Sie war ziemlich blaß und nervös, und sie blickte ununterbrochen aus den Fenstern. Ich ging vor ihr hinaus. Ich wollte nicht bemerkt werden. Mir war aufgefallen, daß, wenn man *in* den Bloody Tower hinauf zu einer Art kleinem Balkon geht...«

»Raleigh's Walk«, sagte der Chief Inspector und sah hinüber zu Dr. Fell.

»... dann konnte man jeden sehen, der von den Juwelen kam. Zum Ausgang zurück kam man nur auf dem Weg, den man auch gekommen war. Ich wartete also. Und es dauerte nicht lange, da kam sie zurück, blieb eine Zeitlang auf dem Weg stehen, der den Hügel hinauf vom Bloody Tower zu diesem großen offenen Gelände führt...«

»Tower Green.«

»Genau. Nun, sie begann hinaufzugehen, aber irgendwie lustlos; ich ging hinterher. Aber es passierte rein gar nichts. Ich konnte sie sehen, weil der Platz höher gelegen und der Nebel nicht so dicht war. Sie setzte sich auf eine Bank, sprach mit einer von den Wachen und blickte andauernd auf ihre Uhr. Aber sie war wirklich äußerst geduldig. *Ich* hätte auf keinen Mann dieser Welt so lange gewartet. Sie wartete über eine halbe Stunde, während sie einfach nur unbeweglich auf einer dieser Bänke im Nassen saß; schließlich machte sie sich auf den Weg. Den Rest kennen Sie.«

Mrs. Larkins blickte einen nach dem anderen mit ihren harten, kleinen Augen an. Sie inhalierte tief. »Nun, das war's. Ich habe alles gesagt. Ich habe versprochen auszupacken, und das hab' ich getan. Ich weiß nicht, wer Driscoll getötet hat, aber ich bin mir verdammt sicher, daß *sie* es nicht war.«

# Kapitel 13

## Miss Bitton plappert

Als sie aufgehört hatte zu reden, dachte erst einmal niemand daran, die Stille zu unterbrechen. Es war so still in dem kleinen Wohnzimmer, daß man wieder das heisere Gemurmel eines Radios aus irgendeiner Wohnung weiter oben hören konnte. Sie vernahmen Schritte auf dem Fußboden im Flur, das Schlagen einer Eisentür und dann das lang anhaltende Surren des automatischen Aufzugs. Weiter weg, von der anderen Seite des Platzes, hörte man die Geräusche der Autohupen...

Zum ersten Mal bemerkte Rampole, wie kühl es in dem Raum eigentlich war; eng hüllte er sich in seinen Mantel. So wie Finger, die langsam ihren Abdruck im Sand vertiefen, drückte nun mehr und mehr der Tod diesem Raum seinen Stempel auf. Nur die um den Kamin verstreuten weißen Bruchstücke der Gipsfigur erinnerten noch an Philip Driscoll...

Das Geklimper eines Leierkastens klang auf einmal vom Tavistock Square herauf. Dann hörte man ein leises Knarren von oben und das erneute Schlagen einer Tür; ein herunterfahrender Aufzug summte...

Lester Bitton schob den staubigen Fenstervorhang von seiner Schulter und drehte sich um. Es ging nun eine seltsame, ruhige Würde von ihm aus.

»Meine Herren«, sagte er, »ich habe getan, was getan werden mußte. Gibt es sonst noch etwas?«

Sie wußten, wie schwer es ihm gefallen war, diesem Bericht in der Gegenwart von Fremden zuzuhören. Schon allein wäre es schwer genug gewesen. Gelassen und förmlich, fast höflich stand er da, tiefe Tränensäcke unter den Augen, die Melone in der Hand. Niemand wußte, was er sagen sollte.

Schließlich war es Dr. Fell, der sprach. Er hatte sich auf einem Ledersessel niedergelassen; den Korb mit dem Werkzeug hielt er wie einen Hund auf dem Schoß; seine Augen wirkten müde und alt.

»Mensch, gehen Sie nach Hause«, sagte er düster. »Sie haben sich, wie wir alle einmal in unserem Leben, ziemlich mies verhalten. Aber Sie haben nur eine der beiden Figuren zertrümmert, als Sie beide zerstören konnten. Und Sie haben sich wie ein Mann für sie eingesetzt, als Sie sie öffentlich hätten anprangern können. Gehen Sie nach Hause. Wir können bei der Angelegenheit Ihren Namen nicht völlig raushalten, aber wir werden dafür sorgen, daß so wenig wie möglich davon bekannt wird.«

Der Doktor blickte müde zu Hadley. Dieser nickte.

Lester Bitton stand einen Augenblick regungslos da. Er schien erschöpft und ein wenig verwirrt zu sein. Dann bewegten sich seine großen Hände nach oben, brachten den Schal in Ordnung und knöpften den Mantel zu.

Ziellos ging er in Richtung Tür; den Hut hatte er noch nicht aufgesetzt, als er sie erreichte.

»Ich – ich danke Ihnen, meine Herren«, sagte er leise. Er machte eine leichte Verbeugung. »Verstehen Sie, ich – ich liebe sie sehr. Gute Nacht.«

Die Tür mit dem aufgebrochenen Schloß fiel hinter ihm zu. Sie hörten, wie die Tür zur Eingangshalle geöffnet und dann geschlossen wurde. Das Geklimpere des Leierkastens wurde lauter und hörte dann auf.

»Das ist der ›Maine Stein Song‹«, bemerkte der Doktor, der mit einem Ohr der Musik gelauscht hatte. »Warum mögen manche Leute einfach keine Drehorgeln? Was mich angeht, so liebe ich sie. Ich komme mir immer vor wie jemand aus der Grenadiergarde und strecke die Brust heraus, wenn ich an einer vorbeigehe. Es ist so, als würde man seine Besorgungen zu den Klängen eines Musikkorps machen, so, als wäre der Kauf zweier Lammkoteletts und einer Flasche Bier Anlaß für eine Art von *Siegesfeier*. Übrigens, Mrs. Larkin. . .«

Die Frau war aufgestanden. Schnell wandte sie sich um.

». . . wie Sie wissen, wird bei der gerichtlichen Untersuchung nicht zur Sprache gebracht werden, daß es da wirklich etwas Ernstes zwischen Mrs. Bitton und Driscoll gegeben hat. Ich denke, man hat Sie bereits dafür bezahlt, daß Sie den Mund halten.« Träge hob Dr. Fell seinen Spazierstock in die Höhe. »Es ist gut verdientes Geld. Aber versuchen Sie nun bloß nicht, noch mehr daran zu verdienen. Sie wissen, was Erpressung ist. Dafür würde man Sie ins Gefängnis werfen. Gute Nacht.«

»Oh, das geht schon klar«, stimmte Mrs. Larkin zu und strich die Haarsträhnen über ihren Ohren glatt. »Wenn Ihr Kerle ehrlich zu mir seid, bin ich auch ehrlich zu euch. . . Verstehn Sie, was ich meine? Männer sind schon irgendwie verrückt«, fügte sie noch nachdenklich hinzu. Sie verzog ihr rauhes, jung-altes Gesicht auf seltsame Weise. »Wenn ich der Alte dieser werten Dame gewesen wäre, wäre ich nach Hause gegangen und hätt' ihr beide Augen blau geschlagen. Aber Männer sind verrückt. Mein Cuthbert war es auch. Aber dennoch hab' ich diesen Dummkopf geliebt, bis es ihn bei einer Schießerei unter der Hochbahn an der Third Avenue in New York erwischt hat. Immer wieder brannte er mit irgendeinem Weibsstück durch; mich hat das so aufgeregt, daß ich nie daran gedacht habe, *ihn* einfach sitzen zu lassen. So muß man die Weiber behandeln. Hält sie bei der Stange. Nun, ich hau' jetzt ab in 'ne Kneipe. Nacht. Wir sehen uns bei der Verhandlung.«

Nachdem sie gegangen war, saßen die Zurückgebliebenen schweigend da. Dr. Fell schnaufte schläfrig. Und Hadley begann wieder, im Zimmer auf und ab zu gehen.

»Das wäre also erledigt«, sagte er. »Ich denke, wir können Mrs. Bitton von der Liste der Verdächtigen streichen. Ich bezweifele, daß die Larkin lügt. Ihre Aussage stimmt zu sehr mit anderen Tatbeständen überein, von denen sie auf keinen Fall etwas wissen konnte. Was also jetzt?«

»Was schlagen *Sie* vor?«

»Für den Augenblick nicht viel. Es hängt alles davon ab, was das war, was Driscoll vergessen hatte und woran er sich wieder erinnerte, als er mit Mrs. Bitton vor dem Traitors' Gate sprach. Er wollte irgendwo hin, aber er kam nicht allzuweit und traf auf jemanden . . . den Mörder.«

»Klingt ganz gut«, sagte der Doktor knurrend.

»Nun, zunächst einmal die *Richtung,* in die er gegangen sein könnte. Die Larkin hat ihn nicht weggehen sehen. Wir wissen folglich, daß er nicht auf der Water Lane in Richtung des Byward oder Middle Towers – also in Richtung des Tors – gegangen ist. Denn die Larkin stand dort und hätte ihn vorbeigehen sehen.

Es gibt nur zwei andere Richtungen, in die er hätte gehen können.« Aus seiner unschätzbaren Aktentasche nahm Hadley einen Plan des Towers, den er offensichtlich seit seinem Besuch dort immer wieder betrachtet hatte. »Er hätte auf der Water Lane natürlich auch genau in die andere Richtung gehen können. Die einzige Stelle, zu der er in dieser Richtung hätte gelangen können, ist ein anderer Tordurchgang – ähnlich dem unter dem Bloody Tower –, etwa vierzig Meter weit entfernt in der gleichen Mauer... also der inneren Festungsmauer. Von diesem Tor führt ein Weg hinauf zum White Tower, der sich fast im Mittelpunkt der gesamten Anlage befindet. Wenn nun nicht *alle* unsere Überlegungen falsch sind und keine weiteren, uns noch unbekannten Tatbestände vorliegen, warum um alles in der Welt sollte er zum White Tower gegangen sein? Oder – was ich für ebenso unwahrscheinlich halte – zur Hauptwache, zum Lager, zum Hospital, zu den Offiziersquartieren, zu den Kasematten oder irgendeinem anderen Ort, zu dem er durch dieses Tor hätte gelangen können?

Außerdem war er noch nicht weit vom Traitors' Gate entfernt, als er auf den Mörder traf. Bei Nebel ist Traitors' Gate der ideale Ort für einen Mord. Darauf käme jeder. Aber wenn Driscoll schon auf dem Weg zum White Tower war und dem Mörder ein ziemliches Stück entfernt vom Traitors' Gate begegnet ist, wäre es für den Mörder wohl recht unpraktisch gewesen, ihm den Stahlpfeil in den Leib zu jagen, ihn aufzuheben, zurückzutragen und schließlich über das Geländer zu werfen. Was den physischen Aspekt angeht, hätte es wohl keine Probleme gegeben; Driscoll ist ein Federgewicht. Aber das Risiko – selbst bei diesem Nebel und der kurzen Distanz –, mit einer Leiche im Arm gesehen zu werden, wäre zu groß gewesen.«

Hadley hörte auf, vor dem Kamin hin und her zu laufen. Er starrte einen Augenblick auf das kitschig bemalte Gesicht der kleinen Figur; irgendein Gedanke ging ihm durch den Kopf; um seinen Mund bildeten sich tiefe Falten. Aber er schüttelte ihn ab und fuhr fort:

»Andererseits konnte der Mörder wohl auch nicht sagen: ›Komm, alter Knabe, machen wir einen Spaziergang zurück zum Traitors' Gate; ich will mit Ihnen reden.‹ Natürlich hätte Driscoll geantwortet: ›Wieso dort? Warum denn nicht hier?‹ Außerdem war er furchtbar aufgeregt und wollte schleunigst irgendwo hinkommen und irgend etwas unternehmen. Höchstwahrscheinlich hätte er gesagt: ›Tut mir leid. Ich möchte überhaupt nicht mit Ihnen sprechen‹, und wäre weitergegangen... Nein, das kann nicht sein. Driscoll hatte in dieser Richtung sowieso nichts zu suchen. Es gibt also nur eine Alternative.«

Dr. Fell nahm eine Zigarre heraus.

»Nämlich«, fragte er, »daß Driscoll in dieselbe Richtung wie Mrs. Bitton gegangen ist – durch den Bogengang unter dem Bloody Tower?«

»Ja. Alle Anzeichen weisen darauf hin.«

»Zum Beispiel?«

»Zum Beispiel«, antwortete Hadley langsam, »das, was die Larkin gesagt hat. Sie hörte, wie Driscoll wegging, und dann spazierte Mrs. Bitton mindestens eine Minute lang vor dem Geländer auf und ab – *um Driscoll Zeit zu geben, ein gutes Stück vor ihr dort hinaufzugehen.* Driscoll sagte, sie dürften nicht zusammen gesehen werden. Und wie die Larkin richtig bemerkte: Wenn man sich erst einmal innerhalb der inneren Festungsmauer befindet, ist man praktisch für jeden gut sichtbar; vor allem, weil es eine Anhöhe ist, und der Nebel ist dort nicht so dicht. Die Larkin hatte den sicheren Eindruck, daß er Mrs. Bitton vorausgegangen ist. Und darüber hinaus ist das die für ihn naheliegendste Richtung, weil...«

»Weil das der Weg zum King's House ist«, ergänzte Dr. Fell.

Hadley nickte. »Was auch immer er vergessen hatte und erledigen wollte, war im Quartier des Generals im King's House. Das ist der einzige Teil des Towers, in dem er etwas zu erledigen hatte... Er ging zurück. Es gab jemanden, mit dem er telefonieren mußte, oder eine Botschaft, die er Parker zu übergeben hatte. *Aber er ist niemals dort angelangt.*«

»Gute Arbeit«, sagte der Doktor anerkennend. »Ich scheine Sie zu inspirieren. Allmählich arbeitet sich das Vorstellungsvermögen Ihres Unterbewußtseins an die Oberfläche vor. Nach und nach scheint sich alles auf diesen Bogengang unter dem Bloody Tower zu konzentrieren... Wir halten also folgende Punkte fest: Der Bogengang unter diesem Tower ist ein breiter Tunnel, ungefähr sechs Meter lang, und der Weg verläuft steil bergauf. Die meiste Zeit über ist es dort ziemlich dunkel, aber an einem nebeligen Tag ist es das, was Mrs. Larkin, die anscheinend Dante gelesen hat, ›schwarz wie die Hölle‹ genannt hat.«

Hadley unterbrach sein verbissenes Grübeln. Er sagte gereizt: »Hören Sie. Mir scheint es fast so, als würde *ich* die ganze Rekonstruktion des Falles leisten. Und wenn ich auf die richtige Antwort gekommen bin, winken Sie gelassen ab und sagen, daß Sie das schon die ganze Zeit gewußt hätten. Nun, entweder wissen Sie es oder Sie wissen es nicht, aber wenn *nicht...*«

»Ich verfolge nur«, sagte Doktor Fell würdevoll, »die sokratische Methode. Sagen Sie nicht ›Bah‹, wie Sie es offenbar gerade tun wollen. Ich möchte Ihnen begleitend zu Seite stehen und sehen, wie weit uns diese Hypothese bringt. Daher. . .«

»Hm«, bemerkte der Inspector und hatte plötzlich einen Einfall. »Wenn ich jetzt darüber nachdenke, Donnerwetter! Ich weiß jetzt, wo dieser ganze Detektivromankram angefangen hat. Mit diesem komischen griechischen Philosophen in *Platos Dialogen*. Ich habe mich über den immer furchtbar geärgert. Ein paar Griechen spazierten so umher, belästigten niemanden, und dann tauchte stets dieser verdammte Philosoph auf und sagte: ›*Bon jour*‹ – oder was man in Athen so sagte –, ›Bon jour, meine Herren; haben Sie heute nachmittag etwas zu tun?‹ Natürlich hatten sie das nicht; das hatten sie nie. In Griechenland hat man anscheinend nie einer Arbeit nachgehen müssen. Statt dessen spazierte man in der Gegend rum – auf der Jagd nach Philosophen. Sokrates pflegte dann zu sagen: ›In Ordnung. Dann laßt uns Platz nehmen und reden.‹ Dann stellte er ein Problem, das sie lösen sollten. . . Er wußte natürlich die Antwort. Es war nie etwas Vernünftiges wie zum Beispiel: ›Was haltet Ihr von der irischen Frage?‹ oder ›Wer wird dieses Jahr im Kricket gewinnen, Athen oder Sparta?‹ Immer wieder nervte er mit einer absolut schrecklichen Frage über die Seele. Sokrates fragte. Dann sprach einer dieser Burschen frei heraus und redete neun Seiten lang; und Sokrates schüttelte betrübt den Kopf und sagte: ›Nein‹. Dann versuchte sich ein anderer Bursche daran und redete sechzehn Seiten lang. Und Sokrates sagte: ›Ah!‹ Das nächste Opfer muß geredet haben, bis es dunkel wurde, und Sokrates sagte: ›Vielleicht‹. Dennoch ist nie einer auf die Idee gekommen, aufzustehen und ihm einen Obelisken auf dem Schädel zu zertrümmern. Das hätte *ich* schon nach der Lektüre gerne getan, weil er nie damit herausrückte, was er nun meinte. . . Da liegt der Ursprung von Ihren Romandetektiven, Fell. Und ich will, daß Sie damit aufhören.«

Dr. Fell, der inzwischen seine Zigarre angezündet hatte, blickte tadelnd um sich.

»Zu meinem Erstaunen bemerke ich an Ihnen, Hadley«, verkündete er, »einen gewissen Hang zur Komik; ebenso den Keim einer Idee, die die meisten Bibliophilen bislang übersehen haben. Hm. Ich hatte auch nie besonders viel Geduld mit diesen Knaben... Wie auch immer, bleiben Sie bei Ihrem Thema. Machen Sie mit dem Mord weiter.«

»Ähh... Wo war ich?« wollte Hadley wissen. »Dieser verflixte Fall beginnt langsam...«

»Sie hatten Driscoll in den Tunnel geschickt, wo er ermordet wird. So. Nun, es war sehr dunkel. Warum hat ihn der Mörder nicht einfach gegen die Wand gelehnt und dort gelassen?«

»Weil die Leiche dort zu schnell hätte entdeckt werden können. Es gibt zu viel Betrieb an dieser Stelle. Jemand hätte über die Leiche stolpern können, bevor der Mörder genug Zeit hatte, sich aus dem Staub zu machen... Er hob daher Driscoll wie eine Bauchrednerpuppe auf, warf einen kurzen Blick auf beide Seiten der Water Lane, ging rüber und schmiß ihn über das Geländer hinweg auf die Stufen.«

Der Doktor nickte. Er hielt eine Hand hoch und zählte die einzelnen Punkte an seinen Fingern ab.

»Driscoll geht also in den Tunnel und trifft seinen Mörder. Mrs. Bitton wartet einen Augenblick und folgt ihm dann, weil sie nicht weiß, daß Driscoll noch immer *im* Tunnel ist. Sehen Sie jetzt, worauf das hinausläuft, Hadley? Wir haben Mrs. Bitton an dem einen Ende des Tunnels, Driscoll und den Mörder in der Mitte... und unseren Freund Mr. Arbor am anderen Ende. Nicht wahr?«

»Jedes Mal, wenn *Sie* mit Ihren Erläuterungen beginnen«, sagte der Chief Inspector, »wird die Sache noch verworrener. Aber soviel scheint klar. Die Larkin sagte, daß Mrs. Bitton um fünfundzwanzig vor zwei unter dem Bloody Tower hindurchging. Arbor stieß zum fraglichen Zeitpunkt auf der anderen Seite des Durchgangs mit ihr zusammen. Wo ist denn da nun der Haken an der Sache?«

»Ich habe nicht gesagt, daß es einen Haken gibt. Nun, kurz hinter Mrs. Bitton ist es die Larkin mit ihren Adleraugen, die den Tunnel als nächste betritt. Die ganze Zeit über, so muß man annehmen, befand sich der Mörder mit seinem Opfer immer noch im Tunnel; anderenfalls hätte sie sehen können, wie er die Leiche hinaustrug. Im Tunnel ist es sehr dunkel und nebelig. Mrs. Larkin *hört,* wie sich jemand bewegt. Es handelt sich möglicherweise um Arbor, der, von der anderen Seite kommend, auf dem Weg nach draußen ist. Endlich ist die Luft rein. Der Mörder, der dort schweißgebadet vor Angst, er würde entdeckt werden, mit seinem Opfer gehockt hatte, schleppt die Leiche raus, wirft sie über das

Geländer und flieht... Das, nehme ich an, ist die Zusammenfassung der Ereignisse?«

»Ja. So ungefähr ist sie das.«

Dr. Fell schielte hinunter auf seine Zigarre. »Wie paßt denn«, fragte er, »der rätselhafte Mr. Arbor da hinein? Was hat ihn so in Angst versetzt? ... Er sitzt jetzt mit totalem Bammel draußen in seinem Häuschen. Warum?«

Hadley schlug mit seiner Aktentasche auf die Armlehne eines Sessels. »Er durchquerte gerade diesen dunklen Tunnel, Fell... und er war in einer ausgesprochen schlechten Verfassung, nachdem er uns verlassen hatte; der Taxifahrer sagte, er hätte ununterbrochen etwas von einer *›Stimme‹* erzählt...«

»Halt, halt«, sagte der Doktor. »Glauben Sie, der Mörder hat sich vorgebeugt und ›Buh!‹ gerufen, als er vorüberging?«

»Ich erwarte ja nicht viel von Ihnen. Aber«, sagte der Chief Inspector verbittert, »aber ein etwas weniger plumper Humor... Was wollen Sie eigentlich beweisen?«

Wie Rampole bemerkte, schenkte er jedoch dem, was Dr. Fell sagte, keine große Aufmerksamkeit. Sein Blick schweifte immer wieder hinüber zum Kaminsims, zu der zersplitterten Figur auf der Kaminplatte und dem Pendant auf dem Sims. Eine Falte lag zwischen seinen Augenbrauen. Der Doktor folgte seinem Blick.

»Lassen Sie mich Ihnen sagen, was Sie denken, Hadley, bemerkte er. »Sie denken: Mörder – großer Mann – Stärke – gewaltiges Motiv. Ein Mann, der aus den emotionalen Abgründen heraus, in die wir selbst gesehen haben, zu einem Mord fähig ist, ein Mann, der Zugang zu dem Pfeil hatte, ein Mann, der mit Sicherheit von dem Pfeil wußte, ein Mann, der bislang noch nicht einmal danach befragt worden ist, wo er zum Zeitpunkt des Mordes war: Lester Bitton.«

»Ja«, sagte Hadley, ohne sich umzudrehen. »Genau das habe ich gedacht.«

An der Wohnungstür ertönte die Klingel. Jemand drückte wiederholt in kurzen Abständen darauf. Aber bevor Rampole Gelegenheit hatte, die Tür zu erreichen, wurde sie aufgestoßen...

»Es tut mir *furchtbar* leid, daß wir uns so schrecklich verspätet haben!« sagte eine Mädchenstimme, noch bevor man die dazu gehörige Person überhaupt sehen konnte. »Aber der Chauffeur hatte seinen freien Abend, und wir wollten nicht den großen Wagen nehmen; wir haben es mit dem anderen Wagen versucht, aber er schaffte nur die halbe Stecke und blieb dann stehen. Denken Sie nur! Dann versammelte sich eine Menschenmenge um uns herum, und Bob öffnete die Motorhaube und fing an, mit sich selbst zu reden und an Kabeln und solchen Sachen zu ziehen, und auf einmal explodierte etwas, und Bob gebrauchte die schrecklichsten Wörter, und die Menschenmenge klatschte Beifall. Denken Sie nur! Und deshalb mußten wir schließlich doch den großen Wagen nehmen.«

Rampole schaute auf ein schmales Gesicht hinunter, das durch den Türrahmen gestreckt wurde. Nach und nach trat die ganze Person ins Zimmer. Sie war eine dralle, sehr hübsche kleine Blondine mit den zwei strahlendsten blauen Augen, die der Amerikaner jemals gesehen hatte; sie sah aus wie eine atemberaubende Puppe. Man hatte den Eindruck, daß sich niemals auch nur der Schatten einer Tragödie auf sie legen könnte. Sollte sie jemand an etwas Trauriges erinnern, würde sie weinen, aber sonst nicht daran denken.

»Ähh... Miss Bitton?« fragte Rampole.

»*Ich* bin Miss Bitton«, erklärte sie, als würde sie sich selbst aus einer Gruppe heraussuchen. »Aber mein Bob ist bei diesen Dingen *nie* besonders geschickt, müssen Sie wissen. Weil, vor zwei Jahren hat Daddy mir ein kleines Haus an der Küste gekauft, damit wir alle zusammen dorthinfahren können, mit Laura als Anstandsdame, und ich wollte, daß die Wände tapeziert werden, und ich hatte die Tapeten, und Bob und sein Cousin George sagten: Ha! Sie würden es selber tapezieren und auch den Kleister mischen. Aber dann verschütteten sie im ganzen Zimmer Kleister, als sie ihn auf die Tapete schmieren wollten; danach verhedderten sie sich total in der Tapete mit dem Kleister drauf. Und dann hatten sie den schrecklichsten Streit und fluchten und machten einen solchen Lärm, daß das Haus wackelte; und ein Polizist kam nachschauen, und der bekam auch Tapete ab; und dann wurde George so wütend, daß er geradewegs aus dem Haus marschierte – beklebt mit einer ganzen Rolle von meiner besten Tapete mit Vergißmeinnicht darauf. Denken Sie nur! Was die Nachbarn wohl dachten, meine ich. Aber am schlimmsten war es, nachdem Bob die Tapete drangemacht hatte... Sie war überall ein wenig schief und stieß nirgendwo richtig an die nächste Bahn und war nicht mehr sehr sauber, wissen Sie. Weil wir dann ein Feuer gemacht haben, ist es warm geworden, und alle möglichen ekligen Sachen passierten mit der Tapete, und dann entdeckten sie, daß sie selbsttreibendes Mehl benutzt hatten, um den Kleister anzurühren. Denken Sie nur! Und deshalb habe ich immer gesagt, daß...«

»Mein Liebes, ich bitte dich!« protestierte eine sanfte und gequälte Stimme hinter ihr. Dalrye, dünn und mit den Augen zwinkernd, stand hinter ihr in der Tür, wobei er sie deutlich überragte. Sein rotblondes Haar guckte wirr unter einem Hut hervor, der ihm schief auf dem Kopf saß, und unter einem Auge hatte er Autoschmiere. Als er so seinen Hals streckte, um in das Zimmer zu sehen, fühlte sich Rampole unwillkürlich an eine dieser Rekonstruktionen prähistorischer Dinosaurier erinnert, die er einmal in einem Film gesehen hatte. »Ähh...«, fügte er noch kleinlaut hinzu, »entschuldige bitte, daß ich dir ins Wort gefallen bin. Mein Liebes, schließlich weißt du doch, warum wir hergekommen sind...«

Sheila Bitton hatte ihre Ausführungen abrupt unterbrochen. Ihre großen Augen blickten bekümmert; dann wanderte ihr Blick durch das Zimmer. Ihre Augen bekamen einen erschrockenen Ausdruck, als sie das zerbrochene Gipsbildnis sah; ausgerechnet diese beiden Figuren, das wußte Rampole, würden eine unwiderstehliche Anziehungskraft auf sie ausüben.

Sie sagte: »Es tut mir leid. Ich ..., ich habe natürlich nicht daran gedacht, und dann diese ganzen schrecklichen Leute, die Ratschläge geben wollten...« Sie sah Rampole an. »Sie sind nicht ...oooh nein! Ich kenne Sie. Sie sind derjenige, der wie ein Footballspieler aussieht. Bob hat Sie mir alle beschrieben. Und Sie sehen viel besser aus, als ich das nach seiner Beschreibung erwartet hatte«, entschied sie, während sie ihn einer peinlichen Betrachtung unterzog.

»Und ich, Ma'am«, sagte Dr. Fell, »bin das Walroß. Mr. Dalrye scheint ein Talent für lebendige Beschreibungen zu haben. Mit welch taktvollen Worten, wenn ich fragen darf, hat er das Bild meines Freundes Hadley hier gemalt?«

»Wer?« fragte Miss Bitton und zog die die Brauen hoch. Sie betrachtete den Doktor, und ein freudiger Ausdruck belebte wieder ihre funkelnden Augen. »Oh, sagen Sie mal! Sie *sind* ein Schatz!« rief sie.

Dr. Fell zuckte heftig zusammen. Sheila Bitton hatte keinerlei Hemmungen. Eine Frage an sie würde genügen, und jeder Psychoanalytiker würde sich eine Handvoll Barthaare ausreißen, um dann verwirrt und gedemütigt nach Wien davonzuschleichen. Er wäre für immer frustriert.

»Über Mr. Hadley?« fragte sie freimütig. »Ach, wissen Sie, Bob sagte, daß er nach nichts Besonderem aussieht.«

»O Gott!« sagte Dalrye. Er breitete hinter ihr in einer hilflosen Geste die Arme aus.

». . . und ich wollte schon immer die Polizei kennenlernen, aber die einzigen Typen, die ich bislang kennengelernt habe, sind die, die mich fragen, warum ich Straßen in der einen Richtung hinunterfahre, wenn die Pfeile in die andere zeigen; aber warum *nicht?* Schließlich fährt da kein Auto, und ich kann dann immer sehr viel schneller fahren. Nein, Miss, Sie können mit Ihrem Auto *nicht* vor der Zufahrt der Feuerwehr parken. Scheußliche Leute. Können Sie sich das vorstellen? Ich meine die echte Polizei, die zerstückelte Leichen findet, die in Truhen gesteckt worden sind. Und. . .« Dann fiel ihr wieder ein, wo sie sich befand, und sie hielt mit einem Ruck inne; die anderen befürchteten schon, sie würde plötzlich in Tränen ausbrechen. . .

»Natürlich, Miss Bitton«, sagte der Chief Inspector schnell. »Wenn Sie jetzt einen Augenblick Platz nehmen würden und. . . ähh. . . zu Atem kommen, verstehen Sie, dann glaube ich. . .«

»Entschuldigen Sie mich«, sagte Dalrye. »Ich werde mir die Hände waschen.« Ein leichter Schauder durchlief ihn, als er sich im Zimmer umsah, und es schien, als wolle er seine Entscheidung rückgängig machen. Aber er biß die Zähne aufeinander und ging aus dem Zimmer. Miss Bitton sagte plötzlich: »Armer Phil. . .« Dann setzte sie sich. Für eine Weile sprach niemand.

»Sie. . . jemand«, bemerkte sie mit schwacher Stimme, »jemand hat diese hübsche kleine Figur auf dem Sims zerbrochen. Das ist schade. Das war eines der Dinge, die ich mitnehmen wollte.«

»Haben Sie sie schon einmal gesehen, Miss Bitton?« fragte Hadley. Sein Unbehagen war verschwunden, als er die mögliche Spur witterte.

»Nun, natürlich habe ich das! Ich war dabei, als sie sie bekommen haben.«

»Wann hat wer sie bekommen?«

»Auf dem Jahrmarkt. Phil und Laura und Onkel Lester und ich sind alle zusammen dort hingegangen. Onkel Lester sagte, das wäre albern und wollte erst nicht gehen, aber Laura hat ihn wie üblich bearbeitet, und er erklärte sich schließlich bereit mitzugehen. Er würde aber nicht auf einer dieser Schaukeln oder Karussells fahren und dann... Aber das wollen Sie alles gar nicht hören, oder? Ich weiß, Bob sagt, ich rede zu viel, und jetzt, wo der arme Phil tot ist...«

»Fahren Sie bitte fort, Miss Bitton; ich interessiere mich sehr dafür.«

»Wirklich? Oooh! Nun, dann... Wo – ach ja. Phil fing an, Onkel Lester aufzuziehen, und das war gemein von ihm, weil Onkel Lester nichts dafür kann, daß er alt ist, oder? Und Onkel Lester wurde ganz rot im Gesicht, aber er sagte keinen Ton, und dann kamen wir an eine Schießbude, wo sie Gewehre und solche Sachen haben, und Onkel Lester machte irgendwie eine schneidende Bemerkung, nicht besonders laut, und er sagte, daß das endlich mal ein Spiel für Männer und nicht für Kinder wäre, und ob Phil es nicht versuchen wolle? Und Phil tat es, aber war nicht sehr gut. Und dann nahm Onkel Lester einfach eine Pistole anstelle eines Gewehrs und schoß eine ganze Reihe von Röhren quer durch die Schießbude weg, so schnell, daß man sie nicht zählen konnte; und dann legte er die Pistole hin und ging ohne ein Wort einfach weg. Das gefiel Phil überhaupt nicht... Ich konnte sehen, daß es das nicht tat. Und an jeder Bude, an der wir vorüberkamen, fing er an, Onkel Lester zu allen möglichen Spielen herauszufordern, und Laura machte auch mit. Ich versuchte es auch ein paarmal; aber nachdem wir zu der Bude kamen, wo man Holzbälle wirft und versucht, damit ausgestopfte Katzen umzuwerfen, durfte ich schließlich nicht mehr; weil der erste Ball, den ich geworfen habe, das elektrische Licht an der Decke getroffen hat, und der zweite, den ich geworfen habe, den Mann, der die Bude betreibt, hinterm Ohr getroffen hat; und Onkel Lester mußte dafür bezahlen...«

»Aber was ist mit den Puppen?« fragte Hadley geduldig.

»Oh ja. Es war Laura, die sie gewonnen hat; sie waren ein Paar. Das war beim Pfeilwerfen, und sie war sehr gut ..., viel besser als die Männer. Und man bekam Preise dafür, und Laura bekam den höchsten Preis für ihre Punktzahl, und sie sagte, ›Schaut her, Philip und Mary‹, und lachte. Das war's nämlich, was auf den Puppen geschrieben stand, und Sie müssen wissen, Lauras zweiter Vorname ist Mary. Dann sagte Onkel Lester, er wolle nicht, daß sie diesen Plunder behält; sie sähen so schäbig aus, und natürlich wollte *ich* sie schrecklich gerne haben. Aber Laura sagte ›nein‹; sie würde sie Philip geben, wenn Mary sie nicht behalten könne. Und Phil machte das Gemeinste, das ich je erlebt habe, er machte eine absolut lächerliche Verbeugung und sagte, er würde sie behalten... Oh – ich war so wütend! Weil ich natürlich glaubte, er würde sie *mir* geben, verstehen Sie. Und außerdem: Was wollte *er* schließlich damit? Onkel Lester sagte zunächst nichts dazu, aber dann meinte er auf einmal, wir sollten nach Hause gehen. Den ganzen Rückweg über habe ich Phil ununterbrochen bestürmt, sie mir zu geben; und er hielt alle möglichen blödsinnigen Reden, die überhaupt nichts bedeuteten, und sah dabei dauernd Laura an, aber er wollte sie mir einfach nicht geben. Und deshalb erinnere ich mich an sie, weil sie mich an Phil erinnern... Wissen Sie, ich habe sogar Bob gebeten, Phil dazu zu bringen, daß er sie mir gibt... Es kommt mir vor, als sei es schon eine Ewigkeit her, daß ich Bob angerufen habe, weil ich immer dafür sorge, daß er mich jeden Tag anruft, sonst rufe ich *ihn* nämlich an, und das kann General Mason nicht leiden...«

Sie hielt inne und zog wieder ihre schmalen Augenbrauen hoch, als sie Hadleys Gesicht sah.

»Sie sagen«, bemerkte der Inspector und versuchte seiner Stimme einen beiläufigen Klang zu geben, »daß Sie jeden Tag mit Mr. Dalrye telefonieren?«

Rampole stutzte. Es fiel ihm wieder ein. Einige Zeit vorher hatte Hadley einen Schuß ins Blaue gewagt, als er einen erfundenen Beweisgang gegen Laura Bitton in Anwesenheit ihres Ehemannes konstruiert hatte. Er hatte gesagt, daß Dalrye Sheila von Driscolls Absicht, um ein Uhr den Tower zu besuchen, unterrichtet hätte, als er an diesem Morgen mit ihr telefonierte – und daß daher jeder in Bittons Haus von der Verabredung um ein Uhr gewußt haben könnte. Hadley dachte, es wäre ein Schuß ins Blaue und nichts weiter. Aber, wie Rampole sich erinnerte, *hatte Lester Bitton keinerlei Anstalten gemacht, daran zu zweifeln.* Das war – vorsichtig ausgedrückt – doch recht vielsagend.

Sheila Bittons blaue Augen waren auf Hadley gerichtet.

»Oh, bitte!« sagte sie, »nun fangen *Sie* nicht auch noch damit an! Sie hören sich an wie Daddy. Er erzählt mir, was für ein Dummkopf ich bin, weil ich jeden Tag telefoniere; außerdem glaube ich sowieso nicht, daß er Bob mag, weil Bob kein Geld hat und gerne Poker spielt; und Daddy sagt, spielen ist lächerlich, und ich weiß, daß er nach einer Entschuldigung sucht, um unsere Verlobung aufzulösen und unsere Heirat zu verhindern, und. . .«

»Meine liebe Miss Bitton«, unterbrach Hadley sie mit einer Art verzweifelter Heiterkeit, »ich will gewiß keine Predigt halten. Ich denke, es ist eine großartige Idee. Großartig. Ha! Ha! Ha! Aber ich wollte Sie nur fragen. . .«

»Sie sind ein Schatz! Sie sind ein Schatz!« gurrte Miss Bitton. »Sie sind mir so einer. Und alle ziehen mich damit auf, und sogar Phil hatte sich angewöhnt, mich anzurufen und so zu tun, als sei er Bob, und er hat mich gebeten, zur Polizeiwache zu fahren, weil Bob verhaftet worden sei, weil er im Hyde Park mit Frauen geflirtet habe – oder er sei im Gefängnis, und ich solle ihn gegen Kaution rausholen. . .«

»Ha, ha«, sagte Hadley wieder. »Ha, ha, ha. . . Ich meine, ähh, wie. . . schlimm. Schockierend. Grotesk. Ha, ha. Aber, was ich Sie fragen wollte, haben Sie heute mit Mr. Dalrye gesprochen?«

»Im Gefängnis«, sagte das Mädchen düster. »Mein Bob. Denken Sie nur. Ja, ich habe heute mit ihm gesprochen.«

»Wann, Miss Bitton? Heute morgen?«

»Ja. In der Zeit rufe ich ihn immer an, wissen Sie, oder lasse mich anrufen; weil dann General Mason nicht da ist. Gräßlicher alter Kerl mit Backenbart. Er mag das nicht. Und ich weiß immer genau, wann Parker am Telefon ist; denn bevor man irgend etwas sagen kann, sagt er: ›General Masons Ordonnanz am Apparat!‹ Es klingt immer irgendwie eingebildet und streng. Aber, wenn er es nicht ist, denke ich natürlich, daß es Bob ist, und ich bin so riesig froh, mit ihm zu sprechen, daß ich sage, *Darling, Schatz* . . . Sie wissen, was man halt so sagt, Mr. Hadley. . ., und einmal sagte ich das, und es gab ein Geräusch, wie wenn man Eier brät, und dann sagte eine eklige Stimme: ›Madam, das ist der Londoner Tower, kein Kindergarten. Wen möchten Sie sprechen?‹ Denken Sie nur! Und das war General Mason. Ich hatte immer schon Angst vor ihm, schon als ich ein Kind war, und ich wußte nicht, was ich sagen sollte, und ich weinte ein bißchen und sagte: ›Hier ist Ihre verlassene Ehefrau‹. Dann hängte ich auf, während er noch alle möglichen Dinge zu mir sagte. Aber danach ließ er Bob mich von einer Telefonzelle aus anrufen, und. . .«

»Ha, ha!« lachte Hadley gekünstelt. »Ha, ha. Kein Gefühl für so etwas, nicht wahr? Keine Romantik, der arme Bursche. . .

Aber, Miss Bitton, als Sie heute morgen mit Mr. Dalrye gesprochen haben, hat er Ihnen da erzählt, daß Philip Driscoll – also Ihr Cousin – ihn im Tower treffen wollte?«

Sie erinnerte sich wieder an die Tragödie, und ihr Blick verfinsterte sich.

»Ja«, sagte sie nach einer kurzen Pause. »Ich weiß es deshalb, weil Bob wissen wollte, in welchen Schlamassel Phil nun wieder hineingeraten sei und ob *ich* etwas darüber wüßte. Er sagte mir, ich solle den anderen nichts davon erzählen...«

»Und das taten Sie auch nicht?«

»Nun, natürlich nicht!« rief sie. »Ich machte am Frühstückstisch irgendeine Andeutung, das ist alles. An dem Morgen frühstückten wir nämlich erst um zehn Uhr, weil wir am Abend vorher so aufgeregt gewesen waren. Ich fragte sie bei Tisch, ob sie wüßten, warum Phil um ein Uhr zum Londoner Tower fahren wollte. Sie wußten es nicht, und natürlich gehorchte ich Bob und sagte dann nichts weiter...«

»Ich nehme an, das dürfte auch schon gereicht haben«, sagte Hadley. »Hat jemand eine Bemerkung dazu gemacht?«

»Bemerkung?« wiederholte das Mädchen unschlüssig. »N-nein; sie redeten nur ein wenig und machten Witze.«

»Wer saß am Tisch?«

»Nur Daddy und Onkel Lester und dieser schreckliche Mann, der bei uns zu Besuch ist; der, der heute nachmittag, ohne einen Ton zu sagen, rausgestürzt ist und mir einen Schrecken eingejagt hat; und niemand weiß, wo er ist oder warum er weggegangen ist; und sowieso ist alles so durcheinander...«

»Saß Mrs. Bitton am Tisch?«

»Laura? Oh! Oh nein. Sie ist nicht runtergekommen. Sie fühlte sich nicht gut, und ich kann ihr das auch nicht verdenken, weil sie und Onkel Lester die ganze Nacht auf waren und geredet haben; ich habe sie gehört und...«

»Aber, Miss Bitton, *irgend etwas* muß doch am Tisch gesagt worden sein?«

»Nein, Mr. Hadley. Ehrlich. Ich mag es natürlich nicht, am Tisch zu sitzen, wenn nur Daddy und dieser schreckliche Mr. Arbor da sind, weil ich meistens nicht verstehe, worüber sie reden: Bücher und dieser Kram – und Witze, die ich überhaupt nicht lustig finde. Und auch sonst wird das Gespräch manchmal abscheulich, wie am Abend zuvor, als Phil Onkel Lester erzählte, er wolle mit einem Zylinder auf dem Kopf sterben. Aber über was Wichtiges wurde nicht gesprochen. Natürlich hat Onkel Lester gesagt, daß er heute Phil besuchen wolle... Aber da war nichts Wichtiges. Wirklich.«

# Kapitel 14

## »... mit einem Zylinder auf dem Kopf sterben«

Hadley machte eine verkrampfte Bewegung auf seinem Stuhl. Dann zog er ein Taschentuch heraus und wischte sich damit über die Stirn.

»Ha, ha«, sagte er mechanisch. Er schien sich inzwischen schon daran gewöhnt zu haben; aber sein Lachen klang ein wenig hohl. »Ha, ha, ha. Sie hören nie etwas von Bedeutung, Miss Bitton. Das ist zu schade. Nun, Miss Bitton, versuchen Sie bitte zu begreifen, daß einige von diesen sinnlosen, unwichtigen Gesprächen, die Sie mitgehört haben, von größter Wichtigkeit sein könnten... Miss Bitton, was wissen Sie eigentlich über den Tod Ihres Cousins?«

»Nicht viel, Mr. Hadley«, sagte sie leicht betrübt. »Sie wollten *mir* nichts erzählen. Ich konnte kein Wort aus Laura oder Daddy rauskriegen, und Bob sagte nur, daß da eine Art Unfall passiert ist und daß er von dem Mann getötet worden ist, der diese ganzen Hüte stiehlt; aber das ist das einzige ...«

Sie brach abrupt und fast schuldbewußt ab, als Dalrye wieder ins Zimmer trat. Er sah jetzt etwas manierlicher aus.

»Sheila«, sagte er, »welche Sachen du auch immer haben willst, geh bitte jetzt, und such sie heraus. An diesem Ort hier packt mich das Grausen. Egal wo ich hinsehe, scheint Phil zu sitzen. Er begegnet einem hier überall. Ich wünschte, ich hätte keine Phantasie...« Er erschauderte. Mechanisch griff er nach einer Zigarette aus der Dose, die auf dem Beistelltisch stand; dann schien er sich an etwas zu erinnern und schloß die Dose wieder, ohne eine Zigarette herauszunehmen. Rampole reichte ihm seine Schachtel; Dalrye nickte dankbar.

»*Ich* habe keine Angst«, verkündete das Mädchen und schob die Unterlippe vor. »*Ich* glaube nicht an Gespenster. Du bist so lange in diesem muffigen, alten Londoner Tower gewesen, daß du schon ...«

»Tower!« rief Dalrye aus und fuhr sich durch seine rotblonden Haare. »Gott! Das habe ich ganz vergessen.« Er zog seine Uhr heraus. »Oh je! Viertel vor elf. Ich bin seit einer dreiviertel Stunde ausgesperrt. Meine Liebe, dein Vater wird mich heute nacht in seinem Haus aufnehmen müssen. Ich würde verrückt, wenn ich *hier* bliebe.«

Sein Blick wanderte rüber zu einer ledernen Couch, die an einer Wand stand; wieder erschauderte er. Hadley sagte:

»Nun, wenn es Ihnen nichts ausmacht, Miss Bitton, lassen Sie uns fortfahren. Erzählen Sie uns erst einmal etwas mehr über diesen merkwürdigen Ausspruch Ihres Cousins, er wolle mit einem Zylinder sterben?«

»Wie?« fragte Dalrye. »Guter Gott! Was soll *das heißen*?«

»Nun, Robert Dalrye«, sagte Sheila Bitton liebevoll, »das weißt du doch... Oh nein, weißt du nicht. Jetzt fällt es mir ein, weil du gerade davon gesprochen hast, daß du zu diesem verhaßten Tower zurückmußt. Du mußtest zeitig den Tisch verlassen, um dort hinzufahren. Das war die erste Nacht, in der Mr. Arbor ..., nein, war es nicht, weil Onkel Lester nicht da war. Auf jeden Fall, es war an *irgendeinem* Abend.«

»Zweifelsohne, Miss Bitton«, stimmte ihr der Chief Inspector zu. »Kümmern Sie sich nicht um den genauen Tag. Wie kam es dazu?«

»Ja, jetzt erinnere ich mich. Nur Daddy und Onkel Lester, Laura und ich saßen am Tisch – und Philip, natürlich. Irgendwie war es so ein gespenstischer Abend, wenn Sie sich vorstellen können, was ich meine; und jetzt weiß ich auch wieder genau, wann das war; es war nämlich überhaupt kein Sonntag abend, und Philip war da. Darum erinnere ich mich auch daran. Es war der Abend, bevor Laura und Onkel Lester nach Cornwall fuhren. Und Philip begleitete Laura ins Theater, weil Onkel Lester in letzter Minute noch Geschäfte zu erledigen hatte und nicht gehen konnte. Aber sie unternahmen diese Reise nach Cornwall, weil Onkel Lester eine Menge Geld oder so etwas verloren hatte, und er war völlig erschöpft und hatte Ringe unter den Augen, und der Doktor hatte ihm geraten...

Oh ja. Für einen Augenblick hatte ich das vergessen. Es war also so ein gespenstischer Abend, verstehen Sie, es regnete und hagelte, und Daddy will nie eine andere Beleuchtung im Speisezimmer als Kerzen, weil das – so sagt er – wie im guten alten

England ist, und dazu noch das große Feuer, und das Haus ist alt, und es knarrt, und vielleicht haben wir uns deshalb alle so komisch gefühlt. Aber egal, wir fingen auf jeden Fall an, über den Tod zu reden. Und Onkel Lester sprach über den Tod, was komisch für ihn war, und seine weiße Krawatte saß schief; ich wollte sie ihm geradeziehen, aber er ließ mich nicht, und er sah aus, als hätte er nicht viel geschlafen, wo er doch das ganze Geld verloren hatte. Und er fragte Daddy, auf welche Weise er gerne sterben würde, wenn er sterben müßte. Daddy war an diesem Abend in guter Stimmung, was er gewöhnlich nicht ist, und er lachte zuerst und sagte dann, er würde gerne die gleiche Wahl treffen wie irgendein Herzog oder so, der gesagt hat, er wolle in einem Weinfaß ertränkt werden... Stellen Sie sich das einmal vor! Aber dann wurden sie ganz ernst, wie das eben so geht, und ich bekam es mit der Angst zu tun, weil sie nicht sehr laut sprachen, und draußen war es stürmisch.

Und schließlich sagte Daddy, er glaube, er würde sich für irgendeine Art von Gift entscheiden, das einen mit einem einzigen Atemzug tötet, und Onkel Lester sagte, *er* denke, eine Kugel durch den Kopf sei das beste, und Laura sagte immer wieder: ›So ein Quatsch, so ein Quatsch‹, und ›Komm schon, Phil, oder wir verpassen den Vorhang zum ersten Akt.‹ Und als Philip vom Tisch aufstand, fragte ihn Onkel Lester, wie *er* gerne sterben würde. Und Phil lachte nur; ich sage Ihnen, er *sah* hübsch aus im Kerzenlicht und mit seinem weißen Hemd und wie er sein Haar gekämmt hatte und so! ... Und er sagte etwas auf Französisch, und nachher hat Daddy mir erzählt, daß es ›Immer wie ein Gentleman‹ bedeutete, und er sagte eine Menge sinnloser Sachen und ... Nun, auf jeden Fall, es würde ihn nicht so sehr interessieren, *wie* er stirbt, wenn er nur mit einem Zylinder auf dem Kopf sterben könnte und es wenigstens eine Frau gäbe, die an seinem Grab weinen würde. Stellen Sie sich das einmal vor! Und dann begleitete er Laura ins Theater.«

Draußen auf dem Platz ließ die Drehorgel immer noch den ›Maine Stein Song‹ erklingen. Die vier Augenpaare, die auf sie gerichtet waren, hatten selbst in Sheila Bitton so etwas wie Nervosität aufkommen lassen. Als sie sich dem Ende ihrer Schilderung näherte, sprach sie immer schneller. Dann schrie sie:

»Bitte, ich *will nicht* ..., ich will nicht, daß Sie mich so ansehen! Und ich will nicht, daß man mich so behandelt, und nie sagt man mir etwas, und ich weiß, ich hab' etwas Falsches gesagt. Was ist los?«

Sie sprang auf. Dalrye legte unbeholfen eine Hand auf ihre Schulter.

Er sagte: »Mein Liebes! ... ähh ...« und verstummte, weil er nichts zu sagen hatte. Er sah blaß aus. Seine Stimme klang krächzend und surrend wie ein Grammophon, das auslief.

Ein langes Schweigen folgte...

»Meine liebe Miss Bitton«, sagte der Chief Inspector munter. »Sie haben überhaupt nichts Falsches gesagt. Mr. Dalrye wird es Ihnen gleich erklären. Aber nun zu heute morgen. Was hat Ihr Onkel am Frühstückstisch darüber gesagt, daß er heute Philip treffen will?«

»Hören Sie, Mr. Hadley«, fiel Dalrye mit einem Räuspern ein. »Ich will sagen, im Grunde behandelt man sie wie ein Kind; und als die Neuigkeit kam, befahl ihr Sir William, auf ihr Zimmer zu gehen und dort zu bleiben. Ich mußte ihr sagen, daß es eine Art Unfall war. Halten Sie es für richtig ...?«

»Ja«, gab Hadley in schneidendem Ton zurück. »Ja, auf jeden Fall. Nun, Miss Bitton?«

Sie zögerte, blickte auf Dalrye und befeuchtete sich die Lippen.

»Nun, da gab es nicht viel. Onkel Lester sagte nur, daß er sich heute mit Phil unterhalten würde. Und als ich ihm dann erzählte, daß Philip um ein Uhr zum Tower gehen wolle, sagte er, er führe dann lieber am Morgen zu Phils Wohnung rüber, bevor er aus dem Haus sei.«

»Und hat er das getan?«

»Onkel Lester? Ja, das hat er. Ich sah ihn, wie er so gegen Mittag zurückkam... Und ich erinnere mich daran, daß Onkel Lester zu Daddy sagte: ›Oh, ich glaube, du gibst mir besser deinen Schlüssel, falls er heute morgen nicht da ist; ich werde mich hinsetzen und auf ihn warten.‹«

Hadley blickte erstaunt auf. »Ihr Vater«, fragte er, »besitzt einen Schlüssel zu dieser Wohnung?«

»Ich habe Ihnen doch schon gesagt«, antwortete Sheila ein wenig verbittert, »er behandelt uns alle wie kleine Kinder. Das war eine der Sachen, über die sich Phil immer so aufregte. Er sagte, er würde nicht für Phils Wohnung bezahlen, wenn er nicht einen Schlüssel bekäme, damit er, wann immer er wolle, nachsehen könne, was da vorging... Stellen Sie sich das einmal vor! Als ob Phil ein kleines Kind wäre. Sie kennen Daddy nicht. Aber das war nur – nun, er meinte es nicht *wirklich* so, tatsächlich besuchte er Phil immer nur einmal im Monat. Daddy gab also Onkel Lester den Schlüssel.«

Hadley neigte sich nach vorne. »Hat er Phil heute morgen getroffen?«

»Nein, hat er nicht, ehrlich. Denn ich sah ihn, wie ich schon sagte, als er zurückkam. Phil war nicht zu Hause gewesen, und Onkel Lester wartete eine halbe Stunde auf ihn und ging wieder. Er schien . . .«

»Zornig zu sein?« gab ihr Hadley das Stichwort, als sie zögerte.

»N-nein. Eher müde und zittrig. Ich weiß, er hat sich überanstrengt. Und . . . seltsam. Er wirkte auch ein wenig sonderbar und aufgeregt; und er lachte.«

*»Lachte?«*

»Moment!« dröhnte Dr. Fell plötzlich. Er hatte Schwierigkeiten, den Kneifer auf seiner Nase zu halten, und mußte ihn festhalten, um das Mädchen anzusehen. »Sagen Sie, meine Liebe . . . trug er irgend etwas bei sich, als er zurückkam?«

»Das«, schrie sie wieder, »das wäre schrecklich, Onkel Lester so etwas anzutun, und das *will* ich nicht! Er ist der einzige, der immer wirklich schrecklich lieb zu mir ist, das *ist* er – ich will nicht. Schon als ich ein kleines Mädchen war, war er immer derjenige, der mir Stoffkaninchen und Schokolade und Puppen mitbrachte; Daddy sagte, sie wären lächerlich. Und . . .«

Sie stampfte auf den Fußboden. Sie war außer sich und wandte sich plötzlich zu Dalrye . . .

»Ich werde es mir nie verzeihen«, platzte dieser heraus, »wenn ich sie noch eine weitere Frage beantworten lasse. Hör zu, Sheila. Geh in die anderen Zimmer, und sieh nach, ob du irgend etwas von dort mitnehmen willst. . .«

Hadley wollte gerade einen Einwand vorbringen, als Dr. Fell ihn mit einer heftigen Geste zum Schweigen brachte. Dann sagte der Doktor liebenswürdig:

»Ist schon gut, meine Liebe. Ich wollte Sie nicht durcheinanderbringen, und es war auch nicht so wichtig. Machen Sie bitte das, was Mr. Dalrye vorgeschlagen hat. . . Aber da *ist* noch eine Sache. . . . Nein, nein«, beruhigte er sie, als sie gerade etwas einwenden wollte, »es geht nicht darum, was Sie denken. Wissen Sie noch, daß ich Sie am Telefon danach fragte, ob Sie jemanden mitbringen würden, der Ihnen bei den Sachen behilflich wäre? Und ich schlug den Diener Ihres Vaters vor...?«

»Marks?« rief sie verwirrt aus. »Oh, ja. Den habe ich ganz vergessen. Er sitzt draußen im Auto...«

»Danke, meine Liebe. Das war jetzt wirklich alles.«

»Geh dort rein, und sieh dich um, Sheila«, schlug Dalrye vor. »Ich werde gleich nachkommen. Ich würde gerne noch kurz mit den Herren sprechen...«

Er wartete, bis sich die Tür geschlossen hatte. Dann drehte er sich langsam um. Seine Wangen waren blaß; er war immer noch sichtbar erregt, und sein Mund zuckte.

»Hören Sie«, sagte er. Seine Stimme war belegt. Er räusperte sich. »Ich verstehe natürlich alle Ihre Folgerungen. Und Sie wissen, wie viel ich von Phil gehalten habe. Aber was Mr. Bitton betrifft ..., Mr. Lester Bitton ..., Major Bitton..., empfinde ich dasselbe wie Sheila. Und ich kann Ihnen nur sagen, daß Sie ein Haufen verdammter Idioten sind. Ich kenne ihn ziemlich gut. Sheila hat Ihnen nicht erzählt, daß er sich für unsere Heirat eingesetzt hat, als ihr alter Herr dagegen war. Aber *ich* werde es Ihnen sagen.

Auf den ersten Blick ist er nicht so sympathisch wie etwa General Mason. Ich weiß, daß der General ihn nicht mag; denn der General ist dieser typische alte, polternde, fluchende Soldatentyp. Bitton wirkt auf den ersten Blick unterkühlt und tüchtig. Er ist nicht gewandt und kein guter Redner. Aber er ist ..., Sie sind ... ein Haufen ... von ... Idioten«, stammelte Dalrye plötzlich kläglich. Er schlug auf die Lehne seines Stuhls.

Hadley trommelte auf seiner Aktentasche.

»Sagen Sie uns die Wahrheit«, sagte er nach einer Weile. »Wir haben herausgefunden, daß mit ziemlicher Sicherheit ein Verhältnis zwischen Mrs. Bitton und Driscoll bestand ... Nun, *ich* werde aufrichtig sein: Wir wissen es bestimmt. Wußten *Sie* davon?«

»Ich gebe Ihnen mein Wort«, sagte Dalrye schlicht, »das wußte ich nicht. Ob Sie es mir glauben oder nicht. Ich habe erst Wind davon bekommen..., nun – danach.« Er sah von einem zum anderen, und sie alle wußten, daß er die Wahrheit sprach. »Phil wäre nicht so dumm gewesen, es mir zu erzählen. Ich hätte ihn gedeckt, nehme ich an, weil... oh, nun, Sie verstehen schon. Aber ich hätte dem irgendwie ein Ende bereitet.«

»Und glauben Sie, Sir William hat es gewußt?«

»O Gott, nein! Er wäre der letzte gewesen, der es erfahren hätte. Er ist zu sehr in seine Bücher vernarrt, und dann sind da noch seine Vorträge über ›den senilen Schwachsinn, mit dem die Regierungsgeschäfte betrieben werden‹... Aber finden Sie um Gottes willen raus, wer Phil getötet hat und was dieser ganze Unsinn soll, bevor wir alle durchdrehen. Finden Sie es raus!«

»Wir werden damit«, sagte Dr. Fell ruhig, »in genau zwei Minuten beginnen.«

Schlagartig wurde es totenstill.

»Ich meine«, knurrte der Doktor, während er von seinem Stuhl aufstand und einen seiner Stöcke hochhob, »wir werden den Unsinn aus dem Weg räumen und uns dann auf die Suche nach dem Sinn des Ganzen machen... Mr. Dalrye, würden Sie wohl nach draußen gehen und diesen Diener, Marks, hereinbitten?«

Dalrye zögerte und fuhr sich mit der Hand durchs Haar; aber beim Anblick der gebieterischen Geste des Doktors eilte er hinaus.

»Nun!« drängte Dr. Fell und hämmerte mit seinem Stock auf den Boden. »Stellen Sie diesen Tisch hier vor mich hin. Genau so, mein Junge; schnell!« Er bewegte sich schwerfällig, als Rampole den Tisch trug und ihn mit einem dumpfen Geräusch vor ihm absetzte. »Jetzt, Hadley, geben Sie mir Ihre Aktentasche...«

»Heh!« protestierte der Chief Inspector, »hören Sie auf, diese ganzen Papiere über den Tisch zu verstreuen! Was zum Teufel machen Sie da?«

Rampole blickte erstaunt, als der Doktor quer durch das Zimmer watschelte, eine Stehlampe mit einer starken Glühbirne nahm und sie in der Nähe des Tisches aufstellte. Dann rollte er einen niedrigen Stuhl darunter und knipste das Licht an. Rampole bekam das schwarze Notizbuch des Chief Inspectors in die Hand gedrückt.

»Das, mein Junge, ist für Sie«, sagte der Doktor. »Setzen Sie sich hier neben mich, auf die linke Seite. Haben Sie einen Stift? ... Gut! Wenn ich Ihnen das Stichwort gebe, tun Sie so, als würden Sie mitstenographieren. Kritzeln Sie hin, was Sie wollen, aber halten Sie Ihren Stift permanent in Bewegung. Verstanden?«

Hadley gestikulierte wie jemand, der eine unbezahlbare Vase auf der Kante eines Regales wackeln sieht. »*Nicht!* ... Hören Sie, das sind meine ganzen Aufzeichnungen; wenn Sie die verhunzen! ... Sie fetter Irrer, was soll das alles...«

»Keine Widerrede«, sagte der Doktor unwirsch. »Haben Sie zufällig einen Revolver und ein Paar Handschellen bei sich?«

Hadley sah ihn an. Er antwortete:

»Sie sind verrückt. Fell, Sie sind total verrückt! Diese Sachen trägt man nur im Roman und im Film mit sich herum. Ich habe seit zehn Jahren weder Revolver noch Handschellen in der Hand geha...«

»Dann nehm' ich meine«, sagte der Doktor gelassen. »Ich wußte, Sie würden sie vergessen.« So wie ein Zauberer zog er aus seinen Hüfttaschen die beiden Gegenstände hervor, von denen er gesprochen hatte, und hielt sie strahlend hoch. Er zielte mit dem Revolver auf Rampole und fügte ein »Peng!« hinzu.

»Vorsicht!« rief der Chief Inspector und griff nach seinem Arm. »Sie Vollidiot, seien Sie vorsichtig mit dem Ding!«

»Sie brauchen sich keine Sorgen zu machen. Ehrenwort, das brauchen Sie nicht. Das ist eine Attrappe; selbst ein Mann von Scotland Yard könnte sich damit nicht verletzen. Es ist nur bemaltes Blech, sehen Sie? Die Handschellen sind auch Attrappen, aber sie sehen echt aus. Ich habe sie in einem von diesen Kuriositätenläden in der Glass Street bekommen, wo man all diese Tricksachen kauft. Hier sind noch ein paar Scherzartikel – ich konnte einfach nicht widerstehen, mir diverse zu kaufen. Zum Beispiel eine Maus, die auf einer Art Rolle über den Tisch läuft, wenn man sie herunterdrückt« – er suchte in seinen Taschen herum –, »aber die brauchen wir jetzt nicht. Ah, hier ist, was ich gesucht habe.«

Mit einem offenkundigen Ausdruck des Stolzes auf seinem breiten, roten Gesicht zog er ein riesiges, eindrucksvoll aussehendes goldenes Abzeichen hervor, das er auffällig auf seinem Revers befestigte.

»Für den Mann, den wir befragen werden«, bemerkte er, »müssen wir wie ein Haufen *echter* Detektive aussehen. Daß uns das der Chef des C.I.D. nicht abnehmen würde, ist unwichtig. Aber wir sollten Mr. Marks zuliebe so wirken; anderenfalls werden wir nichts aus ihm herausbringen. ... Kommen Sie jetzt möglichst nah an diesen Tisch hier ran, und machen Sie einen möglichst würdevollen Eindruck. ... Es ist alles vorbereitet; wenn er auf dem Stuhl sitzt, den ich dort hingeschoben habe, wird das Licht in sein Gesicht scheinen; die Handschellen werden vor mir liegen, und Sie, Hadley, werden eindrucksvoll mit dem

Revolver herumhantieren. Mein junger Freund hier wird seine Zeugenaussage aufnehmen. Schalten Sie bitte die Deckenlampen aus!« fügte er an Rampole gerichtet hinzu. »Nur diese helle Birne auf seinem Gesicht – und wir im Schatten. Ich glaube, ich sollte meinen Hut aufbehalten. So, nun sehen wir fast so aus, als könnten die Dreharbeiten beginnen. ... Ha!« fügte der Doktor hocherfreut hinzu. »Jetzt fühle ich mich in meinem Element. Echte Detektive machen das natürlich nicht, aber ich wünschte mir sehnlichst, sie täten es.«

Rampole betrachtete sie prüfend, als er die Hauptlampen ausschalten ging. Sie wirkten ein wenig wie die Leute, die sich in diesen Erholungsorten am Meer fotografieren lassen, während sie ihre Köpfe aus Pappflugzeugen herausstrecken und dabei idiotisch aussehen. Dr. Fell lehnte sich in seinem Stuhl zurück; er guckte streng um sich. Hadley schaute mit einem seltsamen Blick auf den Blechrevolver, der mit dem Abzugsbügel an einem seiner Finger baumelte. Dann erklangen Schritte in der Vorhalle. Dr. Fell sagte »Pst!«, und Rampole knipste geschwind die Deckenlampen aus.

Einen Augenblick später sah Dalrye diese dramatische Szene und zuckte erschreckt zusammen.

»Bringen Sie den Beschuldigten herein!« intonierte Dr. Fell mit einer Stimme, die stark an den Geist von Hamlets Vater erinnerte.

»*Wen* soll ich hereinbringen?« sagte Dalrye.

»Bringen Sie Marks herein«, sagte der Geist, »und versperren Sie die Tür.«

»Das geht nicht«, sagte Dalrye, nachdem er sie einen Moment lang untersucht hatte. »Das Schloß ist kaputt.«

»Nun, schicken Sie ihn herein«, schlug der Geist in einem etwas nüchternerem Ton und schon fast verärgert vor, »und stemmen Sie sich dann dagegen.«

»Jawohl«, sagte Dalrye. Zwar war er sich nicht sicher, was eigentlich los war, aber er verstand den Wink und machte ein ernstes Gesicht, als er Marks hineinführte.

Die Person, die erschien, war schüchtern, korrekt und sehr nervös. Jede Falte in seiner sauberen Kleidung saß an ihrem Platz, und er schien ohne jede Arglist zu sein. Er hatte einen langgezogenen Kopf mit dünnem schwarzen Haar, das messerscharf in der Mitte geteilt und jeweils hinter ein großes Ohr gebürstet worden war. Seine Gesichtszüge wirkten derb und konnten seine Nervosität nicht verbergen. Er trat mit einer leichten Verbeugung vor, wobei er eine teure, aber offensichtlich nicht neue Melone gegen seine Brust gedrückt hielt.

Beim Anblick der dramatischen Szene vor ihm blieb er wie angewurzelt stehen. Niemand sprach.

»Sie – Sie wollten mich sprechen, Sir?« sagte er verunsichert, wobei er das Ende der Frage besonders betonte.

»Setzen Sie sich«, sagte Dr. Fell.

Wieder Schweigen, während Marks' Augen die Requisiten wahrnahmen. Er ließ sich behutsam auf dem Stuhl nieder und versuchte, an dem grellen Licht, das ihn blendete, vorbeizusehen.

»Sergeant Rampole«, sagte der Doktor und machte dazu eine gewichtige Handbewegung, »nehmen Sie die Aussagen dieses Mannes auf. . . . Ihr Name?«

»Theophilus Marks, Sir.«

Rampole machte zwei Kreuze und einen Kringel.

»Beruf?«

»Ich bin bei Sir William Bitton vom Berkeley Square angestellt, Sir. Ich – ich hoffe, Sir«, sagte Marks schwer schluckend, »das hier steht nicht in Zusammenhang mit dieser schrecklichen Angelegenheit, Sir, um Mr. Philip. . .«

»Soll ich das auch aufnehmen?« fragte Rampole.

»Gewiß«, sagte der Doktor. Rampole zeichnete gehorsam eine wüste Reihe von Schleifen und schloß mit schmucklosen Schnörkeln. Dr. Fell hatte für einen Augenblick die Stimme des Geistes von Hamlets Vater vergessen. Er benutzte sie nun so unvermittelt, daß Hadley zusammenzuckte.

»Ihre letzte Stellung?«

»Fünfzehn Jahre lang, Sir, hatte ich die Ehre, Lord Sandival zu dienen«, sagte Marks eifrig, »und ich bin mir sicher, Sir. . .«

»*Aha!*« knurrte der Doktor und schloß ein Auge. Er wirkte wie der Geist von Hamlets Vater, der Hamlet dabei erwischt, Karten zu spielen, anstatt sich um seine Arbeit zu kümmern. »Warum haben Sie Ihre letzte Stellung verlassen? Gefeuert?«

»Nein, Sir! Es war der Tod Seiner Lordschaft, Sir.«

»Hm. Ermordet, nehme ich an?« fragte der Geist.

»Um Himmels willen, nein, Sir!«

Marks wurde augenscheinlich immer mutloser. Der Geist wurde jetzt sachlich.

»Nun, sehen Sie einmal, Marks, ich kann Ihnen ja ruhig erzählen, daß es verdammt schlecht um Sie steht. Sie haben eine gute Anstellung, nicht wahr?«

»Ja, Sir. Und ich bin sicher, Sir William wird mir die besten...«

»Wird er nicht, Marks, wenn er weiß, was *wir* wissen. Würde es Ihnen gefallen, Ihre Stellung zu verlieren und darüber hinaus noch ins Gefängnis zu wandern? Denken Sie darüber nach, Marks!« knurrte Dr. Fell und griff nach den Handschellen.

Marks wich zurück, über seine Stirn lief der Schweiß. Er versuchte, mit einer Hand, die zitterte, seine Augen gegen das Licht zu schützen.

»Marks«, sagte der Geist, »geben Sie mir Ihren Hut!«

»Meinen *was,* Sir?«

»Ihren Hut. Den Sie da in der Hand haben. Schnell!«

Als der Diener seine Melone hinhielt, konnten sie im Lampenlicht den mit goldenen Buchstaben geschriebenen Namen BITTON auf dem Futter der Innenseite des Hutes erkennen. »Aha!« sagte der Geist. »Klauen Sir Williams Hüte, was? Das gibt noch mal fünf Jahre. Schreiben Sie alles ganz genau auf, Sergeant Rampole.«

»Nein, Sir!« schrie Marks. Seine Stimme klang belegt. »Ich beschwöre es, Sir. Ich kann beweisen, daß Sir William mir den Hut *gegeben* hat. Ich habe dieselbe Größe wie er. Und er gab ihn mir, weil er sich erst kürzlich zwei neue Hüte gekauft hat; wenn Sie mich es Ihnen nur beweisen ließen...!«

»Ich werde Ihnen eine Chance geben!« sagte der Geist unheilvoll. Er streckte die Hand über den Tisch; sie hielt etwas Rundes, Flaches, Schwarzes; es gab einen Klick, und das Etwas schoß zu einem ausgewachsenen Zylinder hoch. »Setzen Sie diesen Hut auf, Marks!«

Inzwischen war Rampole so verwirrt, daß er eigentlich schon fast darauf wartete, daß Dr. Fell meterweise bunte Bänder und ein paar Kaninchen aus dem Hut ziehen würde. Marks starrte erstaunt darauf.

»*Das* ist Sir Williams Hut!« rief der Geist. »Setzen Sie ihn auf. Wenn er Ihnen paßt, dann glaube ich Ihnen, was Sie sagen.«

Ohne auf eine Antwort zu warten, hielt er den Hut in Richtung von Marks Stirn. Der Diener war gezwungen, ihn aufzusetzen. Er war zu groß; nicht so wie auf dem Kopf des toten Driscoll, aber immer noch zu groß.

»So-ho!« brummte der Geist und stand hinter dem Tisch auf. Geistesabwesend hatte er in seinen Taschen gewühlt; er war aufgeregt und fuchtelte mit allem herum, was ihm in die Finger kam. Dr. Fell hob seine Hand und wedelte mit ihr in der Luft. »Gestehen Sie, Marks!« sagte er mit donnernder Stimme. »Sie elender Schuft, Sie sind entlarvt worden!«

Seine Hand krachte auf den Tisch. Zu Marks Verblüffung und Dr. Fells Ärger tauchte an dieser dramatischen Stelle eine Plastikmaus mit weißen Schnurrbarthaaren aus seiner Hand auf und wanderte gemächlich quer über den Tisch in Richtung Hadley. Dr. Fell schnappte eilig nach ihr und steckte sie in seine Tasche.

»Ähem!« bemerkte der Geist. Er hielt inne und setzte dann etwas hinzu, was Hadley fast von seinem Stuhl geworfen hätte.

»Marks«, sagte Dr. Fell, *»Sie haben Sir Williams Manuskript gestohlen.«*

Für einen Moment sah es so aus, als würde der andere ohnmächtig werden.

»Das – das habe ich nicht! Ich schwöre, daß ich das nicht getan habe! Ich wußte es nicht, und ich hatte Angst, es zuzugeben, als Sir William es mir erklärte...!«

»Ich werde Ihnen sagen, was Sie getan haben, Marks«, sagte Dr. Fell, während er den Geist völlig vergaß und mit seiner ganz normalen Stimme drohend fortfuhr. »Sir William hat mir all die nötigen Einzelheiten erzählt. Sie sind ein guter Diener, Marks, aber Sie sind auch eines der dümmsten Geschöpfe auf Gottes Erde. Am Samstag kaufte Sir William zwei neue Hüte. Einer der Zylinder, die er im Geschäft anprobierte, war ihm zu groß. Aber es passierte ein Versehen, und man schickte ihm den großen zusammen mit dem Homburg, der die richtige Größe hatte. Ha? Sie haben das bemerkt. Sie mußten das sofort bemerken. Sie haben dieselbe Größe. Aber Sir William wollte an diesem Abend ins Theater gehen. Sie wußten, was für ein hitziges Temperament er hat. Wenn er einen Hut vorgefunden hätte, der ihm über die Stirn gerutscht wäre, hätte er der ersten Person, die ihm in die Finger geriet, die Hölle heiß gemacht...

Sie wollten natürlich, daß sein Hut die richtige Größe hat, nicht wahr, Marks? Anderenfalls wäre Ihre Berufsehre gekränkt gewesen. Aber es war keine Zeit mehr, einen anderen Hut zu besorgen; es war Samstag abend. So taten Sie also das Nächstliegende. Sie bedienten sich desselben schnellen Notbehelfs, zu dem Leute greifen, seit Hüte erfunden wurden. Sie stopften das Schweißband fein säuberlich mit Papier aus, mit dem ersten harmlos aussehenden Stück Papier, das Sie finden konnten. . .«

Hadley warf den Revolver auf den Tisch. »Allmächtiger Gott!« sagte er, »wollen Sie uns ernsthaft erzählen, daß Marks diesen Hut mit Sir Williams Manuskript enger gemacht hat?«

»Sir William selbst«, sagte der Doktor liebenswürdig, »hat uns zwei Hinweise gegeben, die durchaus aufschlußreich waren. Wissen Sie noch, was er sagte? Er sagte, daß das Manuskript aus hauchdünnen Blättern bestand, die mehrere Male *der Länge nach* gefaltet und ziemlich lang waren. Versuchen Sie einmal, irgendein Stück Papier auf diese Weise zusammenzufalten, und Sie werden ein langes, schmales, festes Stück bekommen, das ideal dazu geeignet ist, um damit das Schweißband eines Hutes auszustopfen. ... Und erinnern Sie sich, was er noch sagte? Das Manuskript sei in *Seidenpapier* eingewickelt gewesen. Alles zusammen genommen, war es für Marks' Pläne überaus geeignet. Wie die zwei Arbeiter in dem Haus, wo Bitton es gefunden hat – und wie selbst der Besitzer des Hauses –, konnte Marks einem Stück Seidenpapier, das nutzlos herumlag, keine Bedeutung beimessen. . .«

»Aber Bitton hat gesagt, es hätte in der Schublade gelegen.«

»Das bezweifele ich«, sagte Dr. Fell. »Lag es dort, Marks?«

Marks wischte mit einem Taschentuch über seine schweißnasse Stirn. »N-nein, Sir«, sagte er mit stockender Stimme. »Es lag dort auf dem Schreibtisch. Ich – *ich* glaubte nicht, daß es wichtig wäre. Es war Seidenpapier mit so einem knisternden Zeug darin, so wie die Sachen, die man benutzt, um Gegenstände in Pappkartons zu verpacken. Ich dachte, es wäre etwas, das er weggeworfen hatte, Sir. Ich schwöre, daß ich das tat! Wenn es Briefe gewesen wären oder *irgendein* anderes Stück Papier, hätte ich es, das kann ich beschwören, nicht einmal angerührt. Aber. . .«

»Und dann«, sagte Dr. Fell und klapperte mit den Handschellen, »erfuhren Sie am nächsten Tag, was Sie getan hatten. Sie erfuhren, daß das Papier mehrere tausend Pfund wert war. Und natürlich hatten Sie Angst, Sir William zu erzählen, was Sie getan hatten; denn der Hut war in der Zwischenzeit gestohlen worden.« Er wandte sich an Hadley. »Aufgrund von Sir Williams Beschreibung von Marks' Verhalten, als er ihn danach befragte, konnte ich mir schon denken, was passiert war. Sir William machte eine unschätzbare Bemerkung, die er für satirisch hielt. Er sagte: ›Glauben Sie etwa, ich trage wertvolle Manuskripte in meinem Hut mit mir herum?‹ Aber genau das hat er getan.«

»Und darum«, sagte Hadley mit verwunderter Stimme, *»darum* hat der Hut Sir William gepaßt. Das ist es, was Sie mit Ihrem ›Fingerzeig‹ meinten.«

»Genau das meinte ich, als ich Ihnen erzählte, wir müßten den ganzen Unsinn in diesem Fall loswerden, um die Wahrheit erkennen zu können. So wie der Verlust eines Hufeisennagels hat dieser eine kleine Zwischenfall eine ganze Serie von gräßlichen Geschehnissen heraufbeschworen. Das war der einzige Punkt, über den ich mir nicht sicher war. Alles andere hing davon ab, daß es genau so und nicht anders passiert ist. Jetzt kenne ich die ganze Wahrheit... Aber nun verstehen Sie, warum ich Sir William nicht dabei haben wollte, als ich Marks befragte.«

Der Diener nahm den Zylinder ab und hielt ihn wie eine Bombe. Sein Gesicht war leer und hilflos.

»Gut«, sagte er in einem normalen, menschlichen, fast ruhigen Ton. »Gut, meine Herren. Sie haben mich erwischt. Das wird mich meinen Job kosten. Was haben Sie mit mir vor? Ich habe eine Schwester und drei Cousinen, die ich unterstütze; und anständige noch dazu. Aber jetzt ist alles vorbei.«

»Äh?« sagte Dr. Fell. »Oh! . . . Nein, Marks. Es besteht für Sie keine Gefahr. Gehen Sie jetzt wieder nach draußen zum Auto, und bleiben Sie dort sitzen, bis Sie gerufen werden. Sie haben eine Dummheit begangen, aber es gibt keinen Grund, warum Sie Ihre Stellung verlieren sollten. *Ich* werde Sir William nichts erzählen.«

Der sanftmütige kleine Mann richtete sich auf.

»Ehrenwort?« wollte er wissen. »Ist das Ihr Ernst?«

»Das ist mein Ernst, Marks.«

Es entstand eine Pause. Marks erhob sich und brachte seinen untadeligen Mantel in Ordnung. »Vielen Dank, Sir«, sagte er in militärischem Ton. »Ich werde mich als äußerst dankbar erweisen, Sir.«

»Schalten Sie die Deckenlampen an«, wies Dr. Fell Rampole an, »und geben Sie Hadley sein Notizbuch zurück, bevor er einen Schlaganfall bekommt.« Der Doktor saß strahlend hinter dem Tisch und zog die Gummimaus hervor. Er schob seinen Schlapphut nach hinten und ließ die Maus in Kreisen über den Tisch laufen. »Das hätte fast den ganzen Effekt kaputtgemacht. Ich sage Ihnen, Hadley, ich ärgere mich teuflisch darüber, daß ich nicht daran gedacht habe, noch einen falschen Backenbart zu kaufen.«

Als die Lampen angingen, stürzten sich Hadley, Rampole und ein sehr aufgeregter Dalrye fast buchstäblich auf ihn.

»Lassen Sie mich die Dinge einmal ordnen«, sagte Hadley schwerfällig. »Am Samstag abend ging Bitton mit dem Manuskript in seinem Hut aus dem Haus. Und dieser Verrückte Hutmacher stahl den Hut ...«

»Ah«, sagte der Doktor düster. Er stoppte die Maus und blickte sie finster an. »Und das ist der Anfang dieser verrückten Komödie, Hadley. Das ist der Punkt, von dem ab *alles* falsch lief. Wenn es etwas auf der Welt gibt, was Philip Driscoll nie getan hätte, dann war es, seinen Onkel zu verletzen. Immer und immer wieder habe ich Sie mit Tränen in den Augen angefleht, mir zu glauben, daß Driscoll um alles in der Welt nie Bittons geliebtes Manuskript auch nur angerührt hätte. Und jetzt müssen Sie sich sein Entsetzen vorstellen, als er entdeckte, daß er die einzige Sache auf der Welt getan hatte, die er nie tun wollte ...!«

Während des darauffolgenden eisigen Schweigens hob Dr. Fell die Maus auf, legte sie hin und sah seine Begleiter nachdenklich an.

»Oh, ja«, sagte er. *»Verstehen Sie jetzt: Driscoll war der Hutdieb.«*

# Kapitel 15

# Die Sache mit der Gummimaus

Warten Sie mal!« protestierte Rampole. »Warten Sie mal. Das geht mir alles viel zu schnell. Sie meinen . . .«

»Genau das, was ich sage«, antwortete der Doktor gereizt. »Wenn Sie das immer noch nicht verstanden haben, so überrascht mich das doch ein wenig. Vom ersten Augenblick an konnte niemand einen Zweifel daran haben. Heute abend habe ich hier den Beweis dafür bekommen; aber ich mußte erst hierher kommen und den sicheren Beweis erhalten, bevor Sie mir glauben würden. Haben Sie eine Zigarre, Hadley?«

Er lehnte sich gemütlich zurück, nachdem er seine Zigarre angezündet hatte; das große goldene Abzeichen steckte immer noch auf seinem Revers, und die Gummimaus lag in Reichweite.

»Überlegen Sie doch. Hier ist ein verrückter junger Bursche mit Sinn für Humor und einer Menge Verstand. Ich bin davon überzeugt, daß er auch ein gehöriger Schleimer und ein Stinktier war; aber wir müssen seine Frechheit, seinen Humor und seine Intelligenz anerkennen. Er will sich als Zeitungsmann einen Namen machen. Er kann eine gute, lebendige Geschichte aus einer Sache machen, wenn er die Fakten hat; aber er hat so wenig Sinn für Neuigkeiten, daß einer der leitenden Herausgeber beschwört, er würde noch nicht einmal eine Hochzeit vermuten, wenn er vor einer Kirche metertief durch Reis waten müßte.

Das leuchtet nicht nur ein, Hadley, sondern das ist auch ein weiterer Hinweis auf seinen Charakter. Sein Vorteil war seine Vorstellungskraft. Und sehr phantasievolle Menschen werden niemals gute, gradlinige Reporter; sie suchen nach dem Malerischen, dem Bizarren, dem ironischen Ereignis; und sehr häufig vernachlässigen sie völlig, sich um die entscheidenden Fakten zu kümmern. Routinearbeit und die Bearbeitung der alltäglichen Neuigkeiten liegen nicht auf ihrer Linie. Driscoll hätte einen kolossal guten Kolumnisten abgegeben, aber als Reporter war er ein Versager. Er entschied sich daher, das zu tun, was viele Reporter vor ihm getan hatten: selber Neuigkeiten *hervorzubringen* – und zwar die Art von Neuigkeiten, die seinem Naturell entsprachen. Wenn Sie einmal an all das zurückdenken, was wir über seinen Charakter wissen, werden Sie verstehen, was er vorhatte.

Jeder dieser spektakulären Hutdiebstähle hatte eine Art ironischen Symbolgehalt, so, als hätte ein Schauspieler eine Bühne aufgebaut. Driscoll liebte Gesten, und er liebte Symbole. Der Helm eines Polizisten wird vor Scotland Yard auf einen Lampenpfeiler gesteckt: ›Seht euch die Macht der Polizei an!‹ sagte Mr. Driscoll im Stile eines Byron – mit dem üblichen Zynismus sehr junger Leute. Die Perücke eines Anwalts wird auf den Kopf eines Droschkengauls gesetzt. Anschaulicher konnte Driscoll die Meinung Mr. Bumbles nicht darstellen, daß das Gesetz ein Esel sei. Und als nächstes wird der Hut eines wohlbekannten jüdischen Kriegsgewinnlers gestohlen und auf einem der Löwen am Trafalgar Square plaziert. Nun zeigt sich wirklich Driscolls byronsche Veranlagung. ›Seht!‹ ruft er aus – und das ist wirklich komisch, wie ich versucht habe, Ihnen zu zeigen. ›Seht euch in diesen entarteten Tagen die Krone des britischen Löwen an!‹«

Dr. Fell machte eine Pause, um sich bequemer hinzusetzen. Hadley blickte ihn an und nickte dann zustimmend.

»Ich sollte jetzt nicht zu sehr ins Detail gehen«, fuhr der Doktor fort, »und werde nur auf die Dinge eingehen, die uns zum Mord führen, wie Sie gleich sehen werden. Er war dabei, einen neuen Coup vorzubereiten, einen echten und entscheidenden Coup, der – in seinen Augen – ganz England hätte aufhorchen lassen.« Der Doktor schnaufte und kicherte. Er legte seine Zigarre ab und kramte in den Papieren herum, die er aus Hadleys Aktentasche entnommen hatte. »Hier ist sein Notizbuch mit den Notizen, die Sie so verwirrten. Bevor ich sie Ihnen noch einmal vorlese, lassen Sie mich Ihnen noch einmal ins Gedächtnis rufen, daß Driscoll die ganze Posse selbst verraten hat. Erinnern Sie sich an diesen beschwipsten Abend mit Mrs. Bitton, den Mrs. Larkin uns beschrieben hat? Driscoll prophezeite eine Woche, bevor alles losging, was passieren würde. Er sprach von Ereignissen, die in Kürze eintreten würden und durch die er sich einen Namen als Zeitungsmann machen würde. Ein Maler, der reichlich mit Bier abgefüllt ist, kann ausführlich über das bedeutende Bild sprechen, das er zu malen beabsichtigt, ohne daß sich darüber jemand wundern würde. Ein Schriftsteller muß fast zwangsläufig über den großen Roman reden, den er eines Tages schreiben will. Aber wenn ein Zeitungsmann so ganz nebenbei erwähnt, welch großartige Artikel er über einen Mord, der erst in der nächsten Woche stattfinden wird, herausbringen will, wird seine Fähigkeit zur Vorhersage wahrscheinlich beträchtliche Neugier hervorrufen.

Aber wir wollen zu diesem großen Coup zurückkehren, den Driscoll plante, nachdem er ihn nach und nach mit weniger bedeutenden Hüten vorbereitet hatte. Zunächst einmal, müssen Sie wissen, hat er mit Bedacht den Armbrustpfeil aus Bittons Haus gestohlen . . .«

»*Was* hat er getan?« rief der Chief Inspector. Dalrye sank – wie Rampole – in einen Sessel am Tisch nieder.

»Oh ja; das muß ich Ihnen noch erzählen«, sagte Dr. Fell stirnrunzelnd, als sei er über sich selbst ein wenig verärgert. »Aber ich habe heute nachmittag versucht, Ihnen einen Hinweis zu geben. Es war Driscoll, der ihn gestohlen hat. Übrigens . . .« Er suchte auf dem Boden neben seinem Stuhl und hob schließlich den Korb mit dem Werkzeug hoch. Nachdem er ihn durchwühlt hatte, zog er den gewünschten Gegenstand heraus . . .

»Übrigens, hier ist die Feile, mit der er ihn angespitzt hat. Es ist eine ziemlich alte Feile, so daß man die schrägen Linien in der Schmutzschicht erkennen kann, wo er die Widerhaken am Kopf bearbeitet hat. Und hier sind geradere Markierungen, die zeigen, wo er angefangen hatte, das *Souvenir de Carcassonne* auszutilgen, bevor ihm jemand den Pfeil gestohlen hat, um ihn zu einem anderen Zweck zu verwenden . . .«

Hadley nahm die Feile und drehte sie herum. »Dann . . .« sagte er.

»Ich fragte Sie – wie Sie sich wohl erinnern werden –, warum diese Aufschrift nicht vollständig entfernt worden ist – vorausgesetzt, die Person, die den Pfeil angespitzt hatte, war auch tatsächlich der Mörder. Nehmen wir einmal an, es *war* der Mörder. Er fing damit an, warum also um Himmels willen hat er nicht weitergemacht? Es war offensichtlich, er wollte nicht, daß man den Pfeil identifiziert. Aber genau das würde passieren, wenn der Pfeil so blieb. Dennoch hörte er schon nach einer sauberen, gründlichen Arbeit an nur drei Buchstaben auf. Zu dem Zeitpunkt, an dem mir klar wurde, was wirklich los war – die

Erklärung lieferten diese abstrusen Notizen in Driscolls Notizbuch –, wurde mir auch klar, daß das überhaupt nicht das Werk des Mörders war. Es war Driscolls Arbeit. Er hatte das Wegfeilen der Buchstaben noch nicht beendet, als der Mörder daherkam – der sich nicht darum kümmerte, woher der Pfeil stammte oder wem er gehörte. Tatsächlich jedoch spielte der Pfeil eine Rolle in dem Plan von Driscolls kühnstem Unternehmen.«

»Aber, großer Gott, *welches* Unternehmen?« fragte Hadley. »Es gibt keine Möglichkeit, ihn mit den Hüten in Verbindung zu bringen.«

»Oh ja, die gibt es«, sagte Dr. Fell.

Nachdem er einen Augenblick lang nachdenklich vor sich hingepafft hatte, fuhr er fort: »Hadley, wer ist – von all den Menschen, die Sie sich vorstellen können – derjenige, der in den Augen der Öffentlichkeit als Englands führender Nationalist rangiert? Wer ist derjenige, der noch nach seinem Rückzug ins Privatleben Reden über die Kraft des Schwertes, den Langbogen, die Armbrust und die tapferen Herzen der Ahnen hält – genauso wie zu der Zeit, als er noch im Lichte der Öffentlichkeit stand? Wer propagiert immer wieder eine verstärkte Aufrüstung? Wer greift unaufhörlich den Premierminister als einen gefährlichen Pazifisten an? Wer ist zwangsläufig die Person, die sich *Driscoll* in dieser Rolle vorstellen mußte?«

»Sie meinen – Sir William Bitton ...«

»Genau den meine ich«, nickte der Doktor. Ein Grinsen zerknitterte sein Doppelkinn. »Und sein verrückter Neffe hatte einen Plan entworfen, der alle Bedürfnisse seiner sensationsgierigen Seele befriedigte ... Er wollte Sir Williams Hut stehlen und ihn mit einem Armbrustpfeil an die Tür von Downing Street 10 nageln.«

Hadley war mehr als schockiert. Er war aufrichtig empört. Einen Moment lang konnte er nur stottern; und Dr. Fell betrachtete ihn mit liebenswertem Spott.

»Na, na!« sagte der Doktor. »Ich habe Sie gewarnt, Hadley, als der General und ich phantastische Schuljungenstreiche entwarfen, über die Sie gar nicht lachen konnten. Ich war mir sicher, Sie würden niemals den Hintergrund des Plans erkennen, bevor Sie nicht die Mentalität eines Schuljungen verstehen. Sie haben zu viel gesunden Menschenverstand ... Aber, sehen Sie, Driscoll hatte den nicht. Sie finden keinen Gefallen an Spielzeugpistolen und Gummimäusen. Das ist Ihr Problem. Aber ich weiß diese Dinge zu schätzen, und ich kann sogar genau wie Driscoll sein.

Schauen Sie hier.« Er schlug Driscolls Notizbuch auf. »Sehen Sie, wie er über seinen Plan nachdenkt. Er hat ihn noch nicht vollständig ausgearbeitet. Alles, was er hat, ist die Idee, Sir Williams Hut mit diesem kriegerischen Instrument an einem öffentlichen Ort zu befestigen. Er schreibt also – als Frage: *›Der geeignetste Ort? Tower?‹* Aber das wird nicht reichen; das ist viel zu einfach, und ein Armbrustpfeil im Tower wäre so auffällig wie ein Stück Kohle in Newcastle. Zuallererst braucht er jedoch einmal seine Requisiten, und er schreibt, *›Den Hut aufspüren‹*, was einleuchtend ist. Dann denkt er wieder an Trafalgar Square; das muß er zwangsläufig. Aber das wird nicht gehen, weil er mit Sicherheit seinen Pfeil nicht in die Steine des Nelson-Denkmals hineinrammen kann. Er schreibt also: *›Unglücklicherweise Trafalgar, komm' nicht durch!‹* Aber das war nicht weiter tragisch, weil ihm nun plötzlich etwas anderes einfiel – Sie sehen die Ausrufezeichen, die das anzeigen. Endlich hat er's. Er notiert sich Nummer 10, das Haus des Premierministers. Die nächsten Wörter sind leicht zu verstehen. Ist die Türe aus Holz? Wenn Sie einen Stahlbeschlag hat oder so etwas Ähnliches, wird der Plan nicht funktionieren; er weiß es nicht. Er muß es also herausfinden. Gibt es dort eine Hecke oder irgend etwas, das ihn vor unliebsamen Beobachtern verbergen kann, während er seinen Plan durchführt? Gibt es dort Wachen, was sehr wahrscheinlich ist? Auch das weiß er nicht. Es ist ein großes Wagnis und ein riskantes noch dazu; aber allein die Möglichkeit läßt ihn schon jubeln, und er ist entschlossen, es herauszufinden.«

Dr. Fell legte das Notizbuch hin.

»Also«, sagte er, »werde ich Ihnen jetzt darlegen, was ich symbolträchtig – im Stile eines Driscolls – die Sache mit der Gummimaus zu nennen beabsichtige. Mal sehen, was bei der Sache herauskam. Sie *wissen* es doch, oder, Hadley?«

Der Chief Inspector schritt wieder im Zimmer auf und ab. Er machte ein Geräusch, das wie ein Knurren klang.

»Ich denke schon«, schnauzte er. »Er wartete in der Berkeley Street auf Sir Williams Auto; mal sehen, das war Samstag abend?«

»Samstag abend«, bestätigte der Doktor. »Er war voller jugendlichem Schwung und Hoffnungen und was man sonst noch sagt. Er schwebte in den Wolken – unmittelbar vor dem Fall. Und, nebenbei bemerkt, gibt es hier noch ein anderes besonders raffiniertes Merkmal des Plans. In den meisten Fällen war das Risiko nicht besonders groß. Er stahl die Hüte würdiger Personen, die kein großes Aufheben darum machen würden. Diese Opfer würden den Diebstahl mit Sicherheit nicht der Polizei melden. Und zudem war es unwahrscheinlich, daß diese Personen ihm ernsthaft hinterherjagten, wenn sie sich an einem belebten Ort befanden. Das ist das Raffinierte daran. Ein Mann wie Sir William würde durch halb London rennen, um einen Mann zu verfolgen, der ihm ein Fünfschillingstück aus der Tasche gestohlen hat. Das hieße ja, das Recht mit Füßen treten. Aber aus Angst, sich zum Narren zu machen, würde er keinen Schritt hinter einem Mann herlaufen, der ihm seinen zwei Pfund teuren Hut gestohlen hat ... Nun, rekonstruieren Sie, Hadley.«

»Hm. Er wartete in der Berkeley Street auf Sir Williams Auto. Irgendein Telefonanruf in Bittons Haus, den er ohne weiteres unter seinem eigenen Namen hätte machen können, hätte ihm die Informationen, die er brauchte, verschaffen können. Er hätte gewußt, wo sich Bitton an diesem Abend aufhielt und alles übrige. Mal überlegen – Bitton sagte, glaube ich, daß der Chauffeur abbremste, um einen blinden Mann mit ein paar Bleistiften über die Straße zu lassen ...«

»Jeder Straßenverkäufer«, stimmte der Doktor zu, »hätte die Straße für einen Shilling überquert – und Driscoll hatte den Hut. Er ging davon aus, daß Bitton ihn nicht verfolgen würde. Und er hatte recht. Noch war alles in bester Ordnung, bis ...«

Er sah fragend zu Hadley auf.

»Bis Sonntag abend«, sagte Hadley bedächtig. »Dann stürzte auf einmal alles über ihm zusammen, als er Bitton anrief.«

»Wir befinden uns jetzt auf unsicherem Terrain. Aber das muß uns nicht weiter stören. Hm. Es ist unwahrscheinlich, daß er vor Sonntag abend entdeckt hat, daß er unabsichtlich das Manuskript geklaut hatte«, sagte Dr. Fell. »Warum sollte er auch? Man schenkt einem Papier in einem Hutband keine große Aufmerksamkeit. Aber das ist der Punkt. Sonntag abend erzählten sie ihm vom Diebstahl des Manuskripts. Ob er da schon etwas geahnt hat, weiß ich nicht. Zweifellos wußte er durch Bittons vorherige Anspielungen alles über das Manuskript. Aber auch eine andere Angelegenheit bereitete ihm Kopfzerbrechen. Laura Bitton und ihr Mann waren zurück; Laura muß eine Anspielung über den Stand der Dinge fallen lassen haben; es kam zu einem Streit im Flüsterton; Driscoll lief wütend aus dem Haus, bevor Laura sich mit ihm verabreden konnte. Sonst hätte sie schon dort ihre Verabredung getroffen und sich nicht die Arbeit gemacht zu schreiben. Aber Driscoll gab ihr keine Gelegenheit; das sah ihm ähnlich.«

»Himmelhoch jauchzend, zu Tode betrübt«, murmelte Hadley vor sich hin. »Er hatte Angst vor dem Skandal, der entstehen könnte; davor, daß sein Onkel ihn enterben würde.«

Dr. Fell nickte düster.

»Und eine Million anderer Vorstellungen, die einem solchen Menschen in einem solchen Moment durch den Kopf gehen. Mr. Dalrye sagte, in Driscolls Wohnung würde man überall dessen Gegenwart spüren«, sagte der Doktor plötzlich mit lauter Stimme. »Wie muß es gewesen sein, als er nach Hause kam und mit dem schlimmsten Gefühl des Schreckens, das er je empfunden hatte, entdeckte, daß er unabsichtlich den von seinem Onkel am höchsten geschätzten Besitz gestohlen hatte? Guter Gott! Was würde der bloß *denken?* In seinem verwirrten Zustand konnte er überhaupt nicht mehr denken. Was würden Sie denken, wenn ein zehntausend Pfund teures Manuskript gestohlen worden wäre und auf einmal als Füllmaterial für ein Hutband auftauchen würde? Alle seine Probleme waren zugleich lächerlich und schrecklich. Wie sollte er das erklären? Da war sein tobender Onkel, und da war *er* mit dem Manuskript – wie war es überhaupt in den Hut gekommen? Selbst unter Aufbietung seiner ganzen Phantasie konnte er sich nicht vorstellen, daß sein Onkel absichtlich diese brüchigen Papiere selbst in den Hut gesteckt und auf der Straße herumgetragen hatte. Und das Schlimmste war, daß Driscoll eigentlich gar nichts über das Manuskript wissen durfte!

Stellen Sie sich dieses ungestüme, rothaarige Kind vor, wie es herumläuft wie ein Tiger im Käfig! Noch vor einem Augenblick war er der verwegene Abenteurer gewesen; ein Angeber, heiter – so unsterblich wie der Held eines Sensationsromans. Frauen liebten ihn, und er konnte sich vorstellen, daß Männer ihn fürchteten. Nun drohte ihm ein höllischer Skandal, der ihn um seine soziale Stellung bringen würde, und, was das Schlimmste war, ein übellauniger Onkel. Ich frage mich, wieviel er in diesem Moment wohl getrunken hat?«

»Wenn er vernünftig gewesen wäre«, knurrte der Inspector und schlug auf den Tisch, »wäre er zu seinem Onkel gegangen ...«

»Wäre er?« fragte Dr. Fell mißbilligend. »Ich bezweifle, daß selbst eine vernünftige Person das getan hätte: zumindest bei Sir William Bitton. Was hätte Driscoll sagen können? ›Oh, was ich sagen wollte, Onkel, es tut mir leid. Hier ist dein Poe-Manuskript. Ich habe es aus Versehen zusammen mit deinem Hut geklaut.‹ Können Sie sich das Resultat vorstellen? Driscoll durfte eigentlich nichts von dem Manuskript wissen; niemand durfte das. Bitton glaubte, er wäre sehr listig und schlau gewesen, als er ständig auf dessen Vorhandensein anspielte. Zunächst einmal hätte er Driscoll nicht geglaubt. Was würden *Sie* von jemandem halten, der hereinspaziert kommt und sagt: ›Übrigens, Hadley, Sie erinnern sich doch an diese Tausend-Pfund-Note, die Sie oben in Ihrer Schublade vor jedermann versteckt gehalten haben? Nun, als ich gestern abend gerade Ihren Schirm stahl, entdeckte ich – wie das Leben so spielt – den Geldschein, der an einer Schnur des Schirmgriffs herunterhing. Merkwürdig, nicht wahr?‹ Nein, mein Junge; da hätte bei Ihnen der Spaß aufgehört. Und wenn dann, als Krönung des Ganzen, noch Ihr Bruder hereingekommen wäre und gesagt hätte: ›Ja, Hadley, und das Komische ist, daß ich in der Wohnung des Burschen nicht nur deinen Schirm und deine Tausend-Pfund-Note entdeckt habe, sondern auch meine Frau!‹ Ich wage zu behaupten, alter Knabe, daß Sie das Verhalten Ihres Freundes zumindest ein wenig exzentrisch gefunden hätten.«

Dr. Fell schnaubte.

»Vielleicht hätte ein vernünftiger Mensch so gehandelt. Aber Driscoll war nicht vernünftig. Nennen Sie ihn, wie Sie wollen, aber nicht einen klaren Kopf. Er handelte völlig impulsiv. *Wir können* hier sitzen und sagen, wie komisch seine Streiche waren und daß er ein unreifer Junge war, der glaubte, die Welt würde über ihm zusammenbrechen. *Er konnte* das nicht.«

Dr. Fell beugte sich nach vorne und stieß die Gummimaus mit seinem Zeigefinger an. Sie rannte im Kreis auf dem Tisch herum und machte dann einen Satz.

»Lassen Sie um Himmels willen diese Maus in Ruhe«, schrie der erboste Chief Inspector, »und fahren Sie fort! Er zerbrach sich also die ganze Nacht über den Kopf über diese Sache und rief dann am Morgen Dalrye an – mit der festen Absicht, ihm alles zu erzählen?«

»Genau.«

Dalrye, der die ganze Nacht über schweigend dagesessen hatte, machte ein verwirrtes Gesicht; er sah aus wie ein zerzauster puritanischer Gemeindeältester.

»Ja, aber da ist noch eine andere Sache«, bemerkte er. »Ich frage mich, Doktor, warum er nicht direkt zu mir gekommen ist? Er rief mich am Morgen an, wie Sie wissen. Wenn er so durcheinander war, wie es scheint, wäre er doch sofort zum Tower gekommen, oder?«

»Nein«, sagte der Doktor. »Das ist der Punkt, der meine Vermutungen in der ganzen Sache bestätigte. Ich meine den zweiten Überfall auf Sir William Bitton.«

»Guter Gott, ja . . .!« Hadley blieb stehen und drehte sich plötzlich um. »Wenn Driscoll all das getan hat, warum hat er dann Bitton einen *zweiten* Hut gestohlen? Das war nun wirklich nicht der richtige Weg, um sich zu retten, oder?«

»Nein. Aber es war ein Beispiel bemerkenswert schnellen Überlegens in einer Notsituation, was wir ihm hoch anrechnen müssen.«

»Vielleicht war es das«, gab der Inspector traurig zu. »Aber das scheint mir die ganze Angelegenheit noch komplizierter gemacht zu haben. Er hätte nach den Erklärungen, die Sie eben skizziert haben, noch eine weitere Erklärung für seinen Onkel hinzufügen müssen. ›Entschuldige, Onkel, daß ich dich noch einmal belästige. Ich habe nicht nur deinen Hut, dein Manuskript und die Frau deines Bruders geklaut, sondern mit deinem ersten Hut war ich nicht zufrieden, und deshalb bin ich einfach vorbeigekommen und habe noch einen genommen.‹«

»Seien Sie bitte still! Seien Sie still, und lassen Sie mich reden. Äh – ähem. Nun. Er wollte Mr. Dalrye um Hilfe bitten, aber bevor er das tat, wollte er noch einen letzten Versuch unternehmen, sich selbst zu helfen. Wissen Sie, ich war ziemlich erstaunt darüber, daß er sich definitiv für ein Uhr im Tower verabredet hatte, wo er doch, wie Mr. Dalrye sagte, ohne weiteres am Morgen dort hätte hinfahren können. Und, obwohl er die Verabredung getroffen hatte, tauchte er erst um ungefähr zwanzig nach eins dort auf! Was hat ihn aufgehalten? Wenn überhaupt, hätte man erwarten können, daß er zu früh dagewesen wäre . . . Was er beabsichtigte, war der Versuch, das Manuskript zurückzugeben, ohne daß sein Onkel etwas bemerkte.

Das war ein sehr viel schwierigeres Unterfangen, als es sich vielleicht anhört. Nach dem, was er im Haus gehört hatte, wußte er positiv, daß sein Onkel den Diebstahl des Manuskripts nicht mit dem Diebstahl des Hutes in Verbindung brachte. Sir William glaubte, das Manuskript wäre unabhängig von der ›Hutsache‹ gestohlen worden. Angenommen, Driscoll steckte das Manuskript einfach in einen Briefumschlag und schickte es per Post an seinen Onkel zurück? ... Zu gefährlich! Driscoll wußte, daß Arbor sich im Haus aufhielt. Er hatte Arbors laute Worte beim Abendessen gehört. Er wußte, daß sein Onkel zwangsläufig Arbor verdächtigen würde. Aber er wußte auch, daß sein Onkel niemals glauben würde, Arbor hätte das Manuskript gestohlen, um es ihm dann wieder zurückzuschicken. Und wenn Arbor nicht mehr in Frage kam... Sie verstehen?«

Hadley rieb sich über sein Kinn.

»Ja. Wenn Arbot nicht mehr in Frage kam, wäre die einzige Person, die es gestohlen haben könnte, jemand aus seinem eigenen Haushalt gewesen.«

»Was folgt nun daraus? Sir William hätte genau gewußt, daß es keiner der Bediensteten war. Er machte sich über diese Vorstellung lustig, als er mit *uns* sprach. Lester Bitton, Laura Bitton, Sheila und Driscoll wären übriggeblieben. Lester und Laura Bitton waren – das war bewiesen – mehrere hundert Kilometer entfernt, als es gestohlen wurde. Nur vier Leute konnten von dem Manuskript gewußt haben, und davon waren zwei in Cornwall! Von den beiden anderen konnte Sheila wohl kaum als Missetäterin in Betracht gezogen werden. Driscoll wäre zwangsläufig in Verdacht geraten; Sir William hätte angenommen, sein Gewissen hätte sich gemeldet und ihn dazu gebracht, es zurückzuschicken – was außerdem typisch für Driscolls Naturell gewesen wäre. Seien Sie versichert, daß Driscoll all das wußte; er wußte, daß sein Onkel es verdächtig fände, wenn er das Manuskript zurückschikken würde. Aber was sollte er tun? Aus denselben Gründen konnte er nicht ins Haus schlüpfen und das Manuskript irgendwo fallen lassen, wo man es finden würde. Sir William wußte verdammt genau, daß er es nicht nur *verlegt* hatte; er hatte das ganze Haus durchsucht; er wußte, daß es nicht da war. Es hätte dieselben Nachteile gehabt; egal, ob es nun unter verdächtigen Umständen ›gefunden‹ oder per Post zurückgeschickt worden wäre.«

»Ich will einen Besen fressen, wenn ich rauskriege, was er überhaupt noch tun konnte«, gestand der Chief Inspector. »Außer daß er einfach ganz ruhig dasaß und zusah, wie sein Onkel Arbor verdächtigte. Das wäre das Logischste gewesen. Aber so ein nervöser Typ wie Driscoll hätte zeitlebens die schreckliche Angst gehabt, daß sein Onkel irgendwie die Wahrheit herausfinden *könnte.* Er mußte das Manuskript schnell loswerden – sehr schnell. Wie heißt es so schön: Aus den Augen, aus dem Sinn.«

»Genau! Und das«, sagte Dr. Fell, während er mit seinem Stock auf den Boden klopfte, »war der Zeitpunkt, als er für einen Augenblick völlig den Kopf verlor. Er wollte es loswerden. Es brannte ihm unter den Nägeln. Können Sie sich denken, was er machte? Er konnte sich nicht entscheiden. Er ging an diesem nebeligen Tag aus dem Haus und irrte durch die Straßen. Und mit jedem Schritt fühlte er sich zum Haus seines Onkels hingezogen; verschiedenste Möglichkeiten geisterten ihm durch den Kopf, wirbelten dort herum und verwirrten ihn, bis er völlig den Kopf verlor.

Hadley, erinnern Sie sich daran, um wieviel Uhr Sir William heute nachmittag in der Bar ankam, um uns zu treffen? Es war fast zwei Uhr. Und als er uns den Diebstahl seines zweiten Hutes beschrieb, sagte er: ›Es ist nun anderthalb Stunden her, und ich bin immer noch außer mir vor Wut.‹ Es passierte also etwa gegen zwanzig vor eins. Sir William war im Begriff, zu seinen allmonatlichen Visiten aufzubrechen, wie er es nannte; und, wie er uns auch mitteilte: Diese Termine variieren kaum. Es war übrigens der Nachmittag, an dem er regelmäßig in jedem Monat Driscoll besuchte ... Ich glaube, er erwähnte es ... Sein Auto stand im Nebel am Bordstein. Sein Chauffeur war hinuntergegangen, um Zigaretten zu kaufen, und Sir William war noch nicht aus dem Haus gekommen. Und Driscoll stand dort an der Ecke und beobachtete alles.«

»Ich erinnere mich langsam an eine Menge Dinge, die Bitton sagte«, antwortete der Chief Inspector grimmig. »Er erzählte uns, daß er jemanden sah, der seinen Arm durch das Fenster des Wagens steckte und an der Seitentasche herumfummelte. Sie meinen – Driscoll konnte es nicht länger aushalten und wollte das Manuskript – nur, um es loszuwerden – in die Seitentasche des Wagens stecken?«

»Das tue ich. Und ich glaube, daß er durch das plötzliche Auftauchen Sir Williams auf dem Schauplatz davon abgehalten wurde. Sir William glaubte, er wäre ein Gelegenheitsdieb. Er schrie ›Hallo!‹ und stürzte los – und Driscoll fiel zum ersten Mal, soweit ich die Sache überblicke, wohl eher instinktiv blitzschnell das Richtige ein. Er schnappte sich Sir Williams Hut und stürzte im Nebel davon.«

»Sie meinen ...«

»Instinktives Handeln, mein Junge. Denn er wußte, daß der alte Mann nicht hinter ihm herjagen würde. Er wußte, Bitton würde einfach auf dem Gehweg stehenbleiben und fluchen.«

»Gut«, sagte Hadley leise nach einer Weile. »Verdammt gut. Aber Sie vergessen eins. Er könnte doch *wirklich* das Manuskript in die Seitentasche des Wagens gesteckt haben, und es könnte noch dort sein.«

Dr. Fell blinzelte die Maus, die er vom Boden aufgehoben hatte, traurig an.

»Tut mir leid. Ich fürchte, da kommen Sie ungefähr elf Stunden zu spät. Wissen Sie, selbst bei dem eiligen Aufbruch zum Tower, in Bittons Auto heute nachmittag habe ich es nicht versäumt, die Taschen zu untersuchen. Es war nicht da. Driscoll hat es nie dort hineingesteckt; er mußte zu schnell verschwinden.«

Der Anflug eines Lächelns lag auf Hadleys Gesicht. Rampole bemerkte, daß er sich wieder das ganze Gespräch über zurückgehalten hatte; er hatte Dr. Fell die richtigen Fragen gestellt, um sich dann ruhig die Stücke des Puzzles herauszusuchen, die er gebrauchen konnte.

»Nun, dann lassen Sie mich die Fakten noch einmal zusammenfassen«, schlug er vor. »Sie sagen, daß Driscoll ziemlich früh heute morgen wegging und nicht mehr wiederkam?«

»Ja.«

»Er nahm das Manuskript. Aber der gestohlene Zylinder blieb hier?«

»Vermutlich.«

»Ebenso ... blieb der Armbrustpfeil hier? Der Pfeil, den er gerade spitzte; wahrscheinlich befand er sich an einem deutlich sichtbaren Platz?«

»Ja.«

»Dann«, sagte Hadley mit unvermittelter Härte, »ist unser Fall abgeschlossen. Lester Bitton kam heute morgen herüber, um

Driscoll zu besuchen, als dieser fort war. Er verschaffte sich mit einem Schlüssel, den er sich von seinem Bruder ausgeliehen hatte, Zutritt und kehrte mittags nach Hause zurück, wo Miss Bitton ihn ... was sagte sie doch gleich? ... ›schwankend‹ und ›lachend‹ hereinkommen sah.

Jeder hätte den Pfeil aus Bittons Haus mitnehmen können. Aber nur Lester Bitton konnte ihn aus dieser Wohnung stehlen. Jeder hätte Sir Williams Zylinder stehlen können. Aber nur Lester Bitton konnte den Hut aus dieser Wohnung mitnehmen und auf den Kopf des Mannes setzen, den er im Tower von London erstochen hatte, um Driscolls Wunsch in Erfüllung gehen zu lassen. Denn Driscoll starb mit einem Zylinder auf dem Kopf, und zumindest eine Frau wird an seinem Grab weinen.«

Dr. Fell ließ den Kneifer an dem schwarzen Band hinunterfallen und rieb sich heftig die Augen. »Ja«, murmelte er. »Daran habe ich auch gedacht. Ich fürchte, damit steckt er ziemlich tief drin. Das war auch der Grund, warum ich Miss Bitton gefragt habe, ob er etwas bei sich trug, als er zurückkehrte.«

Sie hatten, als die Stunden langsam verstrichen, gar nicht registriert, wie die Geräusche des nächtlichen London unmerklich verklungen waren. Selbst das dumpfe Dröhnen im Hintergrund war verstummt, so daß ihre Stimmen unnatürlich laut klangen. Sie waren sich des Knarrens der Dielen nicht bewußt gewesen, hatten nicht gehört, wie laut die Reifen quietschten, wenn ein Auto noch spät über den Platz brummte. Dennoch hörten sie jetzt selbst durch die geschlossene Tür das Klingeln des Telefons ...

Sie hörten auch Sheila Bittons Stimme, als sie den Hörer abhob. Und einen Augenblick später zeigte sich ein ziemlich ernstes Gesicht in der Tür. Sie hatte, während sie die Zimmer durchsah, geweint.

»Es ist für Sie, Mr. Hadley«, sagte sie. »Irgend etwas über einen Mr. Arbor? Ist das *unser* Mr. Arbor? Kommen Sie bitte ans Telefon.«

Handley rannte fast.

# Kapitel 16

## Verbrannt

Sheila Bitton zuckte erstaunt zusammen, als sie den Ausdruck auf den Gesichtern derjenigen sah, die an ihr vorbeistürmten. Ihr eigener Gesichtsausdruck verriet, daß sie das als äußerst würdelos empfand. Sie hatte Hut und Mantel abgelegt. Ihr seidiges blondes Haar hing ihr unordentlich ins Gesicht, und die Ärmel des schwarzen Kleides hatten sich über die Handgelenke aufgerollt. Ein Schmutzstreifen zog sich quer über ihre Nase; wahrscheinlich hatte sie sich mit der Hand durchs Gesicht gerieben. Rampole sah sie vor sich, wie sie sich Driscolls Besitz anschaute ..., das eine nahm, das andere weglegte ..., wie ein Gegenstand eine Erinnerung in ihr wachrief und sie sich plötzlich mit Tränen in den Augen hinsetzte ...

Er dachte darüber nach, daß er wohl nie verstehen würde, was angesichts des Todes in einer Frau vorging. Sie waren kühl und ruhig. Und dann wurden sie plötzlich hysterisch. Alle Reaktionen waren möglich, keine war vorhersagbar.

Hadley war am Telefon, und Dr. Fell beugte sich in dem kleinen Arbeitszimmer über ihn. Auf dem Gesicht des Doktors lag ein Ausdruck, den Rampole noch nie zuvor gesehen hatte: Er konnte nicht entscheiden, ob es Nervosität, Furcht oder Hoffnung war. Aber Dr. Fell war mit Sicherheit nervös. Rampole würde dies seltsame Bild der beiden Männer nie mehr vergessen ... Hadley, der gespannt dem Gemurmel einer Stimme im Telefon lauschte, wobei es im Zimmer so leise war, daß man die Worte fast verstehen konnte; sein Ellbogen auf dem Tisch, den Rücken zur Tür gewandt; der von Sheila Bitton aufgewirbelte Staub, der sich nun wieder auf die grünbeschirmte Lampe legte. Dr. Fell lehnte sich gegen ein Buchregal; das schwarze Band an seinem Kneifer baumelte hin und her, sein Schlapphut war nach hinten geschoben, und er zupfte mit derselben Hand, in der er immer noch die Gummimaus hielt, an seinem Schnurrbart.

Bis auf die schwache, eilige Stimme aus dem Telefon war es völlig still. Eine Diele knarrte. Sheila Bitton wollte etwas sagen, wurde aber von Dalrye zum Schweigen gebracht. Hadley gab nur ein- oder zweimal einsilbige Antworten. Dann drehte er sich, ohne den Hörer einzuhängen, um.

»Nun?« fragte Dr. Fell.

»Es hat funktioniert. Arbor hat seine Freunde, die Spenglers, am frühen Abend verlassen, und Spengler begleitete ihn zu seinem Haus. Unser Mann in Zivil hat das vom Garten aus beobachtet; er hatte unsere Anweisungen bereits erhalten und scheint seine Rolle gut gespielt zu haben... Warten Sie einen Moment, Carroll«, sagte er ins Telefon und richtete sich im Sessel auf. »Zuerst ging Arbor durch das ganze Haus und machte alle Lichter an; unmittelbar danach schloß er die Fensterläden. An den Unterseiten der Läden sind jedoch rautenförmige Löcher, und der Beamte kam nahe genug an sie heran, um durch die Löcher der Fenster in das Untergeschoß hineinsehen zu können.

Arbor und sein Freund waren in einem der vorderen Zimmer, in dem die Schutzbezüge nicht von den Möbeln genommen worden waren. Sie saßen vor dem Feuer, spielten Schach und hatten eine Flasche Whisky zwischen sich; Arbor sah nervös aus. Ich würde sagen, das war vor ungefähr zwei Stunden. Dann wurde der Beamte aktiv. Er spazierte laut auf dem Kies auf und ab und verschwand dann schnell um eine Ecke des Hauses. Sofort öffnete Arbors Freund, Spengler, die Fensterläden und sah hinaus; dann schloß er sie wieder. Dieses Spiel ging eine ganze Weile so weiter. Sie riefen die Polizei an, und der Polizist leuchtete mit seiner Blendlaterne im ganzen Garten herum, entdeckte aber natürlich unseren Mann nicht. Als alles wieder zur Ruhe gekommen war und unser Mann wieder am Fenster stand, beschloß er, die Sache voranzutreiben. Der Whisky war halb leer, und irgend jemand hatte das Schachbrett umgeworfen. Arbor versuchte anscheinend, Spengler von etwas zu überzeugen, und dieser wollte nicht zuhören. Dann ging unser Mann hinters Haus und rüttelte am Knauf der Küchentüre. In der nächsten Sekunde war er hinter der Betongarage, und das war sein Glück. Jemand öffnete die Küchentür, streckte einen Revolver raus und fing an, blind im Garten herumzuballern. Das hat alle Polizisten im Umkreis von einem Kilometer auf den Plan gerufen; es gab eine höllische Auseinandersetzung, und Spengler mußte seinen Waffenschein vorzeigen. Nach dem Streit war Arbor sturmreif geschossen. Er bestand darauf, mit zur Polizeiwache zu gehen und sich mit mir in Verbindung zu setzen. Und er besteht darauf, mit mir persönlich zu sprechen.«

Dr. Fell sah nicht so begeistert aus, wie man den Umständen nach hätte erwarten können.

»Was werden Sie tun?«

Hadley sah auf seine Uhr und blickte finster auf. »Es ist jetzt fast zehn nach zwölf ... Hm. Aber ich wage nicht, es bis zum Morgen aufzuschieben. Mit dem Tageslicht wird vielleicht auch sein heiteres Gemüt wieder zurückkehren, und er könnte sich entschließen, nicht zu reden. Wir müssen ihn uns schnappen, solange er Bammel hat. Aber ich will nicht, daß man ihn zum Yard bringt... Menschen dieses Typs sind sehr, sehr schweigsam, wenn man den hohen Beamten herauskehrt... Und der Teufel soll mich holen, wenn ich noch selbst nach Golder's Green hinausfahre ...«

»Warum soll er nicht hierherkommen?«

»Ich nehme nicht an, daß es irgendwelche Einwände gibt ...?« Hadley sah Sheila Bitton an. »Das wäre das beste. Dalrye kann Miss Bitton nach Hause bringen. Genau, das ist es. Ich lasse ihn in einem Polizeiauto herbringen, dann weiß er, daß er sicher ist. Das eignet sich hier als Stützpunkt genausogut wie jeder andere Ort.«

»Wollte er am Telefon nichts sagen?« fragte der Doktor.

»Nein. Aus irgendeinem Grund scheint der Mann eine schreckliche Abscheu vor Telefonen entwickelt zu haben ... Nun.« Hadley gab kurze Instruktionen durch das Telefon und hängte ein. »Fell, was – glauben Sie – weiß er?«

»Ich habe Angst, Ihnen zu erzählen, was ich denke. Ich habe buchstäblich Angst. Erinnern Sie sich, ich habe Ihnen dieselbe Frage gestellt, als wir zu der Schlußfolgerung kamen, daß Driscoll im Tunnel des Bloody Tower erstochen wurde – mit Mrs. Bitton am einen Ende und Arbor am anderen ...« Er hatte nur noch gemurmelt und verstummte jetzt ganz, als er sich an Sheilas Anwesenheit erinnerte. Das Mädchen stand hinter Dalrye im Korridor und hatte anscheinend nichts aufgeschnappt, was unnötige Fragen verursacht hätte. Der Doktor spähte in Richtung Korridor und kaute an den Enden seines Schnurrbarts. »Macht nichts. Wir werden es bald genug wissen.«

Hadley untersuchte das Arbeitszimmer. Sheila Bitton hatte die Unordnung noch verschlimmert, was vor kurzer Zeit niemand für möglich gehalten hätte. In der Mitte des Zimmers hatte sie auf dem Boden alle möglichen Erinnerungsstücke aufgehäuft: ein paar silberne Pokale, eingerahmte Fotos von Sportmannschaften, einen Kricketschläger, das Trikot eines Läufers, einen Porzellankrug mit der Aufschrift ›Zum Geburtstag, von Sheila‹, ein Briefmarkenalbum, eine zerbrochene Angelrute und zwei verbogene Tennisschläger. In diesem trostlosen Zimmer, so dachte Rampole, versammelten sich Erinnerungen und wurden immer stärker ... Voller Schrecken und mit erdrückender Deutlichkeit wurde ihm bewußt: *Dieser Mann ist tot.*

»Ich wünschte, Ihr Männer würdet hier *verschwinden«*, beklagte sich das Mädchen quengelnd. Sie drängte sich mit einer puppenhaften Aggressivität an Dalrye vorbei, blieb dann stehen und betrachtete sie nachdenklich. »Alles ist in einer solchen *Unordnung!* Phil konnte nie Ordnung halten. Und ich weiß überhaupt nicht, was ich mit seinen Kleidern anfangen soll; es sind so viele, sie liegen in der ganzen Wohnung verstreut, und da ist ein brandneuer, schöner, grauer Hut, von dem ich weiß, daß er Daddy gehört, weil er diesen Goldaufdruck hat, den er für die Innenseite benutzt, und ich kann mir gar nicht vorstellen, wie der hier hingekommen ist.«

»Was?« fragte Hadley, aus seinen Überlegungen gerissen. Seine Augen verengten sich, und er sah den Doktor an. »Glauben Sie, er ist hierher zurückgekommen, nachdem er ... ich meine, kurz bevor er zum Tower gefahren ist?«

»Ich bin ziemlich sicher, daß er das tat«, antwortete Dr. Fell. »Nachdem er das getan hatte, woran Sie gerade denken, hatte er, wie Sie sich erinnern werden, immer noch über zwanzig Minuten Zeit, um pünktlich zu seiner Verabredung im Tower zu sein. Aber er kam zwanzig Minuten zu spät... Das geht in Ordnung, Miss Bitton. Legen Sie den Hut einfach mit den anderen Sachen zur Seite.«

»Trotzdem hoffe ich, Sie werden verschwinden«, sagte sie sachlich. »Bob, du könntest Marks holen, damit er ein paar Sachen mit hinaus zum Wagen nimmt. Ich bin schmutzig, total schmutzig. Er hat Öl über den ganzen Schreibtisch verschüttet, dort wo die Schreibmaschine steht, und da ist ein spitzer Stein, an dem ich mir fast den Finger geschnitten hätte ...«

Hadley drehte sich gemächlich um, um den Schreibtisch zu inspizieren. Rampole sah bildlich vor sich, wie Driscoll unter der grünbeschirmten Lampe in diesem unordentlichen Zimmer saß und geduldig den Pfeil spitzte, der ihm in sein eigenes Herz getrieben werden sollte ...

»Schleifstein«, murmelte der Inspector. »Und die Schreibmaschine ... übrigens, Doktor, Sie haben ja tatsächlich das Werkzeug gefunden, das Sie hier finden wollten; aber ich erinnere mich, daß Sie sagten, Sie würden etwas an seiner Schreibmaschine suchen. Was war das?«

Dr. Fell jonglierte mit seiner Maus. »Ich suchte den Anfang eines gewissen Artikels, der von etwas berichtete, bevor es überhaupt passierte; ich meine dieses kleine Unternehmen ›Nr. 10‹. Ich war mir nicht sicher, ob er bereits damit begonnen hatte, aber ich dachte mir, ich sähe besser einmal nach – für den Fall, daß Sie mir nicht glauben würden. Es war nicht in seiner Maschine, aber es lag auf seinem Schreibtisch; ich habe es in meiner Tasche. Wissen Sie, wenn er die Absicht hatte, Fleet Street auszustechen, brauchte er Zeit, um einen erstklassigen Artikel vorzubereiten, bevor die anderen Reporter auch nur davon hörten. Aber da war so ein Wust an Manuskripten, daß ich es fast übersehen hätte. So wie ich das sehe, hat er sich auch ein bißchen an Erzählungen versucht. Ich wollte Sie gerade auf diese spezielle Vorliebe aufmerksam machen, als wir hinausgingen, um Mrs. Larkin zu befragen. Seine Geschichten haben gespenstische Titel, und sie gehören alle zur Sorte ›Mysteriöse Geheimnisse‹: *Der Fluch der Doornaways* und so etwas in der Art. Herrschaftliche Wohnhäuser mit Säulenhallen und Geistern und diesem ganzen Kram. Ich glaube, Driscoll hätte gerne ein solches Haus besessen und hat bedauert, daß Sir Williams Adelstitel nicht einmal eine Generation weit zurückreichte.«

Sheila Bitton stampfte auf den Boden. »Oh mein Gott, würden Sie bitte hinausgehen? Ich meine, es ist gemein von Ihnen, wo der arme Phil tot ist, einfach in seinem Zimmer zu sitzen und so über ihn zu reden. Und wenn Sie etwas von dem, was er geschrieben hat, haben wollen oder die ganzen Papiere hier oder irgend etwas anderes, sollten Sie es mir lieber sagen, weil ich jetzt alles in einen Koffer packen und für Daddy mit nach Hause nehmen werde. Außerdem ist ein Teil von dem Kram im Kamin verbrannt; ich habe näher hingesehen, weil es in Schreibschrift geschrieben war und ein Brief gewesen sein könnte ...« Sie hielt inne und wurde plötzlich rot: »Es war sowieso nur eine alte Geschichte und ganz verbrannt, und ...«

*»Oh mein Gott!«* sagte Dr. Fell.

Sein massiger Körper stürzte quer durch den Raum zu dem Miniaturkamin mit den hellroten Ziegeln um den Rost herum. Er sagte noch, »Holen Sie Ihre Taschenlampe, Hadley«, kniete nieder und schob den eisernen Kaminschirm beiseite. Selbst auf dem Gesicht des Chief Inspectors lag ein überraschter Ausdruck, als er seine Taschenlampe hervorkramte ...

Der Kamin war voll von verkohltem und zerfleddertem Papier. Als der helle Strahl in seinem Innern hin- und herwanderte, sahen sie, daß die Ränder einiger nicht völlig verbrannter Seiten von matter Malvenfarbe waren, die der Ruß geschwärzt hatte.

»Die ›Mary-Briefe‹«, sagte Hadley, als Dr. Fell versuchte, den Haufen leicht anzuheben. »Alles, was davon übriggeblieben ist.«

Dr. Fell brummte keuchend: »Ja. Und hier unter den Briefen liegt ...«

Er versuchte, es sanft herauszuziehen, aber es war nur eine zerbrechliche schwarze Schale, die zu Asche zerfiel. Alles, was übrigblieb, waren einige wenige rußverdreckte Zentimeter des oberen Endes. Es mußte ein sehr dünnes Bündel wasserbefleckter Seiten gewesen sein, dreimal der Länge nach gefaltet, das jetzt aber offen dalag. Dr. Fell brachte es in die Nähe von Hadleys Lampe, wobei er es vorsichtig in seinen offenen Handflächen hielt. Der Rauch hatte die Überschrift verfärbt und ausgelöscht; genau so hatte er alle Buchstaben in der Ecke ausgetilgt – bis auf ein verschnörkeltes ›E‹. In einer braunen und gewundenen Schrift konnten sie jedoch schwach einige Zeilen erkennen, die das Feuer nicht zerstört hatte:

> »Von den einzigartigen Gaben meines Freundes, des Chevaliers C. Auguste Dupin, werde ich vielleicht eines Tages berichten. Er hat auf meine Lippen ein Siegel des Schweigens gelegt, das ich, aus Furcht, seinem in gewisser Weise *extravaganten* Humor zu mißfallen, gegenwärtig nicht zu verletzen wage. Daher kann ich nur berichten, daß es an einem stürmischen Abend im Jahre 18- nach Sonnenuntergang geschah, daß ein Klopfen an der Türe zu meinen Gemächern, die sich in einem düsteren, verfallenden Gebäudekomplex im Faubourg St. Germain befanden, erklang und ...«

Sie lasen es alle langsam mit. Dr. Fell rührte sich nicht; es war, als würde er niederknien und dieses verkohlte Stück Papier einem Gott als Feueropfer darbieten.

»Das ist es«, brummte der Doktor nach einer Weile mit leiser Stimme. »Da steckt alles von ihm drin – im Anfang eines einzigen Kapitels! Das Gebot des Schweigens, die Höflichkeit, die Anspielung auf tödliche Geheimnisse, die Nacht, der nächtliche Sturm, die weitentfernte Stadt, das Datum, welches geheimnisvoll weggelassen wurde, das alte und verfallene Haus in einem entlegenen Viertel ... Hm. Meine Herren, Sie betrachten gerade das, was von der ersten Detektivgeschichte, die Edgar Allan Poe jemals geschrieben hat, übriggeblieben ist.«

Rampoles Kopf war voller unheimlicher Bilder ...: ein geheimnisvoller Mann mit leuchtenden, grüblerischen Augen – schmale Schultern in militärischer Haltung – ein sensibles Kinn – ein unordentlicher Schnurrbart. Er sah den Kerzenschein, das armselige Zimmer, den schäbigen großen Hut hinter der Tür, die bemitleidenswert wenigen Bücher. Niemals in seinem Leben würde dieser geheimnisvolle Mann etwas anderes besitzen als Träume, um sie schließlich gegen die kalte Münze eines unsterblichen Namens einzutauschen.

Hadley stand auf und schaltete seine Taschenlampe aus. »Nun«, sagte er verdrießlich, »die zehntausend Pfund haben sich buchstäblich in Rauch aufgelöst. Ein Glück, daß Arbor diesem Burschen in Philadelphia nicht den in ihrer Absprache festgelegten Rest bezahlen muß.«

»Ich hasse es, Sir William das erzählen zu müssen«, murmelte Dalrye. »Gütiger Gott! Er wird toben. Es ist ein Jammer, daß Phil es nicht wenigstens behalten konnte ...«

*»Nein!«* sagte Dr. Fell hitzig. »Sie verstehen nicht, worum es eigentlich geht. Sie begreifen es überhaupt nicht, und ich schäme mich Ihrer ... Was ist denn passiert?«

»Er hat es verbrannt, das ist alles«, gab Hadley zurück. »Er war so erschrocken darüber, daß er beinahe dabei geschnappt worden war, als er versucht hatte, es zurückzugeben, daß er nach Hause kam und es ins Feuer warf.«

Dr. Fell erhob sich schwerfällig mit Hilfe einer seiner Stöcke. Er glühte vor Eifer.

»Sie verstehen immer noch nicht. Was ist wirklich passiert? Wer klopfte an die Tür zum Haus dieses Mannes im Faubourg

St. Germain? Welch schreckliches Abenteuer stand bevor? Das ist es, worüber Sie nachdenken sollten, Hadley ... Ich sage Ihnen, es ist scheißegal, ob dieses Manuskript für irgendeinen blasierten Sammler erhalten bleibt, damit er gelehrt darüber plaudern und es wie einen neuen Goldzahn seinen Freunden vorführen kann; scheißegal, ob es zehntausend Pfund oder einen Penny wert ist, scheißegal, ob es ein paar Narren noch mehr Bücher schreiben läßt, in denen sie versuchen, einen längst toten Mann des neunzehnten Jahrhunderts nach den Maßstäben des zwanzigsten zu analysieren. Es ist scheißegal, ob es eine Handschrift ist, eine Erstausgabe, ob es Pergament, Leder oder Sixpence-Papier ist ... Was mich interessiert, ist, welch ein herrlicher Traum von Blut und Gewalt mit diesem Klopfen an der Tür seinen Anfang nahm.«

»Also gut, dann ... scheißegal«, stimmte der Chief Inspector besänftigend zu. »Sie scheinen ein wenig fanatisch zu werden bei diesem Thema. *Mir* ist das egal. Wenn Sie das wirklich so interessiert, können Sie Bitton ja nach der Fortsetzung fragen. Er hat es gelesen.«

Dr. Fell schüttelte den Kopf. »Nein«, sagte er. »Nein, das werde ich niemals fragen. Diese letzte Zeile wird ein immerwährendes ›Fortsetzung folgt‹ für mich sein, damit ich mir den Rest meines Lebens Antworten dazu ausdenken kann.«

Während dieser wenig erhellenden Unterhaltung war Sheila Bitton ins Schlafzimmer gegangen, und sie hörten, wie sie Gegenstände bewegte und dabei immer wieder gegen die Zwischenwand stieß.

»Wir sollten jetzt gehen«, schlug der Chief Inspector vor. »Von was auch immer Sie gerne träumen wollen, dieser Kamin verrät uns wenigstens eines: Das Manuskript lag *unter* den verbrannten ›Mary-Briefen‹. Driscoll hat das Manuskript verbrannt, bevor er sich auf den Weg zum Tower machte. Mrs. Bitton drang um fünf Uhr hier ein und zerstörte die sie belastenden Beweisstücke.«

»Das stimmt, ich bin sicher, daß Sie recht haben«, sagte der Doktor. »Aber sehen Sie: Ich weiß, es ist geschmacklos, und wir sollten es nicht tun, und was man so sagt... Sei's drum, es war ein hartes Stück Arbeit, und ich habe seit mehreren Stunden nichts zu trinken bekommen. Ja, wenn wir hier etwas finden könnten ...?«

»Eine gute Idee«, sagte der Chief Inspector. »Ich werde Ihnen den Fall, so wie ich ihn sehe, darlegen.«

Er ging als erster aus dem kleinen Zimmer in das verlassene Speisezimmer, wo er die Lichter der mosaikartigen Kuppel über dem Tisch einschaltete. Rampole dachte, daß sie unzweifelhaft zu *dieser* Wohnung paßte; sie war eine verzierte Scheußlichkeit von durcheinandergewürfeltem Gold, Rot und Blau; und sie warf ein grelles, unheimliches Licht auf ihre Gesichter. Merkwürdigerweise war die kaum faßbare Anwesenheit des Toten hier stärker zu spüren als irgendwo sonst. Dieses Gefühl ergriff von Rampole mit gespenstischer und erschreckender Deutlichkeit immer mehr Besitz. Auf dem Kaminsims des verstaubten Speisezimmers war eine marmorne Uhr stehengeblieben – schon vor vielen Tagen. Das Glas vor dem Zifferblatt war von einer dicken Staubschicht überzogen. Sie war um Viertel vor zwei stehengeblieben. Rampole bemerkte die Übereinstimmung und erinnerte sich gleichzeitig sehr lebendig an Driscoll, wie er bleich und mit leerem Blick auf den Stufen von Traitors' Gate gelegen hatte. Er wußte plötzlich, daß er keinen Tropfen aus der Wohnung dieses Mannes würde zu sich nehmen können . . .

Es war so, als könne man jeden Augenblick Driscolls Schritte auf dem Korridor hören. Es war nicht nur, daß ein Mann gestorben war. Es war der plötzliche Bruch; es war wie das Herabfallen einer Axt – der Fall ins Nichts, während die Abdrücke der Zähne immer noch in einem halb gegessenen Keks zu erkennen waren und die Lichter immer noch in Erwartung seiner Rückkehr brannten. Rampole starrte auf die Stücke einer Orangenschale auf dem schmutzigen Tischtuch und erschauderte.

»Tut mir leid«, sagte er abrupt und ohne sich seiner Worte eigentlich bewußt zu sein. »Ich kann seinen Whisky nicht trinken. Irgendwie scheint es mir nicht richtig zu sein.«

»Ich kann es auch nicht«, sagte Dalrye leise. »Ich kannte ihn, verstehen Sie.«

Er setzte sich an den Tisch und bedeckte mit der Hand seine Augen.

Dr. Fell, der in einer Anrichte herumgestöbert und einige saubere Gläser gefunden hatte, wandte sich um. Seine kleinen Augen waren zusammengekniffen.

»Sie spüren es also auch?« wollte er wissen.

»Was spüren?« fragte der Chief Inspector. »Hier ist eine fast volle Flasche. Machen Sie meinen stark, mit sehr wenig Soda . . . Was spüren?«

»Daß er hier ist«, sagte Dr. Fell. »Driscoll.«

Hadley stellte die Flasche hin. »Reden Sie keinen Unsinn«, sagte er gereizt. »Was wollen Sie damit erreichen – uns Angst einjagen? Sie sehen so aus, als würden Sie gleich eine Gespenstergeschichte erzählen. Geben Sie mir die Gläser; ich werde sie in der Küche ausspülen.«

Während er sich schwerfällig gegen die Anrichte stützte, ließ der Doktor einen Moment lang seinen Blick schweifen.

»Hören Sie, Hadley. Ich rede nicht über Gespenstergeschichten. Ich würde noch nicht einmal von Vorahnung sprechen, sondern ich rede von einer verrückten Vermutung, die ich heute abend schon früher hatte – in dem Moment, als wir mit Lester Bitton sprachen. Es gab eine winzige Spur von Logik, und die hat mich erschreckt. Vielleicht empfinde ich es jetzt so stark, weil es so spät ist und niemand von uns in seiner besten Verfassung ... Bei Gott! Ich werde diesen Drink nehmen und noch diverse mehr, weil ich sie wirklich brauche. Und ich möchte Ihnen allen raten, dasselbe zu tun.«

Rampole fühlte sich unwohl. Er fürchtete, er könnte wie ein Idiot oder ein Feigling wirken; die Anspannung des Tages hatte seine Gedanken mehr als nur ein wenig durcheinandergebracht.

»In Ordnung ...« sagte er, »in Ordnung. Schenken Sie mir einen Doppelten ein.« Er sah hinüber zu Dalrye, der bedrückt nickte.

»Ich glaube, ich weiß, wovon Sie sprechen, Doktor«, sagte Dalrye mit leiser Stimme. »Ich weiß, ich war nicht hier, und ich bin mir deshalb nicht sicher, aber ich glaube trotzdem, daß ich weiß, was Sie meinen.«

»Die Person, über die *ich* eigentlich gerne sprechen würde«, unterbrach sie Hadley, »ist Lester Bitton. Sie sind sich doch verdammt genau darüber im klaren, Fell, daß er der Mörder ist, nicht wahr?«

Der Doktor stellte gerade die Gläser hin. Er nahm die Flasche aus Hadleys Hand, tat mit einer Handbewegung dessen Vorschlag ab, die Gläser auszuspülen, und füllte sie. Dann sagte er: »Einmal angenommen, Bitton hat ein Alibi? Sie haben beinahe genug Beweise, um damit vor Gericht zu ziehen ..., es sei denn, er hätte ein Alibi. Das ist es, was mich beunruhigt. Aber es ist spät, und ich bin geistig nicht mehr ganz auf der Höhe ... Sagen Sie, Mr. Dalrye, wann haben Sie Sir William Bitton zuletzt gesehen?«

»Sir . . .?« Dalrye hob den Kopf und sah die anderen verwirrt an. »Sir William?« wiederholte er. »Nun, in seinem Haus heute abend. General Mason schlug vor, daß ich ihn bei seiner Rückfahrt vom Tower begleite.«

»Hat der General ihm erzählt, wem das Manuskript tatsächlich gehört? Arbor, meine ich? Wußten Sie überhaupt davon?«

»Ja. Sir William läuft herum«, antwortete Dalrye grimmig, »und erzählt jedem, daß niemand etwas von dem Manuskript weiß, um dann sein Geheimnis weiterzutratschen. Hat er Ihnen erzählt, daß *Sie* der erste sind, der davon erfährt?«

»Ja.«

»Er hat dasselbe sowohl dem General als auch mir erzählt. Wir haben schon vor Wochen davon erfahren. Aber bisher hat es niemand gesehen . . . bis heute abend. Oh ja, ich wußte von dem verfluchten Ding.«

»Was hat er gesagt, als Mason ihm erzählte, es gehöre Arbor?«

»Das war seltsam. Nicht viel. Er sagte nur: ›Ich verstehe‹, und wurde sehr still. Es ist völlig klar, daß er das die ganze Zeit vermutete. Dann . . .«

Dalrye sah mit einem dumpfen Blick in Richtung Tür. Es war wie eine Warnung, die so lange wiederholt wurde, bis man sie nicht mehr ertragen konnte – wieder klingelte das Telefon.

Eigentlich lag nichts in dem Klingeln, was bei jemandem eine Gänsehaut hätte erzeugen könne. Aber Rampole wurde es eiskalt. Und in den kurzen Pausen zwischen dem Lärm der hartnäckigen Klingel sagte Dr. Fell:

»Ich würde nicht zulassen, daß Miss Bitton das Telefon abnimmt, Hadley.«

Sofort war Hadley durch die Türe ins Arbeitszimmer verschwunden, und die Tür schloß sich hinter ihm.

Niemand rührte sich, und sie konnten hören, wie Sheila Bitton zwischen Küche und Korridor hin und her ging. Lange Zeit lauschte Hadley in das Telefon, ohne selbst etwas zu sagen. Kurze Zeit später öffnete er die Tür vom Arbeitszimmer – sie konnten das schrille Quietschen der Angeln hören –, kam mit langsamen Schritten den Korridor herunter, trat ein und schloß die Tür des Speisezimmers hinter sich.

»Jetzt ist alles aus«, sagte er. »Ziehen Sie Ihre Mäntel an.«

»Was ist los?« fragte der Doktor mit ebenso leiser Stimme wie Hadley.

Der Chief Inspector bedeckte mit der Hand seine Augen.

»Ich weiß jetzt, was Sie meinen. Ich hätte sehen sollen, in welcher Stimmung er war, als er uns verließ. Ich hätte wenigstens durch das vorgewarnt sein sollen, was Miss Bitton gesagt hat ... Er hatte gesagt, daß er auch genau auf diese Art sterben wollte.«

Dr. Fell legte langsam die Hand auf den Tisch. »Ist es ...?«

»Ja«, antwortete Hadley mit einem Nicken. »Das ist es. Lester Bitton hat sich erschossen.«

## Kapitel 17

## Tod im Haus der Bittons

Die Fahrt in Hadleys Wagen zum Berkeley Square verlief recht schweigsam. Hadley berichtete mit kurzen Worten über das wenige, was man ihm am Telefon über das Unglück gesagt hatte.

»Es passierte ungefähr zehn Minuten, bevor sie anriefen«, erklärte er. »Der Butler war am Apparat. Die Hausbewohner waren lange aufgeblieben, und der Butler war noch wach; er war angewiesen worden, auf Sheila Bittons Rückkehr zu warten. Er war im Anrichteraum, als er den Schuß hörte; sofort rannte er die Treppe hinauf. Die Tür zu Lester Bittons Zimmer stand offen; er roch den Qualm. Bitton lag mit der Pistole in der Hand auf seinem Bett.«

»Was geschah dann?« fragte Dr. Fell.

»Hobbes – das ist der Butler – versuchte, Sir William aufzuwekken. Aber der hatte ein Schlafmittel genommen, und die Tür zu seinem Zimmer war abgeschlossen; Hobbes konnte ihn nicht wach bekommen. Dann erinnerte sich Hobbes daran, daß Miss Bitton mit uns gesprochen hatte und wo wir waren, und er telefonierte in der Hoffnung, mich zu erreichen. Er wußte nicht, was er sonst hätte tun sollen.«

»Was ist mit Mrs. Bitton?«

»Ich habe nicht danach gefragt.«

»Hm«, brummte der Doktor. »Hm, ja. Ich nehme an, es war wirklich ein Selbstmord ...«

Rampole, der eingekeilt zwischen ihnen auf dem Vordersitz saß, hörte kaum, was sie sagten. Natürlich war es albern, aber das einzige, an das er in Verbindung mit Lester Bitton denken konnte, war Sheilas kindliche Bemerkung: ›Er brachte mir immer Schokolade mit ...‹

Die feuchte, kühle Luft zog durch die offenen Seitenfenster; die Räder des Wagens summten, und über den Dächern standen

Sterne am Himmel. Hadley hatte die Situation auf eine sehr ruhige Weise gemeistert. Man hatte Sheila Bitton nichts vom Tod ihres Onkels erzählt. Sie hatten sie zusammen mit Dalrye zurückgelassen, der ihr die Nachricht beibringen sollte, nachdem sie abgefahren waren.

»Ich bringe sie besser nicht nach Hause zurück«, hatte Dalrye gesagt. »Sie wird nur überall im Weg stehen und hysterisch rumschreien – sie hat ihn geliebt. Ich kenne eine gute Freundin von ihr, ein Mädchen, das in Lane Park wohnt. Ich fahre sie dorthin und sorge dafür, daß Margaret sie über Nacht aufnimmt. Dann komme ich zu Ihnen.«

Das einzige, was Rampole überrascht hatte, war, daß der Doktor darauf bestanden hatte, daß Hadley Arbor treffen sollte.

»Oder, wenn ich es mir recht überlege«, hatte der Doktor mit einem merkwürdigen Gesichtsausdruck hinzugefügt, »wäre es besser, wenn *ich* ihn treffe. Wie Sie wissen, glaubt er immer noch, ich sei Chief Inspector Hadley. Und wenn wir ihm zum augenblicklichen Zeitpunkt, wo er um sein Leben fürchtet, die Situation zu erklären versuchen, könnte er alle möglichen Tricks vermuten.«

»Es ist mir egal, *wer* ihn trifft, solange er nur redet«, antwortete der Chief Inspector gereizt. »Wenn Sie wollen, können Sie hierbleiben und auf ihn warten. Aber ich sähe es lieber, wenn Sie mit mir kämen. Wir können Mr. Rampole hierlassen, um sich mit ihm solange zu unterhalten, bis wir zurück sind ...«

»Ich habe eine bessere Idee. Lassen Sie ihn zu Bittons Haus bringen.«

»Zu Bitton? Aber, gütiger Gott, Mann! Sie wollen doch nicht etwa ...«

»Ich würde zu gerne sehen«, sagte der Doktor, »wie er sich dort verhält. Dieser Gedanke geht schon seit einiger Zeit in meinem Kopf herum. Der arme Marks soll hier in der Wohnung bleiben und Arbor rüberschicken, wenn sie ankommen.«

So war es dann auch gemacht worden. Hadleys Daimler schoß durch die stillen Straßen, und die beleuchtete Uhr im Armaturenbrett zeigte fast ein Uhr an, als sie Berkeley Square erreichten.

Die alten Häuser zeichneten sich massig und düster gegen den Sternenhimmel ab. Wie ein schwaches Pfeifen klang der nächtliche Autoverkehr von Piccadilly herüber; die Schritte eines späten Passanten erklangen schaurig laut. Ein Taxi hupte sich seinen

Weg aus der Charles Street frei. Die feinen Nebelschwaden, die vom Tag übriggeblieben waren, schienen sich alle um die hohen Straßenlaternen und die dünnen Zweige der Bäume versammelt zu haben. Als sie die flachen Stufen zu Bittons Haus hinaufgingen, hielt Hadley – seine Hand lag schon auf der Klingel – inne.

»Ich kenne nur zwei Zitate«, sagte er leise. »Aber ich werde Ihnen jetzt eines davon vortragen. Wissen Sie, welches es ist?«

Dr. Fell stieß mit dem Metallbeschlag seines Stocks auf die Stufe. Ein hohler Ton erklang.

»›Die Schuld muß gestanden werden‹«, rezitierte er, »›sie wird gestanden werden; nur durch Selbstmord kann man sich dem Geständnis entziehen, doch der Selbstmord ist das Geständnis.‹«

Hadley klingelte.

Als die schwere Türe geöffnet wurde, bemerkte man keinerlei Anzeichen von Unordnung im Haus. Die Läden waren heruntergelassen und die Vorhänge zugezogen, aber alle Lichter brannten. Es war die absolute Stille, die so bedrohlich wirkte. Ein alter Mann mit ernstem Gesicht führte sie in eine riesige blaue Eingangshalle. Ein Kristallüster hing wuchtig von der Decke. Er schloß die Tür wieder und sicherte sie durch eine Kette.

»Chief Inspector Hadley, Sir?« fragte der alte Mann. »Ich bin Hobbes, Sir. Ich habe Sie angerufen. Soll ich Sie nach oben geleiten?« Er zögerte, als Hadley zustimmend nickte. »Unter solchen Umständen, Sir, ist es, wie ich gehört habe, üblich, einen Doktor herbeizurufen. Aber Mr. Bitton war offensichtlich tot, und wenn Sie es nicht wünschen . . .?«

»Das wird im Augenblick nicht nötig sein. Ist Sir William inzwischen wach?«

»Es ist mir nicht gelungen, ihn aufzuwecken, Sir.«

»Wo ist Mrs. Bitton?«

»In ihrem Zimmer, Sir. Hier entlang, bitte.«

Rampole glaubte, ein Flüstern vom Ende der Halle zu hören – dort, wo eine Treppe nach unten führte. Dann lastete auf ihnen wieder die erdrückende Ruhe und Ordnung. Der Butler führte sie eine mit schweren Teppichen belegte Treppe hinauf; Bronzefiguren standen in den Nischen. Oben angekommen, folgten sie ihm den Korridor entlang. Es war stickig, und Rampole nahm deutlich den abgestandenen Geruch von Kordit wahr.

Ein helles Licht fiel von der Seite in den düsteren Korridor. An der Tür trat Hobbes beiseite, um sie vorbeizulassen.

Der Geruch von verbranntem Pulver war hier stärker, aber nichts schien in Unordnung gebracht worden zu sein. Es war ein hoher Raum mit einem Sims und einem großen Lüster; mattbraune und gelbgestreifte Wände bildeten den Hintergrund einer strengen Einrichtung. Ein Lesepult, von dessen heller Lampe der Schirm entfernt worden war, stand gegen das Fußende des Bettes gelehnt; die Schublade war einen Spalt geöffnet. Aber das war auch das einzige, was unordentlich war. Im Kamin war der elektrische Heizofen eingeschaltet.

Lester Bitton lag seitlich auf dem Bett; sie konnten seine Füße von der Tür her sehen. Als sie näher kamen, stellten sie fest, daß er völlig angekleidet war. Das Geschoß war durch die rechte Schläfe gedrungen und ungefähr zwei Zentimeter über dem linken Ohr wieder ausgetreten; Rampole folgte Hadleys Blick; deutlich konnte man Splitter an der Decke erkennen, wo es eingeschlagen war. Das Gesicht des Toten wirkte seltsam friedlich; man sah nur wenig Blut. In seiner ausgestreckten rechten Hand hielt er eine Webley-Scott-Automatik in der Kaliber-45-Standardausführung der Armee. Das einzige Erschreckende war, so überlegte Rampole, der Geruch von versengtem Haar.

Hadley fing nicht sofort an, ihn zu untersuchen. Er sprach mit leiser Stimme zu Hobbes.

»Ich glaube, Sie haben mir erzählt, daß Sie im Anrichtezimmer waren, als Sie den Schuß hörten. Sie rannten unverzüglich hinauf und fanden ihn so vor, wie er da liegt. Hat noch jemand den Schuß gehört?«

»Mrs. Bitton, Sir, glaube ich. Sie kam einen Augenblick später.«

»Wo ist Mrs. Bittons Zimmer?«

Hobbes wies auf eine Tür in der Nähe des Kamins. »Dies ist das Ankleidezimmer, Sir; daran schließt sich ihr Zimmer an.«

»Was hat Mrs. Bitton gemacht?«

Der Butler war auf der Hut, obwohl er demonstrativ unbeteiligt auszusehen versuchte. »Nichts, Sir. Sie stand nur da und betrachtete ihn längere Zeit; dann schlug sie vor, ich solle Sir William wecken.«

»Und dann?«

»Dann, Sir, ging sie in ihr Zimmer zurück.«

Hadley ging hinüber zum Schreibtisch, betrachtete den danebenstehenden Stuhl und wandte sich um. »Mr. Bitton war heute abend aus. Er muß vor elf Uhr zurückgekehrt sein. Haben Sie ihn gesehen?«

»Ja, Sir. Er kam kurz vor elf zurück und ging direkt in die Bibliothek. Er bat mich, ihm eine Tasse Kakao zu bringen, und als ich sie ihm brachte, saß er vor dem Kamin der Bibliothek. Als ich ungefähr eine Stunde später an der Tür zur Bibliothek vorbeikam, ging ich kurz hinein, um ihn zu fragen, ob er noch etwas wünsche. Er saß immer noch an derselben Stelle. Er sagte nur ›Nein‹; das war alles. Dann stand er auf und ging an mir vorbei die Treppe hinauf ...« Zum ersten Mal stockte Hobbes ein wenig; die Selbstbeherrschung dieses Mannes war erstaunlich. »Das war das letzte, was ich von ihm gesehen habe, bevor ..., vor diesem hier.«

»Wie lange dauerte es dann noch, bis Sie den Schuß hörten?«

»Ich weiß es nicht genau, Sir. Nicht mehr als fünf Minuten, würde ich sagen, wahrscheinlich weniger.«

»Erschien Ihnen sein Verhalten merkwürdig?«

Es dauerte eine kurze Weile, bevor er antwortete: »Leider ja, Sir. Mr. Bitton war den ganzen letzten Monat über nicht mehr ganz der alte. Aber da war nichts ..., nun, Sir, *Aufgeregtes* an ihm. Er schien nicht er selbst zu sein; das ist alles.«

Hadley sah auf den Boden hinunter. Der Teppich war von so dickem und weichem Flor, daß es beinahe wie bei richtigen Fußabdrücken möglich war, den Weg, den ein Mann genommen hatte, aufzuspüren. Sie standen in der Nähe der Tür, und als Rampole dem Blick des Chief Inspectors folgte, wurde ihm mit erschreckender Deutlichkeit klar, was Lester Bitton getan haben mußte. Denn Lester Bitton war ein schwerer und großer Mann; es gab noch Abdrücke von ihm, wo die einer leichteren Person nicht mehr zu sehen gewesen wären. Zunächst war er zum Kamin gegangen. Dann war er an das Lesepult getreten, das gegenüber dem Kamin stand; die offene Schublade verriet ihnen, von wo die Pistole gekommen war. Von dort aus war er hinüber zur Kommode gegangen, deren Spiegel jetzt schräggestellt war, so daß ein großer Mann sich komplett darin sehen konnte. Dort war der Eindruck, den seine Füße hinterlassen hatten, besonders deutlich; er mußte eine ganze Zeitlang dort gestanden haben. Zuletzt war er geradewegs zum Bett hinübergegangen, hatte sich mit dem Rücken dazu aufgestellt – um nach dem Schuß darauf zu fallen – und hatte die Pistole gehoben.

»Ist das seine eigene Waffe?« fragte Hadley.

»Ja, Sir. Ich habe sie schon einmal gesehen. Er bewahrte sie in dieser Schublade auf.«

Hadley drückte eine Faust in seine Handfläche, während er sich umsah.

»Da gibt es noch etwas, Hobbes. Ich möchte, daß Sie mir einen vollständigen Bericht über alles geben, was Mr. Bitton heute gemacht hat – soweit Sie können.«

Hobbes Hände zupften an seinen Hosenbeinen. Sein altes, eckiges, knochiges Gesicht war immer noch unbewegt.

»Ja, Sir. Ich habe ihn beobachtet, Sir, weil ich ein wenig wegen seines Wohlergehens in Sorge war. Ich fürchtete, er hätte sich überarbeitet. Wissen Sie, Sir« – seine Augen verdrehten sich leicht –, »ich war eine lange Zeit mit Major Bitton zusammen. Er verließ heute morgen um ungefähr halb elf das Haus, Sir, und kehrte mittags zurück. Ich glaube, er ist zu Mr. Philips Wohnung gefahren.«

»Trug er irgend etwas bei sich, als er zurückkehrte?«

»Bei sich, Sir? ... Ich glaube« – ein Zögern –, »ich glaube, er hatte irgendeine Art Paket bei sich; es war in braunes Papier eingewickelt. Am frühen Nachmittag verließ er wieder das Haus. Ich weiß, daß er nicht zu Mittag aß, Sir, weil es das Mittagessen an diesem Montag im Monat immer um zwölf statt um ein Uhr gibt, damit Sir William früh aus dem Haus gehen kann. Ich erinnerte ihn daran, als er zurückkehrte, und er sagte, er wolle nur eine Tasse Kakao auf sein Zimmer. Er verließ das Haus vor diesem ... unglücklichen Zwischenfall bei Sir Williams Auto – der Dieb, Sir.«

»Er ging weg, um in die Stadt zu gehen?«

»N-nein, Sir, das glaube ich nicht. Als er ging, bot ihm Sir William, der kurz darauf selbst in die Stadt fahren wollte, an, ihn in seinem Auto mitzunehmen. Major Bitton sagte, daß er nicht die Absicht habe, in sein Büro zu fahren. Er ..., er sagte etwas davon, daß er spazierengehen wolle.«

»Wie verhielt er sich dabei: nervös, durcheinander ...?«

»Nun, Sir, ich würde sagen, ruhelos, als würde er frische Luft brauchen.«

»Wann kam er zurück?«

»Leider erinnere ich mich nicht, Sir. Mrs. Bitton war mit der schrecklichen Nachricht über Mr. Philip zurückgekehrt, und ...«

Hobbes schüttelte den Kopf. Er biß sich auf die Lippen und versuchte ruhig zu bleiben; versuchte seine zitternde Stimme und seine Augen, die zum Bett hinüberwanderten, unter Kontrolle zu halten.

»Das ist alles, ich danke Ihnen. Warten Sie bitte unten. Ich schlage vor, Sie versuchen noch einmal, Sir William aufzuwecken, bevor Sie gehen.«

Hobbes verneigte sich und schloß die Tür hinter sich, als er hinausging.

»Ich glaube«, sagte Hadley, während er sich seinen Begleitern zuwandte, »Sie beide gehen besser auch nach unten. Ich muß eine Untersuchung vornehmen . . ., nur für den Fall . . ., ich warne Sie, es wird nicht gerade schön sein. Sie können hier ohnehin nichts mehr tun. Ich möchte, daß Sie unten sind, wenn Arbor ankommt. Ich wünschte, wir hätten *ihn* nicht auch noch am Hals. Nun . . .?«

Dr. Fell knurrte. Er ging hinüber, beugte sich über den Körper und warf einen kurzen Blick auf ihn, wobei er seinen Kneifer aufbehielt. Dann gab er Rampole ein Zeichen und watschelte ohne ein Wort auf die Tür zu.

Schweigend stiegen sie die Treppe hinunter. Rampole glaubte, von irgendwo hinter ihnen das Klicken einer ins Schloß fallenden Tür zu hören. Auch bildete er sich ein, irgendwo im oberen Flur eine Gestalt zu erkennen; aber seine Gedanken wurden durch die Geheimnisse, den Mord und die gespenstische Atmosphäre dieses alten Hauses so strapaziert, daß er dem kaum noch Aufmerksamkeit schenkte. Unter allen Stadtteilen Londons, so überlegte er, war dieses Mayfair der Ort der Echos und Schatten. Er liebte es, nachts durch eine fremde Stadt zu gehen; und einmal, so erinnerte er sich, war er im grauen Zwielicht durch Mayfair geschlendert, ein Duft nach Regen lag in der Luft, und er konnte sich nicht vorstellen, daß tatsächlich jemand hier leben würde. Es gab Lücken in den kleinen Straßen, unerwartet Häuser, eine plötzliche Biegung, hinter der ein Kamin in den Himmel ragte, große, mit Fensterläden versehene Häuser und Gassen voller beleuchteter Geschäfte wie in einem ländlichen Städtchen. Überall spürte man die geschichtsträchtige Atmosphäre; hier, wo früher einmal viele Menschen gelebt hatten, zu einer Zeit, als Becky Sharp in ihrer Kutsche fuhr und Neuigkeiten aus Waterloo noch aktuell waren. Das war lange vorbei. Eine Platane rauschte. Ein Botenjunge auf einem Fahrrad fuhr pfeifend an ihnen vorbei. Durch eine Lücke in der Mount Street konnte man die Geländer eines Parks erkennen, und bei einigen wenigen ausdauernden Taxis auf dem Platz brannten geduldig die Lampen. Dann, ganz plötzlich, fing es an zu regnen.

Man konnte sich die roten Busse vorstellen, wie sie an den Grenadiersäulen vorbei die Regent Street hinunterfuhren; und Ares, der mit einem Pfeil auf eine Wand von Leuchtreklamen zielte; und die Menschenmenge, die aus den Nebenstraßen ausgespuckt wurde in die Roulettesschüssel Piccadilly Circus. Aber man konnte sich nicht vorstellen, daß Mayfair tatsächlich existierte. Es war wie aus einem Roman von Thackeray, und Thackeray hatte diese Motive wiederum von Addison und Steele übernommen.

Rampole, der die Bilder aus seiner Erinnerung kramte wie Postkarten aus einer Sammlung, folgte Dr. Fell hinunter in die Eingangshalle. Der Doktor hatte – anscheinend instinktiv – die Bibliothek entdeckt. Der hohe Raum im hinteren Teil des Hauses war ganz in Weiß gehalten. Drei Wände – und sogar die Zwischenräume zwischen den Fenstern – waren völlig mit Büchern zugebaut; die weißgestrichenen Kanten der Regale hoben sich auffällig gegen die dunklen alten Bücher ab. Die vierte Wand war cremefarben getäfelt, mit einem Kamin aus weißem Marmor, über dem ein lebensgroßes Porträt von Sir William Bitton in einem massiven vergoldeten Rahmen hing. Zu beiden Seiten des Kamins zeigten zwei hohe Fenster zum Garten hinaus.

»Im Augenblick gibt es nur eine Sache«, sagte der Doktor leise, »für die ich äußerst dankbar sein muß. Arbor glaubt immer noch, ich sei Hadley. So gelingt es mir vielleicht, ihn völlig von Hadley fernzuhalten.«

»Dankbar? Warum?«

»Sehen Sie sich um«, antwortete Fell mit einem Nicken.

Rampole drehte sich um. Er hatte nicht gehört, wie Laura Bitton über den dicken Teppich hereingekommen war. Und einen Moment lang erkannte er sie kaum wieder.

Sie wirkte viel älter und viel ruhiger. Sie war nicht mehr die energische junge Frau mit dem festen Schritt und den ebenmäßigen braunen Augen, die am Nachmittag so voller Selbstvertrauen in die Warders' Hall getreten war. Ihre Augen waren ein wenig gerötet; das Gesicht starr und leblos, und gegen seine ungesunde Farbe zeichneten sich die Sommersprossen ab.

»Ich bin Ihnen nach unten gefolgt«, sagte sie mit monotoner Stimme. »Ich habe Sie vom anderen Zimmer aus gehört.« Die Stimme klang sonderbar – so, als würde sie noch nicht ganz begreifen, daß ihr Mann tot war. Dann fügte sie plötzlich hinzu: »Sie wissen alles darüber, nicht wahr?«

»Alles worüber, Mrs. Bitton?«

Ihre Handbewegung erinnerte wieder ein wenig an ihre Entschlossenheit, die dominante Art, das sichere Auftreten und den leichten Zynismus.

»Oh, reden Sie nicht drum herum: über Phil und mich. Ich wußte, Sie würden es herausfinden.«

Dr. Fell legte seinen Kopf zur Seite. »Sie hätten heute nachmittag nicht in seine Wohnung einbrechen sollen, Mrs. Bitton. Sie sind gesehen worden.«

Es war ihr gleichgültig. »Ich glaube schon. Ich hatte einen Schlüssel. Aber ich habe das Schloß mit einem Stemmeisen, das ich dort gefunden habe, aufgebrochen, um einen Einbruch vorzutäuschen; nun gut: Es hat nicht funktioniert. Egal. Ich wollte Ihnen nur eines erzählen ...« Aber sie konnte nicht weitersprechen. Sie sah vom einen zum anderen und schloß den Mund.

Für eine Weile sprach niemand ein Wort.

»Ma'am«, sagte der Doktor, auf seinen Stock gestützt, »ich weiß, was Sie sagen wollten. Aber Sie haben im selben Moment gemerkt, wie das klingen würde, wenn Sie es sagen. Sie wollten sagen, daß Sie Driscoll nie geliebt haben. Ma'am, kommt das nicht ein bißchen zu spät?«

Seine dröhnende Stimme war ausdruckslos; aber er beobachtete sie neugierig.

»Haben Sie gesehen, was er in seiner Hand hielt?«

»Ja«, antwortete er, als sie ihre Augen schloß –, »ja, Ma'am, das habe ich.«

»Nicht die Pistole! In der anderen Hand, meine ich. Er hat es aus der Schublade geholt. Es war ein Schnappschuß von mir.«

Sie sprach beherrscht und wirkte ruhig; nur ihre braunen Augen waren starr und glasig. »Ich habe ihn mir angesehen und bin auf mein Zimmer zurückgegangen. Ich habe im Dunkeln am Fenster gesessen und hinausgesehen ... Wenn Sie glauben, daß ich versuche, mich zu rechtfertigen, dann sind Sie ein Idiot. Aber seit ich ihn da auf dem Bett habe liegen sehen, habe ich, glaube ich, Tausende, Millionen, Gott weiß wie viele Bilder vor mir gesehen; und es war immer er. Ich habe mein ganzes Leben mit ihm vor mir gesehen. Ich kann jetzt nicht weinen. Ich habe heute über Phils Tod geweint, aber jetzt kann ich nicht weinen. Ich weiß, daß ich Lester geliebt habe. Es war nur – seine Ansichten waren so anders als meine; deshalb mußte ich ihn verletzen. Ich bin nicht die erste Frau, die sich selbst zum Narren gemacht hat. Aber ich habe Lester geliebt. Es ist mir egal, ob Sie mir glauben oder nicht, aber ich mußte Ihnen das erzählen. Ich werde jetzt gehen, und vielleicht kann ich weinen.«

Sie blieb in der Türe stehen; ihre Hand fuhr nervös durch ihr zerzaustes Haar.

»Da ist noch eine andere Sache«, sagte sie mit leiser Stimme: »Hat Lester Phil getötet?«

Eine lange Zeit über verharrte der Doktor regungslos über seinen Stock gebeugt. Seine große Silhouette zeichnete sich gegen das Lampenlicht ab. Dann nickte er mit dem Kopf.

»Behalten Sie diesen Gedanken für sich, Ma'am«, sagte er.

Die Tür schloß sich hinter ihr.

»Sie verstehen?« fragte Dr. Fell. »Oder nicht? Es hat in diesem Haus genug Schicksalsschläge gegeben. Ich werde nicht noch einen weiteren verursachen. Lester Bitton ist tot und der Fall Driscoll damit abgeschlossen. Wenn Hadley damit zufrieden ist, muß es keine Publicity geben. Die Sache kann als ›ungelöst‹ abgelegt werden; und Lester Bitton hat sich wegen Geldschwierigkeiten erschossen, die er sich nur eingebildet haben kann. Und doch . . .«

»Entschuldigen Sie, Sir«, sagte Hobbes. »Es ist mir gelungen, Sir William aufzuwecken. Der Schlüssel steckte auf der Innenseite der Türe. Ich habe mir die Freiheit genommen, mir eine Zange zu besorgen und ihn von außen herumzudrehen. Sir William ist sehr aufgeregt, Sir, und fühlt sich nicht gut. Ihm geht es schon seit Mr. Philips Tod nicht gut. Aber er wird gleich runterkommen, Sir. Und da ist noch etwas . . .«

»Nun?«

»Da sind zwei Polizisten an der Tür, Sir. Ein ehemaliger Gast unseres Hauses« – Hobbes sprach langsam, wobei er jedes Wort betonte – »ist bei ihnen. Ein Mr. Arbor. Er sagt, Mr. Hadley hätte ihn gebeten, hierher zu kommen.«

»Hm . . . Ich habe einen kleinen vertraulichen Auftrag für Sie, Hobbes. Können Sie mir folgen?«

»Nun, Sir?«

»Schaffen Sie die Polizisten außer Sichtweite. Erzählen Sie Mr. Arbor, Mr. Hadley sei hier in der Bibliothek, und schicken Sie ihn zu mir. Sie müssen Mr. Hadley jetzt noch nicht davon unterrichten. Verstanden?«

»Ja, Sir.«

Eine kurze Pause entstand, während der Dr. Fell vor sich hin murmelte und auf dem dicken Teppich auf- und abstapfte. Er wandte sich abrupt um, als sich die Tür wieder öffnete und Hobbes Julius Arbor hineingeleitete.

## Kapitel 18

## Mr. Arbor hört eine Stimme

Rampole hatte sich an den Kamin zurückgezogen. Alles war sehr ordentlich, sogar der Kaminvorleger zeigte keine Falte. Ein gepolsterter Stuhl war vor den Kamin gestellt worden, und auf einem Beistelltisch stand eine leere Tasse mit braunen Kakaoresten. Hier hatte Lester Bitton schweigend gesessen, in das Feuer geschaut und seinen Kakao getrunken, bevor er hinauf in sein Zimmer gegangen war. Von der blauen Porzellantasse wanderte der Blick des Amerikaners hinüber zu dem Mann, der gerade am anderen Ende des Zimmers eintrat ...

Mr. Arbor hatte seine frühere Ruhe fast zurückgewonnen. Aber er fühlte sich nicht wohl. Er hatte einen Blick auf das Porträt von Sir William geworfen, ein weißer Adler in dem dämmrigen Zimmer, und sein Unbehagen schien stärker zu werden. Er hatte Hobbes nicht erlaubt, ihm seinen Hut oder Mantel abzunehmen; das wäre mit seiner Würde nicht vereinbar gewesen. In seinem dunkelhäutigen Gesicht bildeten sich neben dem Mund zwei tiefe Falten; er hielt vorsichtig seine Brille fest und strich sich das dünne schwarze Haar glatt, das akkurat über seinen Kopf gebürstet war.

»Guten Abend, Inspector«, sagte er. Er nahm seinen Hut in die linke Hand und streckte die andere mit einer schleimigen Geste aus. Dr. Fell übersah das geflissentlich. »Vielleicht sollte ich besser ganz banal ›Hallo‹ sagen. Ich ... er ... ich gestehe, Inspector, daß mich Ihre Bitte hierherzukommen, in gewisser Weise verblüfft hat. Ich ... ich wollte zunächst ablehnen. Sie müssen verstehen, daß die unerfreulichen Umstände ...«

»Setzen Sie sich dorthin«, unterbrach ihn der Doktor, während er ihn zum Kamin führte. »Sie erinnern sich an meinen Kollegen hier, nicht wahr?«

»Ja. Ahh ... ja, natürlich. Wie geht es Ihnen?« fragte Arbor unsicher. Er fügte hinzu: »Ist Sir William hier?«

»Nein. Setzen Sie sich.«

»Ich nehme an, man hat ihn über meinen Kauf des Manuskripts informiert?« erkundigte sich Arbor, während sein Blick unruhig zu dem Porträt hinüberschweifte.

»Man hat. Aber das spielt jetzt keine Rolle mehr, müssen Sie wissen. Weder er noch Sie werden es jemals besitzen. Es ist verbrannt.«

Arbors Hand schnellte zu seiner Brille, um sie festzuhalten. »Sie wollen damit sagen ... äh ..., jemand ... das ist ...« Er machte eine unsichere Handbewegung. »Wie wurde es zerstört? Das ist ja schrecklich, Inspector! Ich könnte vor Gericht gehen, um zu beweisen ...«

Der Doktor zog seine Brieftasche heraus. Er entnahm ihr vorsichtig das einzige Stück Manuskript, das übriggeblieben war, und betrachtete es nachdenklich.

»Darf ich ... darf ich mir das einmal ansehen, Inspector?«

Er ergriff den dünnen Streifen Papier mit zitternden Händen und hielt ihn dicht unter die rosabeschirmte Lampe. Eine Zeitlang untersuchte er die Vorder- und Rückseite des Manuskripts. Dann blickte er auf. »Zweifellos ... äh ... zweifellos. Inspector, das ist ein Skandal, nicht wahr! Es gehört *mir. Ich ...«*

»Ist es jetzt noch etwas wert?«

»Nun ...«

»Ich glaube, dann gibt es noch etwas Hoffnung für Sie. Ich werde Ihnen jetzt erzählen, wie die Sache steht, Arbor«, sagte Dr. Fell in einem Ton, der an den streitlustigen alten Weller erinnerte. »Wenn ich in Ihrer Haut stecken würde, würde ich dieses Stück Papier an mich nehmen, es in meine Tasche stecken und für den Augenblick völlig vergessen. Wie es aussieht, haben Sie schon genug Ärger, und Sie wollen sich doch nicht noch mehr machen.«

»Ärger?« fragte Arbor, und seine Stimme klang fast zu herausfordernd. Die Art und Weise, wie er das Papier festhielt, erinnerte Rampole an einen Menschen mit Lampenfieber, der auf einem Vortragspodium seine Notizen umklammert, scheinbar völlig ruhig – bis auf das verräterische Zittern des Blattes.

»Wissen Sie eigentlich«, fuhr der Doktor vergnügt fort, »daß ich schon den ganzen Abend über nicht übel Lust habe, Sie für ein oder zwei Tage im Gefängnis versauern zu lassen? Sie könnten vielleicht Ihre Unschuld beweisen, aber die Publicity in den

Zeitungen wäre sicherlich betrüblich, mein Freund. Sehr betrüblich ... Warum sind Sie weggelaufen?«

»Weggelaufen? Mein lieber Mann ...!«

»Versuchen Sie nicht, *mir* etwas vorzumachen«, sagte der Doktor drohend. Es klang wie eine moderate Ausführung des Geistes von Hamlets Vater. »Scotland Yard sieht alles. Soll ich Ihnen erzählen, was Sie getan haben?«

Es folgte eine anschauliche Schilderung von Arbors Verhalten, nachdem dieser den Tower verlassen hatte. Sie war in den Einzelheiten ziemlich genau, aber insgesamt waren diese so geschickt verdreht, daß sich alles nach der Flucht eines schuldigen Mannes vor dem Gesetz anhörte.

»Sie sagten«, schloß er, »Sie hätten eine wichtige Information, die Sie mir persönlich mitteilen wollten. Ich bin bereit, Ihnen zuzuhören. Aber ich mache Sie darauf aufmerksam – Mann –, daß Ihre Situation äußerst schlecht ist. Und wenn Sie mir nicht die ganze Wahrheit erzählen oder ich irgendeinen Grund habe, an dem zu zweifeln, was Sie sagen, dann ...«

Arbor lehnt sich schwer atmend auf seinem Stuhl zurück. Die Anstrengungen des Tages, die vorgerückte Stunde, alles, was ihm seit dem Mord widerfahren war, hatten ihn schwach und kraftlos gemacht. Immer wieder rückte er seine Brille zurecht. Eine Zeitlang starrte er auf Sir Williams Porträt, bis er sich endlich wieder gefaßt hatte.

»Ah ja«, murmelte er. »Ja. Ich begreife nun, daß die Umstände mich in ein falsches Licht gerückt haben. Ich werde Ihnen alles erzählen. Ich beabsichtigte ohnehin, das zu tun, aber jetzt sehe ich, daß ich gar keine andere Wahl habe... Wissen Sie, ich spürte, daß ich in zweifacher Weise in einer unglückseligen und prekären Situation war. Ich hatte die Befürchtung, daß ich nicht nur durch die Polizei, sondern auch durch irgendeinen Verbrecher bedroht werden könnte.«

Er nahm sein verziertes Zigarettenetui heraus und versuchte sich mit einem hastigen Zug an einer Zigarette zu beruhigen, bevor er fortfuhr.

»Mein Leben ... mein Leben besteht aus Büchern. Mein Leben ist voller Muße; ich könnte fast sagen: abgeschirmt. Ich bewege mich nicht auf den eher ... ähh ... stürmischen Ebenen des Lebens. Sie, der Sie mitten in der rauhen Wirklichkeit stehen und ... nun ... an den Kampf Mann gegen Mann mit bösen

Schurken gewöhnt sind, werden nicht verstehen, was ich empfunden habe, als ich mich mit einem bestürzenden Problem krimineller Art konfrontiert sah. Es fing alles mit diesem verfluchten Manuskript an. Ich muß nicht in die Details gehen; ich habe darüber heute nachmittag ausführlich berichtet. Ich kam mit der Absicht hierher, das Manuskript von Bitton zu erhalten. Es ist ja nicht unnatürlich« – ein lamentierender Ton ließ seine Stimme höher klingen –, »daß ich mein Eigentum haben wollte. Aber ich zögerte. Wegen Bittons schrecklicher Launenhaftigkeit befand ich mich in einem furchtbaren Dilemma ...«

»Ich verstehe«, sagte Dr. Fell. »Was Sie sagen wollen, ist, daß Sie Angst vor Bitton hatten und daß Sie daher jemanden anheuern mußten, um es für Sie zu klauen.«

*»Nein!«* beteuerte Arbor, während er vor lauter Eifer die Lehne seines Stuhls umklammerte. »Genau das will ich damit *nicht* sagen. Ich habe befürchtet, daß Sie das denken würden, so wie es Ihr Kollege bereits heute nachmittag angedeutet hat. Ich war sehr darum bemüht, Ihnen allen klarzumachen, daß niemand gerichtlich gegen mich hätte vorgehen können, selbst wenn ich so gehandelt hätte... Aber, Inspector, ich habe es nicht getan. Das kann ich beschwören. Ich gestehe, daß ich diese Möglichkeit durchaus erwogen habe, aber ich ließ diesen Gedanken wieder fallen. Er war absurd und verrückt, und wenn man mich erwischt hätte ... nein! Ich würde keinen Einbrecher anheuern.« Er breitete seine Hände aus. »Als das Manuskript gestohlen wurde, war ich genauso überrascht wie Bitton. Das erste Mal, daß ich von dem Diebstahl hörte, verstehen Sie, war, als er am Sonntag abend meine Freunde, die Spenglers, anrief, um ... nun ... um zu erfahren, wo ich war. Aber *dann* ...«

Er fing Dr. Fells kühlen Blick auf, und seine Stimme wurde überraschend nachdrücklich. Sie wußten, daß er die Wahrheit sprach.

»Dann – wesentlich später am selben Abend – erreichte mich ein weiterer Anruf bei den Spenglers.«

»Ah!« brummte der Doktor. »Von wem?«

»Die Person weigerte sich, mir ihren Namen zu nennen. Aber ich war mir fast sicher, die Stimme zu kennen. Ich habe ein ziemlich gutes Gehör, und ich war mir sicher, daß sie es war, obwohl ich sie nur einmal gehört hatte. Nun, ich glaubte, es sei die Stimme des jungen Mr. Driscoll.«

Dr. Fell zuckte zusammen. Er starrte Arbor an, der seinen Blick mit kühler Beharrlichkeit erwiderte. Arbor fuhr fort:

»Ich ging in Gedanken noch einmal alles durch und war mir dann sicher. Ich hatte diesen jungen Mann eine Woche zuvor beim Abendessen kennengelernt. Ich habe damals nahezu leichtfertige Bemerkungen über das Poe-Manuskript gemacht. Einige Anspielungen waren äußerst eindeutig. Die einzigen anderen Personen, die das gehört haben konnten, waren Miss Bitton und Sir William; nur sie waren außer ihm am Tisch... Daher war ich mir sicher, daß es seine Stimme war. Er fragte mich, ob ich an einem Poe-Manuskript, das Sir William gehörte, interessiert wäre; er gab mir solche Einzelheiten von dem, was ich meiner Erinnerung nach gesagt hatte, wieder, daß ich keine Zweifel hatte. Er fragte mich, welchen Preis ich zu zahlen bereit wäre, wenn – ohne irgendwelche Fragen – das Manuskript an mich übergeben würde.

»Ich bin ... nun ... an schnelle Entscheidungen und unverzügliches Handeln gewöhnt, Inspector. Ich war mir sicher, daß ich es mit einem Familienmitglied zu tun hatte. Die Stimme, das muß ich hinzufügen, klang irgendwie heiser. Aber ich hatte wenig Probleme, die Verstellung zu durchschauen. Es mit einem Familienmitglied zu tun zu haben, war natürlich etwas völlig anderes, als mit einem angeheuerten Einbrecher zu verhandeln. Sollte es Ärger geben, würde es zu keinem Skandal kommen. Auf jeden Fall konnte es keine Strafverfolgung gegen mich geben. Diese Person wußte natürlich nicht, daß ich der wirkliche Besitzer des Manuskripts war; niemand wußte das. Wenn er also irgendwie vorhatte, mich nach dem Diebstahl zu erpressen, würde ich darüber nur lächeln. *Er* wäre der einzige, der ein Risiko einging.

Ich überdachte für einen Augenblick meine Situation, Inspector, und kam zu der Erkenntnis, daß das ... ähh ... die einfachste Lösung meiner Probleme wäre. Nachdem das Manuskript einmal in meiner Hand war, konnte ich Sir William jederzeit eine Notiz zukommen lassen, in der ich meine Besitzrechte erklärte und ihn an meine Anwälte verwies, falls er mir nicht glaubte und eine gerichtliche Ermittlung wünschte. Ich wußte, daß er das nicht tun würde. Außerdem lag es auf der Hand«, sagte Arbor zögernd, »daß die Höhe der Provision ... nun ...«

»Sie konnten auf alles eingehen, was er verlangte«, sagte der Doktor barsch. »Und wenn Sie das Manuskript hatten, konnten

Sie ihm fünfzig Pfund geben und ihm sagen, er könnte den Rest in den Wind schreiben, weil es ohnehin Ihnen gehöre und nur *er* der Dieb sei. Und die fünfzig Pfund wären viel weniger gewesen, als das, was Sie Bitton hätten zahlen müssen.«

»Beträchtlich weniger. Sie ... ähh ... drücken die Dinge sehr prägnant aus, Inspector«, sagte Arbor zustimmend. Er nahm einige kurze Züge an seiner Zigarette. »Ich ging auf das ein, was der unbekannte Mann sagte, und fragte ihn, ob er das Manuskript auch habe. Er bejahte das und fragte noch einmal, was ich dafür zu zahlen bereit sei. Ich nannte eine ziemlich große Summe; er zögerte, und ich nannte eine beträchtlich höhere Summe. Ich hatte nichts zu verlieren. Er willigte ein und erklärte, daß er im Verlauf des nächsten Tages einen Treffpunkt mit mir vereinbaren würde. Er würde sich über die Spenglers mit mir in Verbindung setzen. Seine einzige Bedingung sei, daß ich niemals versuchen dürfte, seine Identität rauszufinden; er sagte, er würde einen Weg finden, sie geheimzuhalten. Darüber konnte ich nur lächeln.«

»Nun?« drängte der Doktor.

»Ich ... nun ... ich versuchte natürlich, den Anruf zurückzuverfolgen, nachdem er aufgelegt hatte. Aber das war unmöglich. Mir ist aufgefallen, daß das in Büchern ... ähh ... sehr einfach ist. Aber selbst meine äußersten Anstrengungen waren vergebens; mir wurde kurz und bündig erklärt, daß das nicht ginge.«

»Fahren Sie fort.«

Arbor blickte über seine Schultern zurück. Die Nervosität war wieder da; er spähte in den im Dunkeln liegenden Teil des Zimmers und verstreute, ohne es zu merken, etwas Asche über seine Kleidung.

»Ich sah der Sache ... ähh ... leichten Herzens entgegen. Am folgenden Tag, also heute, erledigte ich wie gewohnt ein paar Angelegenheiten. Ich machte einen seit langem aufgeschobenen Besuch im Londoner Tower, und dieser ging genauso vonstatten, wie ich es Ihnen erzählt habe. Als ich von dem Mord erfuhr und bei dem Versuch, den Tower zu verlassen, zurückgehalten wurde, war ich nicht übermäßig beunruhigt. Tatsächlich dachte ich sogar, daß es faszinierend sein müßte, dem ... ähh ... berühmten Scotland Yard bei der Arbeit zuzusehen. Außerdem nahm ich an, daß ein Mitglied der Unterwelt getötet worden wäre; wenn überhaupt etwas, so war ich erfreut, und ich beschloß, ein guter Zeuge zu sein, wenn die Polizei mit mir sprach.«

Wieder rückte Arbor seine Gläser zurecht. »Sie werden wohl verstehen, Inspector, daß es ein Schock für mich war, als Sie Ihre Befragung damit begannen, Fragen über Poe-Manuskripte zu stellen. Trotzdem, so bilde ich mir ein, blieb ich gelassen und – Sie werden es mir verzeihen – siegreich Ihnen gegenüber. Ich war nervös, ja; ich ging in Gedanken alle Möglichkeiten durch, aber ich habe Sie mit Erfolg hinters Licht geführt. Erst als Sie den Namen des Toten erwähnten ...« Er zog das seidene Taschentuch heraus und tupfte sich die Stirn. »Mein Herz, Inspector; ich konnte nicht vorhersehen, daß etwas mich dazu zwingen würde, Schwäche zu zeigen. Plötzlich waren bedrohliche und schreckliche Möglichkeiten aufgetaucht. Driscoll hatte – auf meine Anweisung hin – versprochen, mir das Manuskript auszuhändigen; und nun war er ermordet worden. Bis heute muß ich annehmen, daß er aus diesem Grund getötet wurde. Es kam mir der Gedanke, daß *ich* auf irgendeine gräßliche Art als in gewisser Weise Mitschuldiger in den Fall hineingezogen werden könnte. In einen *Mordfall.*« Er erschauderte. »Ich habe Ihnen erzählt, Inspector, daß mein Leben aus Büchern besteht. Diese schreckliche Sache ... ich konnte mir nicht vorstellen, daß ich direkt darin verwickelt werden könnte, aber es gab alle möglichen Gefahren. Und wo war das Manuskript? Sie hatten es nicht bei Driscolls Leiche gefunden; ich wußte, daß Sie es überhaupt noch nicht gefunden hatten. Ich wollte nichts mehr damit zu tun haben. Wie Sie bemerken konnten, wollte ich vor allem nicht, daß danach gesucht wird; bei einer Suche hätte Beweismaterial entdeckt werden können, das auf *mich* hingewiesen hätte.«

»So weit«, sagte der Doktor, »so gut. Was passierte dann als Nächstes?«

Rampole war verwirrt. Wenn der Doktor bislang in dieser Sache auf irgend etwas bestanden hatte, dann darauf, daß Driscoll unter keinen Umständen versucht hätte, das Manuskript an Arbor loszuwerden. Aber jetzt nickte er gewichtig und hielt seine wachsamen kleinen Augen auf den Sammler gerichtet, so, als würde er jedes Wort glauben. Und auch Rampole war geneigt, Arbor zu glauben. Es gab nur die eine mögliche Erklärung, daß Driscoll Arbor in einem Augenblick der Panik ein Angebot gemacht hatte, dessen Gefahren er in einem ruhigeren Moment am anderen Tag erkannte, woraufhin er beschloß, die ganze Sache fallenzulassen ...

»Nun«, sagte Arbor und räusperte sich –, »nun, Inspector, komme ich zu dem erstaunlichen, dem unglaublichen Teil meiner Geschichte. Es ist reines Glück, daß ich jetzt – bei meinem schwachen Herzen – noch kein toter Mann bin. Wenn Sie eine Ahnung hätten …

»Direkt nachdem Sie uns in Warders' Hall verlassen hatten«, warf der Doktor bedächtig ein, »bekamen Sie den Schreck Ihres Lebens, der Sie in blinder Panik nach Golder's Green hinaustrieb. Was war so furchtbar?«

Arbor steckte sein Taschentuch zurück in den Mantel. Er schien in seiner Erzählung an einer Art Absprungstelle angelangt zu sein; er zögerte noch, den Sprung in die Tiefe zu wagen, klopfte leicht gegen seine Brillengläser und stierte über sie hinweg.

»Inspector«, sagte er, »bevor ich Ihnen das erzähle, was Sie kaum glauben werden, möchte ich Ihnen ein oder zwei Fragen stellen. Ich versichere Ihnen« – er hob abwehrend seine Hand, als der Doktor sich auf seinem Stuhl bewegte –, »daß ich *nicht* versuche, von der Sache abzulenken … In diesem Raum, in dem Sie mich befragt haben, wer war da anwesend?«

Der Doktor sah ihn mit zusammengekniffenen Augen an. »Sie meinen, während wir mit Ihnen sprachen?«

»Ja.«

»Hm. Da war Hadley, mein … mein Kollege; und Mr. Rampole hier; und General Mason, und Sir Wil- warten Sie, nein! Ich habe mich geirrt. Bitton war nicht dort. Er war nach oben in Masons Räume gegangen, damit wir Sie befragen konnten, ohne daß – er war nach oben in Masons Räume gegangen. Ja. Da waren nur wir vier.«

Arbor blickte erstaunt. »Bitton war im Tower?«

»Ja, ja. Aber er war nicht mit uns im Zimmer. Fahren Sie fort.«

»Die andere Sache«, sagte Arbor bedächtig, »ist … nun, wie soll ich sagen … eher ein Eindruck als eine Frage. Wenn man mit jemandem am Telefon spricht, ist das in gewisser Weise – und abgesehen von der dazwischenliegenden Mechanik – ein wenig so, als würde man mit einem Menschen im Dunkeln sprechen. Können Sie mir folgen, Inspector? Sie hören ausschließlich die Stimme. Es gibt weder eine Persönlichkeit noch einen visuellen Eindruck; nichts lenkt von der Stimme ab. Wenn Sie eine Stimme am Telefon hören würden, ohne den Sprecher zu sehen, und Sie diese Person später irgendwo träfen, würden Sie ihn vielleicht nicht wiedererkennen, weil sein Aussehen oder seine Persönlichkeit den Eindruck, den Sie von der Stimme hatten, zerstören können. Aber wenn Sie ihn im Dunkeln hören würden ...«

»Ich glaube, ich verstehe.«

»Ah! Ich hatte Sorge, Inspector, daß diese subtile Angelegenheit, die ich klarzumachen versuchte, von der ... von der Polizei nicht ... ahh ... völlig erfaßt werden würde«, sagte Arbor mit offensichtlicher Erleichterung. »Ich hatte Angst, mich lächerlich zu machen oder sogar Verdacht zu erregen.« Er schluckte. »Sehr gut. Wie Sie sich erinnern werden, entließen Sie mich nach der Befragung, und ich ging nach draußen.

Die Tür zu dem Raum, in dem Sie mit mir geredet hatten, war nicht ganz geschlossen. Unter dem Gewölbebogen des Towers war es sehr dunkel und ziemlich nebelig. Ich stand draußen vor der Tür, um meine Augen an die Dunkelheit zu gewöhnen und um meinen Schal fester um meinen Hals zu binden. Ich hatte ohnehin schon Angst; das gebe ich zu. Nur mit Mühe gelang mir ein guter Abgang aus dem Zimmer. Da war die diensthabende Wache, aber die stand in einiger Entfernung von mir. Ich konnte hören, wie Sie sich in dem Raum, den ich verlassen hatte, unterhielten; murmelnde Stimmen ...

Dann, Inspector«, sagte Arbor, während er sich mit geballter Faust nach vorne beugte, »bekam ich den, glaube ich, entsetzlichsten Schock meines Lebens. Ich nehme an, ich hatte sie im Raum nicht bemerkt, weil der Einfluß der Persönlichkeiten den Eindruck, den ich vom Hören her hatte, überlagert hatte – wenn ich es einmal so ausdrücken darf. Aber ...

Als ich da so in der Dunkelheit stand, hörte ich eine Stimme in dem Raum sprechen. Sie war nur ein wenig lauter als ein Flüstern oder Murmeln. Aber ich wußte, daß die Stimme, die ich aus diesem Raum vernahm, dieselbe Stimme war, die am Tag zuvor am Telefon zu mir gesprochen und mir angeboten hatte, das Poe-Manuskript an mich zu verkaufen.«

# Kapitel 19

# Unter dem Bloody Tower?

Die verblüffende Mitteilung schien Dr. Fell nicht im geringsten zu berühren. Er rührte sich nicht und blinzelte nicht einmal mit den Augen. Seine wunderbar wachsamen, dunklen Augen blieben auf Arbor gerichtet; er war immer noch leicht nach vorne gebeugt und stützte sich auf einen Stock.

»Ich kann doch davon ausgehen«, sagte er schließlich, »daß die Stimme wirklich aus diesem Zimmer kam?«

»Nun, ja ... Ja, das nehme ich an. Es war niemand in der Nähe, der gesprochen haben könnte, und die Worte waren nicht an mich gerichtet; es schien mir, als seien sie Teil einer Unterhaltung.«

»Was hat die Stimme gesagt?«

Wieder zuckte Arbor zusammen. »Ich weiß, Inspector, daß Sie mir jetzt nicht glauben werden. Aber ich kann es Ihnen nicht sagen. Ich habe krampfhaft darüber nachgedacht, aber ich kann mich nicht mehr erinnern. Sie müssen verstehen, daß der Schock, diese Stimme zu hören ...« Er bewegte seinen Arm, und die Faust ballte sich krampfhaft zusammen. »Es war so, als würde man die Stimme eines Toten hören. Ich hätte schwören können, daß die Stimme am Telefon die von Bittons Neffen war. Nun war Bittons Neffe tot – und plötzlich dieses schreckliche Flüstern... Hören Sie, Inspector, ich habe Ihnen erzählt, daß die Stimme am Telefon verstellt klang, rauher als in Wirklichkeit; und ich hatte sie Driscoll zugeschrieben. Aber *dies war die Stimme am Telefon.* Dessen bin ich mir jetzt absolut sicher. Ich weiß nicht, was sie gesagt hat. Ich weiß nur, daß ich mich mit einer Hand gegen die Mauer des Towers stützte und mich fragte, ob ich dabei sei, verrückt zu werden. Ich versuchte, mir zu vergegenwärtigen, mit wem ich in dem Zimmer gesprochen hatte, und bemerkte, daß ich mich kaum daran erinnern konnte, wer dort gewesen war. Ich konnte mich nicht daran erinnern, wer gesprochen oder wer geschwiegen hatte; es war mir unmöglich zu rekonstruieren, wer von Ihnen das gesagt hatte, was ich hörte.

Versuchen Sie einmal, sich vorzustellen, in welcher Situation ich mich befand. Alles war auf den Kopf gestellt. Ich dachte, ich hätte mit Driscoll gesprochen; aber jetzt war hier diese Stimme. Ich hatte in diesem Raum mit jemandem gesprochen, der sicherlich ein Verbrecher und aller Wahrscheinlichkeit nach ein Mörder war. Ich hatte meine Position als Besitzer des Manuskripts völlig offengelegt. Und irgend jemand – ich hatte vergessen, wer das war – hatte deutlich gemacht, daß, wenn ich einen Dieb angeheuert hätte, um mein Eigentum zu stehlen, dieser nur eine Bezahlung für den Diebstahl und nicht die immense Summe, von der ich gesprochen hatte, zu erwarten hätte. Ich ... nun, um die Wahrheit zu sagen, ich konnte überhaupt nicht mehr denken. Ich fühlte nur noch. Ohne zu wissen warum, fühlte ich genau, daß diese ›Stimme‹ Driscoll getötet hatte. Die ganze Sache war der reinste Wahnsinn, und – was es noch schlimmer machte, wenn ich meinen Ohren trauen konnte – diese ›Stimme‹ gehört *jemandem von der Polizei.*

Andernfalls wäre ich unverzüglich zurückgegangen und hätte die ganze Angelegenheit erzählt. Aber ich hatte Angst, die Polizei gleichzeitig sowohl auf meiner Seite als auch gegen mich zu haben. Ich nehme an, ich habe mich schwachsinnig verhalten. Aber mir fiel einfach nichts Besseres ein. Erst spät heute abend, als ich hörte, wie jemand versuchte, in mein Haus einzudringen, entschied ich mich, die Ungewißheit so oder so zu beenden. Das ist alles, Inspector. Ich kann mir keinen Reim darauf machen; ich hoffe, Sie haben mehr Glück dabei.«

Er lehnte sich verwirrt und niedergeschlagen zurück. Das Taschentuch preßte er wieder gegen seine Stirn.

»Und dennoch«, sagte Dr. Fell nachdenklich, »könnten Sie nicht *beschwören,* daß die Stimme aus diesem Raum kam?«

»Nein, aber ...«

»Und es gibt nicht ein einziges Wort, an das Sie sich definitiv erinnern können?«

»Leider nicht. Sie glauben mir wohl nicht ...«

Dr. Fell zog sein Doppelkinn ein und streckte seine Brust so heraus, als wollte er gleich mit einem Vortrag beginnen.

»Also, ich habe Sie ausreden lassen, Arbor, und nun habe ich ein paar Worte zu sagen. Wir sind ganz alleine hier. Außer

Sergeant Rampole und mir hat niemand Ihre Geschichte gehört. Wir können alles vergessen; das ist unsere Pflicht, wenn kein Verbrechen vorliegt; aber ich würde Ihnen nicht empfehlen, die Sache vor irgend jemandem zu wiederholen. Sie wären in ernster Gefahr, entweder ins Gefängnis oder in eine Irrenanstalt gesperrt zu werden... Ist Ihnen eigentlich klar, was Sie gesagt haben?« fragte er langsam und hob seinen Stock, um seiner Frage die angemessene Bedeutung zu verleihen. »Vier Personen waren in diesem Zimmer. Sie müssen daher entweder den Chief Inspector des C.I.D., einen der höchsten und respektiertesten Beamten, oder den stellvertretenden Kommandanten des Londoner Towers beschuldigen, diese Stimme zu sein. Wenn Sie *diese* Aussage zurücknehmen und beschließen, daß die ›Stimme‹ tatsächlich Driscoll war, handeln Sie sich schweren Ärger in Zusammenhang mit einem Mordfall ein. Ihre Position ist die eines Irren oder eines verdächtigen Verbrechers. Wollen Sie wählen?«

»Aber ich sage die Wahrheit, ich schwöre bei ...!«

»Mann«, sagte Dr. Fell mit einem wirklich ernsthaften Klang in seiner Stimme, »ich zweifele nicht daran, daß Sie glauben, die Wahrheit zu sagen. Ich zweifele nicht daran, daß Sie in Ihrem Wahn etwas gehört haben könnten. Sie hörten eine Stimme. Die Frage ist, wessen Stimme – und wo kam sie her?«

»Gut«, sagte Arbor mutlos. »Aber was soll ich tun? Ich komme in eine unmögliche Situation, egal was ich tue. Mein Gott! Ich wünschte, ich hätte niemals etwas von Poe oder Manuskripten oder von sonstwas ... Außerdem: Möglicherweise ist mein Leben in Gefahr ... Was zum Teufel gibt es da zu lachen, Inspector?«

»Ich habe nur darüber gelächelt«, sagte Dr. Fell, »wie Sie um Ihre eigene Haut fürchten. Wenn das Ihre ganzen Sorgen sind, kann ich Sie beruhigen. Wir haben den Mörder dingfest gemacht. Die ›Stimme‹ kann Ihnen nichts mehr anhaben, das kann ich Ihnen garantieren. Und Sie wollen doch nicht weiter in diese Angelegenheit verwickelt werden, oder?«

»Gütiger Gott, nein! ... Sie wollen damit sagen, Sie haben den Mörder ...!«

»Arbor, der Mord hat nichts mit Ihrem Manuskript zu tun. Das können Sie vergessen. Morgen früh werden Sie auch Ihre Ängste vergessen haben. Sie sind ein verschlossener Bursche, und Sie können den Mund halten, wenn es zu Ihrem Vorteil ist; und ich rate Ihnen eindringlich, jetzt den Mund zu halten. Der Mörder ist tot. Jede gerichtliche Untersuchung Driscoll betreffend wird eine vertrauliche Angelegenheit sein; es wird nichts in den Zeitungen stehen, weil es der Sache nicht dienlich ist. Sie brauchen sich also keine Sorgen zu machen. Gehen Sie in ein Hotel, und schlafen Sie ein wenig. Vergessen Sie, daß Sie jemals am Telefon oder sonstwo die ›Stimme‹ gehört haben; und ich verspreche Ihnen, wenn Sie den Mund halten, werde ich dasselbe tun.«

»Aber der Mann, der heute abend versucht hat, an mich heranzukommen ...!«

»Das war einer meiner eigenen Beamten, der Sie so einschüchtern wollte, daß Sie uns alles erzählen, was Sie wissen. Machen Sie, daß Sie wegkommen, Mann! Sie waren niemals auch nur im mindesten in Gefahr.«

»Aber ...«

»Machen Sie, daß Sie wegkommen, Mann! Oder wollen Sie, daß Sir William Sie hier trifft und Ärger macht?«

Er hätte kein wirkungsvolleres Argument gebrauchen können. Arbor erkundigte sich nicht einmal mehr nach der Identität des Mörders. Solange der Mörder nichts gegen ihn im Schilde führte, bewies sein ganzes Auftreten, daß ihm die grausigen Einzelheiten eines gewöhnlichen Mordes zuwider waren. Als Dr. Fell und Rampole ihn zur Eingangstür begleiteten, trafen sie auf Hadley, der kurz zuvor die zwei Beamten in der Eingangshalle weggeschickt hatte.

»Ich glaube nicht«, sagte der Doktor, »daß wir Mr. Arbor noch länger aufhalten müssen. Ich habe seine Geschichte gehört, und leider muß ich sagen, daß sie uns nicht weiterhilft.«

»Ich werde zu Fuß zu einem Hotel gehen«, sagte Arbor würdevoll. »Der Spaziergang wird mir guttun. Gute Nacht, meine Herren.«

»Er hatte es sehr eilig, wegzukommen.«

»Und Sie haben ihn verdammt schnell entlassen«, knurrte der Inspector – offenbar jedoch ohne großes Interesse –, »... nach dem ganzen Ärger, den er uns bereitet hat. Aber ich hatte schon befürchtet, daß sich das Ganze als Hirngespinst erweist. Was hat er gesagt?«

Dr. Fell kicherte. »Driscoll hat ihn angerufen und ihm das Manuskript angeboten. Er befürchtete, als eine Art Mittäter hineingezogen ...«

»Aber... Gütiger Gott! Ich dachte, Sie sagten ...«

»Blinde Panik, mein Junge. Driscoll hätte das nie getan, verlassen Sie sich darauf. Und, wie Sie bereits aufgezeigt haben, hat er das Manuskript in blinder Panik verbrannt ... Dann hatte Arbor die verrückte Vorstellung, daß er die Stimme des toten Mannes hörte. Wissen Sie, Hadley, wenn ich an Ihrer Stelle wäre, würde ich diesen Mann niemals vor einen Untersuchungsrichter bringen. Er würde dafür sorgen, daß wir alle als Irre dastehen würden ... Aber Sie brauchen ihn doch auch nicht, oder?«

»Oh nein. Wir hätten ihn nur dann als Zeugen benannt, wenn er irgendwelche Aussagen gemacht hätte, die mit dem Mord in Beziehung stehen.« Der Chief Inspector rieb sich müde mit der Hand über die Augen. »Stimmen! Bah! Der Mann ist so neurotisch wie ein altes Weib. Ich habe für nichts die Zeit meiner Leute vergeudet und mich obendrein noch zum Narren gemacht. ›Stimmen!‹ Und die ganze Zeit über war das verfluchte Manuskript nichts als eine falsche Fährte ... Nun, ich bin froh, daß er nicht versucht hat, die Stimme des Mörders zu identifizieren, was die ganze Angelegenheit noch komplizierter gemacht hätte.«

»Das bin ich auch«, sagte Dr. Fell.

Die nächtlichen Geräusche des Hauses hallten unheimlich in der Stille – ein gespenstisches Klirren von den Anhängern des Kristallüsters, von irgendwo ein Schritt, der verklang.

»Es ist alles vorbei«, bemerkte Hadley mit müder Stimme. »Gott sei Dank, alles an einem Tag vorüber. Der arme Teufel hat die beste Lösung gewählt. Noch ein paar lästige Routinefragen, und wir können die Akte schließen. Ich habe mit seiner Frau gesprochen ...«

»Und was machen Sie dann mit dem Fall?«

Hadley dachte nach. Sein müder Blick wanderte durch die Eingangshalle. »Ich glaube«, sagte er, »er wird offiziell als ›ungelöst‹ in die Akten eingehen. Wir lassen die Sache im Sande verlaufen und geben der Presse einen Hinweis, nicht zu sehr daran zu rühren. Eine öffentliche Leichenschau wirbelt ohnehin nur Dreck auf. Glauben Sie nicht auch, daß dieses Haus schon genug Schicksalsschläge hinnehmen mußte?«

»Sie müssen sich nicht rechtfertigen, mein Junge. Ich glaube, es hat ... übrigens, wo ist Sir William?«

»In seinem Zimmer. Hobbes hat seine Türe öffnen und ihn aufwecken können. Hat er es Ihnen erzählt?«

»Haben Sie ihm von . . .?«

Hadley ging nervös in der Eingangshalle auf und ab. »Ich bin nicht mehr so jung, wie ich einmal war«, bemerkte er plötzlich. »Es ist zwei Uhr morgens, und ich bin hundemüde . . . Ich habe ihm ein wenig über die Sache erzählt. Aber er scheint es nicht begreifen zu können; das Schlafmittel wirkt noch immer. Er sitzt in seinem Zimmer vor dem Kamin, hat einen Schlafrock über seine Schultern gelegt und wirkt so unbeteiligt wie eine Statue. Das einzige, was er immer wieder sagte, war: ›Sorgen Sie dafür, daß meinen Gästen Erfrischungen gereicht werden; sorgen Sie dafür, daß meinen Gästen Erfrischungen gereicht werden.‹ Ich glaube, er hatte die verschwommene Vorstellung, er sei ein Feudalherr. Er ist siebzig Jahre alt, Fell. Man denkt zu wenig an sein Alter, wenn man mit ihm spricht.«

»Was werden Sie jetzt tun?«

»Ich mußte sowieso Dr. Watson, den Polizeiarzt, rufen lassen. Wenn er hier ist, lasse ich ihn etwas zubereiten, das den alten Mann aufweckt; und dann« – Hadley nickte grimmig – »werden wir uns die angenehme Pflicht teilen, ihm alles zu erzählen.«

Sie konnten das Pfeifen des nächtlichen Windes in den Kaminen hören. Rampole dachte an das Porträt in der Bibliothek, an das weiße Adlergesicht und die straffe Haltung. Und er dachte an einen einsamen Mann in einem einsamen Haus, der jetzt nur noch ein alter Krieger war, eingehüllt in einen Schlafrock vor einem niedergebrannten Feuer in seinem Zimmer saß und Armeen in den Flammen zählte. Er sah die lange, spitze Nase, die buschigen Augenbrauen, den Mund eines Redners. *Er* gehörte in dieses alte Mayfair, das aufgehört hatte zu existieren, nachdem es sich für Wellington mit Fahnen geschmückt und mit dem Kopf zum Takt gespenstischer Trommeln genickt hatte.

Hobbes tauchte am hinteren Ende der Eingangshalle auf.

»Auf Sir Williams Anweisung hin, meine Herren«, sagte er, »habe ich in der Bibliothek einige Sandwiches und Kaffee bereitgestellt; dort steht auch eine Karaffe mit Whisky, falls Sie welchen wünschen . . .«

Sie gingen langsam durch die Halle in die Bibliothek zurück, wo ein helles Feuer um die Kohle im Kamin züngelte und ein zugedecktes Tablett auf einem Beistelltisch stand.

»Bleiben Sie bei Sir William, Hobbes«, wies Hadley ihn an. »Wenn er – wach wird, kommen Sie mich holen. Lassen Sie den

Polizeiarzt rein, wenn er ankommt, und bringen Sie ihn nach oben.«

Sie ließen sich müde im Schein des Feuers nieder.

»Ich erhielt den endgültigen Beweis«, erklärte Hadley, während der Doktor mit dem Verschluß einer Karaffe hantierte, »als ich vor ein paar Minuten Mrs. Bitton traf. Sie sagte, sie sei hier unten gewesen und habe mit Ihnen gesprochen. Sie sagte, Sie seien vollkommen davon überzeugt, daß ihr Mann Driscoll getötet hätte ...«

»Sagte sie das? – Was hielt *sie* denn davon?«

»Sie war sich da nicht so sicher, bis ich ihr dann die ganze Geschichte erzählt habe; das war es auch, was mich da oben so lange aufgehalten hat. Ich konnte nicht viel aus ihr herausbekommen. Sie erschien mir fast genauso von Schlafmitteln betäubt wie der alte Mann. Ihrer Meinung nach war Bitton zu solch einer Tat durchaus fähig. Vom Naturell her – so glaubte sie aber – wäre er viel eher in Driscolls Wohnung spaziert und hätte ihn erwürgt, als daß er ihm in einer dunklen Ecke mit einem Armbrustpfeil aufgelauert hätte. Und sie konnte sich absolut nicht vorstellen, daß er den Hut auf Driscolls Kopf gesetzt hätte. Sie hätte schwören können, daß das nicht sein Stil war; er war nicht gerade ein phantasievoller Typ ...«

Der Doktor, der gerade einige Drinks mixte, wobei er Hadley den Rücken zuwandte, hielt mit der Hand auf dem Syphon inne. Es entstand eine Pause; dann fragte er, ohne sich umzuwenden:

»Ich dachte, Sie seien zufrieden?«

»Das bin ich auch, denke ich mir. Es gibt absolut keine andere Person, auf die die Indizien hinweisen. Und was es zur Gewißheit macht: Wußten Sie, daß Bitton ein Talent für Stimmenimitation hatte? Ich wußte das nicht, bis sie es mir erzählte.«

»Wie?«

»Ja. Es war sein einziges Talent, aber er gebrauchte es in letzter Zeit nicht mehr; er dachte, daß es – nun, unpassend sei. Mrs. Bitton erzählte mir, daß er sich immer einen Spaß daraus machte, die Reden seines Bruders durch seine Nachahmung ins Lächerliche zu ziehen, und daß er ihn dabei absolut treffend darstellte. Er hätte leicht diesen falschen Telefonanruf inszenieren können.«

Als der Doktor aufstand, lag ein merkwürdig zynischer Ausdruck auf seinem Gesicht. Sein Blick wanderte zu Sir Williams Bild hinüber, und er kicherte.

»Hadley«, sagte er, »das ist ein Omen. Das heißt, den Zufall auf die Spitze treiben. Auf die Idee wäre ich nie gekommen, und ich bin froh, daß wir das nicht am Anfang der Untersuchung gehört haben; es hätte uns nur verwirrt. Jetzt ist es zu spät ...«

»Wovon reden Sie?«

»Geben Sie uns erst einmal einen vollständigen Überblick über das, was Bitton getan hat – so wie Sie es sehen.«

Hadley machte es sich mit einem Hähnchensandwich und einer Tasse Kaffee bequem.

»Nun, das ist ziemlich einfach. Bitton hatte sich entschlossen, Driscoll zu töten, als er von der Reise zurückkam. Nach dem, was wir über sein Verhalten wissen, muß er wohl – irgendwie – ein bißchen durchgedreht gewesen sein; das erklärt auch, was später geschah.

Ich glaube nicht, daß es zunächst seine Absicht war, ein Geheimnis daraus zu machen. Sein Plan war schlicht und einfach: Er wollte in Driscolls Wohnung gehen und ihn erwürgen; und er beschloß, es an diesem Morgen zu tun. Wie Sie wissen, war er fest entschlossen, Driscoll zu treffen. Er lieh sich Sir Williams Schlüssel, um sicherzugehen, daß er in die Wohnung gelangen konnte, was nicht gerade der Handlungsweise eines Menschen entspricht, der mal eben ›irgendwo vorbeischaut‹.

Als er dort ankam, war Driscoll nicht zu Hause. Er streifte daher durch die Wohnung. Aller Wahrscheinlichkeit nach suchte er belastendes Material gegen seine Frau und ihren Liebhaber. Sie erinnern sich an das Öl und den Wetzstein auf Driscolls Schreibtisch? Das Öl war noch frisch; Driscoll hatte wahrscheinlich den Armbrustpfeil bearbeitet, und dieser lag deutlich sichtbar da. Denken Sie daran, daß der Pfeil eine besondere Bedeutung für Bitton hatte: *Er hatte ihn gemeinsam mit seiner Frau in Frankreich gekauft ...«*

Dr. Fell rieb sich die Stirn. »Daran hatte ich gar nicht gedacht«, murmelte er; »die Omen wirken immer noch. Machen Sie weiter, Hadley.«

»Und er fand den Zylinder. Er muß vermutet haben, daß Driscoll der Verrückte Hutmacher war, aber das interessierte ihn in dem Moment nicht so sehr wie die Erinnerung an Driscolls Ausspruch, er wolle mit einem Zylinder auf dem Kopf sterben. Sie verstehen die Psychologie, die dahintersteckt, Fell? Wäre er nur auf einen von Driscolls Zylindern gestoßen, wäre das wohl nicht so suggestiv gewesen. Aber ein Hut, der seinem Bruder gehörte – eine perfekte Szenerie . . .!

Plötzlich hatte er einen Plan. Es gab keinen Grund, warum er dafür, daß er Driscoll tötete, leiden sollte. Wenn er ihn an einem Ort, der nicht mit Lester Bitton in Verbindung gebracht würde, erstach und den gestohlenen Hut auf die Leiche setzte, hätte er damit zwei Dinge erreicht: Erstens würde er den Verdacht auf den Verrückten Hutmacher als den Mörder lenken. Aber der Hutdieb war ja gerade der Mann, den er töten wollte! . . . Und folglich würde die Polizei niemals einen unschuldigen Menschen wegen des Mordes hängen. Bitton war ein fairer Kerl, und ich werde es ihm immer hoch anrechnen, daß er daran zuerst gedacht hat. Zweitens: Er würde Driscolls prahlerischen Wunsch erfüllen.

Zudem war von seinem Standpunkt aus die Wahl dieses Pfeils als Waffe geradezu ideal. Zunächst einmal hatte er für ihn eine besondere Bedeutung. Und *er wußte nicht,* daß Driscoll den Pfeil heimlich aus seinem Haus entwendet hatte. Als er den Pfeil auf Driscolls Schreibtisch sah, glaubte er natürlich, daß dieser ihn ganz offen auf seine Bitte hin bekommen hätte – und daß jeder in seinem Haus wissen würde, daß er in Driscolls Besitz war. Damit könnte er den Verdacht von seinem eigenen Haus ablenken! Das genau war es, was er sich in dem Moment überlegte. Man konnte von ihm nicht erwarten, in Erwägung zu ziehen, daß Driscoll den Diebstahl dieses billigen Souvenirs sorgfältig verheimlicht hatte, wo er es doch schließlich einfach auf eine Bitte hin hätte haben können. . . Können Sie sich vorstellen, wie groß sein Schrecken gewesen sein muß, als er erfuhr, daß wir seine Frau verdächtigten?«

Der Doktor nahm einen großen Schluck Whisky. »Sie haben besseres Material gegen Bitton in der Hand, als ich es erwartet habe. Der werte Herr dort oben, der die Fäden in der Hand hält, muß seinen Spaß daran gehabt haben. Ich bin ganz Ohr.«

»In seinem halbverrückten Hirn arbeitete er also einen neuen Plan aus. Er wußte, daß Driscoll um ein Uhr zum Tower gehen wollte, um Dalrye zu treffen, weil er es beim Frühstück gehört hatte. Er wußte natürlich nicht, daß auch seine Frau dort hingehen wollte. Sein einziger Wunsch war es, Driscoll alleine zu fassen zu kriegen. Wenn Driscoll zum Tower ging, wäre er dort mit Sicherheit mit Dalrye zusammen – und ein Mord könnte teuflisch schwierig werden.

Sie verstehen, was er tat? Er nahm den Hut und den Pfeil mit nach Hause und verließ früh wieder das Haus – vor ein Uhr. Er rief Dalrye aus einer Telefonzelle an, ahmte Driscolls Stimme nach und hatte Dalrye aus dem Weg. Um ein Uhr war er im Tower. Aber Driscoll tauchte nicht auf; Driscoll kam zwanzig Minuten zu spät ...«

Hadley trank einen kleinen Schluck von dem kochendheißen Kaffee und stellte die Tasse ab. Er schlug mit einer Faust in seine Handfläche. »Ist Ihnen eigentlich klar, daß, wenn wir uns unsere *Zeittabelle* in diesem Fall ansehen, Driscoll nicht mehr als ein paar Minuten – wahrscheinlich nur wenige *Sekunden* – vor Laura Bitton in den Tower gegangen sein muß? Driscoll kam zu spät, sie war zu früh. Und sobald Driscoll oben in General Masons Räumen angekommen war, blickte er aus dem Fenster und sah Laura Bitton am Traitors' Gate ... Mit anderen Worten: Lester Bitton, der auf eine günstige Gelegenheit lauerte, Driscoll so bald wie möglich zu töten, sah beide hereinkommen. Mit *ihr* hatte er nicht gerechnet. Offensichtlich hatten sie sich verabredet. Aus Furcht, entdeckt zu werden, konnte er nicht zuschlagen, bis das Treffen vorüber war.

Er wartete. Wie er es vermutet hatte, würde ein Mensch von Driscolls ungestümer und ruheloser Natur nicht eingesperrt in General Masons Räumen sitzen bleiben. Er würde auf jeden Fall herumwandern. Und sicher würde er bald zu seinem Rendezvous mit Laura herunterkommen ... Als Driscoll dann kam und Laura am Geländer traf, muß sich Bitton unter dem Bogengang vom Bloody Tower versteckt gehalten und sie beobachtet haben.«

Der Doktor saß zurückgelehnt da und schirmte mit einer Hand seine Augen ab. Das Feuer entwickelte mittlerweile eine enorme Hitze. Rampole wurde langsam schläfrig ...

»Er beobachtete die Unterhaltung – und wir können uns vorstellen, mit welcher Wut er das tat. Es muß so in ihm gebrodelt haben, daß er drauf und dran war, hinauszutreten und sie beide niederzuschlagen. Er hörte, wie Laura Bitton sagte, daß sie ihn liebte ... Und dann passierte etwas derart Unglaubliches, das es ihn regelrecht verrückt gemacht haben muß. Er sah, wie Driscoll sie in aller Eile und fast schon verachtungsvoll verließ und unter dem Bogengewölbe des Bloody Tower in seine Richtung ging. Driscoll hatte etwas Schlimmeres getan, als seine Frau zu lieben – er hatte seine Frau verschmäht. Und nun kam dieser Driscoll in der Dunkelheit und im Nebel auf ihn zu; der Armbrustpfeil lag in Bittons Hand bereit.«

Dr. Fell nahm die Hand nicht von seinen Augen; statt dessen spreizte er zwei Finger, und ein strahlender Blick leuchtete plötzlich hinter seinem Kneifer auf.

»Sagen Sie mal, Hadley, als Sie mit Mrs. Bitton sprachen, hat sie gesagt, daß Driscoll *tatsächlich* durch den Bogengang vom Bloody Tower gegangen ist?«

»Sie hat nicht darauf geachtet. Sie sagte, sie wäre zu durcheinander gewesen, als daß sie ihn hätte beobachten können. Sie wandte sich um und ging die Straße entlang – wo sie, Sie erinnern sich, von Mrs. Larkin gesehen wurde ...«

»Aha!«

»Sie hat nichts verschwiegen«, sagte Hadley teilnahmslos. »Als ich mit ihr sprach, hatte ich den Eindruck, mit einem Automaten oder einer Toten oder so etwas zu reden ... Driscoll ging unter dem Bogengang her. Es ging dann alles ganz schnell. Bittons Hand auf seinem Mund, eine heftige Drehung, ein Stoß, und Driscoll starb ohne einen Laut. Als Mrs. Bitton wenige Sekunden später durch den Bogengang ging, drückte ihr Mann die Leiche ihres Liebhabers gegen die Wand. Als sie weg war, nahm er Driscolls Mütze ab, klappte den Zylinder auf – es war ein Klappzylinder, den man, wie Sie wissen, gut unter einem Mantel verstecken kann – und zog ihn Driscoll tief ins Gesicht. Er ging schnell nach draußen und warf die Leiche über das Geländer, wobei er ihr die Verletzung am Hinterkopf zufügte. Durch einen der Nebeneingänge verließ er dann unbeobachtet den Tower, warf Driscolls Mütze in den Fluß und ging – so wage ich zu behaupten – in ein Restaurant, wo er sich bei einer Tasse Kakao von dem, was er getan hatte, erholte.«

Als Hadley geendet hatte, hielt er immer noch unschlüssig sein Sandwich in der Hand. Er blickte es mit einem sonderbaren Ausdruck an und legte es hin; alle waren sehr still. Ein loderndes Feuer knisterte im Kamin, aber es verstärkte nur die betäubte Stille dieser Stunde ... Über ihren Köpfen ging jetzt jemand mit langsamen Schritten auf und ab. Vor und zurück, vor und zurück.

Hinter dem Fenster wirbelte ein kalter Wind das tote Strauchwerk des Gartens auf. Sie hörten eine Uhr mit einem melodischen Ton schlagen; dann – nur sehr schwach – Stimmen in der Eingangshalle und das Zuschlagen der großen Haustür.

Es hallte dumpf durch das Haus. Die Schritte über ihnen zögerten und nahmen dann ihr langsames Auf und Ab erneut wieder auf ...

»Das wird der Polizeiarzt sein«, sagte Hadley. Er rieb sich müde die Augen und streckte seine steifen Glieder. »Noch ein bißchen Routinearbeit, und dann kann ich endlich nach Hause ins Bett. Es ist ewig her, seit ich so eine komplette Untersuchung selbst durchgeführt habe ... Ich lasse die anderen arbeiten ... Ich bin müde ...«

»Entschuldigen Sie«, unterbrach ihn eine Stimme an der Türe. »Kann ich Sie einen Moment sprechen?«

Die Stimme hatte einen Klang, der Hadley herumwirbeln ließ. War sie erst ganz ruhig, so ließ sie die Anwesenden plötzlich entsetzt auffahren. Es schien die Stimme eines Toten zu sein. Sie sahen Dalrye aus dem Schatten heraustreten. Seine Krawatte war gelockert, und auf seinem Gesicht stand kalter Schweiß. Seine Augen, die vom einen zum anderen wanderten, waren glasig.

»Sagen Sie nichts!« rief Dr. Fell plötzlich mit donnernder Stimme. Er wankte von seinem Stuhl hoch und packte den jungen Mann am Arm. »Halten Sie um Gottes willen Ihren Mund! Sie werden sich eines Besseren besinnen – Sie werden ...«

Dalrye streckte seine Hand aus. »Es hat keinen Sinn«, sagte er ruhig ...

Sein Blick richtete sich auf Hadley.

»Ich möchte mich freiwillig stellen, Sir«, sagte er mit deutlicher Stimme. »Ich habe Philip Driscoll getötet.«

## Kapitel 20

## Der Mörder spricht

Eine entsetzliche Stille herrschte in der Bibliothek. Selbst die Schritte über ihnen schienen stehengeblieben zu sein – so, als hätten sie ihn gehört. Das Feuer brannte hell und ruhig. Es warf ein gelbliches Licht auf das schmale, blasse, leblose Gesicht. Dalrye riß sich mechanisch den Kragen auf. Sein Blick war auf das Feuer gerichtet, als er fortfuhr:

»Ich wollte ihn nicht töten, wissen Sie. Es war ein Unfall. Ich hätte nicht versuchen sollen, es nachher zu vertuschen; das war der Fehler. Daher glaube ich nicht, daß Sie mir jetzt noch glauben werden. Ist mir auch ziemlich egal. Ich hätte es Ihnen auch gar nicht erzählt, wenn Sie nicht Major Bitton verdächtigt hätten... Und dann sein Selbstmord; Sie waren sich so sicher, daß er es getan hatte ... Ich konnte das nicht länger aushalten. Er war – ein echter – Freund. Phil hat nie an jemand anderen als sich selbst gedacht. Aber Major Bitton ...« Er rieb sich die Augen. »Ich habe meine Brille verloren, und ohne sie kann ich nicht gut sehen. Kann ich mich hinsetzen, Sir? Ich bin völlig erledigt.«

Niemand rührte sich. Er stolperte zum Kamin, setzte sich hin, und als er seine Hände vor dem Feuer ausstreckte, sahen sie, daß er zitterte.

»Sie unreifer Narr«, sagte Dr. Fell langsam. »Sie haben alles ruiniert. Den ganzen Abend über, seit ich Ihre Freundin getroffen habe, habe ich versucht, Sie zu decken. Und jetzt haben Sie alles zerstört. Es war unvernünftig, daß Sie es erzählt haben. Sie haben nur noch mehr Unglück über dieses Haus gebracht.«

Hadley richtete sich auf, als versuche er gerade, sich von einem Schlag ins Gesicht zu erholen. Er starrte immer noch auf Dalrye.

Dann räusperte er sich.

»Das ist nicht wahr«, sagte er. »Das kann nicht wahr sein. Wollen Sie mir – in meiner Funktion als Polizeibeamter – allen Ernstes erzählen ...«

»Ich bin seit einer Stunde durch die Straßen gerannt«, antwortete der junge Mann. Seine Schultern zitterten immer noch vor Kälte. »Als ich Sheila im Haus ihrer Freundin zum Abschied geküßt habe, wußte ich, es war das letzte Mal, daß ich sie in Freiheit gesehen habe. Und ich glaubte, daß ich es Ihnen nicht erzählen könnte. Aber mir wurde klar, daß ich so auch nicht weitermachen konnte. Ich bin schlecht, aber nicht so schlecht. Ich versuchte, mir über mich selbst ins klare zu kommen, während ich herumlief. Ich weiß nicht. Es ist alles so verworren.« Er verbarg sein Gesicht hinter seinen Händen. Dann schien ihm etwas einzufallen, und er sah in die Runde. »Ich hab' jemand sagen hören ... Sagte wirklich jemand, daß er es bereits wußte?«

»Ja«, stieß Dr. Fell grimmig hervor. »Und wenn Sie so vernünftig gewesen wären, den Mund zu halten ...«

Hadley hatte sein Notizbuch herausgeholt. Seine Finger zitterten, und seine Stimme war kaum hörbar. »Mr. Dalrye«, sagte er, »es ist meine Pflicht, Sie darauf aufmerksam zu machen, daß alles, was Sie sagen, gegen Sie verwendet werden kann.«

»Gut«, sagte Dalrye. »Ich werde gleich reden. Mir ist kalt. Oh, mein Gott, ist mir kalt! Lassen Sie mich hier sitzen. Ist das –?« Er blickte halbblind auf den Drink, den Rampole ihm hinhielt, und griff dann danach. »Danke, danke. Den kann ich gebrauchen ... Ich nehme an, es hat keinen Zweck, Ihnen zu erzählen, daß es ein Unfall war, nicht wahr? Wissen Sie, eigentlich hat er sich selbst umgebracht; das heißt, er griff mich an, und im Kampf ... Gott weiß, *ich* habe – ich habe nur versucht, das verdammte Manuskript zu stehlen.«

Für einen Augenblick atmete er schwer.

»Das mag wahr sein«, sagte der Chief Inspector, während er ihn verwundert ansah. »Aber ich hoffe, es ist nicht so. Ich hoffe, Sie können mir erklären, wie Sie um Viertel vor zwei in Driscolls Wohnung ans Telefon gehen und ihn ein paar Minuten später im Londoner Tower töten konnten.«

Dr. Fell klopfte mit seinem Stock gegen den Rand des Kaminsims. »Jetzt ist es raus, Hadley. Jetzt haben wir den Salat. Jetzt kann ich Ihnen genausogut erzählen, daß Sie es waren, der auf den entscheidenden Punkt hingewiesen hat – den Punkt, an dem Ihr ganzer Beweisgang danebenging ... Wissen Sie, Driscoll wurde nicht im Londoner Tower getötet. Er wurde in seiner eigenen Wohnung getötet.«

»Er wurde ... Großer Gott!« sagte Hadley verzweifelt. »Das ist doch alles Unsinn!«

»Nein, ist es nicht«, sagte Dalrye. Er nahm noch einen Schluck Whisky, der ihn aufzuwärmen schien. »Es ist nur allzu wahr. Ich weiß nicht, warum Phil zu seiner Wohnung zurückkehrte; ich habe nicht die geringste Ahnung. Ich hatte dafür gesorgt, daß er im Tower sein sollte. Aus diesem Grunde hatte ich diesen Anruf für mich vorgetäuscht. Aber ich – ich wollte ihn nur aus dem Weg haben, damit ich das Manuskript stehlen konnte, und – und ich wollte dann einen Einbruch vortäuschen ...«

Das Zittern hatte jetzt fast aufgehört; er war nur noch matt und übernächtigt. Er sprach mit einer sonderbaren, abwesenden Stimme – so wie ein Kranker.

»Ich fühle mich besser«, sagte er plötzlich. »Ich fühle mich jetzt besser, wo ich es Ihnen erzählt habe. Ich hätte es nicht mehr lange aushalten können. Ich bin dafür nicht geschaffen.«

»Ich schlage vor, wir hören die ganze Sache einmal von Anfang an«, sagte der Chief Inspector. »Sie sagen, Sie wollten das Poe-Manuskript stehlen ...«

»Ich mußte«, sagte Dalrye, als würde er damit alles erklären. »Ich *mußte,* verstehen Sie.«

»Sie mußten?«

»Oh!« murmelte Dalrye. Seine Hand ging automatisch zu seinen Augen und fand keine Brille. »Oh ja. Das habe ich Ihnen nicht erzählt. Es war eine plötzliche Eingebung. Zack. Einfach so. Ich glaube nicht, daß ich jemals daran gedacht hätte, es hier aus dem Haus zu stehlen. Das wäre nicht ... ähh, ich weiß nicht! Ich kann es nicht erklären. Aber als er mich am Sonntag abend im Tower anrief und mir erzählte, daß er zusammen mit dem Hut seines Onkels auch das Manuskript geklaut hatte ...«

»Sie wußten, daß Driscoll der Hutdieb war?«

»Oh Gott!« sagte Dalrye am Ende seiner Kraft, aber gereizt. »Natürlich wußte ich das. Natürlich war er zu mir gekommen. Ich half ihm. Er – er brauchte immer Hilfe. Und, wissen Sie, er hätte es mir natürlich sowieso erzählt. Einer seiner Lieblingspläne war nämlich, die Mütze eines Yeoman Warders aus dem Londoner Tower ...«

»Bei allen guten Geistern!« knurrte Dr. Fell. »Das habe ich übersehen. Ja – natürlich! Jeder anständige Hutdieb hätte versucht ...«

»Seien Sie jetzt still, ja?« fuhr ihn Hadley an. »Hören Sie, Mr. Dalrye. Er hat Ihnen davon erzählt . . .?«

»Und da ist mir die Idee gekommen«, nickte Dalrye abwesend. »Wissen Sie, ich war ziemlich verzweifelt. Sie waren hinter mir her, und es wäre innerhalb einer Woche herausgekommen. Deshalb habe ich Phil am Telefon erzählt, er solle das Manuskript behalten und er solle sich nicht rühren, bis ich mir einen Plan ausgedacht hätte; am Sonntag abend könne er zu seiner Familie gehen und versuchen, möglichst viel herauszufinden, bevor er handele. Und in der Zwischenzeit . . .« Er lehnte sich auf seinem Stuhl zurück. »Ich wußte, wo Arbor das Wochenende über war. Ich war Samstag abend mit Sheila ausgewesen, und daher wußte ich es natürlich. Ich hätte es nicht gewagt, ihn anzurufen, wenn er hier im Haus gewesen wäre . . .«

*»Sie haben Arbor angerufen?«*

»Uh. Hat er Ihnen das nicht erzählt? Ich hatte Angst, er hätte die Stimme erkannt, und heute abend bekam ich richtige Panik, als ich hörte, er würde hierherkommen . . .«

Hadley sah Dr. Fell wachsam an. »Was meinte Arbor denn dazu? Haben Sie mir nicht erzählt, er habe gesagt, er sei sicher, es sei Driscoll gewesen . . .?«

»Das hat er«, sagte der Doktor. »Aber leider haben Sie dem, was Miss Bitton heute abend gesagt hat, nicht genug Aufmerksamkeit geschenkt. Erinnern Sie sich nicht, daß sie uns erzählte, wie Driscoll sie immer wieder zum Narren gehalten hat, indem er anrief und vorgab, Dalrye zu sein; und daß sie es wirklich glaubte? Ihre Stimme, mein Junge, ist der von Driscoll sehr ähnlich, nicht wahr?«

»Wenn das nicht so wäre, hätte ich die Sache nicht durchziehen können. Ich bin kein Schauspieler, müssen Sie wissen. Aber wenn er mich nachahmen konnte, dann konnte ich ihn genauso gut nachahmen und mit Parker telefonieren, um die Verabredung zu ändern und mich selbst zu seiner Wohnung zu schicken . . .«

»Warten Sie!« unterbrach ihn Hadley. »Das geht mir zu schnell. Sie sagen, daß Sie zunächst Arbor angerufen und ihm das Manuskript angeboten haben, also zu einem Zeitpunkt, als Sie es noch gar nicht hatten . . . Aber *warum?* Warum wollten Sie es stehlen?«

Dalrye trank sein Glas aus. »Ich brauchte zwölfhundert Pfund«, sagte er ruhig.

In seinem Stuhl zurückgelehnt, blickte er in das Feuer. Seine Augen waren zusammengekniffen, und seine schweren Atemzüge wurden allmählich ruhiger ...

»Lassen Sie mich das kurz erklären«, fuhr er fort. »Für die meisten Menschen, die ich kenne, würden zwölfhundert Pfund nicht viel bedeuten. Aber für mich wäre es genausoviel wie zwölftausend gewesen.

Ich weiß nicht, ob Sie irgend etwas über mich wissen. Mein Vater ist Geistlicher oben in Nordengland, und ich bin der jüngste von fünf Söhnen. Ich habe nie viel bekommen, nichts, was der Rede wert gewesen wäre. Ich glaube auch nicht, daß ich jemals viel gewollt habe. Ich habe eine Ausbildung bekommen, aber ich mußte für mein Stipendium wirklich arbeiten, weil ich nicht einer dieser Überflieger war. Wenn ich etwas besaß, dann war es Phantasie, und ich wollte – eines Tages –, und das ist lustig, ... nein, ich werde Ihnen nicht erzählen, was ich wollte. Es war etwas, was ich schreiben wollte. Aber Phantasie allein hilft einem nicht, Prüfungen zu bestehen, und es war nicht leicht, an der Spitze zu bleiben. Trotzdem hat mich nie etwas sonderlich bekümmert. Ich hatte etwas über den Londoner Tower geforscht und traf zufällig General Mason. Er mochte mich, ich mochte ihn, und er bat mich, sein Sekretär zu werden ... Dadurch habe ich die Bittons kennengelernt. Es ist merkwürdig ..., aber, wissen Sie, ich bewunderte Driscoll. Er war alles, was ich nicht war. Ich bin groß und linkisch und kurzsichtig und so häßlich wie die Nacht. Ich war auch nie gut beim Spielen, und Frauen sahen in mir nur den netten und freundlichen Kerl und erzählten mir immer alles darüber, wie sie sich in andere Männer verliebten.

Driscoll – nun, Sie wissen schon. Er hatte die gewisse Ausstrahlung. Es war wie mit dem strahlenden Kometen und dem guten alten hinterhertrottenden Droschkengaul, der ihm aus seinen Schwierigkeiten half. Ich habe Ihnen erzählt, daß es mir schmeichelte, um Rat gefragt zu werden. Dann aber traf ich Sheila ...

Es ist schon verdammt komisch, daß sie sich für mich interessiert hat. Andere Frauen haben das nie getan. Ich will Ihnen jetzt alles erzählen, also ich – ich –, nun, ich kann Ihnen gar nicht sagen, wie sehr ich sie anbete. Ich will damit sagen, es klingt lächerlich oder so ...«

Er sah sich um; aber die Gesichter der Anwesenden waren ausdruckslos.

»... und sie fanden es auch lustig. Phils Freunde, meine ich. Und mit lustig meine ich jetzt komisch. So ein hübscher junger Dandy machte eine Bemerkung über ›Das alte Pfaffengesicht und Bittons schwachsinnige Tochter‹, das mit dem Pfaffengesicht sagten sie alle. Aber das andere ... In dem Augenblick konnte ich gar nichts tun. Ich mußte nach einer anderen Gelegenheit suchen. Eines Abends traf ich ihn dann zufällig; ich sagte, daß ich *sein* Gesicht nicht mochte und schlug hinein. Er konnte eine Woche lang nicht aus dem Haus gehen. Aber dann fingen sie wieder an zu lachen; sie sagten: ›Guter alter Bob; er ist ein ganz Hinterhältiger‹. Und sie behaupteten, ich wäre hinter Sheilas Geld her. Das war schrecklich. Und es wurde noch schlimmer, als Sheila und ich wußten, daß wir uns liebten und wir es uns gestanden hatten – und ihr alter Herr davon erfuhr.

Er nahm mich zu einem Gespräch beiseite und sagte ungefähr dasselbe. Dann benahm ich mich wie ein Esel. Ich war das ganze Theater leid. Ich weiß nicht mehr genau, was ich sagte, aber ich weiß, daß ich ihm erzählte, er könnte sich sein dreckiges Geld irgendwo hin ... Nun, Sie wissen schon. Das überraschte ihn. Sheila und ich wollten in jedem Fall heiraten. Dann ließ er sich die ganze Sache wieder und wieder durch den Kopf gehen, und Major Bitton vermittelte. Irgendwie glaube ich, daß den alten Mann das, was ich gesagt hatte, nicht so aus der Fassung brachte, wie ich das erwartet hatte. Er kam, um mich zu treffen, kratzte sich am Kinn und sagte: ›Nun, wir sollten es nicht zu einem Bruch in der Familie kommen lassen.‹ Er sagte, Sheila sei nicht in der Lage, für sich selbst zu sorgen, und daß, wenn wir versprächen, noch ein Jahr zu warten und dann immer noch dasselbe empfinden würden, alles klarginge. Ich stimmte zu, vorausgesetzt, daß ich ohne fremde Hilfe für die neue Familie würde sorgen können. Den nächsten Teil lasse ich aus. Phil sagte, er wüßte einen Weg, schnell zu Geld zu kommen, und dann wäre alles in Ordnung. Ich war ziemlich verzweifelt. Bittons ›Jahr‹ bedeutete doch wohl – und das wußten wir beide –, daß er am Ende des Jahres sagen würde, daß meine Aussichten immer noch nicht besser wären, oder? Und ich konnte nicht erwarten, daß Sheila auf mich wartete, wo sie so viele Chancen auf eine gute Partie hatte! So stand die Sache.

Ich geriet in die Klemme bei meinem ›Zu-Geld-Kommen‹. Aber das ist egal. Es war mein eigener Fehler. Phil ...«

Dalrye zögerte. »*Das* gehört nicht zur Sache. Wir hingen beide mit drin, aber ich habe es getan ... Wenn es jedenfalls jemals dem alten Mann zu Ohren gekommen wäre, wäre ich erledigt gewesen. Und ich mußte innerhalb einer Woche zwölfhundert Pfund auftreiben.«

Er lehnte sich auf seinem Stuhl zurück und schloß die Augen. »Sonderbar. Ich kann an nichts anderes denken als an ›altes Pfaffengesicht‹. Sie lachten sogar darüber, wenn ich Cocktails mixte. Aber dann hatte ich diese verrückte Idee, Phil das Manuskript zu stehlen und es an Arbor zu verkaufen. Es war wahnsinnig. So wie ich auch. Ich rechtfertige es nicht; ich handelte so kindisch wie Phil, als ich wirklich in Schwierigkeiten geriet ...

Sie kennen den Plan. Ich sagte ihm am Sonntag abend, er solle mich am Morgen anrufen. Das tat er – vollkommen durcheinander. Er war in irgendwelchen neuen Schwierigkeiten. Es handelte sich um die – um die Sache mit der verheirateten Frau, wissen Sie, aber das wußte ich zu diesem Zeitpunkt noch nicht. Ich hatte ihm schon eingeschärft, daß er das Manuskript *verstecken* müßte – irgendwo in seinem Zimmer. Immer und immer wieder hatte ich es ihm eingeschärft. Ich glaubte, es so ohne Probleme aus seiner Wohnung holen zu können. Und er hörte auf mich. Er hatte versucht, es in den Wagen des alten Herrn zurückzustecken – Sie wissen darüber Bescheid –, bevor er zum Tower kam, um mich zu treffen. Aber meine Anweisungen hatten einen solchen Eindruck hinterlassen, daß er, bevor er nun zum Tower kam, zu seiner Wohnung zurückkehrte und das Manuskript in der Rückwand des Kamins in seinem Arbeitszimmer versteckte.

Der falsche Telefonanruf war einfach gewesen. Der erste war echt. Als der zweite durchgestellt wurde, war ich im Protokollzimmer; ich hatte einfach Parker angerufen und mich als Driscoll ausgegeben. Ich wußte, er würde mir durch die Sprechverbindung Bescheid geben. Dann würde ich wieder ans Telefon gehen und ›Hallo, Phil!‹ zu mir selbst sagen, und mir selbst mit seiner Stimme antworten, und Parker würde einhängen. Ich glaubte, alles sei geregelt ...«

Den Kopf auf seine Hände gestützt, grübelte Dalrye einen Augenblick nach. Das Feuer knisterte. Hadley hatte sich nicht gerührt ...

»Aber ich mußte schnell sein. Der Plan war einfach. Ich wollte den Wagen des Generals in einer Werkstatt in Holborn abstellen, zu Driscolls Wohnung laufen und das Manuskript klauen. Dann wollte ich ein Fenster öffnen, die Wohnung ein wenig durchwühlen und ein paar Sachen mitnehmen, damit es wie das Werk eines Einbrechers aussähe. Ich hatte keine Bedenken, es zu stehlen. Ich wußte, daß Phil für den Diebstahl niemals verantwortlich gemacht werden würde; der alte Mann würde es nie erfahren. Die einzige Gefahr für Phil bestand darin, daß er es zurückgeben wollte. Und, bei Gott! Wenn Sie glauben, ich hätte gezögert, es dem alten Herrn zu stehlen ... Ich würde ihm das Hemd klauen, das er gerade trägt; das ist es, was ich von *ihm* halte. Der verdammte ... Ach was soll's.«

Er nahm die Whiskyflasche vom Tisch und schüttete sich fast ein halbes Wasserglas voll ein. Er wirkte fast trotzig. Der Rand der Flasche stieß nervös gegen das Glas. Dalrye schüttete das meiste in einem Schluck runter.

»Der Plan klang gut. Ich glaubte nicht, daß Phil *mich* jemals verdächtigen würde. Als ich in der Wohnung ankam und sah, daß Phil nicht da war, hatte ich genug Zeit zu suchen. Während ich suchte, kam ein Telefonanruf von Parker aus dem Tower; ich machte einen Fehler, indem ich abhob; aber ich war nervös. Trotzdem – später«, er schüttelte sich, »später verschaffte es mir ein Alibi. Es war kurz vor Viertel vor zwei ...

Hören Sie, ich stellte das ganze Arbeitszimmer auf den Kopf, weil ich zunächst nicht daran dachte, im Kamin nachzusehen. Aber schließlich fand ich das Versteck doch. Ich hatte es nicht eilig, weil ich Phil sicher im Tower wähnte. Ich fand das Manuskript, untersuchte es sorgfältig und steckte es in meine Tasche. Ich wollte gerade das Zimmer noch etwas mehr in Unordnung bringen ...

Ich drehte mich um, hörte ein Geräusch oder so etwas – ich weiß es nicht. Und da stand Phil in der Türe und sah mich an. Ich wußte, er hatte die ganze Zeit dort gestanden und alles mitangesehen.«

Der Rest Whisky wurde gekippt. Dalryes starrer, abwesender Blick sah erschreckend aus. Er streckte eine Hand ein wenig aus, so, als würde er nach etwas tasten.

»Sie haben nie einen von Phils Wutausbrüchen erlebt, nicht wahr? Er war dann wie ein Verrückter. Er stand schwer atmend da, die Lippen zusammengekniffen. Ich hatte ihn schon einmal so gesehen. Er hat einmal versucht, einen Mann mit einem Taschenmesser zu töten, weil der sich über etwas, was Phil trug, lustig gemacht hatte. Er wurde zu dem, was man einen – Berserker nennt, und er war teuflisch gefährlich. In dem Zimmer war es kühl und still; ich konnte ihn atmen hören, und meine Uhr tickte ... und ...

Nun, er fing an zu schreien, fing an, mich anzuschreien. Ich glaube nicht, daß ich jemals in meinem Leben jemanden so habe fluchen hören. Es klang so gewalttätig, daß es – ich weiß nicht, wie ich es beschreiben soll – obszön war. Er trug eine braune Mütze, die er über ein Ohr gezogen hatte. Ich wußte immer schon vorher, wann er auf mich losgehen würde. Wir hatten mehrere Male Boxkämpfe mit weichen Handschuhen ausgetragen; aber ich hörte auf, mit ihm zu üben, weil ich der bessere Boxer war. Wenn ich zu hart durch seine Deckung traf, wurde er immer wütend und sagte, er wolle mit Messern kämpfen. Und er war gefährlich wie eine Wildkatze; ehe man sich versah, hatte er einem unter die Gürtellinie getreten. Ich sah, wie er sich niederhockte. Ich sagte, ›Phil, sei um Gottes willen kein Narr –‹; er suchte nach etwas, und er fand es. Es war dieser Armbrustpfeil, der auf einem niedrigen Buchregal neben der Türe lag.

Dann sprang er.

Man konnte ihm in diesem kleinen Zimmer nicht ausweichen. Ich versuchte, zur Seite zu springen und ihn am Kragen zu fassen, so wie man es mit einem angreifenden Hund machen würde; ich wußte: Wenn ich ihn in einen Würgegriff bekäme, könnte ich ihn still halten. Aber er erwischte mich voll. Wir wirbelten herum ... Ich – ich weiß nicht genau, was passierte. Ich hörte, wie ein Stuhl umkippte. Und das nächste, was ich weiß, ist, daß wir zusammen zu Boden gingen und ich oben lag. Ich hörte ein dumpfes Knirschen ... und direkt danach ...

L-lustig«, sagte Dalrye verstört. »Als ich noch ein Kind war, hatte ich einmal ein Gummispielzeug, eine Art Puppe, die quietschte, wenn man sie drückte. Daran mußte ich in dem Moment denken. Das Geräusch, das er machte, klang genau wie das von dem Spielzeug, nur hundertmal lauter und viel schrecklicher. Unheimlich – können Sie das verstehen? Dann war da eine Art Zischen und Gurgeln, so, als ob das Spielzeug wieder Luft einzog. Und er bewegte sich nicht mehr.

Ich stand auf. Er hatte den Pfeil so weit in sich selbst hineingebohrt – vielleicht ist es auch passiert, als ich auf ihn gefallen bin –, daß die Spitze den Boden berührte. Sein Hinterkopf war auf das eiserne Kamingitter geschlagen, als er hintenüberfiel. Es war nicht viel Blut da, außer einem kleinen Rinnsal – nicht viel dicker als ein Bleistift –, das an einer Seite aus seinem Mund rann ...«

Dalrye bedeckte seine Augen mit den Händen und lehnte sich zurück.

## Kapitel 21

## Ungelöst

Einen Augenblick lang war er unfähig weiterzusprechen. Ohne hinzusehen, griff er wieder nach dem Whisky. Rampole zögerte, half ihm dann aber, noch etwas einzuschütten. Hadley hatte sich jetzt hingesetzt und starrte mit leerem Blick ins Feuer ...

»Ich verstehe nicht«, murmelte Dalrye mit matter Stimme, »ich verstehe nicht, warum er zurückgekommen ist ...«

»Vielleicht«, sagte Dr. Fell, »kann ich es Ihnen sagen. Bleiben Sie einen Moment einfach nur sitzen, mein Junge, und ruhen sich aus ... Hadley, verstehen Sie jetzt?«

»Sie meinen ...?«

»Ich meine folgendes: Ich sollte ehrlich zu Ihnen sein; Sie selbst haben mir den Hinweis gegeben. Als Driscoll da am Traitors' Gate im Londoner Tower stand und um halb zwei mit Mrs. Bitton sprach, fiel ihm etwas ein. Der Gedanke daran brachte ihn fast um den Verstand. Er sagte, er müßte gehen und die Sache erledigen. Was war das, woran er sich erinnerte?«

»Nun?«

»Denken Sie zurück! Er sprach mit ihr, und dabei erwähnte er etwas im Zusammenhang mit seinem Onkel. *Das* war es, was ihn an etwas erinnerte, denn sein Ausbruch erfolgte unmittelbar danach. Überlegen Sie! Sie haben es heute ein dutzendmal gehört.«

Hadley setzte sich plötzlich auf. »Mein Gott! Es war der Nachmittag, an dem ihn sein Onkel jeden Monat besuchte!«

»Genau! Bitton hatte nicht die Absicht, ihn zu besuchen, aber das wußte Driscoll nicht. In der Hektik der beiden letzten Tage hatte Driscoll doch tatsächlich den Besuch vergessen. *Und Bitton hatte einen Schlüssel zu seiner Wohnung*. Er würde dort hineinspazieren und – in der Wohnung lagen die beiden Hüte, die er gestohlen hatte. Das war schon ziemlich übel. Wenn Bitton Verdacht schöpfte, herumsuchte und das Manuskript fand ...?«

Hadley nickte. »Er mußte so schnell wie noch niemals zuvor zu seiner Wohnung zurückkehren, um Sir William zuvorzukommen.«

»Sie verstehen, daß er das Laura Bitton nicht erklären konnte. Selbst wenn er es gekonnt hätte, hätte er nicht die Zeit dazu gehabt. Sie würde Erklärungen erwarten oder die Dinge nur noch komplizierter machen; und er hatte *keine Zeit zu verlieren.* Er tat also das, was schon viele andere Männer mit einer Frau gemacht haben. Er scheuchte sie einfach weg und versprach ihr, daß er sie in fünf Minuten wieder treffen würde. Natürlich hatte er nicht die Absicht, das auch zu tun . . .

Und ahnen Sie nun, was er machte? Erinnern Sie sich an den Lageplan des Towers, Hadley? Er konnte nicht die Water Lane hinunter in Richtung Haupteingang gehen. Dieser Weg führt *nur* nach draußen; er hätte schlecht irgendeine Besorgung vorgeben können; die Frau hätte Verdacht geschöpft. Er ging also die Water Lane in die entgegengesetzte Richtung hinunter und verließ den Tower durch eins der anderen Tore, die zum Themsekai führen. Er verschwand unbemerkt in dem Nebel. Das war um halb zwei.«

Der Doktor sah Dalrye an und schüttelte den Kopf.

»Sie selbst, Hadley, haben mir erzählt, daß eine Person mit der Untergrundbahn in fünfzehn Minuten oder gar noch weniger zum Russell Square gelangen könnte. Und ich fragte mich, warum Driscoll nicht um halb zwei das hätte tun können, was Mrs. Bitton um fünf Uhr konnte? Er würde seine Wohnung ungefähr zehn Minuten vor zwei oder ein wenig später erreichen – zu der Zeit also, die der Polizeiarzt als seine Todeszeit festgestellt hat. Verstehen Sie jetzt, daß gerade durch Ihre Annahme, Driscoll hätte den Tower nie verlassen, Ihre ganzen Berechnungen danebengingen? Diese Möglichkeit kam Ihnen nie in den Sinn. Ich glaube auch nicht, daß wir einen Wachposten gefunden hätten, der ihn sah, als er zum Nebeneingang hinausging, selbst wenn wir es versucht hätten. Aber auf diese Möglichkeit ist auch einfach niemand gekommen. Wenn das anders gelaufen wäre, wäre das eine sehr viel vernünftigere Erklärung gewesen als die plötzliche Erinnerung an ein dringendes Telefongespräch.«

»Aber er wurde am Traitors' Gate gefunden! Ich . . . Ach – egal«, seufzte Hadley. »Fühlen Sie sich jetzt in der Lage fortzufahren, Dalrye?«

»Das also war's«, sagte dieser langsam. »Ich verstehe. Jetzt verstehe ich. Ich dachte nur daran, daß er mich in Verdacht haben könnte ...

Ich will Ihnen erzählen, was ich tat. Er war tot. Das konnte ich sehen. Und einen Moment lang bekam ich Panik. Ich konnte nicht mehr klar denken; meine Beine gehorchten mir nicht mehr, und ich dachte, ich würde verrückt.

Ich wußte, daß ich einen Mord begangen hatte. Ich hatte schon einen Diebstahl in die Wege geleitet und steckte ohnehin tief genug in der Tinte, aber das hier war Mord. Niemand würde mir glauben, daß es ein Unfall war. Und nun der Punkt, an dem ich meinen Fehler beging: Ich glaubte, Driscoll hätte denen im Tower erzählt, daß er in seine Wohnung zurückkehren würde! Ich war mir sicher, daß sie Bescheid wußten! Und ich hatte dadurch, daß ich mit Parker telefoniert hatte, eindeutig bewiesen, daß *ich* in der Wohnung war. Ich glaubte, Driscoll hätte es sich einfach anders überlegt und wäre zurückgekehrt – und da stand ich nun mit der Leiche, wo doch jeder wußte, daß wir beide in der Wohnung waren.«

Er erschauderte.

»Dann kam auf einen Schlag mein gesunder Menschenverstand zurück. Ich war innerlich ganz kalt und leer, aber ich glaube nicht, daß mein Verstand jemals so schnell gearbeitet hat. Ich hatte nur eine Chance. Ich mußte seine Leiche irgendwie aus dieser Wohnung fortschaffen und sie irgendwo draußen im Freien abladen. Irgendwo, sagen wir, auf dem Weg zum Tower – damit man annehmen würde, es hätte ihn auf dem Rückweg erwischt.

Und dann hatte ich einen Geistesblitz – *das Auto*. Das Auto stand in der Werkstatt, nicht weit weg. Es war ein sehr nebeliger Tag. Ich konnte das Auto holen und es mit zugezogenen Vorhängen in den Hof fahren. Phils Leiche war so leicht wie eine Feder. Es gab nur zwei Wohnungen auf der Etage; und die Fenster, die auf den Hof hinausgingen, waren aus Milchglas. Dank des Nebels war die Gefahr, gesehen zu werden, nicht besonders groß ...«

Dr. Fell sah Hadley an. »Ganz richtig. Der Chief Inspector war sich in diesem Punkt auch ziemlich sicher, als er überlegte, wie Mrs. Bitton aus der Wohnung herausgekommen war. Ich glaube, er machte eine Bemerkung, daß ein Indianer mit Kriegsbemalung ungesehen aus diesem Hof hätte herausspazieren können. Das war sehr vielsagend.«

»Nun ...« Dalrye rieb sich wieder nervös durch die Augen. »Mir blieb nicht viel Zeit. Wichtig war es nun für mich, Zeit zu sparen, indem ich mit der U-Bahn hinüber zur Werkstatt fuhr. Ich konnte es, mit etwas Glück, in zwei Minuten schaffen, wogegen ich zehn Minuten zu Fuß gebraucht hätte, um den Wagen zu holen und für den Transport der Leiche zurückzukommen.

Ich weiß nicht, wie ich es geschafft habe. Ich weiß nicht, was für einen Eindruck ich auf die Leute in der Werkstatt gemacht habe. Ich erzählte ihnen, daß ich nach Hause fahren wollte, fuhr hinaus und raste zur Wohnung zurück. Wenn ich da verhaftet worden wäre ...« Er schluckte. »Ich hob Phils Leiche auf und trug sie hinaus. Das war ein schrecklicher Augenblick; dieses Ding zu schleppen. Mein Gott! Ich wäre beinahe die paar Stufen hinuntergefallen, und fast hätte ich seinen Kopf durch die Glastüre gerammt. Als ich ihn hinten im Wagen unter einer Decke verstaut hatte, war ich so geschafft, daß ich meine Arme nicht mehr spürte. Aber ich mußte noch einmal zurück in die Wohnung, um sicherzugehen, daß ich nichts übersehen hatte. Als ich mich dort umsah, hatte ich eine Idee. Dieser Zylinder. Wenn ich den mitnähme und ihn Phil aufsetzte ... Nun, sehen Sie, man würde denken, der Verrückte Hutmacher hätte ihn getötet! Niemand wußte, wer der Hutdieb war. Ich wollte niemanden sonst in Schwierigkeiten bringen, und so war das Ganze völlig sicher ...«

»Der Chief Inspector«, sagte Dr. Fell, »wird keine Probleme damit haben, Sie zu verstehen. Sie müssen das nicht weiter ausführen. Kurz bevor Sie kamen, hatte er uns dieselbe Idee dargelegt und gesagt, daß der Mörder etwas Ähnliches gedacht haben muß. Was ist mit dem Armbrustpfeil?«

»Ich – ich ließ den Pfeil ... Sie wissen wo. Wissen Sie, ich hatte das verdammte Ding noch nie vorher gesehen. Ich wußte nicht, daß es aus Bittons Haus kam. Ich nahm einfach an, daß es Phil gehörte und daß es niemandem schaden könnte. Dieses *Souvenir de Carcassone* habe ich nicht gesehen, weil – Sie wissen warum. Es war verdeckt.«

Dalryes Nasenflügel bebten. Seine Hände lagen zusammengepreßt auf seinen Knien, und seine Stimme wurde schrill. »Aber an eine Sache dachte ich noch, bevor ich diese Wohnung verließ. Ich dachte an das Manuskript in meiner Tasche. Ich mochte Phil getötet haben. Ich mochte vielleicht das mieseste Schwein auf der ganzen Erde sein, ja, ich war mir ziemlich sicher, daß ich das war.

Aber, bei Gott, ich würde mir keine dreckigen Dollars verdienen, indem ich jetzt noch das Manuskript an Arbor verkaufte. Es war in meiner Tasche. Aber es war mit Blut befleckt. Ich glaube sogar, ich dachte darüber mehr nach als über Phil. *Das* würde ich nicht verwenden, selbst wenn ich es brauchte, um mich vor dem Galgen zu retten. Ich erinnere mich, daß ich es herausnahm. Ich war so wütend, daß ich es zerreißen und eine Handvoll Schnitzel mitnehmen wollte, um sie Bitton ins Gesicht zu werfen. Aber wenn ich es dort zerrissen hätte ... Nun, man würde die Stücke finden, und es war sinnlos, Phil auf so gemeine Weise hereinzulegen – auch wenn ich ihn getötet hatte. Klingt lustig, nicht, aus dem Mund eines Mörders? Ich kann nichts dafür. So empfand ich es eben. Ich wußte, daß ich Zeit vergeudete, aber ich hielt ein Streichholz an das Papier und warf es in den Kamin ... Ich hatte den Zylinder zusammengeklappt und unter meinen Mantel gesteckt, und ich glaubte, an alles gedacht zu haben. Auch lustig. Ich sah mich mehrmals in dem Arbeitszimmer um, wie man das tut, wenn man ein Hotelzimmer verläßt und sich fragt, ob man seine Zahnbürste oder sonst etwas am Waschbecken liegengelassen hat ...«

»Sie hätten das Kamingitter wieder an seinen Platz setzen sollen«, sagte Dr. Fell. »Niemand, der nur einfach die Wohnung durchsucht, würde oder könnte ein massives eisernes Kamingitter so beiseite schieben, wie Sie es taten, als Sie mit Driscoll kämpften. Nun?«

»Dann«, sagte Dalrye und griff automatisch nach dem Whisky, »dann erlebte ich den ersten meiner zwei wirklich furchtbaren Schocks. Als ich gerade aus der Wohnungstüre trat, stieß ich mit dem Portier zusammen ... Überlegen Sie mal: Wenn ich ihn vorher getroffen hätte, als ich gerade Phil raustrug! ... Ich weiß nicht mehr genau, was ich sagte. Ich sagte ›Ha, ha‹ oder so etwas und erzählte ihm, was für ein toller Typ er wäre und gab ihm ohne Grund eine halbe Krone. Er begleitete mich nach draußen zum Auto ...«

»Mein Sohn«, sagte Dr. Fell mit einem plötzlichen Grunzen, »Sie haben uns heute eine unnötige Lüge erzählt, und das Auto hat Sie verraten. Als Sie uns heute nachmittag im Tower Ihre Geschichte erzählten, sagten Sie, daß Sie niemals mit dem Auto zu der Wohnung gefahren wären. Sie sagten, daß Sie, als Sie die Wohnung verließen, zu der Werkstatt gehen mußten, um es zu holen, und dann nach Hause fuhren. Wahrscheinlich konnten Sie nichts anderes sagen. Aber als Mr. Hadley heute abend erklärte, daß der Portier ihm erzählt hätte, Sie wären mit dem Wagen da gewesen... Nun ja. Was dann?«

»Ich fuhr weg. Ich überlegte, bis ich dachte, der Schädel würde mir platzen: Aber ich glaubte, jetzt in Sicherheit zu sein. Ich würde Phil den Zylinder aufsetzen und seine Mütze in meine Tasche stopfen. Ich mußte nur eine Nebenstraße in der Nähe des Towers finden und ihn im Nebel rauswerfen. Auf Fingerabdrücke mußte ich nicht achten, weil ich – Gott ist mein Zeuge – diesen Pfeil niemals berührt hatte ... Und dann, als ich mir gerade meinen Plan zurechtlegte und aus Bloomsbury losfuhr, wissen Sie, was da passierte?«

»Ja«, sagte Hadley. »Sie trafen General Mason.«

»Traf ...? Traf ...? Glauben Sie, ich hätte angehalten, wenn ich ihn *gesehen* hätte? Eh' ich mich versah, sprang er auf das Trittbrett, grinste mich an, sagte, was für ein Geschenk Gottes ich sei, und forderte mich auf, auf dem Vordersitz beiseite zu rücken, damit er sich neben mich zwängen könnte ...

Ich stoppte den Wagen abrupt. Ich habe in Büchern darüber gelesen, wie man sich fühlt, wenn man glaubt, das Herz sei einem stehengeblieben. Das beschreibt meine Empfindungen nur unzureichend; ich hatte das Gefühl, der ganze Wagen würde unter mir zusammenbrechen. Ich konnte mich nicht mehr rühren. Ich versuchte, mich zu bewegen, und mein Fuß trat so heftig aufs Gaspedal, daß ich den Wagen abwürgte. Dann wandte ich meinen Kopf zur Seite und blickte hinaus, so als würde ich nach einem Reifen sehen, und ich versuchte, darüber zu fluchen, aber ich schien meine Zunge nicht bewegen zu können.

Irgendwie bekam ich den Wagen wieder an. Ich konnte den General reden hören, aber ich erinnere mich an kein Wort von dem, was er sagte. Ich wußte, daß er in guter Stimmung war, und das machte alles noch schlimmer. Ich konnte nur eins denken, immer wieder dachte ich, so als wären die Worte auf einer Tafel niedergeschrieben: ›Mach schon, Pfaffengesicht; ruhig, Pfaffengesicht; behalt die Nerven, Pfaffengesicht. Wie würden Phils Freunde wohl staunen, wenn sie jetzt das alte Pfaffengesicht sähen.‹ Ich wollte ihm auf den Rücken klopfen und sagen: ›Schauen Sie mal unter die Decke auf dem Rücksitz, was für eine Überraschung das alte Pfaffengesicht für Sie hat, General.‹

Aber ich tat es nicht. Ich habe mich dahinter versteckt, über jedes vorbeifahrende Auto so wüst zu fluchen, daß selbst der General glaubte, es müßte etwas nicht stimmen. Ich steuerte jetzt geradewegs auf meinen Untergang zu. Das konnte ich merken. Wir würden auf direktem Wege zum Tower zurückfahren und keine Macht der Erde könnte das ändern. Geradewegs zurück ... Entschuldigen Sie mich einen Moment ... ein Drink. Komisch, dieses Zeug scheint überhaupt keine Wirkung zu haben ... Ein paar Drinks machen mich normalerweise betrunken.

Ich hatte auf dieser Fahrt ungefähr zwanzig Minuten Zeit nachzudenken, angestrengt nachzudenken. Ich glaubte, es müßte Stunden her sein, seit ich Phil dort tot hatte liegen sehen. Aber als ich auf meine Uhr sah, konnte ich es nicht glauben; es war erst acht Minuten nach zwei. Und die ganze Zeit über arbeitete mein Gehirn wie eine ganze Maschinenhalle. Ich sprach mit dem General – ich weiß nicht mehr, worüber wir sprachen. Dann begann mir langsam zu dämmern, daß ich nur eine Chance hatte. Und wenn ich diese Chance nutzte, würde ich vielleicht ein richtiges Alibi haben ...

Verstehen Sie? Wenn ich auf das Towergelände gelangen und die Leiche irgendwo unbemerkt abladen könnte, würde kein vernünftig denkender Mensch jemals auf die Idee kommen, ich wäre an der Seite von General Mason mit einer Leiche auf dem Rücksitz des Wagens von der Stadt dorthin gefahren. Es sah auf einmal so aus, als könnte meine schlimmste Gefahr zu meiner – nun, meiner Rettung werden. Es dämmerte mir plötzlich, daß man glauben würde, Driscoll hätte den Tower nie verlassen ...

Ich mußte mich zu einer letzten Anstrengung aufraffen. Und ich war froh, daß ich die schlechte Laune vorgetäuscht und über die anderen Autos geflucht hatte. Ich erzählte nämlich dem General nun von dem ›falschen‹ Telefonanruf, der mich fortgelockt hatte, und ich spekulierte darüber, was das sollte ...

Dann – um halb drei – waren wir auf dem Towergelände. Ich hatte es sorgfältig geplant, und ich kannte die Gegend. Wenn niemand in der Nähe war, während wir die Water Lane entlangfuhren, wußte ich, was ich tun würde. Sie hatten recht, Doktor, als Sie sagten, daß jeder Traitors' Gate aussuchen würde, um an einem nebeligen Tag eine Leiche zu verstecken. Es war genau die richtige Stelle, weil ich dort, *ohne Verdacht zu erregen, anhalten konnte.*

Verstehen Sie?« fragte Dalrye und lehnte sich voller Eifer nach vorne. »Ich mußte den General gegenüber vom Tor des Bloody Towers rauslassen. Ich wartete, bis er ein ziemliches Stück den Weg durch den Bogengang zum King's Haus raufgegangen war; dann handelte ich. Ich öffnete die hintere Tür, warf die Leiche über das Geländer, war in Windeseile wieder im Auto und fuhr weiter . . .

Aber mein Gott! Ich schaffte es so gerade! Auf seinem Weg fiel dem General ein, daß er im St. Thomas Tower etwas zu erledigen hatte – und so fand er die Leiche. Das – das ist ungefähr alles. Da – da ist nur noch eine andere Sache. Bei diesen ganzen schrecklichen Ereignissen hatte ich ganz das Geld vergessen, das Phil – das ich . . . Nun, ich hatte es jedenfalls vergessen. Nachdem der General mich den Doktor hatte holen lassen und nach all dem anderen mußte ich auf mein Zimmer raufgehen, um etwas zu trinken, das meine Nerven beruhigte. Da lag ein Brief auf meinem Tisch. Ich erinnere mich nicht mehr daran, ihn geöffnet zu haben; ich weiß noch nicht einmal, *warum* ich ihn geöffnet habe. Ich stand da, einen Brandy mit Soda in der Hand und den Brief vor meiner Nase. In dem Brief stand . . .« Dalrye mußte plötzlich würgen, so, als würde er Medizin schlucken. »In dem Brief stand: ›Machen Sie sich keine Sorgen mehr. Es ist alles bezahlt. Erwähnen Sie es nicht meinem Bruder gegenüber, und benehmen Sie sich nicht noch einmal wie ein unreifer Narr.‹ Der Brief war mit Lester Bitton unterschrieben.«

Dalrye stand von seinem Stuhl auf und wandte sich ihnen zu. Seine Wangen waren gerötet, und seine Augen glänzten. Es entstand eine Pause, und auf seinem Gesicht lag ein merkwürdiger Ausdruck von Erstaunen und Unsicherheit . . .

»Ich bin betrunken!« sagte er verwundert. »Ich bin betrunken. Bis jetzt hatte ich es gar nicht bemerkt. Das alte Pfaffengesicht ist betrunken. Ist jetzt auch egal . . .

Lester Bitton hat meine Schulden beglichen und keinen Ton davon gesagt.

Und als Sie ihn heute abend beschuldigten – und er sich dann erschoß –, Sie verstehen, warum ich Ihnen alles sagen mußte . . .«

Er stand aufrecht da, eine Falte zwischen seinen Brauen.

»Ich habe Ihnen gesagt, ich sei ein Schwein«, fuhr er mit ausdrucksloser Stimme fort. »aber so schlecht bin ich nun auch wieder nicht. Ich weiß, welche Konsequenzen das hat. Es bedeutet den Strang. Man wird mir natürlich nicht glauben – nach all dem, was ich getan habe, um mich in Sicherheit zu bringen. Und ich kann es ihnen nicht einmal verübeln. Sie öffnen die Falltür, und alles ist in ein paar Sekunden vorüber ... Kümmern Sie sich nicht um das alte Pfaffengesicht. Ich weiß gar nicht, wieso ich so betrunken bin. Ich trinke normalerweise nicht viel ... Was wollte ich gerade sagen? Oh ja. Wenn Sie es nicht Major Bitton angelastet hätten, wenn Sie einfach verkündet hätten, es wäre Ihnen nicht gelungen herauszufinden, *wer* der Mörder war, hätte ich den Mund gehalten. Warum auch nicht? Ich liebe Sheila. Eines Tages hätte ich vielleicht ... Macht nichts. Ich lasse nicht zu, daß Sie glauben, ich bemitleide mich selbst. Ich schätze nur einfach Menschen, die freundlich zu mir sind. Man war nie besonders freundlich zu mir. Die Menschen dachten alle, ich sei eine Witzfigur. Aber, bei Gott! Das alte Pfaffengesicht hat der Polizei einiges Kopfzerbrechen bereitet, nicht war?« Für einen Moment lag ein Strahlen auf seinem Gesicht. »Das alte – lächerliche – Pfaffengesicht!«

... Das Feuer brannte nun langsam herunter. Dalrye blickte mit zusammengepreßten Händen im Zimmer umher. Er hatte lange geredet. Durch die Fenster, die auf den Garten hinausgingen, sah man die beginnende Morgendämmerung; Mayfair lag still und tot da.

Hadley stand ruhig von seinem Stuhl auf.

»Junger Mann«, sagte er, »ich richte einen Befehl an Sie. Gehen Sie in eines der anderen Zimmer, und setzen Sie sich dort hin. Ich werde Sie gleich zurückrufen. Ich möchte mit meinen Freunden sprechen. Da ist noch etwas. Reden Sie unter keinen Umständen mit jemanden, bevor Sie wieder gerufen werden. Haben Sie das verstanden?«

»Oh, gut«, sagte Dalrye, »Oh, gut. Machen Sie schon, und rufen Sie nach einer ›grünen Minna‹ oder was auch immer Sie benutzen. Ich werde warten ... übrigens gibt es da noch eine Sache, die ich Ihnen nicht erzählt habe. Ich fürchte, ich habe Arbor, dem armen Teufel, einen solchen Schrecken eingejagt, daß er fast einen Schlaganfall bekommen hätte. Das wollte ich nicht. Ich war in der Warders' Hall auf der anderen Seite des Byward Towers, da, wo die Besucher zurückgehalten wurden, als er von der Unterredung mit Ihnen kam. Ich sprach gerade mit Ihrem Beamten, nur ungefähr drei Meter von Arbor entfernt. Er hatte vorher meine Stimme nicht wiedererkannt, aber ich fürchte, daß er es in dem Moment tat. Es hat ihn fast umgebracht ... Ich fühle mich, als hätte ich keine Beine. Ich hoffe, ich torkle nicht. Das wäre eine blöde Art, ins Gefängnis zu gehen. Entschuldigen Sie mich ...«

Aufrecht und mit vorsichtigen Schritten bewegte er sich in Richtung Tür.

»Nun?« sagte Dr. Fell, als er gegangen war.

Hadley stand vor dem erlöschenden Feuer, eine stramme, militärische Gestalt vor einer marmornen Kamineinfassung; in seiner Hand befanden sich die Notizen, die er sich zu Dalryes Bericht gemacht hatte. Hadley zögerte. Die Zeilen auf dem Papier waren schief; er schloß seine Augen.

»Ich habe Ihnen bereits erzählt«, sagte er ruhig, »ich wäre alt geworden. Ich habe gelobt, das Gesetz aufrechtzuerhalten. Aber – ich weiß es nicht. Ich weiß es nicht. Je älter ich werde, desto weniger weiß ich es. Vor zehn Jahren hätte ich gesagt: ›Zu schade‹ ... Sie wissen, worüber ich gerade nachdenke, Fell. Kein Geschworenengericht würde jemals der Aussage dieses Jungen Glauben schenken. Aber ich tu's.«

»Und ohne Lester Bitton mit hineinzuziehen«, sagte der Doktor, »kann der Fall als ungelöst abgeschlossen werden. Guter Freund, Hadley! Sie wissen, was meine Meinung ist. Wenn wir dies hier als ein Gericht betrachten – wollen Sie uns nicht abstimmen lassen?«

»Gott soll mir helfen«, sagte Hadley, »das will ich. Nun, Fell?« Er nahm eine strenge Haltung an, aber um seinen Mund erschien ein sonderbares, weises, altes Lächeln. »Dr. Fell, wofür stimmen Sie?«

»›Ungelöst‹«, sagte der Doktor.

»Mr. Rampole?«

»›Ungelöst‹«, sagte Rampole sofort.

Das niederbrennende Feuer erleuchtete Hadleys Gesicht, als er sich halb umwandte. Er drehte seine Hand um; die weißen Notizblätter flatterten in die Flamme. Sie fingen Feuer und loderten in einer Rauchwolke auf. Hadleys Hand verharrte regungslos, das alte, weise Lächeln lag immer noch auf seinem Gesicht.

»›Ungelöst‹«, sagte er.

# Nachwort

John Dickson Carr (1906 – 1977), der gebürtige Amerikaner von der Ostküste der Vereinigten Staaten, gehört zu der Gruppe der in der Geschichte und Literaturgeschichte nicht seltenen ›gelernten‹ Europäer. Nie, auch nicht nach vielen Jahren, in denen er in Europa lebte, hat er den bewundernden Blick des Fremden für die alte Welt verloren, stets schwingt in seinen in Frankreich, Deutschland oder Großbritannien spielenden Detektivromanen die Faszination mit, die den Einundzwanzigjährigen ergriffen haben muß, als er zum Studium nach Paris kam. Während Mary Roberts Rinehart, die große alte Dame des amerikanischen Geheimnisromans, ihre Romane auf dem eigenen Kontinent spielen läßt, wie es nach ihr auch S. S. van Dine in seiner Philo-Vance-Serie und Carrs Altersgenossen Frederic Dannay und Manfred B. Lee unter dem gemeinsamen Pseudonym Ellery Queen taten, sucht Carr bewußt »unser Kontinent, das alte«, mit seinen »verfallene(n) Schlösser(n)« und seinen »Ritter-, Räuber- und Gespenstergeschichten«, von denen Goethe in seinem »Den Vereinigten Staaten« gewidmeten Altersgedicht spricht. Der bewundernde Blick, mit dem die jugendlichen, aus Amerika stammenden Erzähler oder Beobachter in Carrs Romanen das ›alte Europa‹ betrachten, ist der Blick des Autors selbst.

Hatte die Bencolin-Serie, mit der Carr seine schriftstellerische Laufbahn 1930 begann, noch das zum Schauerlichen verfremdete Paris oder die alte Rheinburg Schloß Schädel (»Castle Scull«, 1931) zum Schauplatz, so wendet sich die 1933 begonnene Reihe mit Dr. Gideon Fell als Detektiv englischen Schreckensorten zu. Ist ein fiktives verfallenes Zuchthaus im englischen Moor (»Tod im Hexenwinkel«, DuMont's Kriminal-Bibliothek, Band 1002) Ort der Handlung, so steht in unserem ebenfalls 1933 erschienenen zweiten Roman d e r Locus terribilis der Welt schlechthin im Mittelpunkt: der Londoner Tower. Der Anfang des dritten Kapitels beschwört die Summe der Schrecken, die mit der bloßen Namensnennung assoziativ verbunden sind: »Hierhin wurden, durch die Jahrhunderte hindurch, von rohen Wärterhänden, ohne jedes Trauergefolge die blutigen Überreste von Männern geschleppt, die Führer von Armeen, Häupter von Parteien, Orakel der Parlamente und die Zierde der Höfe gewesen waren«, wie Macaulay in seiner »Geschichte Englands« über die Kirche St. Peter im Tower schreibt. Schon die bloße Nennung der ominösen Namen ›Bloody Tower‹ oder ›Traitors' Gate‹ genügt, um bei Lesern in aller Welt wohlige Schauer auszulösen. Und am vom Londoner Nebel verhüllten Traitors' Gate wird die Leiche Driscolls gefunden, von einem Armbrustpfeil durchbohrt ...

Doch damit enden die von Carr bewußt beschworenen ›europäischen‹ Schrecken noch nicht: Während der von uns gewählte deutsche Titel »Der Tote im Tower« sich die schaurigen Assoziationen zunutze macht, die der Schauplatz auslöst, spielt der Originaltitel »The Mad Hatter Mystery« auf eine ganz andere Quelle des Horrors an: Der ›Verrückte Hutmacher‹, der gängigen englischen Wendung »as mad as a hatter« entsprungen, ist eine der bekanntesten Gestalten aus dem vielleicht berühmtesten Kinderbuch der Welt, Lewis Carrolls »Alice im Wunderland«. Erscheint Alice' Welt plötzlich ins Traumhafte verfremdet, entwickelt sich Carrs London zu einem Alptraum. Der »Mad Hatter«, der hier sein Unwesen treibt, beginnt mit grotesken Streichen, die zu tödlichem Ernst werden: Erst wird ein Bobby-Helm auf einer Laterne, dann der Hut eines Finanzmagnaten auf einem der steinernen Löwen am Trafalgar Square gefunden, schließlich ziert eine Anwaltsperücke einen Droschkengaul, und endlich trägt die Leiche Driscolls am Traitors' Gate zum Golfanzug mit Knickerbockern den gestohlenen Zylinder seines Onkels. Der harmlose »Mad Hatter« des Kinderbuchs scheint sich in einen wahnsinnigen Mörder verwandelt zu haben, und wir erinnern uns an die ›Nursery Rhyme Murders‹, der Morde nach unschuldigen Kinderversen, wie sie 1929 S. S. van Dine kreiert hatte (»Der Mordfall Bischoff«, DuMont's Kriminal-Bibliothek, Band 1006), die später so oft nachgeahmt wurden.

Bei seinem zweiten Auftreten erfahren wir wichtige Details aus Fells Vorleben. War er uns bislang nur als Polyhistor mit Neigung zum Entlegenen und Abstrusen bekannt, so berichtet er nun selbst von seiner einschlägigen beruflichen Vergangenheit: Offensichtlich ist er im Ersten Weltkrieg an führender Stelle in der Spionageabwehr tätig gewesen und hat Meisterspione der Mittelmächte zur Strecke gebracht, die dann z. T. in eben dem Tower erschossen wurden, in dem er jetzt erneut tätig wird. Hatte im ersten Fall (»Tod im Hexenwinkel«) Fell gegen Ende des Falls die Hilfe von Chief Inspector Hadley von Scotland Yard erbeten, so ist es beim «Mad Hatter« umgekehrt: Das Unwesen des Hutdiebs und ein gestohlenes Poe-Manuskript veranlassen Hadley, Dr. Fell hinzuzuziehen: Die Streiche mit den Hüten und das entwendete literarische Rarissimum scheinen in Zusammenhang zu stehen, aber beides sind beim besten Willen keine Fälle für den Yard. Nur um seinem Freund Sir William Bitton gefällig zu sein, nimmt Hadley sich der Sache an, um sie sogleich dem an solchen Kuriosa mehr interessierten Dr. Fell zu übergeben. Zufällig ist auch dessen Adlatus aus dem ersten Fall, der junge Amerikaner Rampole, wieder in London, und so kann sich Carr erneut seiner im ersten Fell-Roman bewährten Technik bedienen: Der Leser erlebt den ganzen Fall von Anfang an aus der Perspektive eines Begleiters des Detektivs, eines Dr. Watson, nur daß es sich nicht wie beim Vorbild Doyle oder in den Bencolin-Romanen um einen Ich-Erzähler handelt, sondern um ein sogenanntes ›personales Medium‹, durch dessen Augen wir die Welt sehen und dessen Wahrnehmungen und Gedanken in der dritten Person wiedergegeben werden. Mit dem ›Watson‹ Rampole, dem Privatdetektiv Dr. Fell und dem Chief Inspector Hadley erlebt der Leser den ganzen Fall mit, mit ihnen trifft er am Fundort der Leiche ein und begleitet sie durch die turbulenten Ereignisse vom frühen Nachmittag bis spät in die Nacht, als nach einer detektivischen Tour de force die Lösung gefunden ist. Damit der Leser sich nicht selbst fragt, wieso ein völlig unbeteiligter Außenseiter wie Rampole bei Verhören zugegen sein darf, in denen Intimstes zur Sprache kommt, ohne daß ein Polizeibeamter oder ein Zeuge Einspruch erhebt, stellt Rampole sich selbst wiederholt diese Frage.

Die Antwort kann nur von der Erzähltechnik her gegeben werden: Hatte »Tod im Hexenwinkel« bewußt Sir Arthur Conan Doyle für die Erfindung Watsons Tribut gezollt, so wird diesmal der Lorbeer an den wahren Urheber weitergereicht: Edgar Allan Poe. Das gestohlene Manuskript enthält die bisher unbekannte allererste analytisch erzählte Detektivgeschichte der Weltliteratur, noch vor den »Morden in der Rue Morgue« entstanden und wie dieser legendäre Klassiker vom Freund und Begleiter des Detektivhelden Dupin erzählt. Die Vorteile liegen auf der Hand. Richard Alewyn hat den Detektiv als den »Sachwalter des fragenden Lesers« bezeichnet: Er stellt den Beteiligten alle Fragen, die zur Lösung des Falls beantwortet werden müssen. Indem sein ›Watson‹ alle Fragen und Antworten für den Leser gleichsam protokolliert, ist die Waffengleichheit zwischen Leser und Detektiv gesichert. Die Theorien und Hypothesen der Dupins, Holmes' und Fells werden jedoch nicht offengelegt. Dieser erzählerische Kunstgriff wird im Roman selbst ausführlich diskutiert – Carr schreibt nicht nur in dem Sinne literarische Detektivgeschichten, daß die einschlägige Tradition im Roman selbst eine Rolle spielt, wie hier das Poe-Manuskript, sondern auch in dem Sinne, daß der Roman sich als ›fiction‹ preisgibt: Dr. Fell verteidigt sein Verhalten als literarischer Detektiv, der die disparatesten ›clues‹ seiner Umgebung präsentiert, ohne die zwischen ihnen vermutete Beziehung preiszugeben. Chief Inspector Hadley, den gerade das ›Fiktionale‹ dieses Verfahrens stört, zieht eine einleuchtende Verbindungslinie zu einer bis dahin im Zusammenhang mit dem Detektivroman nicht beachteten, sehr ehrwürdigen literarischen Tradition: zu den Platonischen Dialogen. Auch in ihnen erscheint Sokrates als der Fragende, der wie eine Hebamme Einsichten zum Licht verhelfen will, die in seinen Gesprächspartnern bereits vorhanden, ihnen aber nicht bewußt sind. So wenig wie Sokrates verrät der klassische Detektiv seine eigenen Erkenntnisse – als »Sachwalter des fragenden Lesers« will er diesem lediglich zur Lösung aus eigener Denkkraft verhelfen. Er schreitet nur dann erklärend ein, wenn das Dickicht zu undurchdringlich, das Dunkel zu undurchschaubar zu werden droht – und selbst dann nur, wenn der Leser zum selben Zeitpunkt dieselbe Erkenntnis gefunden haben könnte, wie dies in unserem Roman bei der Zwischenlösung des eigentlichen »Mad Hatter Mystery« der Fall ist. Daß die Fragen in sich rätselhaft genug sind, daß die zur Lösung notwendigen Informationen selbst wieder im Text versteckt werden, sichert dem Roman die Spannung und dem Meisterdetektiv seine Überlegenheit. So ist es am Schluß doch wieder Dr. Fell allein, der die Nebel am Traitors' Gate zerstreut und Licht ins Dunkel um den jungen Toten mit Knickerbockern und Zylinder bringt.

*Volker Neuhaus*

Band 1002

*John Dickson Carr*

**Tod im Hexenwinkel**

Einer der schönsten Romane dieses in Deutschland beinahe unbeachtet gebliebenen Meisters: Mit diesem Band stellt John Dickson Carr seinem Publikum zum ersten Mal den schwergewichtigen Amateurdetektiv Gideon Fell vor, Privatgelehrter und Biertrinker aus Passion. Er eroberte mit diesem Fall 1933 auf Anhieb die Zuneigung der Leser durch seinen Scharfsinn, seinen sarkastischen Humor und seinen unerschütterlichen Gleichmut.

# DuMont's Kriminal-Bibliothek

| | | |
|---|---|---|
| Band 1001 | Charlotte MacLeod | **»Schlaf in himmlischer Ruh'«** |
| Band 1002 | John Dickson Carr | **Tod im Hexenwinkel** |
| Band 1003 | Phoebe Atwood Taylor | **Kraft seines Wortes** |
| Band 1004 | Mary Roberts Rinehart | **Die Wendeltreppe** |
| Band 1005 | Hampton Stone | **Tod am Ententeich** |
| Band 1006 | S. S. van Dine | **Der Mordfall Bischof** |
| Band 1007 | Charlotte MacLeod | **». . . freu dich des Lebens«** |
| Band 1008 | Ellery Queen | **Der mysteriöse Zylinder** |
| Band 1009 | Henry Fitzgerald Heard | **Die Honigfalle** |
| Band 1010 | Phoebe Atwood Taylor | **Ein Jegliches hat seine Zeit** |
| Band 1001 | Mary Roberts Rinehart | **Der große Fehler** |
| Band 1012 | Charlotte McLeod | **Die Familiengruft** |
| Band 1013 | Josephine Tey | **Der singende Sand** |
| Band 1014 | John Dickson Carr | **Der Tote im Tower** |
| Band 1015 | Gypsy Rose Lee | **Der Varieté-Mörder** |
| Band 1016 | Anne Perry | **Der Würger von der Cater Street** |
| Band 1017 | Ellery Queen | **Sherlock Holmes und Jack the Ripper** |
| Band 1018 | John Dickson Carr | **Die schottische Selbstmord-Serie** |
| Band 1019 | Charlotte MacLeod | **»Über Stock und Runenstein«** |
| Band 1020 | Mary Roberts Rinehart | **Das Album** |